REPUTAÇÃO

LEX CROUCHER

REPUTAÇÃO

Tradução de
Ana Rodrigues

Título original
REPUTATION

Originalmente publicado no idioma inglês, no Reino Unido,
pela Zaffre, uma marca da Bonnier Books UK limited.

Copyright © Lex Croucher, 2021

O direito de Lex Croucher de ser identificada como autora desta obra foi
assegurado por ela em conformidade com o Copyright, Designs and Patents Act, 1988.

Todos os direitos reservados.
Nenhuma parte desta obra pode ser reproduzida ou transmitida
por meio eletrônico, mecânico, fotocópia, ou sob
qualquer outra forma sem a prévia autorização do editor.

Direitos para a língua portuguesa reservados
com exclusividade para o Brasil à
EDITORA ROCCO LTDA.
Rua Evaristo da Veiga, 65 – 11º andar
Passeio Corporate – Torre 1
20031-040 – Rio de Janeiro – RJ
Tel.: (21) 3525-2000 – Fax: (21) 3525-2001
rocco@rocco.com.br
www.rocco.com.br

Printed in Brazil/Impresso no Brasil

Preparação de originais
CATARINA NOTAROBERTO

CIP-Brasil. Catalogação na publicação.
Sindicato Nacional dos Editores de Livros, RJ.

C958r

Croucher, Lex
    Reputação / Lex Croucher ; tradução Ana Rodrigues. – 1. ed. – Rio de Janeiro : Rocco, 2022.

    Tradução de: Reputation
    ISBN 978-65-5532-250-7
    ISBN 978-65-5595-125-7 (e-book)

    1. Ficção inglesa. I. Rodrigues, Ana. II. Título.

22-77225
    CDD: 823
    CDU: 82-3(410)

Gabriela Faray Ferreira Lopes – Bibliotecária – CRB-7/6643

O texto deste livro obedece às normas do
Acordo Ortográfico da Língua Portuguesa.

Esta é uma obra de ficção. Nomes, lugares, acontecimentos e incidentes
são produtos da imaginação da autora ou foram usados de forma fictícia.
Qualquer semelhança com pessoas reais, vivas ou não, ou acontecimentos é mera coincidência.

Para Jane Austen. Desculpe, Jane.

Capítulo um

Tudo começou em uma festa, como acontece com quase tudo que interessa.

Aquela festa em particular não era, de forma alguma, um grande evento. O jantar foi bastante fraco. O homem encarregado de tocar viola parecia estar maltratando um pouco o instrumento. Uma escassez de velas — inteiramente devido ao mau planejamento por parte dos anfitriões, e não à falta de condição financeira para garantir uma boa iluminação — deixava os cômodos tão escuros que chegavam a ser perigosos.

— É romântico! — dissera a Sra. Burton com generosidade, quando fizeram a grande ronda para conhecer a casa algumas horas antes, evitando por pouco bater de cabeça com uma criada que carregava uma bandeja de ponche ralo e que saiu habilmente do caminho na mesma hora, sumindo pelas sombras.

Não era romântico. A tia havia prometido uma noite de belas danças e de amizades que desabrochariam delicadamente, além de uma profusão de solteiros cobiçados com abotoaduras brilhantes e bigodes vistosos. Em vez disso, Georgiana estava apoiada na parede de uma alcova sombria no corredor vazio, dando pequenos nós em sua segunda melhor fita para logo desfazê-los, enquanto pensava com melancolia em funerais vikings.

Os guerreiros nórdicos eram geralmente queimados em piras em seus barcos, junto com muitos de seus pertences pessoais. Ela lera sobre o costume em um dos livros do tio e comentara animada e longamente a respeito no início da semana, na mesa de jantar dos Burton, enquanto comia suas batatas. Havia acabado de chegar à parte sobre esposas e escravizados seguindo seus maridos e mestres para a morte quando a tia batera com a mão na mesa, em uma atitude de violência que não lhe era comum, e bradara:

— Já *terminou*, Georgiana?

Georgiana erguera os olhos das batatas para ver no rosto da tia uma imagem de puro horror.

— Desculpe, Sra. Burton, mas se me permitir terminar meu raciocínio, não acho que as esposas e os escravizados *se importassem* em seguir os vikings para a morte. Os nórdicos acreditavam em uma espécie de paraíso. Se o Sr. Burton sofresse uma queda em sua caminhada matinal amanhã e estourasse os miolos em uma pedra, a senhora não gostaria de segui-lo? Se o céu for tão lindo como todos dizem que é, seria como tirar férias. A senhora está tão ansiosa para ir para St. Ives em setembro... seria como chegar lá mais cedo. A senhora não se jogaria em uma pira flamejante se pudesse estar em St. Ives amanhã?

Evidentemente, a Sra. Burton não faria uma coisa daquelas. O assunto dos vikings havia sido banido da conversa educada à mesa.

Nos treze dias em que Georgiana estava hospedada com a tia e o tio, ela passou a conhecê-los muito melhor do que nos últimos vinte anos de sua vida. Logo ficou claro que, embora os Burton fossem pessoas muito gentis e complacentes, também eram particularmente habilidosos em preencher dias e semanas inteiros com minúcias monótonas para as quais Georgiana não tinha qualquer entusiasmo. Qualquer sugestão de que se dedicassem a uma atividade com a mais leve inclinação empolgante ou prazerosa fora reprimida com a alegação de que eles ainda a estavam "acomodando".

Georgiana já se sentia tão acomodada que, se fosse forçada a se acomodar mais, poderia perder completamente a consciência e se tornar parte integrante da estrutura da casa — o equivalente humano a uma viga de sustentação. Não fazia muito tempo, ela passara uma tarde inteira em seu quarto novo e bastante pequeno, sendo forçada a experimentar todas as peças de roupa que possuía, enquanto a Sra. Burton e sua tímida camareira Emmeline verificavam os consertos ou alterações necessários. Quando estavam avaliando o último vestido, Georgiana já estava cheia de coceira, impaciente e com os olhos alarmantemente arregalados de irritação.

Era óbvio que, na visão da Sra. Burton, o processo de se tornar devidamente "acomodada" exigia um período de tédio e solidão tão excruciante que abatia o espírito de quem sofria a acomodação, tornando a pessoa muito menos propensa a se rebelar contra os rituais cotidianos da casa. Havia um limite para o número de vezes em que alguém conseguia ler os anúncios locais, ou organizar centenas de agulhas de bordado por tamanho, ou debater as próximas refeições para três pessoas como se alimentassem cinco mil. A manhã em que o cavalo de um vizinho escapara e circulara pelo jardim — fora de si com tamanha liberdade — fora um momento tão carregado de animação que Georgiana se agarrara à lembrança por dias.

Não era assim que novos começos aconteciam nas histórias — e Georgiana tinha lido muitas delas. Duas semanas antes, ela havia arrastado um baú com o dobro de seu peso até a casa dos tios, cheio de livros que não conseguira deixar em casa. Em todas as histórias que lera sobre uma heroína que recomeçava a vida em uma nova cidade, vilarejo ou castelo, a dita heroína imediatamente se deparava com uma série de aventuras desafiadoras, ou se perdia dramaticamente na charneca, ou desmaiava nos braços de um (belíssimo) cavalheiro que estava de passagem.

Em absolutamente nenhuma dessas histórias a heroína passava duas semanas olhando para uma mancha de umidade no teto de um salão, se perguntando se o desenho formado parecia mais um homem caindo de um banquinho ou uma coruja jogando bilhar.

Georgiana implorara obstinadamente à tia para que comparecessem a algum evento social, e supunha que aquela festa era seu castigo. Ela estava escondida naquela alcova havia quase uma hora, desejando ter tido a presença de espírito de levar um livro. Estava perfeitamente posicionada para acompanhar as idas e vindas dos convidados, enquanto eles arrastavam os pés do salão de jantar para o de visitas, e para ouvir as conversas dos que passavam. Infelizmente, os anfitriões da festa, os Gadforths, pareciam conhecer apenas homens e mulheres acima de quarenta e cinco anos sem um pingo de personalidade. Georgiana havia escutado a mesma conversa duas vezes, entre dois grupos de pessoas completamente distintos, que discutiam se as cortinas da sala de jantar eram vermelhas ou roxas e qual seria a escolha mais espalhafatosa. Todos os envolvidos em ambas as ocasiões concordaram que qualquer uma das cores seria imprópria, mas como naquele momento estava escuro demais para se ter um veredito, eles revisitariam o tema em uma data posterior e mais conveniente.

— A cor é ameixa — murmurou Georgiana para si mesma, pegando a bebida que estava tomando enquanto o último grupo de especialistas em decoração se afastava do alcance de seus ouvidos.

— Bobagem. Elas são meio cor-de-vinho.

O comentário foi feito tão próximo que Georgiana tomou um susto e derrubou seu copo. Ela sentiu o ponche intragável da Sra. Gadforth encharcando rapidamente seu vestido e sua anágua enquanto se virava para descobrir de onde vinha a voz.

A saliência na parede em que Georgiana se colocara estava escondida atrás de um dos muitos falsos pilares gregos de gesso, e naquele momento ficou claro que outra pessoa já estava fazendo uso semelhante de outra das alcovas sem que ela tivesse percebido. Ela ouviu um farfalhar de saias, viu uma mão esbelta pousar sobre o pilar de gesso. Então, sem pensar no que fazia, Georgiana se afastou para que a intrusa de mentalidade semelhante pudesse se posicionar ao seu lado.

Na penumbra, Georgiana distinguiu uma silhueta esguia, de pele escura e cabelos cheios e crespos presos para o alto em um penteado intrincado. A estranha usava um perfume inebriante de toque floral e, quando estendeu a mão elegante em cumprimento, Georgiana conseguiu ter um vislumbre de pedras brilhantes e ouro cintilante.

— Frances Campbell — disse a mulher em um tom refinado e, antes que Georgiana pudesse responder, acrescentou: — Esta é, sem dúvidas, a pior festa em que já estive. Se algo remotamente empolgante acontecesse, acho que todos desmaiariam de choque.

— Meu nome é Georgiana. Ellers.

— Ah, é? Eu não queria estar aqui de forma alguma, mas meu pai vendeu um quadro para essas pessoas terríveis, os Godforths. Eles ficaram simplesmente fora de si, falando sobre o *triunfo* que seria e como esperavam que todos nos tornássemos grandes *amigos*. O quadro era horrível... meu pai mal conseguia esperar para se livrar dele. Ele herdou a pintura, coitado. Mas acho que vai se encaixar muito bem aqui, com tudo.... — Ela indicou os pilares de péssimo gosto com um gesto de mão.

— Eles se chamam Gadforths — disse Georgiana, perguntando-se por que subitamente só parecia capaz de pronunciar nomes.

Frances Campbell não pareceu notar; ela apoiou a mão na saliência onde Georgiana estava sentada, mas recolheu-a rapidamente.

— Mas que *diabo* aconteceu com o seu vestido? — De alguma forma, Georgiana havia se esquecido completamente da bebida derramada, mas Frances provavelmente encostara os dedos diretamente nela. — Espero que não seja um favorito. Outra trágica vítima desse ponche vil. Pegue, não se preocupe... beba um pouco disso.

Ela passou um pequeno frasco para Georgiana, que aceitou e o levou aos lábios sem questionar, em uma espécie de torpor, e se engasgou quando algo muito mais forte do que o ponche fez a sua garganta arder.

— É conhaque. Terrível, não é? — comentou Frances, satisfeita, enquanto Georgiana tossia. — Tome mais um pouco.

Georgiana obedeceu.

Nunca conhecera ninguém capaz de causar uma impressão tão forte em tão pouco tempo. Conhecia Frances Campbell há cerca de cinquenta ou sessenta segundos e já temia o momento em que ela sairia da alcova e a abandonaria pelo resto de sua noite solitária.

Frances certamente não era um aventureiro ousado ou um nobre de cabelos esvoaçantes, mas Georgiana soube na mesma hora que estava na presença de uma Protagonista.

— Não posso acreditar que tenham a audácia de chamar *isso* de festa — declarou Frances, gesticulando violentamente com a mão livre enquanto pegava o conhaque de volta com a outra. — Tem tanta alegria e encanto quanto o funeral de um cachorro. E por que está tão *escuro*? Mais cedo, quase tropecei na bainha do vestido e caí por uma janela, então me peguei pensando que, de um modo geral, talvez fosse preferível. Afinal, estamos no térreo.

Georgiana roncou de tanto rir, e logo se sentiu constrangida por deixar escapar um som tão repulsivo.

— E quem a arrastou até aqui?

— Ah — Georgiana pigarreou, já que sua voz saíra como um grasnado, por ter ficado tanto tempo sem uso em uma noite em que se comunicara principalmente por meio de tristes acenos de cabeça. — Estou morando com os meus tios, os Burton. Acho que eles são amigos dos Gadforths há algum tempo. E são adoráveis, os Burton — apressou-se a acrescentar, vendo a sobrancelha escura de Frances se franzir —, mas não consigo compreender o gosto deles no que diz respeito a festas. Acredite, se eu tivesse pensado na possibilidade de me jogar pela janela, nesse momento seria apenas um ponto distante no seu campo de visão, ganhando velocidade enquanto descia a colina.

Frances riu. Então, pegou o copo vazio de Georgiana, encheu com conhaque, devolveu a ela e ergueu o frasco como se brindasse.

— Um brinde... às nossas famílias monstruosas e ao número infinito de festas melhores que estamos perdendo neste exato momento! Que nossos amigos causem enormes estragos em nosso lugar.

Georgiana não achava os Burton particularmente monstruosos e, graças à sua lamentável falta de relações sociais, não tinha nenhum lugar melhor para estar, mas como pareceu rude mencionar aquilo no momento, ela encostou o copo no frasco de conhaque e deu um longo gole. Frances deixou escapar um suspiro cansado e largou o corpo contra o pilar como se não houvesse agonia maior no mundo do que se ver obrigada a suportar uma ocasião social abaixo de suas expectativas.

— O único consolo em tudo isso é que a dona da casa é uma *figura*. Você já viu o vestido dela? É todo de cetim rosa, com um espartilho questionável por baixo. Ela parece um manjar de morango que alguém agarrou e apertou. Imagino que o Sr. Gadforth terá que esfregá-la com gordura de ganso mais tarde para tirá-la daquele espartilho.

Georgiana deu uma risadinha, enrubescida e eufórica por causa da atenção da outra mulher e do conhaque, o que pareceu estimular Frances. Ela estava descrevendo o bigode do Sr. Gadforth, "...você já viu um esquilo que foi pisoteado por um cavalo?", quando ouviram o tilintar de metal contra vidro, seguido por uma pausa no burburinho no salão, que indicava que alguém estava prestes a fazer um discurso. Frances revirou os olhos, ficou de pé e alisou as dobras do vestido enquanto guardava cuidadosamente o frasco de bebida na bolsinha.

— Vamos. Gadforth está prestes a chorar de alegria e oferecer seu corpo terreno e sua alma imortal ao meu pai, em agradecimento por aquele maldito quadro, e preciso estar lá para sorrir e fazer uma reverência... ou pelo menos para contê-lo, quando o homem se adiantar para dar um beijo de boca aberta no meu pai.

Ela ofereceu um braço a Georgiana, e as duas voltaram para a festa parecendo velhas amigas queridas e confidentes íntimas.

O Sr. e a Sra. Gadforth estavam, de fato, parados bem na frente do que provavelmente era o Tal Quadro Maldito, sorrindo para os convidados e segurando copos cheios demais nas mãos um pouco suadas. Agora, Georgiana não conseguia mais deixar de ver a pobre Sra. Gadforth como Frances a descrevera, e engoliu uma risada enquanto a anfitriã ajustava desajeitadamente o corpete do vestido, erguendo os seios com otimismo. Frances também riu, sem fazer qualquer esforço para esconder, então soltou o braço do de Georgiana e fez uma reverência de despedida breve e sarcástica antes de atravessar o salão para se colocar ao lado de duas pessoas que Georgiana supôs serem o Sr. e a Sra. Campbell.

Georgiana se sentiu subitamente exposta, sem nenhuma nova amiga ou parente atrás de quem se esconder, e se afastou para o fundo do salão, enquanto o Sr. Gadforth pigarreava e começava a falar. Ela não ouviu uma palavra do que tinha certeza que estava sendo um monólogo excruciante — em vez disso, se dedicou a examinar os Campbell.

O pai de Frances era um homem bonito: alto, pálido e de ombros largos, com os cabelos escuros e o bigode muito bem penteados. Ele tinha um porte imponente, quase militar, e fixara um sorrisinho nos lábios que, embora enfraquecesse conforme o Sr. Gadforth falava mais alto e com mais entusiasmo, nunca se apagava. A esposa também era alta e atraente, mas esbelta, enquanto ele era forte, e com a pele muito escura. Georgiana imaginou que ela deveria ser proveniente da África, ou talvez das Índias Ocidentais; sem dúvida de algum lugar muito menos cinza do que a Inglaterra. À primeira vista, ninguém parecia estar prestando atenção nela, mas quando Georgiana olhou mais atentamente, reparou que o cavalheiro parado a poucos metros de distância não conseguia evitar que seus olhos se voltassem para a Sra. Campbell a cada poucos segundos, e um criado, que passava com uma bandeja de bebidas, encarou-a abertamente. A Sra. Campbell usava um vestido suntuoso de seda azul-marinho, os cabelos pretos e crespos habilmente penteados. Ao redor do pescoço, usava um colar cravejado de diamantes que só podiam ser verdadeiros.

Por mais impressionantes que fossem os pais de Georgiana, eles não se comparavam aos de Frances.

Georgiana podia ver a outra moça melhor agora, já que Sra. Gadforth obviamente concentrara o orçamento de velas apenas e tão somente naquele salão. O vestido de Frances tinha um corte simples, mas era cuidadosamente enfeitado com pedras preciosas, de modo que parecia cintilar sempre que captava a luz. O rosto da jovem tinha certo brilho, o que dava a impressão de uma radiância viva e jovem a todos que não soubessem que o efeito fora alcançado graças a generosas quantidades de conhaque francês. Havia algo em seus olhos — de um castanho-dourado, cintilantes contra o tom escuro da sua pele — que sugeria que ela havia acabado de pensar em algo extraordinariamente divertido. Tudo, desde as fitas em seu cabelo até a forma como se portava, aspirava a riqueza inimaginável e elegância inerente a esse tipo de riqueza. Georgiana se sentiu imediatamente indigna de tal companhia, enquanto experimentava um anseio muito mais urgente e desesperado de cortejar Frances de alguma forma e conquistá-la como amiga.

Naquele meio-tempo, o Sr. Gadforth estava claramente chegando ao clímax do seu discurso.

— Essa bela pintura, essa *refinada* obra de arte, completou a nossa casa, e sempre que olhar para ela, pensarei com carinho no meu amigo extraordinariamente gentil, o estimadíssimo lorde Campbell.

Georgiana se sobressaltou, e quase derramou a bebida pela segunda vez naquela noite, então lançou outro olhar breve e espantado na direção dos pais de Frances — que, no fim das contas, não eram Sr. e Sra. Campbell, mas *lorde e lady Campbell*. Ela olhou para Frances, que agora dirigia um sorriso definitivamente debochado para o Sr. Gadforth — ele retribuiu com um sorriso agradável e levantou o copo em um brinde, como se fizesse parte do deboche, em vez de ser o infeliz alvo dele.

O discurso terminou com aplausos educados e o estômago de Georgiana apertou desconfortavelmente. Se Frances e os pais aproveitassem o momento para escapar da festa, aquilo colocaria um fim abrupto àquela breve e cintilante trégua da monotonia de sua vida com os Burton. Se tivesse que suportar mais uma semana de conversas sobre a contagem de fios de xales, ou sobre as condições certas para o plantio de nabos, Georgiana estava certa de que perderia o controle de sua mente racional. Frances guardava a promessa de conversas espirituosas, companhia agradável e festas das quais não sonhava escapar rolando por uma colina íngreme e caindo em uma vala cheia de água parada. Frances parecia o começo de alguma coisa — de uma história que Georgiana queria acompanhar até o fim.

Quando as vozes voltaram a se erguer por toda a sala e a socialização geral recomeçou, ela não ousou olhar para cima para ver se os Campbell haviam feito uma saída graciosa e sentiu-se tonta de alívio quando uma mão fria tocou seu braço.

— Você parece terrivelmente solitária aqui — comentou Frances. — Como se tivesse acabado de ser rejeitada por um amor. Venha conhecer os meus pais. — Ela conduziu Georgiana através do salão para fazer as apresentações.

— Está passando o verão aqui, Srta. Ellers? — perguntou lady Campbell, depois de todas as formalidades.

— De certa forma, sim, lady Campbell, embora seja possível que a minha estada dure mais que o verão — esclareceu Georgiana em um tom que esperava que tivesse soado leve e jocoso, como se suas circunstâncias a divertissem um pouco. — A minha mãe não anda bem de saúde, então ela e meu pai se mudaram para o litoral, por causa do ar fresco. Eles acharam melhor que eu permanecesse próxima da civilização. Meus tios, os Burton, foram muito gentis em me acolher. Eles moram logo depois da ponte oeste.

A localização da casa — perto o suficiente da cidade para constituir uma grande propriedade, mas longe demais para ser o lugar mais elegante — revelava o bastante sobre os meios financeiros dos Burton (ou a ausência deles), de modo que Georgiana imaginou que passaria a ser tratada de forma um pouco menos calorosa. Ela não precisava ter se preocupado: os Campbell pareciam o tipo de pessoa que a tia dela descreveria como "boa e honesta", o que na verdade significava "pessoas que não zombam abertamente dos outros por causa de sua situação financeira", e apenas perguntaram educadamente pela saúde dos Burton.

A Sra. Burton, que estava parada do outro lado da sala, atrás dos Campbell — sem ter ideia de que era o assunto naquele exato momento —, levantou a cabeça e viu com quem Georgiana estava conversando. Ela lançou um sorrisinho tenso na direção da sobrinha e murmurou alguma coisa com urgência no ouvido do marido, parecendo preocupada. Georgiana desconfiou que ela talvez estivesse se lembrando dos funerais vikings.

— Frances, meu amor, você poderia falar com a Sra. Gadforth e ajudar a Srta. Ellers a encontrar algo para limpar o vestido dela? — disse lady Campbell em voz baixa, com uma das mãos no braço de Frances, e lançando um rápido olhar para a grande mancha de ponche da qual Georgiana já havia se esquecido completamente diante de tanta empolgação.

— É claro! — disse Frances. — Santo Deus, você aqui, triste e encharcada desse jeito, e eu sem fazer nada. Venha comigo.

Georgiana fez uma mesura e se permitiu ser levada para fora do salão. Quando as duas já subiam as escadas escuras, ela lembrou a Frances que estavam indo na direção oposta ao peito arfante da Sra. Gadforth.

— Ah, você é uma coisinha tão encantadora. Ninguém vai reparar — retrucou Frances, em tom de consolo. — Além disso, estou *morrendo* de vontade de ver o resto do guarda-roupa dela. Aposto que tem uma infinidade de brocados dourados e algum tipo de chapéu festivo enfeitado com frutas.

O conhaque parecia estar fazendo sua mágica. Georgiana realmente achou que deveria protestar, mas de alguma forma acabou seguindo Frances de boa vontade, as duas mais uma vez de braços dados, enquanto procuravam o quarto de vestir. Na escuridão total que estava ali, era mais fácil falar do que fazer, mas Frances acabou conseguindo abrir a porta certa e bateu palmas em uma alegre comemoração. Georgiana sentou-se na banqueta de veludo rosa da Sra. Gadforth e ficou observando enquanto Frances tirava cada vez mais peças de roupa deploráveis do guarda-roupa — um xale de penas de pavão, uma máscara que parecia feita de couro, um vestido cinza tão decotado que jamais conseguiria esconder um mamilo humano — até ambas estarem fora de si de tanto rir. Frances gesticulou, pedindo ajuda para desabotoar a parte de trás do vestido, e Georgiana hesitou por um instante antes de ajudá-la com dedos desajeitados, então ficou assistindo Frances explorar o guarda-roupa com um propósito renovado.

— Aqui — disse finalmente, pegando o frasco de bebida da mão de Georgiana, que nem se lembrava de tê-lo apanhado. — Experimente esse.

Ela jogou uma massa de tecido não identificável na direção de Georgiana e desapareceu do quarto. Georgiana pensou por um momento — o vestido parecia grande demais e tinha babados de mau gosto —, antes de enfiá-lo por cima da cabeça. Sozinha ali, a coisa toda subitamente parecia muito absurda, mas ainda assim ela se viu sorrindo tolamente para o espelho da penteadeira. Seu cabelo estava solto, e havia uma *desordem* geral em sua aparência bêbada com que ela nunca se deparara antes em seu reflexo no espelho. E aquilo não parecia importar muito, já que tudo empalidecia em comparação ao enorme prazer de viver um momento de amizade tolo e camarada depois de semanas de solidão, mesmo que até então aquela amizade tão recente parecesse girar inteiramente em torno de debochar de um casal corpulento de meia-idade.

— Sra. Gadforth, a senhora está simplesmente deslumbrante — declarou Frances em uma voz comicamente profunda quando voltou a entrar no quarto de vestir.

Georgiana deixou escapar mais uma gargalhada quando viu que Frances estava fazendo a sua melhor imitação do desafortunado marido da anfitriã. De alguma forma ela havia conseguido um terno e uma cartola que haviam ficado grandes demais, obrigando-a a mantê-los no lugar com as mãos enquanto caminhava, para não arriscar a se ver subitamente despida.

— Ah, Sr. Gadforth, seu *patife* — respondeu Georgiana em um falsete ridículo. — Devore-me como um de seus doces franceses!

Frances gargalhou, encantada, enquanto arrastava os pés na direção de Georgiana até desabar na banqueta ao lado dela. Elas continuaram a rir, um tanto histéricas, enquanto Georgiana ajudava Frances a aprimorar sua fantasia com um bigode torto desenhado com o lápis Kohl para delinear os olhos, que pertencia à Sra. Gadforth. Já devidamente bigududa, Frances tirou um dos próprios anéis e colocou no dedo de Georgiana no lugar de uma aliança de casamento. Foi naquela situação — as duas sentadas na banqueta, professando seus sentimentos mais profundos e conjugais uma pela outra ("Sr. Gadforth, comparado a esse quadro, o senhor é uma verdadeira obra de arte!" "Ah, *obrigado* Sra. Gadforth, e devo dizer que admiro as topiárias vagamente pornográficas que encomendou para o gramado dos fundos.") — que lady Campbell as descobriu.

Georgiana ficou paralisada assim que a porta se abriu, subitamente tão envergonhada e horrorizada que teve a sensação de que poderia entrar em combustão espontânea ali mesmo. Para sua surpresa, lady Campbell não parecia zangada, apenas cansada.

— Lave o rosto e pegue a sua capa, Frances — ordenou ela em voz baixa. — Seu pai disse que vamos embora. — Então, se virou e saiu sem dizer mais nada.

Georgiana, mortificada, virou-se para Frances, esperando ver a mesma emoção refletida na expressão da outra. Mas, ao contrário, Frances só parecia irritada.

— Bem na hora. Basta haver a menor esperança de um pouco de diversão, e ela aparece para estrangular a possibilidade. Ela é *terrivelmente* aborrecida.

Frances se despiu e começou a trocar suas vestes enquanto Georgiana, com o rosto vermelho, tirava o vestido de babados da Sra. Gadforth pela cabeça e o colocava cuidadosamente de volta no guarda-roupa. Frances deixou o terno do Sr. Gadforth no chão, afastando-se como se não tivesse absolutamente nada a ver com aquilo, e recuperou o anel que dera a Georgiana.

— De qualquer modo, espero ver você na próxima. — Ela se despediu de Georgiana com um breve aceno antes de se virar para sair do quarto de vestir. — Foi um prazer, Srta. Ellers.

Vendo-se subitamente sozinha de novo, Georgiana pegou a pilha de roupas descartadas e começou a colocar tudo de volta em seu devido lugar às pressas. Ela devolveu o terno do Sr. Gadforth e estava descendo as escadas correndo, se perguntando o que exatamente Frances quisera dizer com "a próxima", quando esbarrou com os Burton.

— Pelo amor de Deus, Georgiana, o que você estava fazendo? — exclamou a Sra. Burton. — Por que está tão vermelha? Você caiu? Está se sentindo mal?

— Nem um pouco, estou bem — respondeu Georgiana, levando as costas da mão ao rosto e sentindo-o quente ao toque.

— Ora, vamos, então — chamou a Sra. Burton, fitando-a com uma expressão de profunda desconfiança. — Seu tio comeu uma uva esquisita e não está se sentindo nada bem. Vamos voltar para casa.

Capítulo dois

Não havia muitos cômodos na casa dos Burton, e os que havia não eram muito bem decorados, mas esse defeito era compensado — na opinião de Georgiana — por uma biblioteca bem abastecida e aconchegante, voltada para o oeste, o que a fazia receber o benefício da luz da tarde até os últimos raios de sol. A casa sofria de uma decadência generalizada, contra a qual a Sra. Burton parecia estar constantemente em guerra, como bolhas no papel de parede e arranhões nos móveis que resistiam ao polidor. Embora isso se estendesse à biblioteca, Georgiana não achava que aquele cômodo em particular fosse negativamente afetado. Ela pegara o hábito de se retirar para lá todas as noites depois do jantar, onde se acomodava na poltrona de couro rachada do tio para horas de leitura. E, mesmo que a Sra. Burton com frequência pedisse à sobrinha que se juntasse a ela no salão de visitas, para fazer coisas terríveis como bordar gatinhos gordos em almofadas, Georgiana geralmente era deixada sozinha.

Assim que chegou na casa dos tios, Georgiana perguntou ao Sr. Burton sobre sua coleção de livros, que àquela altura ele aparentava rejeitar por completo, em favor dos intermináveis jornais atrás dos quais parecia morar, e recebeu a resposta bastante insatisfatória: "Ah, sim. Livros." O Sr. Burton atuara como advogado antes de sua aposentadoria precoce, e Georgiana frequentemente se perguntava se ele gastara uma vida inteira de palavras durante sua carreira, o que o deixara com poucas restantes para seus anos finais.

Assim, ela se empenhava em explorar sozinha o conteúdo da biblioteca.

Em casa, Georgiana mantinha sua própria coleção cuidadosamente selecionada, que empalidecia em comparação às muitas prateleiras que habitavam quase todas as paredes do resto da residência, e ao gabinete, que abrigava a biblioteca pessoal de seu pai. O pai de Georgiana era mestre em um internato bastante arrogante, e a casinha deles situava-se no terreno da escola. Assim, se em algum momento a jovem achasse que suas próprias estantes não lhe atendiam, bastava entregar uma lista de suas necessidades ao pai que ele voltaria da biblioteca escolar com uma pilha nova de livros para ela investigar. Os pais de Georgiana também eram leitores ávidos, e muitas vezes podiam ser encontrados à noite, ainda sentados à mesa de jantar muito depois de seus pratos estarem vazios, envolvidos em debates acalorados sobre estilos literários ou o gosto excessivo de um determinado autor por hifenização ou frases corridas. Georgiana não estava autorizada a pegar livros emprestados sem permissão expressa — um incidente em particular que envolvera impressões digitais manchadas de tinta deixadas em uma primeira edição de valor inestimável nunca fora totalmente perdoado, embora ela tivesse apenas quatro anos na época.

Era doloroso para ela se lembrar daquilo: da casa, do gabinete, dos livros. A casa deles se fora e os pais provavelmente estavam discutindo sobre pontuação sem ela, enquanto desfrutavam da brisa fresca do litoral, sem filhos por perto.

Ela decidira, pouco depois de as conversas sobre a mudança terem começado a sério, que de forma alguma sentiria pena de si mesma, nem pensaria que estava sendo abandonada, rejeitada ou deixada para trás. Os pais sempre foram pessoas extremamente práticas, e a mãe vinha sentindo dores de cabeça regulares, sem melhora, há tanto tempo, que uma mudança drástica seria o próximo passo lógico. Qualquer pessoa racional poderia entender as razões de os dois para não quererem levar a filha adulta com eles ao entrar em uma nova fase de suas vidas. O pai assumiria um novo posto, e as acomodações fornecidas por aquela nova escola dificilmente poderiam abrigar tanto Georgiana quanto os livros do pai dela.

Georgiana chorara apenas uma vez, quando eles assinaram os documentos que entregavam a casa e toda a vida dela até ali ao novo mestre da escola — um homem com uma esposa sorridente e três filhos felizes e rechonchudos a tiracolo —, e se determinara a nunca mais derramar uma lágrima por aquela situação. Nos recessos escuros de sua mente, ela se imaginava prostrando-se aos pés dos novos moradores, implorando para que a aceitassem como uma quarta filha. Ela se ofereceria para ficar confinada no gabinete do pai e receber as refeições pela porta, assombrando-os como um fantasma literário triste. Na realidade, Georgiana sabia que não era mais criança e que tinha muita sorte pelos tios terem concordado em recebê-la — afinal, a sua falta de perspectivas conjugais até ali indicava que ela era um investimento muito ruim. Assim, Georgiana se recompôs, seu rosto estava seco quando os pais apertaram sua mão em despedida, mas experimentou a sensação ligeiramente desconfortável de que algo dentro dela sofria uma morte dolorosa e permanente.

O pai prometera escrever assim que estivessem instalados, mas eles estavam longe, com muitos assuntos para resolver, e Georgiana ainda não tivera notícias. A Sra. Burton levantara o assunto algumas vezes, mas demonstrara uma quantidade incomum de tato ao deixá-lo de lado quando percebeu que suas perguntas não foram bem recebidas. Georgiana sabia que a tia ficaria profundamente desconcertada com a abordagem um tanto desinteressada da irmã em relação à maternidade; ela sempre havia sido tratada como igual na casa dos pais, uma adulta em miniatura, mesmo na infância. Já a Sra. Burton — nova no ofício de guardiã e sem filhos — vivia importunando Georgiana para preparar tortas, arrumar melhor os cabelos, e repreendia com rigidez a sobrinha por crimes como "ficar acordada até tarde" e "andar rápido demais".

Infelizmente, a ausência de correspondência dos pais estava sempre na mente de Georgiana, já que não havia muito mais *em que* pensar. Os poucos amigos que deixara onde morava também não a haviam escrito, provavelmente envolvidos em suas próprias atividades de verão, ou talvez por já terem esquecido Georgiana, agora que ela não estava sentada bem na frente deles em todos os jantares e jogos de cartas. Seus pais costumavam receber colegas da escola para noites de debates acadêmicos animados, e os filhos desses colegas eram companheiros constantes de Georgiana; eram tipos quietos e literários, todos igualmente melancólicos. Alguns haviam sido abençoados com um certo talento para conversas espirituosas, que era desperdiçado em debates extensos e cruéis sobre subtemas específicos da história romana, ou tentando distrair uns aos outros para que cometessem erros imperdoáveis durante longas partidas de xadrez. Em uma ocasião particularmente memorável, um rapaz separara grosseiramente um infinitivo durante uma conversa e nenhum deles falara de outra coisa por uma semana.

No entanto, ela conhecia aquelas pessoas desde a infância, e o silêncio delas doía. Quando Georgiana não estava conjurando castigos refinados e bíblicos para elas por ignorá-la, só o que lhe restava fazer para se entreter era comer pão em excesso, caminhar pelas estradas e bosques próximos quando o clima permitia e, ao retornar, se isolar na biblioteca com uma edição bem gasta de *Robinson Crusoé* ou um volume da Sra. Radcliffe.

Embora seus livros realmente garantissem algum conforto e distração, Georgiana logo se viu chegando a um limite até então intocado na sua alegria pela palavra escrita. Ela deixava um livro de lado depois de longas horas de leitura, olhava ao redor buscando alguma outra fonte de entretenimento, então suspirava e pegava o mesmo livro de volta quando não encontrava nada mais enérgico. Os Burton não permitiam que a sobrinha saísse sozinha em excursões mais longas em busca de algo que a animasse, e a casa deles ficava tão afastada que levava vinte minutos de carruagem até a cidade propriamente dita, e os dois raramente sentiam a necessidade de ir até lá.

De um modo geral, os tios estavam satisfeitos em ficarem sentados dentro de casa e no jardim, assistindo a Georgiana enlouquecer.

* * *

Alguns dias depois da festa dos Gadforth, Georgiana se juntou à tia para receber uma visita na sala amarelo-trigo entulhada da frente da casa. A vizinha mais próxima, a Sra. Clenaghan, que morava em uma casa quase idêntica a apenas algumas centenas de metros de distância, era idosa, mal-humorada e propensa a longas explosões sobre nada em particular. A Sra. Clenaghan estava longe de ser a companhia ideal, na opinião de Georgiana, mas seu comportamento contundente e a interminável compilação mental de fofocas locais se combinavam para a tornar quase tolerável — até um pouco divertida, às vezes. A maior parte das vítimas infelizes das histórias da mulher eram amigos e conhecidos dos Burton, que não interessavam a Georgiana e, sendo assim, ela se entreteve por algum tempo passando os dedos pelo estofamento puído da poltrona em que se sentava e contando os pelos do bigode da Sra. Clenaghan. Haviam acabado de começar a tomar chá quando ouviu o nome "Campbell", o que imediatamente chamou a sua atenção.

— Ouvi dizer que a filha mais nova está lhes causando problemas. Menina inquieta e cheia de caprichos. Propensa à histeria. Um bom tapa nas orelhas provavelmente a curaria disso, mas, infelizmente, me disseram que os tapas na orelha estão saindo de moda. No verão passado, o Sr. Grange... a senhora conhece o Sr. Grange, ele tem aquele bócio e apenas dois pares de botas... bem, ele alegou ter visto a moça em seu antigo moinho com alguns daqueles tipos horríveis com quem anda, e eles estavam... — naquele momento ela se inclinou, como se tivesse medo de que mais alguém a ouvisse na sala vazia — *seminus*.

A Sra. Burton pareceu chocada. Na mesma hora, Georgiana imaginou Frances despida e enrubesceu até a ponta das orelhas.

— Sim, bem... você deve mesmo enrubescer, minha cara — disse a Sra. Clenaghan, com um ar de grande satisfação. — Os Campbell são uma família particularmente antiga e de muita importância. Lorde Campbell é um militar de excelente linhagem. Ele fazia negócios frequentes nas Índias Ocidentais, eu creio, e em uma dessas viagens voltou com lady Campbell. Bem, preciso dizer que isso causou grande agitação na época. Agora, as pessoas do círculo dele já se acostumaram, mas sua própria família o teria deserdado, se ele já não tivesse recebido a herança. Era dinheiro demais para uma família, na minha opinião... Pessoalmente, ficaria envergonhada com tanta riqueza. A casa deles, Longview, é magnífica. Na minha opinião, não há casa melhor no condado, e já foi dito em certas ocasiões que a minha boa opinião é arduamente conquistada. Nunca tive muito boa impressão de *lady* Campbell, nunca superei o choque em relação a ela, como parece ter acontecido com os outros, mas é dito que eles sempre deram os jantares e festas mais extravagantes. Acho festas bastante vulgares e, felizmente, nunca fui convidada, mas, de qualquer modo... eles parecem estar recebendo menos ultimamente. A filha mais velha, Eleanor, que se casou há cerca de cinco anos, pelo que consta, era uma jovem absolutamente agradável. Frances Campbell deve ter a mesma idade que você, Srta. Ellers, talvez um ou dois anos mais velha... é uma pena que ela pareça tão inclinada a arruiná-los.

— Ter um espírito mais vivo do que o seu, Sra. Clenaghan, não necessariamente leva à ruína — retrucou Georgiana, em um tom mais ríspido do que pretendia. A Sra. Burton lhe lançou um olhar de reprovação.

— Ah, é? — A Sra. Clenaghan estreitou os olhos para Georgiana e se inclinou para a frente na melhor poltrona da Sra. Burton, apreciando a situação. — Ela é sua amiga, Srta. Ellers?

— Georgiana e a Srta. Campbell se conheceram em uma festa na semana passada — interveio a Sra. Burton, perturbada. — Dificilmente poderiam ser consideradas amigas... Além disso, tenho certeza de que se Georgiana estivesse a par de qualquer tipo de impropriedade da Srta. Campbell, teria o bom senso de afastá-la... com boas maneiras, é claro, mas rapidamente.

Georgiana se lembrou, culpada, do conhaque, dos vestidos de babados e do bigode desenhado de Frances.

— É melhor ficar longe dela, Srta. Ellers. Existem muitas damas bem relacionadas na cidade cuja companhia eu tenho certeza de que apreciaria. Ora, conheço um grupo que se reúne todos os sábados para tomar chá e jogar cartas. E fazem isso... — completou a Sra. Clenaghan, levantando as sobrancelhas grossas — ...vestidas.

Georgiana pensou que um pouco de nudez talvez animasse o tipo de jogo de cartas organizado por qualquer amigo da Sra. Clenaghan, mas deu apenas um sorriso tenso em resposta.

A verdade era que ela teria trocado todo o chá da Inglaterra por mais um instante na companhia de Frances. Em momentos de quietude, Georgiana já repassara vezes sem conta os eventos do encontro das duas. Havia até começado a inventar novas conversas que poderiam ter, encontros futuros nos quais Georgiana impressionaria Frances com sua sagacidade e encanto, garantindo uma amizade para toda a vida e dando início às muitas aventuras que viveriam juntas. Frances provavelmente abriria as portas para todo o tipo de festas glamourosas e passeios adoráveis, mas o mais importante era que ela seria a cúmplice de Georgiana. Sua confidente. Sua capitã.

Georgiana chegara tão longe em seus devaneios a ponto de imaginar um belo irmão para Frances, um futuro lorde Campbell bem-humorado e de feições agradáveis, com quem ela poderia se casar para garantir uma irmandade permanente entre elas. Todos cavalgariam juntos pelas charnecas próximas castigadas pelo vento; ele a ajudaria a descer de carruagens e deixaria a mão se demorar na dela apenas um momento a mais do que o necessário; depois de casados, os dois não ostentariam a própria riqueza e dariam prioridade a tirar férias prolongadas em terras distantes, restringindo-se a apenas duas, ou talvez três, casas fora da cidade.

A informação recente de que Frances só tinha uma irmã mais velha, já casada, enfraqueceu aquele sonho, mas não conseguiu extingui-lo completamente. Talvez houvesse um primo vistoso? Um amigo de infância, retornando de alguma guerra sangrenta? Ela até se contentaria com um tio jovem, desde que ele tivesse braços bem torneados e a maior parte do cabelo.

A conversa na sala se voltou para os reparos em uma ponte próxima, por isso Georgiana se sentiu segura para parar de prestar atenção de novo, já que não era uma engenheira de pontes, nem uma pessoa profundamente tediosa. O verdadeiro desafio no momento era a pouca probabilidade de esbarrar em Frances novamente, já que os Burton pareciam determinados a se dedicarem a atividades como ficar sentados em um canto tranquilo e se recolher no quarto às nove e meia da noite. A Sra. Burton assegurara a Georgiana que o verão traria muitas saídas, mas o que a jovem vira do calendário social dos Burton até ali não lhe dera muitos motivos para ter esperança. A menos que escrevesse uma carta para Frances, Georgiana não sabia como retomar o contato entre as duas, e mal podia imaginar o que diria se tentasse encostar a pena no papel.

Cara Srta. Campbell — Apreciei demais a nossa encenação bêbada no quarto de vestir da Sra. Gadforth na outra noite, e espero fazer daquilo um evento regular. Lealmente sua,

Georgiana Ellers

Melhor não.

Depois que todo o chá foi tomado — Georgiana achava que a Sra. Clenaghan devia ter algum tipo de encantamento para encher novamente a xícara, já que a mulher demorava muito para chegar ao fundo da dela —, e a visitante finalmente partiu, a Sra. Burton voltou um olhar acusador para a sobrinha.

— Não pense que não a vi com a Srta. Campbell na festa, Georgiana. Pelo amor de Deus, o que vocês duas estavam fazendo escondidas no andar de cima?

— Ah... estávamos tendo discussões profundas, tia. Discussões de... natureza cultural.

— Discussões de natureza cultural? Sobre qual cultura vocês estavam conversando, se me permite perguntar?

— Ah, a cultura da bebida — respondeu Georgiana, com a expressão séria e os olhos arregalados. — É um flagelo da nossa sociedade, a senhora sabe. As pessoas estão caindo nas ruas... noivados sendo rompidos, vidas arruinadas. Ouvi dizer que o Tâmisa flui a base de quase setenta por cento de gim.

— Ah, *Georgiana*, é claro que isso não é verdade — descartou a Sra. Burton, então hesitou. — É?

— Estão investigando — respondeu Georgiana, o tom propositalmente vago.

A Sra. Burton suspirou.

— Sei que às vezes você deve achar a vida um pouco monótona por aqui, mas tenho certeza de que haverá mais festas, mais jantares. Você precisa ser paciente. Haverá muitas companhias apropriadas, de damas *e* cavalheiros que não instiguem boatos e fofocas, como acontece com a Srta. Campbell. Tenha cuidado com ela, Georgiana. É verdade que essa jovem é de uma posição social incomensuravelmente alta, mas isso significa apenas que a queda dela seria de uma altura ainda maior.

— Ah, não se preocupe — disse Georgiana em um tom lacônico. — Estarei atenta em relação a comportamentos devassos e nudez repentina quando os Gadforth derem a sua próxima festa para comemorar a aquisição de novas toalhas de mesa.

— Georgiana, não há necessidade de ser rude. Eu já disse o que tinha para dizer. Agora — disse ela, com um sorriso forçado, em uma tentativa de retomar o relacionamento amigável com a sobrinha —, vou pegar meu bordado e você pode enfim começar o seu. Eu consegui um lindo molde com alguns querubins encantadores de que acho que você vai gostar.

Elas passaram o resto da tarde em um silêncio que a Sra. Burton provavelmente achou tranquilo e camarada, sem se dar conta de que Georgiana havia considerado a hipótese de enfiar a agulha de bordado no olho até atingir ao cérebro depois de ver os anjinhos horrorosos e de olhar malicioso que imortalizava em um bordado. Ela sentia muita inveja do Sr. Burton, que muitas vezes conseguia evitar os caprichos da esposa fazendo muitas caminhadas "para a sua saúde". O homem tinha um encontro permanente com o ar fresco todas as manhãs e todas as noites, mas suas excursões se tornavam ainda mais frequentes quando a Sra. Burton estava particularmente falante ou de mau humor, com rotas novas e empolgantes lhe ocorrendo às vezes, quando a esposa estava no meio de uma frase. Ele voltou de seu passeio mais recente, que Georgiana imaginou que se tornara extremamente urgente quando ele soube da chegada iminente da Sra. Clenaghan, bem a tempo de todos se sentarem para jantar.

— É uma pena que não a tenha encontrado, Sr. Burton.

— Os Middletons plantaram girassóis — retrucou ele, ignorando-a. A Sra. Burton não percebeu.

— Girassóis! Bem, espero que eles os mantenham sob controle. Coisas *espalhafatosas*... quando ficam muito altos, me lembram de bisbilhoteiros espiando por cima do muro as pessoas que passam.

Georgiana tentou deixar aquele comentário passar e continuar a comer em silêncio, mas descobriu que não conseguia. Ela largou a faca e o garfo.

— O girassol é a flor mais libertina, não concorda, Sr. Burton?

O homem se engasgou com a cerveja e levou muito tempo para se recuperar. Georgiana continuou a olhar para ele em expectativa.

— Ah... Suponho que sim — respondeu ele finalmente.

— Acho que muitas flores são bastante invasivas dessa forma — comentou a Sra. Burton com um estremecimento. — Há algo extremamente vulgar nelas.

— Concordo plenamente — disse Georgiana com indiferença, antes de voltar a pegar os talheres para comer o frango. — Deveriam ser proibidas.

— Proibidas? — repetiu o Sr. Burton em um horror mal disfarçado. — *Proibir* flores? Proibir a glória suprema do mundo natural?

Georgiana fingiu pensar por algum tempo sobre o assunto.

— Ora, se não proibidas... aparadas. Aparadas de formas mais apropriadas.

— Sim, acho que isso serviria — disse a Sra. Burton, aprovando, enquanto o marido a encarava horrorizado.

— Vi uma flor certa vez, sabe, na forma exata do acessório de um cavalheiro...

— Georgiana! — exclamou a tia.

— Uma cartola, Sra. Burton. Minha nossa! Às vezes não sei que rumo toma a sua mente.

Eles voltaram a comer em um silêncio sepulcral.

Felizmente para os Burton, Georgiana logo se distraiu de suas tentativas de torturá-los à mesa de jantar. Apenas alguns dias depois, ela estava sentada sozinha com um livro, na sala de jantar, respirando o cheiro de polidor de madeira e vendo partículas de poeira dançarem através dos raios de sol, quando a Sra. Burton entrou triunfante, segurando uma carta acima da cabeça.

— É da mamãe? Ou do papai? — perguntou Georgiana, animando-se imediatamente e fazendo menção de se levantar.

— Ah, não, querida, sinto muito, mas não é... embora eu tenha certeza de que eles escreverão o mais rápido que a situação permitir.

Georgiana voltou a se sentar, sentindo o coração pesar no peito. Ela sabia que não era nenhuma órfã empobrecida, não estava mendigando por moedas nas ruas, nem enfrentando um urso desnutrido na ponte de Londres em troca de uma reles refeição, mas gostaria de receber alguma indicação de que os pais se lembravam de que tinham uma filha. Além disso, ela fora abandonada no condado mais monótono da Inglaterra... talvez fosse uma mudança de ritmo de vida bastante interessante enfrentar um urso em combate corpo a corpo.

A Sra. Burton foi até a mesa e colocou diante da sobrinha a correspondência que havia inspirado tanta esperança. Georgiana pegou, achando o papel de qualidade surpreendentemente alta.

— É um convite — falou, tentando ler o mais rápido que conseguia. — Para uma festa... quem são os Woodleys?

— Uma ótima família, na verdade! Eles têm uma filha mais ou menos da sua idade. Não tive o prazer de conhecê-los pessoalmente, mas comentei pelo condado que tínhamos uma bela jovem em casa, que precisava de companhia, e a informação deve ter chegado a eles!

Um pensamento pareceu ocorrer à Sra. Burton, e ela torceu as mãos em súbita aflição.

— Ah, mas precisamos de vestidos novos... e preciso ver os sapatos do Sr. Burton... nunca fomos a uma festa assim! A casa deles é muito grande e eles cultivam um extenso jardim de rosas.

Georgiana sentiu uma pontada de nervosismo, mas que não conseguiu competir com as emoções mais agradáveis de esperança, prazer e alegria. Uma casa grande e um extenso jardim de rosas pareciam exatamente o tipo de lugar onde alguém poderia ter a sorte de esbarrar com a excêntrica e nociva Srta. Frances Campbell.

Capítulo três

A Sra. Burton, conhecida por sua capacidade de se preocupar com quase tudo, era um espetáculo memorável quando realmente tinha motivos de preocupação. Foram encomendados novos tecidos para os vestidos — uma musselina marfim muito simples, embora a Sra. Burton fizesse um grande esforço para enfatizar que o tecido poderia ser valorizado com um pouco de renda —, fitas novas para os cabelos e, na noite da festa, Georgiana chegou mesmo a ver o Sr. Burton absolutamente imóvel, jornal na mão, permitindo que a esposa aparasse seu bigode com uma tesourinha de costura.

A tia manteve-se tagarelando durante o trajeto na carruagem bamba até o local da festa, e Georgiana se viu tomada por uma súbita vontade de abrir a porta do veículo e se deixar cair graciosamente nas sebes só para fugir dela. Por sorte, quando finalmente chegaram, a Sra. Burton já falara até a exaustão, e todos permaneceram em um silêncio reverente enquanto a carruagem subia pela entrada grandiosa da maior casa que Georgiana já vira de perto. O Sr. Burton, semiadormecido, parecia indiferente.

Um arrepio de empolgação nervosa percorreu Georgiana quando entrou no movimentado saguão, tentando virar a cabeça em pequenos movimentos discretos, para tornar menos óbvio que estava se esforçando para admirar tudo ao seu redor. Só aquele cômodo já era tão grande que parecia impressionante que tivessem conseguido enchê-lo de convidados, mas fora o que acontecera. Ao menos cinquenta pessoas riam educadamente, se abanando, tilintando os copos que tinham nas mãos e chamando encantados os amigos que descobriam do outro lado do salão. Uma enorme tapeçaria representando uma batalha de aparência bíblica se destacava acima da escada em curva, adornada no topo com o que parecia ser o brasão da família, e um candelabro que parecia abarrotado de cristais pairava acima de suas cabeças.

Georgiana se perguntou se os donos da casa não seriam parentes mais pobres de Deus.

O Sr. e a Sra. Burton estavam ocupados com alguma coisa atrás dela na entrada, provavelmente contando as roseiras, e Georgiana aproveitou a oportunidade para se afastar e desaparecer na aglomeração dourada, aceitando uma bebida no caminho. Não havia comparação com o evento na casa dos Gadforth. Ali, os vestidos eram todos de seda farfalhante e com acabamentos deslumbrantes, o champanhe circulava livremente e os cavalheiros estavam bem penteados e com a postura ereta em suas camisas engomadas.

Georgiana levara três horas para se arrumar para a noite. A camareira, Emmeline, tomara o máximo cuidado para que cada cacho fosse preso no lugar exato, cada fita amarrada e ajustada cuidadosamente, e dera um sorriso tímido para Georgiana, através do espelho, quando terminou. Georgiana não achou o próprio reflexo particularmente inspirador, sabia que seu cabelo era de um castanho muito opaco e o rosto pálido lamentavelmente prejudicado por uma leve pitada de sardas, mas se esforçara e, como resultado, provavelmente estava o mais atraente que já estivera.

Mesmo depois de dedicar tanto tempo para se mostrar apresentável, a casa dos Woodley era tão intimidante que Georgiana tinha a impressão de que estava vestida com panos de prato. Ela não parava de puxar o vestido e ajeitar o cabelo enquanto abria caminho em meio aos convidados, provavelmente conseguindo o efeito oposto ao pretendido e se desgrenhando ainda mais. Na realidade, ninguém se dignou a olhá-la duas vezes — na verdade, nem mesmo uma primeira vez —, mas ainda assim Georgiana tinha a impressão de que todos a avaliavam e achavam que ela deixava a desejar. Era como se, a qualquer momento, alguém fosse encará-la e falar bem alto "Ah, meu Deus... uma pobre vendedora de fósforos!" e jogar moedas a seus pés em um gesto caridoso.

Georgiana percorreu um longo corredor ladeado por imponentes pinturas a óleo e bustos de mármore em que as pessoas representadas pareciam estar com prisão de ventre, até encontrar o salão de baile principal, procurando evitar os dançarinos e outros convidados ao redor da pista de dança. Havia mais belos rapazes e moças naquele salão do que ela jamais vira, e todos pareciam incandescentes à luz das velas. Era difícil distingui-los individualmente, pois eles se confundiam em uma massa de mãos elegantes tocando pulsos enluvados, saltos engraxados batendo contra o chão de mármore e bocas bem-educadas se inclinando para sussurrar em ouvidos delicados e enrubescidos.

Todo mundo ali parecia "Importante" de alguma forma. Nenhum deles aparentava ter experimentado mais de dez segundos de tédio em toda a vida. Georgiana se sentiu como uma faminta que acabara de tropeçar em um banquete.

Algumas poucas pessoas a cumprimentaram com um aceno educado de cabeça quando ela passou, e Georgiana retribuiu o gesto timidamente, pensando que em breve talvez fosse forçada a voltar e se juntar aos Burton — mas, de repente, lá estava Frances, parada perto das portas francesas abertas, sob o brilho de um candelabro, parecendo ainda mais magnífica do que da última vez que Georgiana a vira. No corredor escuro e monótono dos Gadforth ela parecera desbotar, mas agora estava totalmente em seu elemento, radiante em tons de verde-pálido e dourado, com uma taça de vinho na mão.

Frances estava envolvida em uma conversa animada com um grupo de rapazes e moças que pareciam tão reluzentes e à vontade que Georgiana se sentiu assustada demais para sequer aproximar, quanto mais se dirigir a eles, temendo que acabassem se ofendendo e cuspindo nela.

Tomada pela súbita angústia da indecisão, Georgiana estava prestes a dar as costas e fingir dar mais uma volta na sala, para tomar coragem antes de se aproximar, quando ouviu Frances chamar seu nome. Ela mal levantara a voz, mas, de alguma forma, aquelas sílabas atravessaram o clamor da multidão e da música, alcançando no mesmo instante os ouvidos dela, como um assovio para um cachorro.

Georgiana caminhou até o grupo, corando de nervoso.

— Ora, veja quem está aqui — disse Frances, parecendo sinceramente encantada. — A minha ex-esposa.

Georgiana foi apresentada a cada um do grupo. A Srta. Cecily Dugray era alta, pálida e extremamente bela, com olhos azul-jacinto e a boca volumosa e delicada; a jovem fez Georgiana pensar em um cavalo palomino dourado. A Srta. Jane Woodley, filha dos donos da casa, era baixa, mais morena e mais comum, um pouco atarracada, as feições desenhadas com traços muito mais fortes do que as da Srta. Dugray, e sua expressão era cautelosa ao trocar um aperto de mão superficial com Georgiana.

O Sr. Jonathan Smith, um dos dois cavalheiros presentes, foi efusivo em seu cumprimento, afastando para trás o cabelo louro-avermelhado que caíra em seus olhos sorridentes quando se inclinou para beijar a mão de Georgiana. O outro, o Sr. Christopher Crawley, que usava um bigode encerado e estava vestido em uma roupa de noite de um escarlate chocante, deu uma piscadela maliciosa para Georgiana, o que a surpreendeu tanto que ela quase se esqueceu de fazer uma reverência. Georgiana se lembrou na mesma hora da descrição de um pirata que ela havia lido, e se sentiu um pouco desconfortável, como se o homem pudesse estar prestes a deixá-la à ponta da espada e saquear seus grampos de cabelo naquele exato instante.

Até ali, nenhum deles parecia nem um pouco inclinado a cuspir nela.

Eles retomaram imediatamente a conversa que estavam tendo, e Georgiana se contentou em ouvir, encantada com a companhia de alto nível e com o fato de ter sido incluída no grupo. Além de bastante preocupada com a possibilidade de que, se abrisse a boca para falar, pudesse acabar dizendo alguma coisa extraordinariamente tola, como um comentário sobre o clima, ou sobre o ciclo de vida de um sapo.

— Estou lhe dizendo, se o Sr. Weatherby me olhar de soslaio novamente no domingo, vou chamá-lo publicamente de pervertido e dizer à congregação que, quando me ajeitei no banco durante o serviço religioso, ele tentou dar uma boa olhada nos meus tornozelos — disse Frances, para grande diversão geral. — Sinceramente, não é de admirar que eu raramente compareça a um serviço religioso... eles são o suficiente para levar uma mulher aos braços amorosos do diabo. Quando ele desvia os olhos para mim enquanto prega sobre família e dever, posso ver o que está imaginando... eu como sua esposa, com a barriga inchada à espera de mais um filho, em meio à ninhada dos que já temos, abrindo as pernas uma vez por ano com o único propósito de procriar e pensando profundamente em Deus o tempo todo.

Georgiana se engasgou com a bebida e aceitou com vários agradecimentos em voz baixa quando o Sr. Crawley lhe ofereceu gentilmente o seu lenço com monograma.

— Bem, se não o venerável vigário, quem mais está olhando livremente para esses tornozelos, Franny? — perguntou o Sr. Smith, com uma familiaridade que imediatamente deu a Georgiana a impressão de que ele próprio gostaria de ver a parte do corpo em questão. — Ouvi muitos boatos, mas gosto de ir diretamente à fonte.

— Não me atreveria a comentar — respondeu Frances.

Ela deu um gole no copo em sua mão com um sorrisinho malicioso para as outras damas. Georgiana desejou saber por que Frances estava sendo reticente sobre o assunto, para que pudesse se juntar à Sra. Dugray, que retribuiu com um sorriso que deixava claro que ela sabia o que estava acontecendo. A única reação da Srta. Woodley foi uma fungada quase inaudível.

— Quem é o sortudo? — perguntou o Sr. Crawley. — Ah, Frances, não me diga que é aquele dândi pomposo e arrogante... o *incomparável* Sr. Russell?

— Você é quase tão pomposo quanto ele, Christopher, e sabe disso — retrucou Frances. — Está vestindo veludo em junho, pelo amor de Deus. Um pouco de autocrítica pode lhe fazer bem.

— Ora, sim... mas tenho a dignidade e a elegância de conhecer e aceitar todas as minhas muitas vantagens e poucos defeitos — disse o Sr. Crawley, não parecendo nem um pouco ofendido. — Enquanto *ele* finge não ter a menor ideia dos seus poucos e inexplicáveis encantos... no caso, as vinte mil libras de renda anual... e faz uma expressão positivamente perplexa toda vez que alguma mãe se aproxima com um bando de filhas praticamente desmaiando atrás. Ele é assim desde a época de Eton. Além disso — acrescentou presunçosamente, com o ar de alguém que guarda importantes informações sigilosas —, ele levou Kitty Fathering para a cama.

As damas arquejaram em uníssono. Georgiana sentiu os olhos se arregalando e se esforçou para voltar a exibir uma expressão serena.

— Isso não é verdade, e você sabe muito bem — disse Frances, irritada. — Kitty Fathering provavelmente caiu de bêbada no estábulo do pai dela e dormiu em um abraço apaixonado com um pônei particularmente belo, convencida de que era Jeremiah por causa da cor da crina.

— E do cheiro — acrescentou o Sr. Crawley, por cima do copo.

— Srta. Ellers, devemos estar sendo terrivelmente tediosos, falando de pessoas que ainda não conhece — comentou o Sr. Smith. — O Sr. Russell vive metade do tempo em alguma cidade sombria na região de Midlands, mas vem aqui para caçar e passar a maior parte dos verões com os colegas e com a família. Na verdade, estou surpreso que ele não esteja aqui hoje.

Georgiana ficou um pouco perturbada por ser abordada tão diretamente e simplesmente sorriu.

— Ele está — afirmou o Sr. Crawley com relutância. — Quando saí para fumar, eu o vi nos jardins com alguns dos parasitas que vivem agarrados a ele.

— Ora, ora! E guardou a informação para si, não foi? — reclamou Frances, encarando-o com a expressão lindamente aborrecida.

A Srta. Woodley deixou escapar uma risadinha sem humor.

— Tem medo de ser preterido, Christopher?

— Está certo, está certo, vamos fazer uma visita amistosa a ele e dar à pobre Franny algo em que pensar além de Deus, na próxima vez que abrir as pernas para um lavrador de passagem — disse o Sr. Smith, conduzindo Frances em direção às portas enquanto ela tentava acertá-lo de brincadeira com o leque.

A Srta. Woodley continuava a parecer que preferiria estar em qualquer outro lugar, o que era lamentável, pensou Georgiana, já que aquela festa era na casa *dela*.

Nunca na vida Georgiana ouvira tantas referências diretas à fornicação. A mãe e o pai dela haviam contornado o assunto desajeitadamente, referindo-se a ele uma vez, depois que Georgiana viu dois porcos acasalando, como "um abraço especial". Ela estava tentando fingir um ar de indiferença sobre o fato de Frances e os amigos serem tão desbocados e vulgares quanto uma tripulação de marinheiros peculiarmente elegantes. Sexo era algo que acontecia a portas fechadas, em camas conjugais confortáveis ou nos recantos escuros de casas de má reputação, era o que acontecia depois do *e foram felizes para sempre* dos romances que ela lia, ou às vezes, nos mais ousados, aquilo que era brevemente mencionado e logo ignorado por decência. Não era algo que se discutia abertamente em uma festa, como se estivesse debatendo sobre o clima ou o preço da manteiga.

Georgiana foi atrás de Frances e dos outros, levando seu copo e tentando não chamar muita atenção para si enquanto saíam para o pátio amplo. Achou que havia uma grande chance de que o grupo se virasse e perguntasse por que ela ainda os seguia como um patinho demente. Um grupo de jovens, talvez da idade de Georgiana ou alguns anos mais velhos, estava sentado ao redor de uma fonte ornamentada, as gravatas frouxas, rindo alto e desenfreadamente. Conforme eles se aproximavam, um dos rapazes se inclinou para trás sobre a borda da fonte e abriu a boca para que a água caísse direto ali dentro; ele fingiu se engasgar e cuspiu, então levantou o corpo, tossindo e rindo, e os outros aplaudiram. Levando-se em consideração que a mulher retratada na estátua da fonte parecia ter deixado as roupas de lado e que a água jorrava de um lugar *extremamente* lastimável do corpo dela, não era difícil imaginar o que achavam tão divertido.

Um dos homens não estava rindo, na verdade, ele exibia o tipo de sorriso educado que costumava se colocar no rosto quando se era apresentado ao dentista de alguém, ou quando se ouvia um relato detalhado de uma transação bancária. Ele usava um traje simples, branco e azul-marinho, e tinha as mãos cruzadas atrás das costas, como se estivesse em posição de sentido. Quando o examinou mais de perto, Georgiana reparou que, na verdade, todo o corpo do homem parecia rígido, irradiando tensão palpável, totalmente em desacordo com os outros, que pareciam tão relaxados que quase se deitavam. Ele era alto, a pele marrom — talvez fruto de origem indiana, imaginou Georgiana, embora tivesse referências limitadas para saber —, com cachos longos e soltos que não seguiam a moda vigente e tinham sido afastados do rosto sem muito entusiasmo. Seus olhos castanhos eram grandes, mas pareciam cabisbaixos, o que lhe dava um ar calmo e melancólico, e a linha de seu maxilar era tão bem definida que Georgiana achou que provavelmente seria dolorosa ao toque.

Ela se perguntou na mesma hora por que razão pensava em tocá-lo. Enquanto os outros homens recebiam o grupo que se aproximava com cumprimentos joviais em voz alta, aquele em particular fez uma reverência educada e se virou em direção aos jardins.

O homem mais bonito do grupo, e seu líder natural, claramente era o Sr. Jeremiah Russell. Ele era alto, de boa constituição física e classicamente belo, com feições pálidas elegantes e cabelos loiros habilmente penteados. Georgiana se perguntou quantos criados teriam sido necessários para que uma única mecha de cabelo caísse daquela forma atraente sobre o seu olho esquerdo. Frances estava obviamente muito encantada por ele; enquanto mãos eram apertadas e beijadas, ela não conseguia tirar os olhos do Sr. Russell, rindo com surpreendente graça feminina quando os lábios dele se demoraram nas costas dos dedos dela.

— E quem é essa? — perguntou o Sr. Russell, voltando seu sorriso encantador para Georgiana, que enrubesceu na mesma hora.

Apesar de um certo excesso no penteado, ele era muito bonito.

— A encantadora Srta. Georgiana Ellers — apresentou Frances. — Eu a descobri enquanto ela se escondia em uma alcova em uma festa horrível, e Georgiana tornou suportável uma noite intolerável. Ela é *nova*, Jeremiah, está morando com a tia e o tio aqui perto.

Georgiana fez uma reverência constrangida.

— Em uma alcova? — comentou o Sr. Russell, levantando uma sobrancelha enquanto avaliava Georgiana, um leve sorriso brincando nos lábios. — Que surpreendente. — Ele voltou a atenção para Frances. — Você gostaria de algo *especial* para fumar, Srta. Campbell? Tínhamos acabado de levantar a possibilidade de dar uma volta pelo jardim.

— Ah, você é terrível, mas acho que sim... — respondeu Frances, sorrindo para ele, encantada.

Georgiana tentou compreender aquela troca de palavras, mas não foi capaz. "Dar uma volta pelo jardim" claramente significava algo bem diferente naquele grupo em particular.

— *Todos* gostaríamos — avisou o Sr. Crawley incisivamente, e sem mais discussão a procissão seguiu em direção à parte mais escura do terreno.

Apenas a anfitriã, a Srta. Woodley, foi deixada para trás, além de alguns poucos amigos do Sr. Russel. Ela revirou os olhos e se despediu dos outros com um dar de ombros. Georgiana notou que o homem de cabelos cacheados estava entre os que haviam ficado e se sentiu um pouco frustrada.

O destino pretendido era um pequeno e perfumado jardim de rosas, emoldurado por altas sebes que o protegiam da vista da casa. As principais trilhas que cortavam o terreno tinham sido iluminadas com lanternas bruxuleantes, mas assim que eles passaram pela abertura nas sebes, todos se viram lançados sob o índigo desbotado do céu escuro. Eles se sentaram em bancos de pedra frios, os homens rindo de alguma piada que Georgiana não ouvira, mal visíveis um para o outro na escuridão, até que alguém acendeu uma luz.

Georgiana estava se perguntando o que exatamente eles pretendiam fumar quando um cachimbo foi aceso, e o homem que o segurava desapareceu atrás de uma nuvem indistinta de fumaça. Ela assistiu, fascinada e um pouco nervosa, enquanto o cachimbo era passado de mão em mão, até chegar à dela, alguns momentos depois, passado pelo Sr. Smith, que estava sentado à sua esquerda. Georgiana não tinha a menor ideia do que fazer com aquilo, já vira o pai e o tio fumarem, mas nunca imaginara que fosse ter permissão para fazer algo tão singularmente sugestivo com a boca. Além disso, se perguntou, aflita, o que haveria de tão especial naquele cachimbo em particular?

Georgiana ficou olhando para o cachimbo por um instante, e Jeremiah ergueu os olhos de onde estava sentado com Frances.

— Não temos o dia todo, Srta. Ellers — falou, parecendo estranhamente com uma governanta severa.

Frances riu.

— Não tenho certeza de que isso seja... — começou Georgiana, mas Frances a interrompeu com um sorrisinho e um balançar dos cachos.

— Você obviamente não é obrigada a aceitar, mas tenho certeza de que vai gostar, Georgiana. Na verdade, eu apostaria a minha vida nisso. Se não gostar, eu... ora, lhe darei as chaves da minha casa e você pode se mudar imediatamente, que tal?

Jeremiah riu e pousou a mão no braço de Frances, que se virou para ele, obviamente satisfeita, e murmurou alguma coisa que Georgiana não conseguiu ouvir.

Georgiana se virou para o Sr. Smith, aflita.

— Eu não... — disse ela em voz baixa. — Quer dizer, eu nunca...

Ele lhe dirigiu um sorriso conspiratório, e ela não pôde evitar sorrir de volta.

— Basta encostar os lábios e puxar o ar — aconselhou baixinho o Sr. Smith, levando o cachimbo até a boca dela. — Prenda a fumaça no peito o máximo que puder antes de soltar. Tente não tossir — acrescentou com severidade —, ou vai me envergonhar.

Ela fez como fora instruída e, embora seus olhos lacrimejassem, conseguiu não se engasgar antes de entregar o cachimbo para a Srta. Dugray que estava do seu outro lado. Observou com grande admiração Cecily tragar e exalar o ar profundamente três vezes, então passar o cachimbo adiante; a jovem fez tudo com a mesma tranquilidade de quem estava apenas tomando ar fresco. Quando viu que Georgiana a observava, deixou escapar um sorriso simpático.

— Frances disse que você está na casa da sua tia e do seu tio, é isso mesmo? Seus pais também estão aqui, em visita?

Cecily era tão bonita que Georgiana levou um momento para se dar conta de que deveria responder.

— Ah... não. A minha mãe não tem se sentido bem... dores de cabeça... por isso eles se mudaram para o litoral, para uma mudança de ares — explicou Georgiana. Ela sentia as pontas dos dedos estranhamente dormentes, uma sensação bastante agradável. — Pessoalmente, acho que eles se cansaram das restrições da paternidade e da maternidade.

Georgiana nunca falara aquilo em voz alta, mal se permitira pensar naquilo, e não tinha ideia do que a compelira a fazê-lo naquele momento, na frente de uma total estranha. *Estava* se sentindo um pouco tonta e deduziu que a ação especial do que quer que estivesse naquele cachimbo era relaxar o fumante até que ele se sentisse à vontade para deixar todo tipo de bobagem escapar. Registrou vagamente que, a partir do momento em que tragara uma lufada de fumaça espessa e perfumada, tudo ao seu redor passara a parecer muito menos chocante, de certo modo. Mulheres fumando? Sem problema. Jovens desacompanhados escondidos em um jardim escuro, sentados tão próximos que seus joelhos e ombros se encostavam o tempo todo? Absolutamente comum.

— Ah, coitadinha — disse a Srta. Dugray, balançando a cabeça no que parecia ser uma tristeza genuína. — Pegue, fume mais um pouco disso.

Não pareceu a pior solução. Quanto mais Georgiana fumava, menos urgentes se tornavam seus problemas, até que a ideia de que os pais haviam se cansado da única filha e a tinham abandonado em favor de uma vista para o mar passou a parecer uma preocupação quase insignificante.

Frances e Jeremiah estavam dividindo um banco e conversando em um tom baixo que deixava entrever afeto e confiança mútuos — ele segurava a mão dela e, enquanto Georgiana observava, curvou o dedo indicador e começou a acariciar suavemente o interior da palma da mão de Frances. Georgiana sentiu uma pontada de algo indistinto enquanto observava — constrangimento, talvez, por testemunhar algo tão íntimo, mas também uma espécie de anseio vago. Frances estava tão obviamente feliz, envolvida com um homem que parecia amar, algo que nunca era garantido.

Georgiana desviou os olhos e observou disfarçadamente os jovens sentados ao seu redor. Os amigos anônimos de Jeremiah eram bonitos e obviamente ricos, mas também tinham um ar duro, de negligência, que a deixava nervosa. Georgiana nunca se incomodara muito com os homens, e eles lhe retribuíam o favor. Os filhos dos amigos de seus pais não eram candidatos promissores para namoro, casamento ou qualquer tipo de tensão além de um empolgante jogo de cartas.

O Sr. Jonathan Smith era bastante agradável, mas Georgiana ainda achava que o rapaz parecia inclinado em direção a Frances, apesar de ela ser uma causa perdida. Ele conversava com um dos amigos do Sr. Russell, mas com um olho em Frances o tempo todo. O Sr. Crawley a alarmava um pouco; ele ficava torcendo o bigode, aparentemente sem saber que aquele era o gesto clássico de um vilão dos livros. O próprio Sr. Russell não estava disponível, já que no momento se dedicava a explorar a parte interna do pulso de Frances. Os pensamentos de Georgiana se voltaram de novo para o estranho de cabelos encaracolados que permanecera na casa — *ele* já era outro assunto, fascinante exatamente porque só parecera um pouco carrancudo e não dissera nem uma palavra. Comparado a alguns dos outros amigos de Jeremiah, um dos quais estava tentando fumar o cachimbo pela narina esquerda, se tornava bastante promissor.

A realidade, óbvio, era que ninguém em um raio de trinta metros jamais sonharia em considerá-la uma igual. A menos que os pais de Georgiana tivessem, de alguma forma, adquirido terras, heranças e títulos desde a última vez que os vira, ela era de pouca importância para que alguém ali lhe dirigisse um segundo olhar. Sua tênue amizade com Frances, ainda muito incipiente, era o mais próximo que já havia chegado de ter seus próprios contatos sociais. Mesmo que realmente se interessasse por um dos cavalheiros presentes, externar aqueles sentimentos certamente só convidaria à ridicularização.

Afinal, Georgiana ainda não descartara totalmente a possibilidade de que alguém cuspisse nela.

— Quem era aquele homem com o Sr. Russell, perto da fonte? — perguntou Georgiana a Cecily, tentando parecer casual, mas falhando miseravelmente. — O cavalheiro mais escuro, de cabelos cacheados.

— Ah, acho que ele é... Hornsley? Horsely? *Hawksley*, é isso. É um amigo da família Russell, mora em Highbourne House. A mãe é de algum lugar no exterior, nunca consigo me lembrar qual...

— Índia? — perguntou Georgiana.

— Ah, é isso! Menina esperta. Índia. De alguma família imensamente rica de lá. Eles tinham alguma coisa a ver com... comércio. Novos ricos, embora eu tenha certeza de que o pai dele já tinha bastante dinheiro próprio. Hawksley costumava andar com Jeremiah, mas eu não o via há anos. É um sujeito quieto agora, embora eu tenha certeza de que nem sempre foi assim... dizem que ele é escandalosamente rico, mas a verdade é que dizem isso de todo mundo. E gentil, também — acrescentou ela, como se acabasse de se lembrar.

Elas foram interrompidas por um frasco, passado pelo Sr. Smith. Georgiana tentou voltar ao assunto.

— Os Hawksley são...

— Hawksley? — interrompeu-a um dos amigos do Sr. Russell, inclinando-se e rindo com maldade. — Eu não perderia meu tempo, senhoritas. A palavra "diversão" deixou o vocabulário daquele sujeito há alguns anos. O mais próximo que ele chega de diversão hoje em dia é quando usa uma gravata que não combina muito com as meias.

Ele pegou o frasco de bebida antes que Georgiana tivesse chance de experimentar e se virou para os companheiros.

— Hawksley parece terrivelmente triste a maior parte do tempo — comentou Cecily, franzindo o cenho. — Como se o cavalo dele tivesse acabado de morrer.

— Talvez tenha mesmo — falou Georgiana.

— Eu já tive uma égua adorável — comentou Cecily, o tom melancólico. — Se chamava Hestia. Sabe, eu contava todos os meus segredos a ela, e acho sinceramente que ela me ouvia. É tão raro encontrar alguém que realmente entenda seu coração, seja homem ou animal.

Georgiana checou se a outra estava brincando. Cecily tinha um ar ligeiramente vago, mas também parecia muito sincera e absolutamente séria sobre se comunicar com o cavalo.

— E há alguma diferença entre eles? — retrucou Georgiana, como se fosse muito experiente em todo tipo de relacionamentos amorosos.

Cecily inclinou a cabeça para o lado e deu um sorriso sonolento. Tudo nela dava a Georgiana a impressão de estar falando com uma espécie de princesa etérea, vinda de outro mundo. Sua única falha perceptível talvez fosse uma certa falta de inteligência, mas Georgiana não estava em posição de julgar naquele momento — aquela coisa no cachimbo era potente, e tudo estava começando a parecer terrivelmente confuso.

Houve uma pausa na conversa, e Georgiana percebeu que nem ela nem Cecily haviam aberto a boca por pelo menos um minuto. Uma mudança sutil na atmosfera, provavelmente criada por seu cérebro confuso, fez com que Georgiana de repente se sentisse constrangida e claustrofóbica entre todas aquelas pessoas, e ela sentiu um desejo imediato e ardente de estar longe do grupo e mais perto das luzes no fim do jardim. As luzes, pensou, eram *boas* por natureza. As pessoas, por outro lado, tinham potencial para serem más.

Georgiana pediu licença, saiu sem nenhuma graciosidade através das sebes e cambaleou pelo caminho de cascalho com o que esperava que fosse um olhar de interesse educado e casual no rosto, concentrando-se no brilho agradável dos lampiões, que eram os únicos pontos brilhantes na escuridão.

Ela estava sozinha e muito longe da casa, o ar frio da noite mantinha a maioria dos convidados confinados lá dentro, e toda a conversa não era mais do que um murmúrio suave à distância.

Georgiana se animou. Afinal, estava quase chegando ao seu destino quando alguns degraus de pedra incômodos surgiram do nada. Ela só reparou neles um segundo tarde demais e tropeçou de forma espetacular na bainha do vestido, arremessando-se em direção a eles. Visões de ossos quebrados e feridas horríveis passaram diante de seus olhos, mas ela ficou agradavelmente surpresa ao descobrir que algo quente e sólido a segurou antes que atingisse o chão.

— Você me salvou — declarou Georgiana dramaticamente, as palavras saindo indistintas.

Seu salvador deu uma risada breve e surpresa e a ajudou gentilmente a se sentar nos degraus. Quando ele se sentou ao lado dela, Georgiana olhou de soslaio para a figura parcialmente iluminada pela luz do lampião e viu que era ninguém menos que o Sr. Hawksley.

— É você! — disse ela em voz alta.

Ele não parecia saber a resposta correta para aquela declaração, e apenas sorriu, ligeiramente tenso. De perto, e ela estava *bem* perto, o homem era inegavelmente belo, embora parecesse exausto. Ele tinha os cílios mais extraordinários que Georgiana já vira e, na escuridão, suas íris pareciam quase pretas — a verdade era que era inquietante ter aqueles olhos tão intensamente concentrados nela. Georgiana quase sentiu vontade de proteger o rosto, mas, felizmente, uma parte de seu cérebro registrou que aquilo pareceria insano.

Ela percebeu que já o encarava em silêncio por algum tempo.

— Está gostando da festa?

— Ah? Está... muito agradável — respondeu ele, olhando em volta como se não tivesse se dado conta de que estava *em* uma festa. Sua voz não era contida e polida como a de Jeremiah Russell, e sim profunda e um pouco rouca, como veludo gasto.

— Tenho certeza de que não é nada comparada às festas a que está acostumado — falou Georgiana sem nenhum motivo. — Tenho certeza de que costuma ir a bailes organizados pela realeza prussiana, com corridas de porcos e... frutas exóticas, e perus recheando galinhas, recheando pardais.

— Os pardais teriam que estar no centro — disse ele calmamente. — Não se pode colocar um peru dentro de um pardal.

— Ah — disse Georgiana, sentindo-se tola e desorientada. — Bem, *o senhor* deve saber, é claro. Tenho certeza de que deve ter cinquenta acres de terra, uma renda de quinze mil libras por ano e uma enorme coleção de cartolas.

O Sr. Hawksley se ajeitou, desconfortável. Georgiana fitou-o boquiaberta.

— O senhor tem, não é? Cinquenta acres e quinze mil libras por ano, e quase tantas cartolas!

— Eu não tenho nem perto de quinze mil cartolas. Cinquenta, talvez.

— Ah — falou Georgiana mais uma vez.

Depois da onda inicial de confiança cheia de adrenalina, ela se pegou sem saber o que dizer em seguida. E se perguntou se *alguém* já soubera o que dizer na história da Terra. Depois de um momento, a inspiração chegou.

— Sou Georgiana Ellers — disse, estendendo a mão.

— Thomas Hawksley — falou ele lentamente, e pegou a mão dela —, embora aparentemente a minha reputação em relação à corrida de porcos me preceda.

Embora não houvesse absolutamente nada de clandestino em um breve beijo na mão dado por um homem excessivamente entusiasmado em um salão lotado — muitas vezes um cavalheiro com o dobro da idade da dama, que deixava para trás uma mancha desagradável de saliva que precisava ser limpa com discrição nos móveis próximos —, com certeza havia algo *extremamente* íntimo em um estranho dolorosamente bonito pressionando lentamente a mão da dama nos lábios em um jardim deserto, iluminado apenas pelo bruxulear de lampiões distantes.

Infelizmente, o suposto beijo só aconteceu na imaginação acelerada de Georgiana, já que o Sr. Hawksley apenas pigarreou baixinho, então soltou a mão que segurava como se ela estivesse sofrendo de algo contagioso.

— Desculpe. Não sei o que me levou a... — começou ela.

O Sr. Hawksley se virara na direção do gramado, e Georgiana ficou feliz por ele não poder vê-la corar furiosamente no escuro. Ela se sentia em desvantagem natural, sentada ao lado de alguém que podia alegar de forma tão casual ter cerca de cinquenta chapéus.

— Há muitas pessoas *muito bem-vestidas* aqui, o senhor reparou? — perguntou Georgiana de repente, em um tom muito alto. — Ninguém parece já ter tido que preparar um cavalo para montar, ou... ou mesmo ter precisado amarrar os próprios cadarços. Elas... Elas provavelmente acreditam que os cavalos se limpam com línguas longas, como gatos, e a ideia de um cadarço provavelmente nunca penetrou os limites de suas mentes. Elas... Elas devem simplesmente anunciar que estão saindo de casa, e uma criada posicionada diante delas, junto ao chão, faz algo indecifrável, até que... viva! Estão prontas para partir!

Seguiu-se um silêncio ligeiramente atordoado, o que Georgiana considerou justo.

— Gosto muito de cuidar do meu cavalo — comentou Hawksley por fim. — Acho bastante relaxante.

— Ora, mas é *claro* que sim — comentou Georgiana de forma nada educada. — É tudo muito *relaxante* quando a pessoa pode *escolher* se quer ou não cuidar do próprio cavalo. Ainda mais quando, mesmo se optar por cuidar, é sua única tarefa doméstica do dia, e depois pode se retirar para perto da lareira para, não sei, tomar um balde de conhaque fino, dando tapinhas nas próprias costas e se parabenizando por um dia de trabalho duro.

— Humm. Tem o hábito de cuidar dos cavalos, Srta. Ellers? — perguntou o Sr. Hawksley.

Ao longo da curta conversa entre eles, ele parecia ter relaxado de certa forma, e agora estava recostado nos degraus em uma pose informal. Georgiana observou a mão que ele passava distraidamente pelo cabelo, mas desviou rapidamente o olhar. Era uma mão bastante agradável, mas ela não seria capaz de descrever a imensa vontade que teve de senti-la.

— Bem, não. O meu tio tem um homem que faz isso.

— Ah, entendo. Então, essas inclinações em relação à política de preparação de cavalos são puramente ideológicas, sem base na realidade do seu cotidiano?

Georgiana não disse nada. Ele sem dúvida tinha lançado um argumento válido, mas ela não viu motivo para deixá-lo saber disso.

— Sei muito pouco a seu respeito, Srta. Ellers, quem é a sua família, ou onde mora, ou como chegou a esta festa cercada de pessoas com quem parece tão pouco impressionada... — Georgiana fez menção de interrompê-lo, mas ele continuou. — Não posso fingir que não compartilho alguns de seus escrúpulos sobre as nossas companhias atuais, mas acredito que talvez fosse melhor *perguntar* às pessoas se elas têm ares de grandeza, ou até mesmo conversar com elas primeiro, antes de rotulá-las definitivamente como ruins.

Ele fez menção de se levantar. Georgiana não pôde evitar a sensação de que havia dito algo errado, mas em seu atual estado de consciência não tinha certeza do que fora. Realmente não queria que ele se fosse, agora que se vira diante da possibilidade de tê-lo por perto, mas não conseguia pensar em nada para dizer que o convencesse a ficar.

— Vou me despedir, Srta. Ellers. Acho que seus amigos estão lhe procurando.

Georgiana se virou desajeitadamente e viu Frances e Cecily saindo tropeçando do jardim ornamental, chamando o nome dela em sussurros altos pelo caminho.

— Aliás, embora eu nunca tenha visto uma caça aos porcos, vi alguém colocando patos para correr, certa vez. Foi bastante perturbador. Eles usavam chapeuzinhos.

Georgiana se virou, sorrindo, com uma resposta a meio caminho dos lábios, mas ele já havia se afastado, lançando uma longa sombra enquanto caminhava de volta em direção à festa.

Capítulo quatro

Embora a Sra. Burton não tivesse provas concretas de que a sobrinha passara a noite em companhia indesejável, entregando-se a atividades ilícitas — Georgiana havia encontrado os tios às dez da noite, uma hora bastante respeitável —, ela desconsiderou a explicação de Georgiana de que simplesmente tomara champanhe demais e passou um sermão nela sobre como se comportar como uma dama elegante (e a importância de acompanhantes, recato e apresentações adequadas) durante toda a viagem de volta para casa, que levou quase uma hora. Georgiana apoiou a testa no interior gasto do veículo e se esforçou ao máximo para se mostrar inocentemente intrigada, mas só conseguiu dar a impressão de que sofria de algum tipo de desconforto intestinal.

Georgiana acordou tarde no dia seguinte, com a cabeça latejando, e saiu do quarto bem na hora de almoçar com os tios, que comprimentaram-na em voz alta em tom entusiasmado, a encarando com desconfiança ao vê-la estremecer.

Georgiana ainda não sabia exatamente o que havia naquele cachimbo, mas o que quer que fosse, certamente não era só tabaco. Afinal, nunca tinha visto o tio sair cambaleando em direção a luzes bonitas ou começar a rir incontrolavelmente quando se permitia fumar seu cachimbo depois do jantar, embora ele a tenha chocado uma vez ao desabotoar o botão de cima do colete.

A Georgiana que morava com os pais e passava as noites de sábado reorganizando seus livros por ano de publicação teria ficado horrorizada com a ideia de fumar substâncias misteriosas que alteravam seu estado de consciência, acompanhada por quase estranhos, mas estava percebendo rapidamente que não tinha mais que ser aquela Georgiana. Talvez essa nova versão de si mesma — a que tratava pessoas como Frances Campbell pelo primeiro nome, acompanhava os amigos dela da alta sociedade e era bem-vinda em um círculo íntimo, cercado por roseiras — também fosse o tipo de pessoa que agia como se aquelas coisas não fossem mais fora do comum do que desfrutar de uma xícara de chá particularmente bem-feito.

Georgiana estava beliscando a comida sem entusiasmo quando Emmeline avisou que havia alguém procurando por ela, esperando na porta; uma pessoa bonita, de cabelos escuros, com uma carruagem tão impressionante que aparentemente merecia uma extensa descrição.

— Ah, meu bom Deus! É a Srta. Campbell, não é? — exclamou a Sra. Burton em voz alta, levando as mãos rapidamente ao rosto.

— Ela *obviamente* pode ouvi-la — sussurrou Georgiana em resposta.

O fato de Frances ter ido procurá-la — de Frances ter descoberto o *endereço* dela, de ter se dado ao trabalho de realmente buscá-la — a empolgou de forma irracional, fazendo com que seu coração disparasse na mesma hora e que as palmas de suas mãos suassem, mas não havia tempo para dissecar tudo aquilo no momento.

Seguiu-se um pânico momentâneo e bastante ridículo, no qual o instinto imediato da Sra. Burton foi esconder um pedaço de queijo, enquanto Georgiana se apressava a vestir a capa e o gorro. O Sr. Burton permaneceu impassível e estático o tempo todo, como uma montanha no meio de um furacão. Georgiana estava do lado de fora, com seu almoço embrulhado ao acaso em uma cesta para um piquenique antes que a visitante pudesse dar uma boa olhada dentro da casa. Foi auxiliada nessa empreitada pela Sra. Burton, cuja preocupação com o decoro da Srta. Campbell só era suplantada pelo horror de que alguém da posição de Frances visse o interior modesto e ligeiramente empoeirado da casa.

Georgiana compreendia. Pela primeira vez, ela e a tia estavam de acordo em relação aos horrores da poeira.

Frances pareceu educadamente perplexa com a pressa de se livrarem dela, mas aceitou o plano de um piquenique, já que estava um belo dia. Ela instruiu o cocheiro a levá-los a um local recomendado por Georgiana, um prado a dez minutos da casa, descendo pela trilha estreita e irregular. Georgiana muitas vezes se distraía sozinha ali com um bom livro, um hábito que já lhe rendera um sermão da Sra. Burton sobre "os males de ler ao ar livre". As duas jovens se sentaram à sombra, sobre um tapete que fora resgatado das profundezas da carruagem e que de um modo geral parecia ter sido importado.

Frances parecia exausta, embora feliz, apoiada casualmente nos cotovelos, e Georgiana tentou imitá-la, como se um milhão de pensamentos não estivessem passando por sua cabeça; como se não estivesse tão absurdamente animada por estar ali, sentada debaixo de uma árvore com Frances, que chegava a se sentir um pouco nauseada.

— Como foi o resto da festa? — perguntou Georgiana casualmente, apertando os olhos enquanto a luz do sol manchava sua visão, provocando uma dor de cabeça lancinante. Descobrir que um comportamento agradável, mas questionável, tinha consequências era muito decepcionante, pensou.

— Foi *maravilhoso* — respondeu Frances, tirando languidamente os sapatos e as meias. Ela ainda estava vestindo as sedas verdes e douradas da noite anterior, embora parecessem levemente amarrotadas. Frances se espreguiçou, como um gato, e mexeu os dedos dos pés na grama. — Jeremiah não queria ir embora de jeito nenhum. Tudo ficou mais tranquilo depois da meia-noite, mas nós dois ficamos conversando até altas horas. Dormi na casa de Jane... essas meias são dela. Um pouco espalhafatosas para o meu gosto.

Georgiana ofereceu um sanduíche a Frances, que aceitou na mesma hora, comendo com verocidade.

— Estou esperando um pedido de casamento antes do fim do verão — comunicou Frances entre uma mordida e outra. — Honestamente, o próprio Deus não poderia ter arranjado uma combinação mais perfeita por meio de Sua intervenção divina.

— Mas... quer dizer que você não está noiva? — perguntou Georgiana, o próprio sanduíche oscilando a meio caminho da boca.

Ela presumira que Frances e Jeremiah estivessem noivos pela forma como se comportavam, pela forma como eram *íntimos*. Georgiana não sabia o que o próprio Deus teria a dizer sobre carícias eróticas antes do casamento, mas não conseguia imaginar que seria algo bom.

— Prepare-se, Georgiana, pois estou prestes a chocá-la profundamente... não, não estamos noivos — disse Frances, revirando os olhos. — Ah, não me olhe assim. Vai acontecer a qualquer momento. Devo dizer que acharia a coisa toda bastante irritante, mas a expectativa é francamente... deliciosa.

— Sem dúvida ele olha para você como se quisesse devorá-la — disse Georgiana, e foi presenteada com o sorriso malicioso de Frances.

— Meu Deus, espero que *sim* — respondeu ela, e Georgiana bufou com uma risadinha chocada. — Ah, vamos, não fui a única que ficou fazendo travessuras no jardim de Jane... ouvi dizer que você estava fazendo seus próprios contatos, Georgiana. A Srta. Woodley a viu flertando com o nosso reticente Sr. Hawksley. Sabe, ele é uma espécie de enigma... mas isso só parece fazer com que as damas o queiram ainda mais.

— Que damas? — perguntou Georgiana, pousando seu sanduíche intocado.

— Ah, você sabe — disse Frances com um aceno desdenhoso de mão. — Todas. Ele ignora todas elas, coitadas. É claro, Jeremiah também é muito desejado, muitas tentaram e muitas falharam. Mal posso esperar para ver a expressão desolada em seus pobres rostos quando anunciarmos nosso noivado. Mas vamos, não mude de assunto... O Sr. *Hawksley*. Quero todos os detalhes sórdidos.

— Não há muito o que contar — falou Georgiana com sinceridade, tirando migalhas da saia. — Só conversamos, você sabe, sobre a festa e os convidados, e um pouco sobre... cavalos.

Ela estava pecando por omissão, mas não achava que Frances precisava saber da vergonha que passara na frente do Sr. Hawksley, ou sobre a insinuação que fizera de que alguém como a própria Frances não entenderia o conceito de um cadarço. Afinal, ela acabara de ver a amiga desamarrar os sapatos, portanto aquele assunto em particular fora resolvido a favor do Sr. Hawksley.

Era inevitável, claro, que ele tivesse sido objeto de atenção feminina no passado. Era rico, misterioso e tinha cílios comparáveis aos de um bezerro recém-nascido, mas ainda assim aquilo irritava Georgiana, mesmo sabendo em sua razão que não podia fazer absolutamente nenhuma reivindicação em relação ao homem. Ela não sabia por que se sentia tão intrigada por ele, mas por algum motivo desejava estar em suas boas graças.

Se fosse honesta consigo mesma, aquilo não parecia particularmente provável, a menos que o Sr. Hawksley tivesse uma propensão especial a ser insultado.

— Jeremiah e eu estávamos conversando sobre ele ontem à noite. Na verdade, o Sr. Hawksley mora aqui o ano todo. Sabe... ele não passa apenas o verão no condado, como o resto de nós. Costumávamos vê-lo com mais frequência alguns anos atrás; ele sempre foi um dos mais agitados nas festas, mas desapareceu um tanto misteriosamente e acabou de ressurgir. Essa provavelmente foi a coisa mais interessante que ele já fez, o que fala muito a respeito do homem... e acho que não consegui ter uma conversa decente com ele desde então. O Sr. Hawksley tem uma herança *impressionante*, e sei que está no comando dos negócios da família. Jeremiah fez alusão a algo... algo sobre a família dele, mas não entrou em detalhes. Bem, a verdade é que Jeremiah estava distraído. — Ela sorriu, e Georgiana se perguntou o que exatamente Frances estaria fazendo para distraí-lo. — O único problema é que toda essa responsabilidade o tornou intoleravelmente tedioso. Temo que se casar com ele seria como se casar com um cabo de vassoura com relações sociais particularmente privilegiadas.

— Ele me pareceu tolerável — comentou Georgiana, pensando que o Sr. Hawksley provavelmente não poderia dizer o mesmo sobre ela.

— É mesmo? Bem, cada um sabe do que gosta. Eu certamente não consigo imaginar dividir uma casa e passar uma vida inteira de festas nos braços de alguém tão desesperadamente contra se divertir. Ele mal bebe, não fuma. Seus principais passatempos parecem ser criar pausas desconfortáveis na conversa e encarar as mãos. O Sr. Hawksley é muito educado, é claro, e absolutamente *impecável*.

Ela estremeceu de forma teatral.

Georgiana não conseguia entender por que Frances estava tão decidida a assassinar o caráter do Sr. Hawksley; talvez ela nunca tivesse chegado perto o bastante dele para se sentir fascinada por seus cílios.

— Seus amigos... eles foram muito gentis — comentou Georgiana, ansiosa para mudar de assunto, e finalmente dando uma mordida no sanduíche.

— Ah, minhas damas de companhia — falou Frances, rindo. — Jane é um osso duro de roer, mas é uma boa pessoa, na verdade. Eu a conheço desde sempre, crescemos juntas. Mas temo que ela esteja ficando cada vez mais difícil na velhice, no entanto. Ela mal parece gostar das próprias festas hoje em dia. *Cecily* é divertidíssima. É horrivelmente bonita, isso qualquer um pode ver, mas não é exatamente... Bem, ela não será a primeira mulher no governo, isso é certo. Mas tem um valor inestimável, sempre disposta a qualquer coisa, e tem irmãos *lindos*. Estão todos casados agora, claro — acrescentou ela com um suspiro melancólico. — São todos tão altos e loiros quanto ela. Achei que o mais novo poderia se interessar por mim, mas a mãe deles os amarrou em compromissos com jovens debutantes da alta sociedade em Londres assim que pôde.

— O Sr. Smith parece gostar muito de você — arriscou Georgiana. — Vocês dois alguma vez...

Frances encarou-a com um espanto genuíno, então jogou a cabeça para trás e riu.

— Ah, Jonathan não! Pobre homem, você o está difamando. Ele é como um irmão para mim... e não quero chocá-la, Georgiana, mas não sou *nada* do gosto dele. Um solteirão convicto na idade madura de vinte e dois anos.

Georgiana não tinha a menor ideia do que a outra jovem estava falando, e não conseguiu colocar no rosto uma expressão fingindo o contrário.

— Ele é um homem de homens, Georgiana. "Damas não são permitidas", como naqueles clubes da capital.

— Ah! — disse Georgiana, o rosto ficando vermelho quando finalmente entendeu. — Você quer dizer...

— Tenho quase certeza de que a última vez em que o vi ontem, ele estava desaparecendo nos fundos da estufa com um dos amigos terríveis de Jeremiah — contou Frances, arqueando uma sobrancelha escura.

— *Ah* — disse Georgiana mais uma vez, a mente em disparada.

Ela já tinha ouvido falar de tais homens antes — não se podia ter uma compreensão básica da literatura grega clássica sem ser apresentada a uma multidão deles —, mas, até onde sabia, nunca havia conhecido um deles pessoalmente. O Sr. Smith não lhe parecera nem um pouco peculiar ou diabólico, ou, pelo menos, não mais do que o resto do grupo. Na verdade, Georgiana tinha gostado mais dele do que de qualquer um dos outros.

Ela nem queria imaginar o que a tia diria — afinal, o comportamento do Sr. Smith era contra a lei —, mas de certa forma achava que aquilo acrescentava certa emoção de folhetim a ele. O homem estava disposto a arriscar tudo, ir contra a lei por amor, ou por fosse lá o que fosse que as pessoas faziam no fundo das estufas.

Frances parecia bastante satisfeita por ter conseguido chocá-la. Georgiana percebeu que havia interpretado mal a proximidade dos dois, os olhares frequentes que trocavam no jardim de rosas. O olhar do Sr. Smith não era de desejo, mas sim de uma proteção vigilante sobre a sua querida *Franny*.

— Ele tem muita sorte por todos nós já estarmos totalmente acostumados a fazermos vista grossa — disse Frances. — Na verdade, já fingimos que estávamos nos cortejando, por um tempo. Jonathan estava tentando despistar os "cães farejadores", e as pessoas acreditaram prontamente. Tudo foi arruinado quando um grupo de amigos entrou na sala de bilhar e o encontrou completamente nu com aquele italiano terrível, na minha festa de aniversário. — Ela torceu o nariz com a lembrança, então suspirou. — Ele e Christopher estão sempre a um passo de matar um ao outro. Sinceramente, gostaria que Jonathan o enforcasse logo com uma de suas próprias gravatas medonhas. Christopher está tão envolvido com a ideia de ser um mulherengo que não percebeu que todas as mulheres o acham repulsivo. Sinceramente, aquele rapaz é o diabo encarnado usando roupas espalhafatosas feitas sob medida. Nós só o toleramos porque ele tem ótimos contatos quando se trata de adquirir certos vícios que apreciamos. Christopher é primo de segundo grau de Jane, ou algo assim, e frequentou a escola com Jeremiah. Não entre em uma carruagem sozinha com ele e não beba nada que ele lhe ofereça que ele mesmo não esteja bebendo também. Na verdade, nem mesmo algo que ele *esteja* bebendo, já que o homem provavelmente desenvolveu uma tolerância a pelo menos cinquenta tipos de veneno.

Georgiana devia ter parecido horrorizada, porque Frances abrandou um pouco.

— Está certo, ele não é tão apavorante. Só fica um pouco fora de si às vezes... mas não ficamos todos?

A noite mais louca que Georgiana já havia experimentado terminara apenas catorze horas antes, e ela devia aquilo totalmente a Frances, mas assentiu como se também houvesse rumores de que já nadara seminua no lago do moinho de um estranho.

— Nem sempre somos só nós cinco, mas às vezes as pessoas perdem algumas temporadas sociais ou se veem casadas. Até agora, neste verão, parece que somos os únicos sobreviventes. No ano passado, éramos oito, e quase incendiamos a casa de verão de Henrietta King. Assim, talvez seja melhor mesmo um grupo menor. Temos pencas de conhecidos, é claro, e há o círculo de amigos de Jeremiah... mas acho melhor ter um grupo menor de amigos realmente próximos, não acha?

— Sim, é claro — disse Georgiana.

Ela torceu para que não estivesse óbvio em seu rosto que a sua maior esperança no momento era que aquele grupo de cinco pudesse se tornar um grupo de seis. Georgiana tinha certeza de que eles podiam se expandir para incluí-la sem qualquer risco adicional de cometerem um incêndio criminoso.

— Meus pais na verdade consideraram a ideia de ir para outro lugar este ano, para variar, mas insisti em vir para cá. Em setembro, Jeremiah voltará para Manchester, e eu retornarei a Londres. Uma viagem de mais de trezentos quilômetros de carruagem com certeza não aquece o coração, portanto tudo depende deste verão. Mas acho que será inesquecível.

Uma temporada social que se estendia desanimadoramente à frente de Georgiana estava se transformando diante de seus olhos em um período cheio de promessas. Talvez, pensou, sua história não precisasse ser de monotonia e solidão, como temera; talvez estivesse destinada a coisas maiores. Se certa quantidade de impropriedade fosse o preço a pagar em troca, que assim fosse.

Frances Campbell não precisava saber que a nova amiga passara os verões anteriores jogando xadrez, lendo Chaucer sozinha e mal ousando sonhar que poderia existir outra maneira de viver. Frances e as amigas eram perspicazes, brilhantes e tão *vivas*. Georgiana ansiava por ser uma delas, para que todos a vissem na companhia dos Dugray, dos Woodley e dos Campbell, e que ela fizesse parte do grupo. Queria noites cheias de risadas, aventuras loucas e convites que os Burton simplesmente não recebiam. Queria ser convidada para a casa de Frances em Londres, para dar seguimento a uma amizade que se estendesse além das proezas de verão e que fosse reforçada em estadas no Dia de São Miguel e no Natal. E *realmente* queria ir a festas com estranhos de cabelos encaracolados que se recusavam a rir de piadas obscenas, tinham mãos estranhamente atraentes e cuidavam dos próprios cavalos por prazer.

— Sinto muito pela minha mãe, na outra noite — disse Frances, suspirando e pegando outro sanduíche. — Ela nem sempre foi tão pedante. Ela e meu pai costumavam dar as festas mais incríveis. Ele tem sido um verdadeiro canalha ultimamente, sempre viajando para o exterior, e quando está por perto podemos ouvi-los em qualquer lugar da casa. *Felicidade conjugal*, você sabe.

— Não foi nada, é sério — disse Georgiana. — Se a minha tia tivesse nos descoberto, eu teria sido jogada na carruagem e levada diretamente para um convento.

Frances riu.

— Provavelmente a melhor coisa para nós, George, é nos mantermos longe de encrencas — disse ela, dando uma palmadinha carinhosa na perna de Georgiana.

Georgiana enrubesceu de prazer com a familiaridade e o apelido, então estendeu a mão para pegar outro sanduíche, na tentativa de esconder o rosto, mas encontrou a cesta vazia.

— Ah, diabo, eu comi todo o seu almoço! — disse Frances. — Você precisa ir à minha casa em breve, para podermos alimentá-la adequadamente. Você vai gostar, temos os cães mais queridos e os melhores cavalos do condado. Meu pai parece não se cansar de colecioná-los, embora atualmente quase não saia com eles. *Nós* podemos sair para cavalgar uma tarde. A menos, é claro, que... Você tem outros planos?

Ficou claro pela expressão de Frances que ela havia adivinhado, corretamente, que Georgiana não tinha compromissos prévios. Houve um momento de entendimento silencioso entre elas, e Georgiana percebeu que, embora a nova amiga não conhecesse os detalhes de sua vida anterior, também não era tola. Frances sabia exatamente com o que contribuía para aquela parceria, assim como sabia que Georgiana não poderia contribuir com muito. Se Frances cortasse relações com ela no dia seguinte, Georgiana teria que passar o resto do verão — e talvez o resto da vida — bordando pesadelos em tons pastel na sala de estar da Sra. Burton, relembrando os poucos dias gloriosos que passara na companhia da estimada Srta. Campbell.

Frances estava conscientemente socializando abaixo do seu nível. Georgiana não conseguia imaginar por quê, mas conhecia seu papel: aceitar e ser grata.

E *sentia-se* grata. Imensamente. Frances poderia comer todos os seus sanduíches, todos os dias, desde que fossem amigas, e Georgiana não diria uma palavra.

— Não. Não tenho outros planos — disse Georgiana.

— Excelente — falou Frances com um sorriso, levantando-se e estendendo a mão para Georgiana. — Vamos, George. Tire as botas. Vi um riacho lá atrás e estou *morrendo* de vontade de mergulhar os pés.

Capítulo cinco

As reprimendas gentis da Sra. Burton eram quase tão excruciantes quanto as diretas. Quando ninguém a contestava, ela era uma mulher de modos amáveis, sem dúvida propensa à agitação e à preocupação quando se tratava de assuntos como festas e decoro, mas uma pessoa de espírito gentil e de boas intenções. No entanto, a Sra. Burton deixou claro para Georgiana, assim que a sobrinha voltou do passeio com Frances, que *não* aprovava a sua nova amizade. E não mostrava nenhum sinal de deixar a ideia de lado. O Sr. Burton, que permanecia em silêncio atrás do jornal, deixou que ela continuasse.

— Em qualquer outra circunstância, eu recomendaria esse vínculo, Georgiana, mas a sua mãe e o seu pai nos confiaram seu bem-estar, e eu nunca me perdoaria se eles retornassem das férias e se deparassem com uma onda de rumores acerca das novas companhias da filha deles.

— Dificilmente poderia ser chamado de férias, tia, a menos que eles tenham vendido nossa antiga casa por acidente — retorquiu Georgiana, pendurando a capa. Ela fez menção de passar pela Sra. Burton em direção ao refúgio tranquilo da biblioteca.

— Ah, não, você não vai! Entendo que anseie por companhia, de verdade, mas a Srta. Campbell não é uma escolha apropriada. *Eu* vou encontrar uma pessoa adequada, que esteja apta a colocar você sob suas asas e possa lhe mostrar o que há de interessante nas redondezas. Claramente, em casa você tinha mais liberdade, e suponho que eu não possa culpar a minha irmã, já que ela andava tão distraída ultimamente... mas isso acaba *agora*.

Georgiana sentiu uma vontade tão grande de revirar os olhos que ficou com dor de cabeça na tentativa de se conter. Ela resolveu fixar o olhar com atenção nas costas do Sr. Burton enquanto descalçava as luvas e percebeu que a costura do paletó dele estava se desfazendo no ombro. A tia estava certa ao presumir que seus pais nunca haviam prestado grande atenção às idas e vindas da filha — na verdade, eles muitas vezes cuidavam de seus assuntos como se não tivessem uma filha —, mas Georgiana se acostumara àquela configuração, e certamente não estava disposta a ter que lidar com *estardalhaços* ou *intromissões* adicionais. A Sra. Burton suspirou, estalou a língua, pegou a correspondência na mesa, examinou-a até descobrir o que estava procurando e ergueu em triunfo.

— Ah! A Srta. Walters está na cidade! A neta da minha querida amiga Sra. Walters... ela é mais ou menos da sua idade. Vamos ver aqui, Srta. Betty Walters, uma jovem brilhante, extremamente talentosa em caligrafia e bordado. Ela estava morando com os primos, mas vem para ficar por um bom tempo, talvez para sempre. Betty Walters seria uma ótima companhia. Vou marcar um encontro imediatamente.

— A senhora não vai fazer uma coisa dessas! — bradou Georgiana, incapaz de se conter mais. — Tenho certeza de que a Srta. Betty Walters é uma *jovem brilhante* na sua opinião, e tenho certeza de que exatamente por isso ela deve ser extremamente tediosa. Não consigo pensar em nada mais excruciante do que passar meu tempo de lazer com alguém que é elogiada por sua *caligrafia e bordado*. Sinceramente, se isso é tudo o que a Sra. Walters consegue pensar em dizer para recomendar a neta, poderia muito bem ter dito que Betty é talentosa em "inspirar e expirar, em intervalos regulares e muito satisfatórios".

A Sra. Burton ficou muito agitada, o rosto vermelho, então hesitou. Ela abriu a boca para falar, voltou a fechá-la, e olhou para o Sr. Burton como se pedisse ajuda. As sobrancelhas dele apareceram por trás do papel, e Georgiana pôde ver que ele franzia o cenho.

— Você foi longe demais — disse a Sra. Burton, por fim, antes de sair apressada da sala em um turbilhão de saias e sentimentos feridos. Georgiana sentiu a culpa revirar o estômago enquanto a via se afastar.

A sala ficou em silêncio por um momento, então, para seu espanto, o Sr. Burton abaixou o jornal. Ele era tão avesso a conflitos ou dramas de qualquer tipo que ela sinceramente esperava que o tio fingisse que não tinha ouvido nada do que acontecera.

— Georgiana — disse ele com firmeza, na voz profunda que ela raramente ouvia —, muitas vezes as pessoas se consideram espertas *demais*. É melhor você ter isso em mente para se tornar uma pessoa melhor e ajudar os que estão ao seu redor a também melhorarem, em vez de permitir que sua esperteza se transforme em crueldade.

O jornal foi aberto novamente e colocado de volta no lugar, e Georgiana foi deixada olhando para o papel.

Ela supôs que não havia mais nada a ser dito; em algum momento teria que se redimir com a Sra. Burton, concordando em passar uma tarde com a Srta. Walters, uma jovem que Georgiana já havia, talvez injustamente, decidido que devia ser tão divertida quanto uma sangria medicinal.

A Sra. Burton praticamente não estava falando com Georgiana. De vez em quando, pedia ao marido que transmitisse alguma informação ou fizesse perguntas à sobrinha, mas como o Sr. Burton era tão naturalmente taciturno, os pedidos nem sempre chegavam ao destinatário pretendido. Como consequência, Georgiana só soube com um dia de antecedência que ela e os Burton haviam sido convidados para um passeio em grupo para aproveitar o agradável clima de junho — um piquenique, com algumas famílias locais que também moravam nos arredores da cidade.

A Sra. Burton passara a conversar com certa frequência com a cozinheira, Marjorie, já que não estava falando com a sobrinha, e foi assim que Georgiana soube do passeio, ouvindo escondida no corredor. O tempo que perdeu ali rendeu mais frutos quando ouviu a Sra. Burton comentando quem estaria presente: vizinhos e amigos que não tinham o menor interesse para Georgiana e, é claro:

— A Sra. Walters estará lá com a neta, e espero fervorosamente que ver como uma dama *deve* se comportar coloque algum bom senso na cabeça de uma *certa pessoa* que tem sido bastante teimosa ultimamente.

Uma parte muito infantil de Georgiana considerou a possibilidade de interromper dramaticamente a conversa das duas mulheres e recomeçar a briga, mas sabia que enfurecer ainda mais a tia não traria nada de bom. Se fosse fazer alguma coisa, deveria procurar se acertar com a Sra. Burton, ao menos por causa da pobre Marjorie, que uma vez olhara para Georgiana enquanto a tia estava de costas e fingira se enforcar para não ouvir outra reclamação sobre o telhado de palha de um vizinho.

Georgiana voltou para o quarto — teve que tentar três vezes até fechar a porta, que estava muito empenada —, largou o corpo na cadeira diante da pequena escrivaninha embaixo da janela e suspirou. Conheceria a Srta. Walters naquele piquenique. Seria perfeitamente educada e cordial. Mas não havia razão para que também não pudesse se divertir um pouco como desejava.

Sem se dar tempo para pensar melhor e mudar de ideia, Georgiana abriu a gaveta da escrivaninha e procurou pena, papel e tinta que furtara do andar de baixo quando pensava em escrever para os pais. Ela compôs um bilhete apressado endereçado à Srta. Frances Campbell e imediatamente foi procurar Emmeline, insistindo para que fosse enviado na mesma hora.

Com certeza a Sra. Burton não poderia ficar brava com a sobrinha se Frances aparecesse no piquenique como se tivesse chegado ali por sua própria vontade, e Georgiana poderia ser poupada de uma parte das conversas inevitáveis com a Srta. Walters sobre as alegrias de uma boa caligrafia.

Poucas horas depois, quando a empolgação inicial com a ideia passou, Georgiana começou a se sentir muito nervosa, e ficou andando de um lado para outro da casa, reorganizando as coisas como lhe dava na cabeça. O melhor cenário no momento era que Frances *não* iria, e o piquenique seria apenas o terrível desperdício de um dia ensolarado em companhias tediosas, porque se Frances *fosse*, Georgiana agora podia imaginar todo tipo de desastre que poderia se abater sobre ela. A amizade com Frances era recente e bastante frágil, bastaria um comentário tedioso da tia sobre consertos de pontes para que tudo desmoronasse.

No dia seguinte, eles partiram no meio da manhã para os extensos terrenos da propriedade de um jovem conde chamado Haverton, que, como raramente estava em casa, abrira seus jardins bem-cuidados ao público. Era o tipo de dia agradável sem uma nuvem no céu, e o brilho do sol de verão era temperado por uma brisa leve e fresca. A Sra. Burton fez uma grande cena para abrir as mantas e arrumar a comida do piquenique, mas depois que estavam instalados, Georgiana achou tudo surpreendentemente agradável. Havia cerca de dez ou onze famílias presentes, um bom número, e à medida que todos se reencontravam e as mulheres colocavam o assunto em dia sobre os seus animais, filhos e maridos (nessa ordem), ela foi deixada sozinha para apreciar o canto dos pássaros, o cheiro da grama pisada e o suave murmúrio da conversa que não exigia sua participação. Casais passavam de braços dados e, no lago ornamental, alguns cisnes agressivos batiam as asas uns nos outros.

Frances não iria àquele piquenique, tranquilizou-se Georgiana. Na verdade, Frances provavelmente preferiria ser baleada na rua do que vista sentada nas mantas para cavalos da Sra. Burton. Ela não conseguia imaginar a Srta. Campbell conversando com os Burton sobre o tempo, assim como não era capaz de visualizar a tia e o tio aceitando um convite para fazer uso de substâncias ilícitas no meio dos arbustos.

Georgiana se sentiu extremamente aliviada por ter resolvido o assunto em sua mente, e acabara de permitir que um breve suspiro de prazer escapasse de seus lábios quando viu uma jovem corpulenta se aproximar dela com determinação, de braços dados com uma dama mais velha, que tinha uma expressão carrancuda no rosto, apesar da beleza do dia.

A Srta. Betty Walters, pois parecia inevitável que fosse ela, era agradavelmente roliça, de feições bastante comuns e muito loira. As únicas partes dela que não eram cor de palha eram as bochechas, que estavam bastante rosadas, e os olhos, de um azul claro e aquoso. A moça sorria, mas seus olhos tinham uma expressão apavorada, como se ela esperasse que o piquenique tranquilo fosse ser invadido por lobos a qualquer momento.

Apesar da veemência com que havia argumentado contra aquele encontro, Georgiana sentia-se tão relaxada que estava disposta a ser caridosa e dar à pobre moça o benefício da dúvida. Afinal, não havia nenhuma pena de caligrafia ou agulha de bordado à vista.

A Sra. Burton pareceu esquecer convenientemente que não estava falando com a sobrinha e na mesma hora começou a fazer as apresentações, cheia de entusiasmo. A Srta. Walters ficou ainda mais enrubescida e se sentou desajeitadamente ao lado de Georgiana. Seguiu-se, então, uma pausa desconfortável.

— O que está achando... dos arredores? — Georgiana se arriscou a perguntar, para quebrar o silêncio.

— Ah! Muito agradáveis! — falou Betty, quase se engasgando com o óbvio alívio de ouvir uma pergunta a que sabia responder. — Bem, ainda não estive na cidade propriamente dita, mas pretendo visitar amanhã. Sabe, há tantos caminhos de entrada pavimentados e cercas maravilhosas nas casas por aqui... para todos os lugares que eu olho, penso, que *bela* casa deve haver logo após essa cerca ou... ou desse caminho de entrada maravilhoso. Não é possível ver muitas casas da estrada, é claro, mas muitas vezes conseguimos perceber, pela qualidade do cascalho.

Georgiana mordeu o lábio e abaixou um pouco a cabeça para que a sombra do chapéu escondesse a sua expressão, que não era particularmente gentil.

— Sim — falou, depois de se recompor —, cascalhos maravilhosos, de fato.

— Aliás, eu me pergunto... sim, eu me pergunto de onde se tira o cascalho. Não consigo imaginar que venha naturalmente do solo em pedaços tão pequenos. Talvez seja... encontrado nas praias, como a areia? Ou talvez peguem uma pedra maior e a acertem com marretas e machados até que tudo esteja quebrado. Ah, vovó... — Naquele momento, a avó ergueu os olhos da conversa com a Sra. Burton. — A senhora sabe como conseguem cascalho?

— O cascalho, querida? — perguntou a Sra. Walters, parecendo confusa. — Cascalho?

— Sim, cascalho. Cascalho para pavimentação. Pedrinhas... e seixos, coisas assim.

— Eu não me arriscaria a opinar — disse a Sra. Walters, voltando-se novamente para a Sra. Burton.

— Ah! Sim. — Depois de falhar em puxar a avó para a conversa, para resgatá-la, a Srta. Walters parecia definitivamente em pânico. — De qualquer forma, muitas vezes as cores são lindas... Todos os tons de cinza, branco e marrom... tons mais escuros e mais claros de marrom...

— Acho que talvez tenhamos esgotado o assunto do cascalho — declarou Georgiana com firmeza, se perguntando por quanto tempo Betty teria continuado sua lista caso não houvesse intervenção. — Você foi a muitas festas desde que chegou?

— Ah! Ainda não, mas espero ir... espero *muito*... adoro festas. Em casa costumamos organizar pequenas reuniões tão alegres... há comida, bebida e dança, se tivermos sorte, e todos parecem tão bem-vestidos em suas roupas elegantes, e... nós dançamos, comemos e bebemos. Acho que realmente ajuda tomar um gole bem pequeno de alguma bebida, talvez um pouco de vinho diluído.... assim não nos sentimos tão constrangidos. Enfim, é um pouco mais fácil conversar, eu acho.

Georgiana não conseguia imaginar que qualquer quantidade de álcool melhoraria as habilidades de conversação de Betty. Pelo menos a moça parecia se achar quase tão absurda no que dizia quanto Georgiana a achava. Betty estava ficando ainda mais vermelha agora, aparentemente mortificada ao ouvir as coisas que saíam de sua própria boca.

Georgiana sabia que deveria ser compassiva com o drama da outra, mas a Srta. Walters tinha um olhar tão agudo de anseio e uma urgência tão palpável de se encaixar que mal conseguia olhar para ela. Ficou evidente em seus punhos cerrados, no suor em sua testa e na pequena careta de desculpas que ela fez quando terminou de falar. A verdade incômoda era que se Georgiana não tivesse encontrado Frances por acaso nos corredores escuros da casa dos Gadforth, também poderia estar procurando desesperadamente por uma amiga naquele piquenique. Ela jamais passaria a vergonha de falar aceleradamente sobre as virtudes das cercas — esperava sinceramente passar uma primeira impressão muito melhor, de um modo geral —, mas a falta de amigos de Betty, aquela característica que ela e Georgiana poderiam ter compartilhado, parecia estar por toda parte, como uma erupção cutânea. Olhar para a outra naquele momento era como ver seu próprio desespero refletido em um espelho, e Georgiana reagiu com uma onda de repulsa, como se fosse contagioso.

A Srta. Walters continuou falando, sem dizer nada de importante, e Georgiana respondia com pequenos sons evasivos quando apropriado, tentando não deixar o fluxo constante da conversa distraí-la da glória do dia. Ela deixou os olhos vagarem, passando dos vastos e exuberantes gramados para o lago, dali para o pomar... até pararem abruptamente. Entre os galhos carregados de frutas ainda por amadurecer, Georgiana conseguiu ver uma carruagem preta conhecida estacionando, puxada por dois cavalos de pelo reluzente. Enquanto ela observava, cinco figuras elegantes desembarcaram, parecendo animadas, dando os braços e brincando umas com as outras, suas risadas audíveis de onde ela estava sentada.

A menos que Georgiana estivesse muito enganada, Frances havia desafiado tudo o que era racional e decidido participar daquele piquenique humilde, afinal.

Georgiana não foi a única a ficar extremamente surpresa por Frances e os amigos terem se dignado a comparecer; o resto dos presentes começou a sussurrar assim que notaram os recém-chegados se aproximando do piquenique. De repente, Georgiana se sentiu tão atrapalhada e com o rosto tão vermelho quanto a Srta. Walters, vendo as sobrancelhas de Frances dançarem enquanto ela se inclinava para sussurrar algo no ouvido de Jonathan conforme eles se aproximavam. Georgiana não tinha ideia do que eles estavam fazendo ali, o que poderia ter feito todos desistirem de uma tarde que ela tinha certeza de que normalmente passariam bebendo destilados importados em seus próprios gramados, caçando plebeus por esporte, ou qualquer outra coisa que as pessoas extremamente ricas costumassem fazer para passar as horas agradáveis de verão. Uma coisa parecia certa: se Frances a visse falando com Betty Walters, Georgiana estaria acabada.

A Sra. Burton olhava de Frances para Georgiana com profunda desconfiança, mas a sobrinha tinha uma expressão de espanto tão genuína no rosto que ela pareceu convencida de que não havia sido um plano da moça.

Pessoas do grupo mais próximo se levantaram para receber os recém-chegados e, depois de muitas cortesias e mesuras, Frances e os companheiros foram parar no canto do piquenique onde estavam os Burton. Todos os outros voltaram a se sentar, mas Frances e os amigos permaneceram de pé. Aquilo deixou Georgiana em uma posição bastante embaraçosa, como ela se sentou e o grupo de recém-chegados não, precisou esticar o pescoço e proteger os olhos para encontrar os de Frances.

Era uma metáfora literal e lamentável demais.

— Que reunião deliciosa, Georgiana — falou Frances, examinando a variedade de pessoas ao redor. — Estávamos prestes a sair da cidade, mas pensamos em vir e ver como é o lazer deste lado da ponte.

— Ah, ora, é claro que gostamos de todo tipo de coisa — disse a Sra. Burton, parecendo aflita. — Caçamos, dançamos, damos jantares, ahn... dormimos... o de sempre, na verdade.

Georgiana lançou um sorriso triste para a tia. *Dormimos*, de fato.

— Ah, imagino que sim — disse Frances, arqueando uma sobrancelha para a Sra. Burton.

Frances tinha um jeito muito particular de sorrir que parecia quase inteiramente sincero, mas ameaçava se transformar em um sorriso malicioso a qualquer momento. Seus olhos muitas vezes cintilavam com uma risada mal disfarçada que não combinava com a situação, e para Georgiana passava a impressão de que ela estava sempre se divertindo com uma piada particular.

O mistério de por que Frances e os amigos ainda estavam de pé foi logo resolvido: dois criados se aproximaram apressados com cadeiras dobráveis e almofadas, arrumando-as com precisão militar. Só quando puderam se acomodar a uma distância segura dos males da grama e da terra, todos se sentaram, ainda se elevando acima de Georgiana e dos outros que estavam sentados no chão. Uma grande cesta foi trazida, e o vinho apresentado com floreio e cuidadosamente servido antes que os criados voltassem para a carruagem para cuidar dos cavalos. A Srta. Walters parecia muito impressionada. Na verdade, ela estava olhando para os recém-chegados glamourosos com uma expressão de pura admiração. A Srta. Woodley reparou naquilo e cutucou a Srta. Dugray, que soltou uma risada pelo nariz.

Frances continuou a conversar com a Sra. Burton, que a princípio hesitou, mas logo pareceu se interessar por ela, já que a Srta. Campbell estava sendo o mais animada e encantadora possível. Georgiana resistiu à urgência de ficar ouvindo a conversa e, em vez disso, envolveu Jonathan Smith e Christopher Crawley em outro assunto.

— Devo dizer que estou surpresa em vê-los. Eu realmente não esperava que Frances viesse, muito menos todos vocês — comentou ela, tentando soar como se tudo aquilo fosse apenas ligeiramente inesperado, e não a razão para estar cravando as unhas com tanta força na palma da mão que provavelmente ganharia cicatrizes para o resto da vida.

— Ah, bem, Franny tem opiniões muito próprias — disse o Sr. Smith, servindo um copo de vinho e entregando-o a Georgiana. — Basta ela acenar e todos corremos para atendê-la, cambaleando como cachorrinhos cegos seguindo a mãe tola.

— Ou toupeiras — acrescentou o Sr. Crawley em um tom sombrio, pegando o copo de vinho e encostando-o no de Georgiana. — Saúde.

— Ah, saúde. — Georgiana tentou desajeitadamente levantar o vinho na direção dele, antes de tomar um gole e se voltar para Frances, que estava com uma das mãos no braço da Sra. Burton como se fossem melhores amigas. — Bem, ela é bastante difícil de resistir.

— Nós certamente nunca nos sentimos entediados — disse Jonathan, embora sua expressão no momento contradissesse um pouco as suas palavras. — Às vezes, corremos um grande risco de terminarmos *presos*, mas entediados jamais.

Georgiana desviou rapidamente o olhar na direção da tia para verificar se ela o ouvira, mas a Sra. Burton estava rindo um pouco nervosa de algo que Frances lhe dizia. Se a Sra. Burton se afeiçoasse um pouco a ela, talvez a perdoasse por todos os crimes de vulgaridade, reais e imaginários, e deixasse de parecer tensa como uma mulher condenada à forca toda vez que Georgiana pronunciasse o nome Campbell.

Jane e Cecily, infelizmente para ambas as partes, haviam iniciado uma conversa com a Srta. Betty Walters, enquanto Jonathan e Christopher no momento debatiam sobre a escolha do vinho, então Georgiana se inclinou para ouvir com certa apreensão. Parecia que a Srta. Woodley e a Srta. Dugray haviam incitado Betty a falar e estavam simplesmente deixando-a seguir em frente. Sem qualquer assistência ou interrupção, a moça estava ganhando velocidade em ritmo alarmante. Era como se deparar com um acidente de carruagem. Georgiana não conseguia desviar o olhar.

— Ouvi coisas maravilhosas sobre suas famílias, as famílias de ambas, e sobre as festas fantásticas que organiza, Srta. Woodley... e muitas vezes me perguntei se poderia vir a ser convidada para uma delas em algum momento... sem querer me impor ou pedir um convite, é claro, e não para a sua festa em particular, apenas *uma* festa, ou alguma coisa semelhante a uma festa. Tenho um vestido que guardo para a possibilidade de uma ocasião dessas se apresentar... É rosa, mas não um rosa espalhafatoso, embora a minha avó muitas vezes diga que eu pareço doente quando uso rosa, que lembro um porco, na verdade... *gosto* de porcos e não veria muito problema em ser comparada a um, mas eles gostam tanto de rolar na lama e no lodo, e não desejo que ninguém pense em mim enfiada na lama até o pescoço, rá! Adoro o campo, mas a minha avó acha que vou gostar de morar perto da cidade também, depois que me acostumar, e estou tão ansiosa para...

Naquele momento, Georgiana interrompeu, pois não suportava mais ouvir.

— Betty, talvez esse não seja o momento de se comparar a um porco, por mais que você tenha apreço pelos suínos — disse ela incisivamente.

Aquilo foi a gota d'água para a Srta. Woodley e para a Srta. Dugray, que caíram na gargalhada, a Srta. Dugray pressionando a boca com as mãos, na tentativa de se conter. Betty, que Georgiana imaginara ser quase impossível de magoar, pareceu ofendida. Sua expressão de desamparo era dirigida a Georgiana e não às outras, o que parecia um pouco injusto. Ela fungou e se virou para falar com a avó.

Georgiana revirou os olhos para Jane e Cecily, que ainda estavam rindo incontrolavelmente; a sua ideia fora empreender uma *missão de resgate*, não um assassinato.

Frances se desvencilhou da Sra. Burton e puxou sua cadeira na direção dos outros, inclinando-se para não ser ouvida.

— Sua tia é uma figura — comentou ela em tom confidencial, pegando outro copo de vinho da mão de Jonathan, depois de já ter drenado o primeiro. — Ela *não* se cansou de recomendar a Srta. Betty Walters... pareceu bastante apaixonada pela moça. Se eu não soubesse, diria que ela estava tentando fazer de vocês duas um par profano.

Georgiana riu e levou a mão em concha à boca.

— Cale-se, Frances, não me envergonhe... a pretendente em questão está sentada bem ali — sussurrou, indicando Betty com um gesto de cabeça.

— Está? — falou Frances, erguendo as sobrancelhas e sem se preocupar em baixar a voz. — Nossa, não posso dizer que aprecio o vestido dela, George, e ela deve ser pelo menos três ou quatro anos mais velha que você. Espero que seja fabulosamente rica e instruída e tenha a intenção de ser um marido muito prestativo e atencioso.

— Ah, não duvido que ela vá ser uma fonte inesgotável de diversão — interrompeu Jane, com um sorriso zombeteiro. — Ela estava acabando de nos contar sobre a frequência com que é confundida com um porco.

Aquilo foi demais para Cecily, que começou a gargalhar de novo, o que fez com que o resto do grupo a acompanhasse, incluindo Georgiana, que tentou se controlar e arriscou um olhar para as costas da Srta. Walters.

Ela não tinha certeza, mas pensou ter detectado um leve enrijecimento na postura de Betty ao ouvir os risos dos outros. Jonathan e Christopher entretiveram a todos por algum tempo com uma história extremamente indecorosa de uma festa a que nenhum deles havia ido algumas semanas antes. Eles ficavam interrompendo um ao outro, discordando sobre os detalhes de *quem* exatamente tinha empurrado *quem* no laguinho de peixes, as informações retransmitidas em um tom baixo, conspiratório, e pontuadas com exclamações e risadinhas reprimidas dos outros.

Logo, Frances olhou ao redor, inquieta, e anunciou que eles precisavam partir para outro compromisso. Georgiana sentiu uma pontada de anseio enquanto se perguntava para onde estariam indo e como seria maravilhoso estar entre eles. Depois que o grupo de Frances se levantou languidamente e o vinho e as cadeiras foram postos de volta na carruagem, a Sra. Burton percebeu que eles estavam prestes a partir e se aproximou de Frances, arrastando o Sr. Burton com ela.

— Foi um prazer conhecê-la adequadamente, Srta. Campbell. Mande meus cumprimentos aos seus pais. Eu adoraria conhecê-los.

— É claro, todos vocês devem ir a Longview! — convidou Frances, animada, apertando a mão da Sra. Burton como se estivesse em êxtase. — Foi um prazer, Sra. Burton, um prazer.

A Sra. Burton parecia tão encantada quanto a Srta. Campbell alegava estar e, muito depois de ter se despedido e da elegante carruagem ter sumido de vista, Georgiana ainda ouvia educadamente enquanto a tia recontava a conversa das duas, até por fim perdoar a amiga da sobrinha por todos os malfeitos e comportamentos condenáveis dos quais Frances havia sido acusada.

— A moça foi muito gentil, realmente muito gentil... e com uma família como a dela, como poderia não ser! Acho que a Srta. Campbell foi tratada com muita injustiça, pois agora não consigo imaginar que os rumores que ouvi sobre sua conduta sejam verdadeiros. Ela me contou sobre os pais, e o pai especificamente tem uma história tão interessante... Ah, espero que nos convidem para jantar, Georgiana. A Srta. Campbell pareceu certa de que isso acontecerá. Uma boa família! Uma boa moça.

Georgiana achou melhor não comentar a rápida mudança de opinião da tia, apenas concordou educadamente quando era devido, o tempo todo dançando por dentro. Quando o piquenique chegou ao fim e todos subiram em suas respectivas carruagens, Georgiana estava bastante satisfeita com o resultado do dia.

A única nuvem no dia ensolarado apareceu quando ela se acomodou no assento, ao lado de um Sr. Burton bastante queimado de sol, e se virou para lançar um último olhar para os jardins, banhados pelo sol dourado da tarde.

Entre os retardatários, Georgiana teve um breve vislumbre do rosto vermelho e manchado de lágrimas da Srta. Betty Walters.

Capítulo seis

Um bilhete chegou no dia seguinte, convidando Georgiana para se hospedar por uma noite na casa dos Campbell, na sexta-feira seguinte. O convite não incluía os tios, mas a Sra. Burton encarou aquilo surpreendentemente bem, e na mesma hora deu permissão para que a sobrinha aceitasse. Ela parecia achar que a ida de Georgiana só aumentaria a probabilidade de um convite posterior para si mesma. A sobrinha achava que aquilo era uma ilusão, mas admirou o otimismo da tia.

Emmeline a ajudou a arrumar seus quatro melhores vestidos.

— Quatro? — espantou-se a Sra. Burton, horrorizada ao ver o baú. — *Quatro* vestidos para uma noite fora? O que você pretende fazer com os dois primeiros, nadar com eles?

Georgiana partiu cedo na manhã de sexta-feira, ansiosa para chegar ainda com bastante tempo pela frente. Ela se viu tão agitada, tão absolutamente incapaz de permanecer quieta, que acabou se sentando sobre as mãos apenas para mantê-las longe de problema. Ainda não conseguia acreditar que seria uma convidada de *lorde e lady Campbell*; se não tivesse o bilhete bem na sua frente — se não o tivesse lido e relido mil vezes, e checado mais uma vez ao se aproximarem da casa, para garantir que fora mesmo convidada, que não interpretara mal o que na verdade era uma brincadeira, ou uma carta pedindo para que por favor *não* fizesse uma visita —, não teria acreditado.

Longview era tão inacreditável quanto todo mundo fizera parecer. A propriedade ficava diretamente ao norte da cidade, no topo da colina, o que proporcionava as vistas magníficas que lhe deram o nome — que significava "vista ampla". Os terrenos eram grandes e irregulares, os jardins próximos da casa podados à perfeição, e Georgiana não conseguia imaginar um lugar melhor para se sentar e ler do que junto ao lago por onde passaram a caminho da entrada. A casa em si era tão grandiosa que chegava a ser intimidadora, e parecia fazer tão parte da paisagem que Georgiana achou que talvez estivesse ali desde o início dos tempos. Era feita de uma pálida pedra dourada, com fileiras de janelas largas que brilhavam ao sol do início da manhã.

Fazia todo o sentido que Frances Campbell tivesse sido criada naquela casa.

Quando Georgiana estava descendo da carruagem, a porta da frente se abriu e Frances saiu para cumprimentá-la. Ela não vestia nada além de uma camisola e um roupão enfeitado de forma peculiar, os cachos escuros caindo soltos sobre os ombros. O cocheiro do tio desviou o olhar, enrubescendo, enquanto deixava a mala de Georgiana perto da porta.

— George! Você chegou! Subiu por todo o caminho de entrada e tudo, sua espertinha!

— Seus pais não estão? — perguntou Georgiana, ainda nervosa, olhando para trás de Frances como se esperasse que eles surgissem na porta em roupões combinando.

— Não! Ah, Deus, eu não disse? Eles não estão. A casa está vazia... é nossa!

Georgiana não teria descrito a casa como *vazia*... Frances passou um braço ao redor dos ombros dela e levou-a para dentro, passando por pelo menos uma dúzia de criados através do enorme saguão de entrada de mármore até o quarto de hóspedes que fora preparado para ela. Era um cômodo amplo de teto alto, mobiliado com uma cama de dossel entalhada, mesas de cabeceira incrustadas com madrepérola e vários retratos de parentes de aparência severa com seus cães de aparência ainda mais severa. Georgiana nunca estivera em um quarto tão luxuoso em toda a vida. Ela poderia dar uma volta a cavalo ao redor dele com bastante conforto.

Uma criada desfez a mala para ela, aceitando sem questionar a necessidade de quatro vestidos, e Frances deixou Georgiana sozinha para que ela se "refrescasse". A pessoa que olhava nervosamente para ela no espelho dourado parecia insípida e recatada, como se estivesse vestida e pronta para toda e qualquer empolgação que pudesse acontecer dentro de uma igreja, ou em um convento particularmente animado. Não havia nada a fazer sobre aquilo no momento, pensou Georgiana, procurando se animar. Teria que usar roupas suficientes pelas duas.

Ela quase se perdeu no caminho para o jardim e teve que pedir instruções a vários criados de aparência entediada. Quando finalmente chegou, viu Frances com o corpo largado em uma das duas poltronas fofas de veludo que claramente tinham sido arrastadas para fora por ordem dela. Seus olhos estavam fechados e ela fumava um cachimbo. A cena parecia uma espécie de pintura erótica.

Georgiana se preparara mentalmente para uma visita cheia de chás da tarde e jantares rígidos e excessivamente formais, ensaiara frases espirituosas e opiniões sobre diversos assuntos, para que pudesse impressionar os Campbell com sua perspicácia e encanto espontâneos. Chegara ao ponto de fazer uma lista de suas obras favoritas de literatura, música e arte, já que sempre que era questionada sobre suas preferências sua mente ficava instantaneamente em branco, como se nunca tivesse visto um folheto ou uma flauta na vida.

A realidade muito mais informal da visita que se desenrolava à sua frente foi um enorme alívio. Georgiana aceitou uma tragada do cachimbo de Frances e uma taça de vinho que lhe foi oferecida, tirou os sapatos e se acomodou na outra poltrona.

— George, George, isso é que é vida — disse Frances, com um suspiro feliz. — Sabe, eu já fui apaixonada por um rapaz que *realmente* se chamava George, em uma visita horrorosa a Brighton. Ele era tão *expressivo*. Imaginava-se o próximo Byron. Escreveu um poema especialmente para mim. Era péssimo, acho que ele me comparou a um pombo... mas eu garanti que guardaria para sempre. O que eu realmente vou guardar para sempre é a lembrança de como ele parecia assustadoramente belo em suas calças tão apertadas que chegavam a ser obscenas, quando se abaixou para pegar o meu lenço.

Georgiana soltou uma risadinha vulgar dentro do copo de vinho.

— E você, George? Sinto profundezas escondidas atrás dessas covinhas. Já foi secretamente corrompida por homens rudes? Ou nunca admirou o belo traseiro de um cavalheiro se afastando?

— *Ninguém* é tão completamente corrompida quanto você, com esse olhar treinado para o caimento das calças de um homem — respondeu Georgiana, e Frances lhe lançou um olhar indecente.

— Não fuja da pergunta, George. Você deve me entreter.

Georgiana pensou em inventar um passado romântico mais intrigante para si mesma — casos de amor ilícitos, relacionamentos dramáticos perdidos no tempo —, mas simplesmente não tinha o talento necessário para fazer tudo aquilo soar como algo além de histórias roubadas de sua coleção de romances.

— Com toda a honestidade, não houve ninguém. Os meus pais viviam ocupados demais para dar muita atenção a esse tipo de coisa, portanto, não encorajaram meus afetos em nenhuma direção específica. *Achei* que gostava de alguém certa vez, quando eu tinha dezessete anos. Tentei me convencer disso, pelo menos. O nome dele era Patrick Elliott. Como era filho de um bom amigo do meu pai, estava sempre na nossa casa, e achei que a proximidade geraria familiaridade e afeto, mais ou menos como nos apegamos a um cão, imagino, ou a... um chapéu muito usado. Ele também tinha algum dinheiro, o suficiente para viver numa situação confortável, mas infelizmente era aí que a lista de atributos louváveis de Patrick Elliot chegava a um fim abrupto. Patrick foi incentivado pelos pais, que desejavam a união, e começou a me levar flores pomposamente quase todas as manhãs. Assim que ele se tornou sério e ansioso, percebi que não o queria de jeito nenhum. Na verdade, comecei a sentir repulsa pelo rapaz. Eu procurava desculpas para sair da sala toda vez que ele se aproximava. Eu me escondi, me *escondi* de verdade, certa vez atrás de um banco da igreja para que ele não me visse, até me dar conta de que ele estava vendo o topo do meu chapéu o tempo inteiro. No fim, Patrick Elliot entendeu os sinais.

— Ah, sua cruel — exclamou Frances. — Tenho certeza de que você o deixou arrasado. Todos parecem mesmo cachorrinhos! É um espanto que alguém se case, para ser sincera. A maioria dos homens pensa que o auge do romance é cumprimentar com um aceno de cabeça um pouco mais pronunciado do que eles fariam com outra. E, por baixo de toda a bravura, não há nada... não conseguem segurar uma espada, não conseguem abraçar uma mulher. Sinceramente, nunca me considerei do tipo que se casa. Eu me imaginava uma solteirona rica e excêntrica, você sabe, dando jantares extravagantes com acrobatas e comedores de fogo, cercada de damas que pensavam como eu, jogando os filhos da minha irmã uns contra os outros por esporte, no Natal. E foi isso que eu disse aos meus pais, para profundo desgosto deles. Mas Jeremiah começou a me parecer tão atraente no verão passado, e ele é... Bem, acho que é perfeito para mim.

Ela se espreguiçou com prazer, então olhou para Georgiana ainda de vestido, chapéu e luvas.

— Ah, George, você não pode estar se sentindo confortável vestida assim, *para um jantar com os Campbell*. — Ela bateu palmas. — Venha, vamos pegar mais vinho e encontrar algo mais apropriado para você vestir.

Frances levou Georgiana para dentro, pelos intermináveis corredores apainelados, e subiu as escadas até o próprio quarto de vestir, onde pegou outro roupão igual ao que usava.

— São franceses. Espólios de guerra, suponho. Não são horríveis?

Frances só ficou satisfeita quando Georgiana estava vestida exatamente como ela, apenas com uma camisola e o roupão, embora no último minuto ela também tivesse passado alguns colares longos por cima cabeça das duas, cujo valor combinado Georgiana tinha certeza de que poderia pagar várias vezes a casa dos Burton.

— Está vendo? Agora você está pronta tanto para se deitar com um homem quanto para tomar banho no lago a qualquer momento — declarou Frances alegremente, estendendo a mão para ajustar o roupão de Georgiana, então beliscando sua bochecha com carinho.

Georgiana esperava sinceramente que ela estivesse brincando, em ambos os casos. Por mais calor que fizesse, a água esverdeada do lago não era particularmente convidativa, e ela havia lido recentemente que a maioria dos corpos d'água na Inglaterra estava repleta de enguias. Quanto a se deitar com um homem, bem....

Ela preferia enfrentar as enguias.

As duas tiveram um resto de manhã muito agradável, ajudadas pelo interminável suprimento de álcool de ótima qualidade de Frances. Tudo parecia estar se movendo muito lentamente — a brisa fazendo oscilar as bétulas prateadas, as nuvens esparsas se dispersando, e a própria Frances, quando se inclinou demais para fora da espreguiçadeira enquanto contava uma história animada sobre sua governanta de infância, acabou caindo graciosamente no gramado. Ela nem se deu ao trabalho de se levantar. Quando já era quase uma da tarde, um criado de postura impecável saiu da casa para murmurar alguma coisa no ouvido de Frances.

— Almoço! Ah, quase esqueci. Jonathan vem almoçar aqui.

Quando Georgiana, sonolenta, fez menção de se levantar, planejando entrar na casa e se vestir, Frances disse que não se incomodasse tanto. Então Georgiana ficou onde estava, tentando enrolar o roupão o mais apertado possível ao redor do corpo para preservar o que lhe restava de recato. Os criados levaram cadeiras e uma mesa para o jardim, desenrolaram uma toalha como se fosse a vela de um barco, e arrumaram três lugares com talheres de prata polidos, sempre impassíveis, como se fosse completamente normal organizar uma refeição festiva no gramado, em um estágio inicial de nudez.

— Eles não vão contar aos seus pais? — perguntou Georgiana, ansiosa, assim que a última porcelana fina foi cuidadosamente posta na frente delas.

— Ah! Não, com certeza não vão — disse Frances, servindo mais vinho. — Não porque morram de medo de mim, entenda, não sou nenhuma espécie de tirana desprezível. Eles simplesmente não incomodariam os meus pais com essas bobagens. Já há conflitos demais nessa casa sem que se precise acrescentar reclamações sobre o meu guarda-roupa ou o fato de eu gostar de fazer refeições ao ar livre.

Georgiana não conseguia imaginar que tipo de conflitos existiriam em uma casa tão grande em que os habitantes poderiam perfeitamente bem viver suas vidas por uma semana sem esbarrarem uns nos outros, mas não achou educado perguntar — e, logo depois, Jonathan chegou.

— Interrompi vocês no auge da paixão, ou acabaram de acordar? — perguntou ele, sentando-se com elas à mesa, não sem antes tirar o paletó creme e a gravata.

Jonathan parecia glamourosamente cansado, com olheiras escuras e o cabelo um pouco desalinhado. Ele imediatamente pegou um cachimbo e acendeu.

— Ah, não é tão ruim assim — disse Frances.

— É pior — disse Georgiana muito séria. — O senhor não deveria zombar do nosso estado de nudez, Sr. Smith, pois acabou de perder um incidente que nos deu motivos para temer por nossas próprias vidas.

— Perdeu? — perguntou Frances, razoavelmente interessada, enquanto derramava uma única gota de vinho na toalha de mesa branca como a neve e a estudava, com o cenho franzido.

— Ela esqueceu, em reação ao choque — explicou Georgiana, inclinando-se para Jonathan. — Estávamos só acendendo algumas velas, para rezar, entende... quando o vestido da Srta. Campbell se incendiou! Tirei o meu próprio vestido para combater as chamas e, infelizmente, ambos foram reduzidos a cinzas. Uma vergonha monstruosa, mas como pode ver... absolutamente inevitável. Assim, aqui estamos.

— Se *vocês* não estão rezando por suas almas, alguém certamente deveria estar — comentou Jonathan, sorrindo, enquanto passava a mão pelo cabelo. — Franny, nós arruinamos a moça. Ainda na semana passada ela era tão jovem, tão fresca... tão cheia de esperança.

— Isso *foi* na semana passada — falou Georgiana.

— Ela não está arruinada, apenas um pouco... Não sei, *travessa* — disse Frances, piscando para Georgiana.

Eles aproveitaram um almoço de quatro pratos à sombra dos guarda-sóis que Jonathan pediu aos criados que trouxessem — "para preservar a minha tez de porcelana, para o bem da população" — e, finalmente, a conversa se voltou para Jeremiah Russell.

— Sei que Christopher é um canalha, mas acho que havia certa razão no que ele disse sobre Kitty Fathering — comentou Jonathan enquanto comiam luxuosas sobremesas, cheias de creme. — Eu estive com o irmão dela jogando algumas partidas de cartas uma noite dessas, e ele mencionou alguma diabrura terrível que fez com que Kitty acabasse sendo mandada para ficar com amigos no campo. Você sabe como ele é... faz o tipo militar honrado e não quis entrar em detalhes... mas ela foi vista com Jeremiah com bastante frequência verão passado.

— Bem, me considero avisada — retrucou Frances em um tom ligeiramente perigoso. — Se acha que sou tão tola quanto Kitty, Jonathan, deve achar impressionante que eu já tenha sido capaz de juntar tantas palavras bonitas em frases.

— Não fique assim, Frances. Eu só quis dizer...

— Sei perfeitamente bem o que você quis dizer e não preciso dos seus alertas velados. É mesquinho, Jonathan, todo esse ciúme. Você não é meu *irmão*, não preciso que me proteja, então não há necessidade de toda essa bobagem de trocas de socos ao amanhecer. Além disso, o homem está apaixonado por mim. É quase constrangedor! Todos podem ver. Você notou, não foi, George?

Georgiana assentiu, a boca cheia de creme.

Jonathan suspirou.

— Você é intolerável.

— Eu sei — disse Frances, sorrindo, seu tom mudando abruptamente. — Mas você me tolera. Eu queria que fosse meu irmão, sabe?

E talvez seja. Talvez você seja o resultado de um flerte de meu pai com alguma bela mulher no exterior. Talvez você tenha sido levado embora em segredo e criado longe de mim. Que bom que nos encontramos depois de todo esse tempo! Tenho certeza de que tenho alguma metade de um medalhão em algum lugar que combinaria *perfeitamente* com um dos seus.

— Que maravilha. Principalmente porque, se for esse o caso, vou nomear seu pai como meu no momento em que a saúde dele vacilar, herdar Longview e mandar você para as ruas na mesma hora, como a desmazelada que você é.

— Gostaria de vê-lo tentar — disse Frances, apontando a colher ameaçadoramente para ele como se fosse uma adaga. Mas ficou claro que tudo estava bem novamente entre os dois.

Mais tarde, quando estavam bebendo demais e conversando sobre muito pouco já por algum tempo, uma Frances ligeiramente bêbada implorou aos dois convidados que se juntassem a ela no lago para se refrescarem. Georgiana achou melhor ficar em terra firme depois de ter consumido uma quantidade tão grande de vinho, e Jonathan apenas ergueu uma sobrancelha para a amiga e permaneceu onde estava. Frances deu de ombros, despiu o roupão e entrou na água até a cintura, gritando e espirrando água.

Jonathan passou o próprio paletó com relutância ao redor dos ombros da amiga quando ela saiu, para preservar sua modéstia. Georgiana tentou não olhar, mas não conseguiu. Frances não pareceu se importar nem um pouco e jogou água nos dois, animada, fazendo com que Jonathan praguejasse com vontade e ameaçasse afogá-la. Os três se estenderam em uma pilha emaranhada na grama enquanto Frances se secava — Jonathan entre as duas —, observando as nuvens passarem rapidamente no céu e o vento aumentando.

— Você acredita em amor verdadeiro? — perguntou Frances, virando a cabeça para Jonathan e fitando-o com olhos semicerrados.

— Acredito que dinheiro, berço e uma boa dentição podem conquistar tudo — respondeu ele, sem muita convicção.

— Santo Deus, Jonathan, isso é tão romântico — debochou Georgiana, franzindo o nariz para ele. — Você deveria escrever um livro.

— *Alguns* de nós não podem se dar ao luxo de serem românticos — retrucou ele em um tom significativo.

Frances pegou a mão do amigo. Georgiana hesitou por um momento, mas o vinho venceu e ela pegou a outra.

— De qualquer forma, já temos amor verdadeiro, meu rapaz. Você está olhando para ele — disse Frances, apertando a mão dele com firmeza. — Além disso, se tudo der errado, tenho certeza de que George se casaria com você. Ela não tem absolutamente nada a perder. Sem ofensa, Georgiana.

Quando os últimos longos raios do sol de verão começaram a recuar, Jonathan pediu licença e partiu, deixando Frances e Georgiana gritando para que ele ficasse ("Faremos qualquer coisa! Daremos toda as nossas riquezas! O nosso vinho! Nossos corpos macios e inocentes!"). Como Frances estava gelada e molhada demais para ficar do lado de fora por mais tempo, elas se abrigaram diante da lareira de um dos muitos salões dos Campbell e começaram a jogar uma empolgante partida de xadrez em que Frances parecia inventar regras à medida que avançava. Ela estava insistindo que "os cavalos podem pular quantas casas quiserem, em qualquer direção... você nunca viu um cavalo, George?" quando ouviram uma comoção no corredor, vozes altas e o som das patas dos cães arranhando o mármore, e viram os criados passando correndo pela porta aberta da sala.

Frances franziu o rosto com desdém.

— Pânico nos corredores só pode significar uma coisa: nosso senhor suserano retorna. *Inferno*. Eles não deveriam voltar até amanhã. Rápido, se subirmos pelas escadas dos fundos poderemos evitar perguntas difíceis sobre... — Ela gesticulou para si mesma e para Georgiana, então pegou a garrafa de xerez que estavam bebendo e saiu correndo da sala com Georgiana em seus calcanhares.

Elas chegaram até o andar de cima sem incidentes, e Frances orientou Georgiana a se vestir rapidamente, para que pudessem fazer uma aparição respeitável, dizer boa noite, e então desaparecer na direção do quarto de Frances nas profundezas da casa.

Enquanto Georgiana se vestia e tentava prender o cabelo novamente, tateando com os dedos lentos por causa do vinho, ouviu vozes através da porta entreaberta; sem dúvida lorde e lady Campbell. Georgiana ficou comicamente paralisada, escutando. Parecia que eles estavam nas escadas do saguão de entrada, as mesmas escadas que fariam com que eventualmente passassem pelo quarto dela.

Lorde Campbell gritava alguma coisa em um tom duro e furioso, e ela não conseguiu evitar se esforçar para ouvir.

— Eu não sou idiota. Não vou fazer papel de tolo — bradou ele, em um tom que fez o sangue de Georgiana gelar nas veias. — Você *não* vai me prejudicar na frente dos meus parceiros de negócios.

— Peço desculpas — disse lady Campbell em um tom frio.

— Você *pede desculpas*? Mas precisa fazer *mais* do que se desculpar, Joanna... precisa consertar a situação! Você tem noção de a que tipo de zombarias me expus quando me casei com você? Sabe quantos homens da alta sociedade teriam se colocado na minha posição?

— Sim — disse a mãe de Frances. — Sim, acredito que você já tenha deixado isso perfeitamente claro.

— Fiz isso por *você*, Joanna, por nós... Deus me ajude, pensei que você compreenderia a posição precária em que isso poderia me colocar. No entanto, é assim que você retribui tudo o que eu lhe dei. Não fui bom para você? — A voz de lorde Campbell se suavizou por um instante, como se ele estivesse implorando que a esposa visse a razão, mas quando ele voltou a falar, as palavras saíram sibilantes. — Você sabe muito bem que o seu comportamento foi indigno. Certamente *me* envergonhou. Todos estavam rindo de você, Joanna. E por consequência... Por consequência, riam de mim.

Lady Campbell não deu nenhuma resposta que Georgiana conseguisse ouvir.

— Você está me ouvindo? Responda, então, se consegue me ouvir! Você certamente tinha muito a dizer antes... *Fale*, mulher!

Mais uma vez, ela não respondeu; em vez disso, Georgiana ouviu o som de algo grande e pesado batendo em uma superfície qualquer, seguido pelo estilhaçar tão alto de porcelana que Georgiana se encolheu como se tivesse sido ela a quebrar o tal objeto. Ela ouviu passos rápidos no chão de mármore, então tudo ficou em silêncio, a não ser pelo som de um cachorro ganindo ao longe. Georgiana não se atrevia a fazer qualquer movimento, mas logo teve vontade de estar o mais longe possível do que acabara de acontecer, como se a fúria e a violência pudessem encontrá-la. Ela se esgueirou silenciosamente para fora do quarto, para procurar Frances, já tendo decidido que não havia necessidade de a amiga saber o que ela ouvira.

Mas Frances estava encostada na parede do lado de fora do quarto de Georgiana, ainda de camisola, os olhos fechados. Ela os abriu quando sentiu a aproximação de Georgiana e fitou-a em silêncio. Georgiana sentiu a náusea subir pela garganta enquanto ambas ouviam os passos de lady Campbell ecoando por um longo e excruciante momento enquanto ela se afastava.

Georgiana fez menção de falar, sem saber o que sairia de sua boca, mas na mesma hora Frances se virou e saiu andando pelo corredor. Sem saber o que fazer, Georgiana a seguiu.

Frances tinha uma lareira muito boa e um tabuleiro de xadrez próprio em seu quarto enorme cor de champanhe, que dava para oeste, com vista para uma vasta extensão de colinas e árvores. Elas retomaram o jogo, a princípio em silêncio, mas Frances deu uma risada pelo nariz quando Georgiana fez a rainha desmaiar de forma afetada diante de um avanço de um de seus peões e, aos poucos, elas voltaram a conversar e a beber com empenho de moderado a pesado. Frances sorria com facilidade agora, brincando sobre a expressão séria de Georgiana enquanto se aproximava do xeque-mate, mas não deu nenhuma indicação de que queria conversar sobre o que a amiga ouvira, ou mesmo admitir que acontecera. A casa era tão grande que mais dez discussões poderiam estar ocorrendo em volume máximo e elas não teriam ouvido uma palavra de onde estavam.

As duas passaram o resto da noite como se nada de inconveniente tivesse acontecido, mas quando Georgiana já estava cansada e bêbada demais para manter os olhos abertos por mais tempo e sugeriu que seria melhor se retirar para o seu quarto e ir para a cama, Frances a deteve.

— Fique aqui! — apressou-se a dizer, segurando Georgiana pelo pulso. — O seu quarto é tão longe do meu. Fique e podemos continuar conversando até adormecermos.

Georgiana estava exausta demais para ser uma boa companhia, mas Frances parecia subitamente tão ansiosa que ela acabou concordando. As criadas foram chamadas para trançar os cabelos das duas, levar roupas de cama limpas e fechar as cortinas ao redor do dossel enquanto Frances e Georgiana se deitavam, rindo. As criadas saíram do quarto, deixando apenas uma vela tênue e solitária acesa na penteadeira, a luz tremulando preguiçosamente pelas frestas das cortinas ao redor da cama.

Georgiana estava com a cabeça zonza e a cama era extremamente confortável, por isso, estava quase dormindo quando a amiga falou.

— Você já se perguntou como é? — sussurrou Frances. — Ir para a cama com um homem?

Georgiana ficou grata pela escuridão, pois assim Frances não pôde vê-la corar.

— Acho que sim — admitiu baixinho. — Só um pouco.

— Um pouco! Que santinha você é — brincou Frances, e Georgiana riu.

Elas se viraram uma para a outra no escuro, a mão de Frances quase tocando a de Georgiana enquanto se ajeitava no travesseiro.

Suas feições foram suavizadas pelos cachos que escapavam da trança, caindo sobre a sua testa e roçando o pescoço escuro contra os lençóis muito brancos.

— Devo admitir que a princípio eu achava tudo muito nojento — confessou Frances —, mas a minha irmã Eleanor disse que chega a um ponto em que se está tão próximo, e você gosta e não quer mais... parar. Parece terrivelmente desconfortável. Eu *certamente* gosto da parte em que penso em Jeremiah em estado de nudez, mas o resto... — Ela se interrompeu. — Eleanor não me contou mais nada, aquela *bruxa*. Não acho que deveria ser um segredo das mulheres casadas, entende. Todas nós deveríamos saber mais a respeito, para podermos estar bem preparadas.

Georgiana riu, sonolenta. Seus pensamentos se voltaram imediata e espontaneamente para o Sr. Hawksley, que parecia tão interessante na festa de Jane. Ela tentou imaginá-lo sem as calças, e na mesma hora ficou tão escandalizada consigo mesma que levou a mão à boca. Frances não pareceu notar a perturbação da amiga, já que seus olhos estavam se fechando.

— Boa noite, então, George — disse baixinho contra o travesseiro.

— Boa noite, Frances — respondeu Georgiana.

Ela estava quase dormindo quando sentiu uma agitação, um pequeno movimento na cama ao seu lado, e se deu conta de que Frances estava tremendo; seus ombros estremeciam, mas de forma tão discreta que era quase imperceptível. Georgiana estava prestes a perguntar se a amiga estava se sentindo mal quando se deu conta do que estava acontecendo: Frances estava *chorando*.

Parecia tão estranha a ideia da amiga chorando que Georgiana não soube o que fazer. Ela se perguntou, aflita, se era melhor fingir que não tinha notado, para preservar a dignidade da outra, mas Frances acabou falando:

— Não aguento mais — sussurrou ela em um tom amargo. — Tem sido terrível desde que Eleanor se casou e saiu de casa. Ou... talvez sempre tenha sido ruim desse jeito, mas ela conseguia me proteger.

— Ela esfregou os olhos com força, e Georgiana segurou seu braço na tentativa de confortá-la. — Meu pai age como se a minha mãe... como se ela o tivesse *enganado* de alguma forma, como se não tivesse sido *ele* a insistir para ficar com *ela*. Ele se enfurece e então se enfurece mais, quebra coisas, e no dia seguinte tudo é sempre perdoado. É como se todo o caos nunca tivesse acontecido. E a minha mãe volta a dar o braço a ele, até alguma bobagem detonar novamente sua fúria... e que Deus não permita que alguém se coloque em seu caminho. — Outra lágrima escapou e ela a secou.

— Frances, estou tão... Não sei o que dizer — falou Georgiana, sentindo-se imprestável. — Não há nada a ser feito?

— Deus. Não. Quem se importaria? Quem acharia sequer o comportamento dele incomum? Todos acham... Todos acham que o meu pai é louco por ter se casado com ela. Não. As coisas são assim mesmo.

Frances respirou fundo para se recompor. Ela encontrou a mão de Georgiana em seu braço e apertou com tanta força que, quando a soltou, suas unhas haviam deixado pequenos sulcos em formato de meia-lua na pele. Então os lençóis farfalharam e Frances se virou novamente para encarar a amiga.

Em movimentos desajeitados na penumbra, ela se aproximou até seu rosto quase tocar o de Georgiana. Seus narizes se roçaram, e Frances parecia tão desamparada e séria que Georgiana se inclinou para beijar seu rosto. Mas errou o alvo e seus lábios acabaram encontrando o canto da boca de amiga. Frances tinha o sabor do xerez doce e da fumaça de cachimbo, seu rosto estava quente e molhado de lágrimas. Georgiana sentiu uma lágrima que não lhe pertencia deslizar pelo rosto enquanto se afastava.

O momento passou com a mesma rapidez que começara.

— Isso é tolice — disse Frances tranquilamente, como se a conversa não tivesse sido interrompida. — Esqueça, simplesmente esqueça que eu disse qualquer coisa. Eu me casarei em breve, como Eleanor, vou sair dessa casa, e nada disso vai importar. — Ela respirou fundo novamente. — Jeremiah e eu estaremos noivos até do fim do verão.

Georgiana, confusa, cansada e bêbada, mas ainda querendo acalmá-la, abraçou a amiga. Frances se aconchegou a ela, um peso quente e reconfortante contra a lateral de seu corpo.

— Eu sei que sim — disse Georgiana. — Vai ficar tudo bem, Frances.

— É só que... — voltou a falar Frances, parecendo absolutamente exausta. — Às vezes tudo isso é *demais*, George. Tudo lá fora. Tudo aqui. Estou realmente cansada. As pessoas olham para mim e esperam que eu seja alguma coisa especial, para melhor ou pior, e muitas vezes penso que seria bom... só *ser*. Entende?

— Claro — respondeu Georgiana, sem ter certeza se realmente havia entendido.

— Mas não será assim conosco — murmurou Frances, virando o rosto junto ao pescoço de Georgiana com um breve suspiro. — Você não é como o resto, George. Nem um pouco.

— Eu não... não sou? — sussurrou Georgiana de volta, e ficou tensa esperando por uma resposta.

Frances não disse nada e, em poucos minutos, tinha adormecido.

Georgiana ficou acordada por muito tempo depois disso. Seu braço ficou dormente com o peso de Frances, mas ela não o moveu. Ficou ouvindo a respiração da amiga e os rangidos da casa e acabou adormecendo na exata posição em que estava.

Capítulo sete

Na manhã seguinte, Georgiana acordou, ainda virada de lado, e encontrou o travesseiro ao lado vazio. Frances já havia se levantado e estava vestida e arrumada, ao pé da cama, dando a impressão de que a noite anterior não existira.

— Acorde para a vida, George — disse ela, e jogou um roupão na cabeça de Georgiana. — A manhã está sendo desperdiçada!

Elas tomaram o café da manhã no jardim em uma mesa posta no pátio dos fundos, saboreando todos os tipos de pães, doces e frutas, enquanto Frances incentivava Georgiana a experimentar um pouco de tudo. Depois, caminharam pela propriedade, descendo gramados amplos e jardins fechados, até chegarem aos estábulos, a pouco mais de três quilômetros de distância, com três galgos escuros e magros em seus calcanhares. Frances mostrou a Georgiana os cavalos do pai, apresentando cada um pelo nome e pela raça, e contando como o pai os adquirira, em um tom sem qualquer rancor. Georgiana não viu nem sombra de lorde ou lady Campbell, mas Frances reparou que o cavalo favorito do pai não estava ali, o que indicava que ele provavelmente saíra mais cedo em um passeio.

Georgiana continuou a observar Frances em busca de qualquer sinal do que acontecera na noite anterior. Estava quase se convencendo de que tudo não passara de um sonho — o choro e as palavras sussurradas no escuro e o roçar rápido dos seus lábios nos da amiga —, mas sabia que não imaginara a fúria de lorde Campbell ou o som da porcelana se espatifando contra a parede. Agora, Frances sorria enquanto falava do pai e dos cavalos, e Georgiana não conseguia entender. Não conseguia compreender como Frances podia rir lindamente enquanto contava alguma história divertida, ou como era capaz de passar o braço pelo de Georgiana como se não o tivesse agarrado com tanta força na noite anterior que deixara marcas. Ela esperara que Frances mencionasse o estranho quase beijo das duas, talvez até para debochar, mas aquilo também parecia ter sido posto de lado com o resto. Georgiana pensou vagamente que, na verdade, o beijo não parecera tão estranho quanto deveria.

Quando a tarde chegou e a carruagem dos Burton apareceu, Frances ainda sorria. Ela insistiu para que Georgiana ficasse com o colar que usara na noite anterior e disse que esperava que a amiga voltasse para outra visita.

— Ah! Antes que eu me esqueça: Christopher Crawley está planejando uma pequena excursão até a área mais profunda e *sombria* do condado, no dia quatro de julho. E convidou um grupo para se hospedar por algumas noites em um chalezinho pitoresco que fica na propriedade de um parente de má reputação dele. Você precisa conseguir permissão para se juntar a nós, ficarei extremamente entediada se você não for.

— Estarei lá — garantiu Georgiana, emocionada e, de certa forma, aliviada, por ter recebido outro convite.

A carruagem partiu e se afastou lentamente, enquanto Georgiana se virava e acenava até Frances parecer impossivelmente pequena à sombra da casa bela e cavernosa.

Georgiana foi acordada no domingo de manhã por uma série de batidas na porta de seu quarto, tão leves que ela pensou terem sido parte de um sonho. Ela se virou para a parede, os olhos mal conseguindo distinguir o papel de parede floral desbotado enquanto tentava voltar a dormir, mas as batidas retornaram.

Georgiana imaginou que fosse a tia, embora não entendesse por que a mulher não entrara simplesmente, como costumava fazer, e se forçou a sair da cama e abrir a porta. No fim, não era a Sra. Burton, mas o Sr. Burton, parecendo extremamente desconfortável, e desviando os olhos na mesma hora quando viu que Georgiana ainda estava de camisola.

— A sua tia quis que eu... bem, viesse lhe dar bom dia e lhe avisasse de que está na hora de sair para a igreja.

Georgiana não se esquecera da igreja, apenas estivera tão envolvida em uma série de pensamentos relativamente profanos desde a sua visita aos Campbell, que por um instante aquilo sumira de sua mente. Precisava admitir que os pais tinham sido um pouco negligentes quando se tratava de sua educação espiritual. Ela frequentava a capela da escola com eles toda semana, e ficava olhando fixamente para a Bíblia, fingindo não notar os murmúrios e flertes dos alunos ao seu redor, mas, a não ser por isso, nunca fora estimulada a pensar em Deus com muita frequência. Na casa dela, eram os ensinamentos de grandes escritores — de Homero e Virgílio, de Shakespeare e Burns — que eram tratados como escrituras, e sobre eles que Georgiana poderia acabar sendo questionada a qualquer momento, enquanto, por exemplo, tentava saborear seu café da manhã.

Os Burton tinham uma abordagem bastante diferente nesse aspecto. Eles se vestiam com cuidado, sempre mandavam trazer a carruagem, apesar de ser uma caminhada relativamente curta, e esperavam que Georgiana tratasse toda a manhã de domingo com a reverência devida à ocasião. Georgiana achava um tanto monótono e, desde a sua chegada, passara os domingos se sentindo um tanto sentimental em relação aos dias em que o pai podia apontar de repente o garfo para ela e exigir que recitasse de cor o poema "Address to the Woodlark".

— Agradeço ao *senhor* por vir me desejar bom dia, tio — disse Georgiana, a voz ainda rouca de sono —, já que não acredito que a Sra. Burton tenha realmente lhe pedido que dissesse essa parte.

— Ainda assim... — disse o tio.

Georgiana aguardou por um momento, esperando que o homem completasse o raciocínio, mas ele apenas se despediu com um aceno de cabeça e se afastou rapidamente.

Emmeline foi chamada para ajudá-la a se vestir e Georgiana aceitou sem reclamar, ainda semiadormecida. Só quando desceu a escada cambaleando e viu a hora no relógio de mesa foi que se deu conta de que havia alguma coisa errada.

— Por que estamos saindo tão cedo? — perguntou, confusa, enquanto a Sra. Burton descia apressada as escadas, carregando a sobrinha junto e empurrando-a porta afora.

— Eu lhe *disse*, Georgiana, pelo amor de Deus! O vigário adoeceu e não conseguiram ninguém para substituí-lo. Por isso, vamos até St. Anne's.

Georgiana fingiu se lembrar do que a tia supostamente dissera e, portanto, não pôde fazer mais perguntas. A viagem até a igreja local costumava levar apenas cinco minutos de carruagem, enquanto a ida até a St. Anne's claramente exigia uma viagem muito mais longa. Eles seguiram para o norte, para longe da cidade, percorrendo o caminho que levava à propriedade dos Campbell e indo mais além, até chegarem a um vilarejo muito pequeno, com apenas uma ou duas outras construções que *não* faziam parte da St. Anne's.

— Chegamos cedo demais? — perguntou Georgiana, vendo apenas três outras famílias se aproximando, em vez do fluxo constante de domingo.

— Eles terão que conseguir encaixar duas congregações em uma única igreja, Georgiana, não vou correr nenhum risco — disse a Sra. Burton, endireitando o chapéu e os ombros como se estivesse se preparando para uma briga.

Ela os conduziu com determinação pelo adro agradável e amplo até uma igreja tão elegante e pitoresca que parecia saída de uma pintura. Algumas das outras pessoas já ali dentro pareciam ser amigos dos Burton; eles se sentaram em um banco bem encerado perto da frente, e a tia começou a falar em um tom baixo e empolado com a família na frente deles, enquanto Georgiana tentava tirar uma breve soneca sem ser notada.

Conforme se aproximava uma hora mais respeitável, a igreja começou a encher ao redor deles, e Georgiana foi sacudida de seu devaneio pelos dedos da Sra. Burton cutucando seu braço.

— O que foi? — murmurou ela, e recebeu um olhar de reprovação em resposta.

Georgiana endireitou o corpo com relutância, então se virou e viu a Srta. Cecily Dugray entrando, com duas pessoas igualmente esculturais e loiras que supôs serem os pais dela. Os três se sentaram em um banco algumas fileiras atrás dos Burton, do outro lado do corredor, então o olhar de Cecily pousou em Georgiana e seus olhos se iluminaram.

— Ah, Srta. Ellers! — disse ela, sem se preocupar em moderar o tom de voz. — Tudo bem? Precisa vir se sentar comigo.

Ela deu uma palmadinha no espaço ao lado dela no banco. Georgiana olhou para a tia, que parecia um pouco agitada, mas assentiu em aprovação.

Georgiana esperava ser apresentada aos Dugray, mas eles já conversavam com outro casal sentado do outro lado.

— Como você está? — perguntou ela a Cecily, que usava um vestido azul-violeta e parecia ótima.

— Muito bem, na verdade — respondeu a jovem, confirmando as suspeitas de Georgiana. — Acertei cinco vezes no três e uma no sete essa manhã.

— Cinco vezes no três e uma...

— Ah! No tiro com arco longo — explicou Cecily com entusiasmo. — Eu pratico arco e flecha em alvos no jardim... ou no salão de baile, se estiver chovendo. Sou péssima, mas estou progredindo.

— Mas você já atirou? Essa manhã? — perguntou Georgiana, se esforçando para acompanhar aquelas novas informações. — Ainda não são nem dez horas.

— Ah, eu não durmo muito — disse Cecily, parecendo totalmente satisfeita com aquilo. — O dia amanhece cedo nessa época do ano, já às seis horas... Ah, Jane chegou.

Os Woodley de fato haviam chegado. Se tivesse se dado conta de que aquela era a igreja preferida de todos os amigos de Frances, pensou Georgiana, lamentando, teria penteado o cabelo com um pouco mais de cuidado.

— Bom dia — cumprimentou Jane quando se aproximou delas. — Como foi o arco e flecha essa manhã, Ces?

— Cinco no três e uma no sete — gabou-se Cecily com um sorriso, aprumando o corpo ao máximo.

— Você está melhorando — elogiou Jane, erguendo uma sobrancelha. — Alguma vítima?

— Ah — respondeu Cecily em um tom descontraído —, não exatamente.

— Não exatamente? — repetiu Georgiana, alarmada, e Jane pareceu notá-la pela primeira vez, apesar do fato de estar falando com Cecily por cima da cabeça dela.

— Bom dia, Srta. Ellers — disse ela, e seus olhos se detiveram na mesma hora no cabelo de Georgiana. — Está ventando na cidade, eu imagino.

Ela se afastou apressada para onde estavam os pais, antes que Georgiana pudesse pensar em uma resposta. Christopher Crawley passou por elas instantes depois, com um homem que devia ser seu irmão. Ele parecia estar com uma ressaca terrível e parou apenas para beijar a mão das duas antes de desabar em um banco, se colocando o mais próximo da parede o possível, deixando o corpo deslizar até estar quase deitado.

— Será que a Srta. Campbell vai se juntar a nós? — perguntou Georgiana, olhando em volta para ver se Frances já teria chegado sem que ela notasse. — Ou o Sr. Smith?

— Humm, é improvável — respondeu Cecily. — Frances não costuma fazer nada antes das onze horas, e os pais dela geralmente estão fora, então não há ninguém para forçá-la a vir. E Jonathan não vem de jeito nenhum.

— Por quê?

— Ele diz que driblou Deus, fez um desvio e agora só faz negócios com um parente.

— Quem, Cristo?

— Não — disse Cecily, animada. — O Diabo.

— Ah — falou Georgiana, se vendo mais uma vez sem palavras.

— Ali está Jeremiah — falou Cecily, olhando para a porta. — Só não fique encarando. Frances fica muito brava quando eu faço isso.

Foi difícil para Georgiana seguir aquela orientação, pois logo ficou claro que o Sr. Russell havia entrado com um grupo grande, incluindo vários membros da família dele, alguns dos homens com quem Georgiana o tinha visto na festa de Jane e, por fim, e mais importante, o Sr. Hawksley — alto, moreno e com uma expressão nada satisfeita. Os bancos da frente, perpendiculares ao resto, de modo que flanqueavam cada lado do púlpito, pareciam ter sido deixados vazios para eles, que se dirigiram até lá, cumprimentando amigos e vizinhos de passagem, com o Sr. Hawksley na retaguarda. Georgiana estava preparada para desviar o olhar e parecer desinteressada quando ele a visse, mas o Sr. Hawksley passou sem nem sequer reparar nela.

Assim que eles se sentaram, o jovem e robusto vigário, Sr. Weatherby, assumiu seu lugar e pigarreou pedindo silêncio, sendo quase completamente bem-sucedido. O sermão começou, mas Georgiana se viu incapaz de se concentrar. Ela estava observando o perfil do Sr. Hawksley, os cachos rebeldes que já haviam se soltado do rabo de cavalo, o ligeiro franzir de cenho e o movimento cuidadoso da mão enquanto virava as páginas da Bíblia. Ela só desviou o olhar quando Cecily perguntou qual hino deveriam cantar em seguida, e ela precisou dizer que não fazia ideia.

Depois de cantarem o hino, todos se sentaram novamente e Cecily se inclinou para sussurrar no ouvido de Georgiana.

— Aquele sujeito, o Sr. Hawksley, está olhando para você.

— Ah — disse Georgiana, mantendo os olhos fixos no banco da frente. — Bem, olhando como? De propósito ou seus olhos pousaram em mim por acaso?

— Acho que ele parece bastante aborrecido, na verdade. Você brigou com ele? O homem está piscando bastante, o que parece... Ah, não, espere, acho que pode ser alguma coisa no olho dele. Sim, ele está tentando tirar. Meu Deus, ele está realmente se esforçando para tirar.

— Ótimo — sussurrou Georgiana, aflita. — Obrigada.

— Espere um minuto — disse Cecily, cutucando-a. — Agora acho que ele *está* olhando para cá. Ele acabou de perguntar alguma coisa baixinho àquele cavalheiro. Tenho certeza de que acenou em nossa direção. Não, não, ele estava pedindo um lenço. E o cavalheiro... sim, o cavalheiro tem um lenço para emprestar. Ele está com o lenço agora.

— Obrigada, Cecily, de verdade — disse Georgiana. — Acho que agora você já pode parar.

— Você *brigou* com ele? — perguntou Cecily, mas Georgiana foi salva de responder pelo anúncio de mais um louvor.

O resto do serviço religioso se arrastou, e os nervos de Georgiana estavam à flor da pele na expectativa do momento em que o Sr. Hawksley passaria de novo por ela e talvez, daquela vez, a notasse. Quando chegou a hora, ela estava tão concentrada em tentar se comportar de forma casual, sorrindo agradavelmente para Cecily para que ele pudesse vê-la de forma lisonjeira, que só percebeu que o Sr. Hawksley e Jeremiah Russell já estavam parados ao seu lado quando o sorriso se apagou do rosto de Cecily e ela empertigou muito os ombros.

— Srta. Dugray — cumprimentou o Sr. Russell, com um aceno de cabeça. — E... Perdoe-me, não tenho certeza se fomos apresentados.

— Georgiana Ellers, senhor — disse Georgiana, sentindo as bochechas corarem, apesar de eles *terem* sido apresentados, e de ele claramente tê-la esquecido.

Jeremiah Russell tinha o tipo de beleza que fazia uma pessoa se sentir banhada em um raio de sol sob seu olhar, mesmo que parecesse ter uma memória muito curta.

— Ah, sim. Bem, comportem-se, senhoritas... Deus está olhando — disse ele, erguendo uma sobrancelha sugestivamente e se despedindo com outro aceno de cabeça.

O Sr. Hawksley permaneceu parado em silêncio ao lado do amigo e, quando Jeremiah fez menção de se afastar, finalmente encontrou o olhar de Georgiana, e se encolheu visivelmente, como se estivesse assustado. Ela não sabia muito sobre cavalheiros, mas tinha quase certeza de que não era um bom sinal quando um deles se encolhia ao vê-la.

Ela e Cecily o fitaram em expectativa, e ele deu um sorriso rápido e tenso, antes de inclinar a cabeça para cumprimentá-las.

— Bom dia — falou, antes de se afastar rapidamente.

Georgiana e Cecily ficaram sentadas em silêncio por um instante enquanto o resto da congregação saía da igreja.

— Talvez o olho ainda o estivesse incomodando? — disse Cecily em um tom caridoso.

— Sim — concordou Georgiana, e se levantou ao ver a Sra. Burton fazendo gestos furtivos para chamá-la. — Sim. Imagino que tenha sido isso.

Capítulo oito

Quando finalmente recebeu notícias dos pais, Georgiana estava sentada no peitoril da janela da biblioteca, lendo em uma posição nada feminina, os cabelos soltos, as costas contra uma das laterais do peitoril, as pernas levantadas e apoiadas contra a outra. Eles haviam comido biscoitos amanteigados no almoço, e Georgiana visitara furtivamente Marjorie na cozinha depois, trocando uma leitura dramática de parte do livro que estava lendo — Henry Fielding, com toda a sua tragédia doméstica e adultério morno — por mais alguns biscoitos, que saboreava enquanto virava as páginas, deixando migalhas caírem ao redor.

A carta do pai tinha sido entregue diretamente a ela por Emmeline, muito curiosa, já que os tios haviam saído para fazer uma caminhada à tarde. Georgiana desistiu do livro na mesma hora, sacudiu as migalhas do vestido e puxou a cadeira do tio até a pequena escrivaninha para se concentrar.

Georgiana,
Perdoe-nos pelo atraso em enviar esta carta, mas estávamos arrumando a casa e tornando-a habitável, e finalmente nos sentimos acomodados o bastante para colocar a correspondência em dia. A sua mãe está muito melhor, fazendo caminhadas regulares e tomando banhos de mar, apreciando tudo o que a vida no litoral oferece, a não ser pelos gritos quase constantes das gaivotas. Eu abati cinco até agora e espero abater muito mais. Lamentamos por você não estar conosco, é claro, mas sabemos que está em boas mãos. Marcaremos uma visita mais para o fim do verão, se o tempo permitir. Por favor, transmita nossos agradecimentos à sua tia e ao seu tio por acolherem você.

Além disso, eu senti falta o meu volume de Ricardo II. Se você está de posse dele no momento, por favor, me envie pelo correio o mais rápido possível.
Seu pai,
Sr. Jacob Ellers

Georgiana virou a carta para ver se havia um pós-escrito, então checou mais uma vez o envelope para garantir que aquela não era apenas a primeira de muitas folhas guardadas ali. Não era. Ela releu a carta, tentando extrair algum significado adicional, então deixou-a de lado, sentindo-se dominada por uma sensação de vazio e precisando fixar os olhos na escrivaninha à sua frente, em um esforço para não chorar.

Quando Georgiana tinha sete anos, pegara uma agulha de bordar sem supervisão e tentara imitar a mãe, empurrando-a através de uma manta inacabada com tanta força acabara enfiando a agulha na palma da outra mão. Ela ficou absolutamente histérica de dor e horror, e atravessara a casa correndo e gritando pela mãe e o pai, até descobri-los sentados na sala de estar, com livros no colo, parecendo um pouco irritados por serem interrompidos.

Ao descobrir a origem de todo o escândalo, o pai arrancara a agulha da mão dela sem cerimônia, pressionara o ferimento com o lenço e tentara mandá-la embora.

— Eu estava tentando... — explicou Georgiana em meio a soluços. — Estava tentando... ajudar a mamãe com a manta.

— Ah, *Georgiana* — falou a mãe em um tom desapontado, e voltou a pegar o livro. — Essa não é a agulha certa para trabalhar com lã.

Georgiana passara a vida toda procurando algo mais do que a calma e praticidade contida nos pais, e se sentia furiosa consigo mesma por ainda ficar surpresa quando não encontrava.

Eu abati cinco gaivotas até agora e espero abater muito mais.

Nem uma palavra por quase um mês, e o pai achou que a caça de aves marinhas merecia uma menção mais longa do que qualquer tipo de expressão de afeto. Ele não desejava Georgiana de volta, de jeito nenhum, mas precisava *desesperadamente* de *Ricardo II*.

Uma fúria repentina correu pelas veias de Georgiana, que se levantou e foi até as estantes, procurando ao acaso, quase como uma louca. Quando ela encontrou o que procurava na parte que o tio separara para os livros dela, apanhou e ficou olhando para o livro por um momento.

Maldito *Ricardo II*. Ela nem sequer considerava aquela uma peça particularmente boa, em comparação com *Ricardo III*, também de Shakespeare.

Georgiana segurou várias páginas juntas e rasgou-as em um movimento rápido. Ela viu o papel fino e amarelado cair no chão, então começou a rasgar o resto do livro em um frenesi, não parando nem quando uma página fez um corte fino em todo o comprimento da sua mão, continuando até que só o que restava era a capa dura e uma pilha de papel rasgado.

O arrependimento chegou na sequência, como seria inevitável. Destruir um livro parecia um sacrilégio, como se ela tivesse colocado as mãos em algo que deveria ser intocável. Deveria ter guardado o livro e lido com frequência, deliciando-se, gostando ainda mais porque podia lê-lo enquanto o pai não.

Mas era tarde demais. Ela chupou o sangue do corte da mão, sentindo-se profundamente exausta e muito pequena, mal conseguindo conter as lágrimas. Recolher os destroços, concentrar a mente em uma tarefa, ajudou, e ela teve o cuidado de não deixar para trás nenhum fragmento de prova. Juntou todo o papel rasgado, levou para a cozinha e entregou a Marjorie para que o queimasse. A mulher mais velha fitou-a como se desconfiasse de alguma coisa, mas não disse nada, então examinou a expressão de Georgiana por mais um instante antes de pegar a pilha de papel e colocar outro biscoito em sua mão.

Quando os Burton voltaram de sua caminhada, Georgiana ainda estava de mau humor. Ela entregou a carta à tia sem dizer uma palavra e foi para a cama, deixando-a ler sozinha. A Sra. Burton a procurou mais tarde; ela bateu na porta do quarto e a abriu imediatamente, com uma expressão tão compassiva e gentil no rosto que Georgiana teve vontade de gritar. A tia se sentou na beira da cama, que rangeu como se reclamasse, e deu uma palmadinha carinhosa no braço da sobrinha.

— Seus pais... Eles não são muito de usar palavras de afeto — disse ela com gentileza.

— Talvez seja melhor a senhora repensar essa ideia — retrucou Georgiana com o rosto enfiado no travesseiro. — "Senti falta do meu volume de *Ricardo II*".

— Ah. Sim. Bem, você viu o livro? Não parece estar na biblioteca.

— Não — respondeu Georgiana, culpada, antes de se sentar para encarar a tia. — Não me ressinto por eles terem se mudado, Sra. Burton, fico feliz por a minha mãe estar se sentindo melhor das dores de cabeça e, é claro, me sinto grata por estar aqui, mas seria mesmo tão difícil fingir que sentem a minha falta? Só um pouquinho?

— Não, não seria — disse a Sra. Burton, com um suspiro triste.

— Imagino que se eu aparecesse na casa deles sem avisar, os dois entrariam em pânico e atirariam em mim assim que me avistassem, como se eu fosse uma das pobres gaivotas.

— Provavelmente não, querida — falou a Sra. Burton em um tom nada convincente, então puxou Georgiana para um abraço apertado.

Para sua surpresa, pareceu pouco familiar ser amada daquela maneira, tão física, tão exigente, e Georgiana ficou envergonhada ao perceber que seus olhos estavam ligeiramente úmidos quando ela se afastou.

— Mas não está sendo terrível viver aqui, está? Espero que saiba que seu tio e eu estamos muito felizes em tê-la conosco. Vamos organizar mais algumas saídas... e você disse que a estada com os Campbell foi ótima.

— É verdade — concordou Georgiana, sentindo-se novamente culpada.

Ela havia dado à tia uma versão muito distorcida da verdade, dizendo que jantara com os Campbell e desfrutara de empolgantes partidas de xadrez diante da lareira, omitindo totalmente o fato de que tudo aquilo acontecera quando estava seminua e totalmente embriagada.

Por mais amável que a tia estivesse sendo, aquele parecia o momento perfeito para mencionar a festa na casa de campo para a qual Frances a convidara, e Georgiana estremeceu por dentro antes de adicionar mais mentiras e meias-verdades à sua conta.

— Na verdade, Sra. Burton, os Campbell vão viajar em breve e queriam me convidar para ir junto...

A Sra. Burton ouviu enquanto Georgiana explicava, hesitante, e mentia sobre a natureza da viagem, então sorriu e apertou a mão da sobrinha.

— Acho que parece esplêndido. A coisa certa para animar você. Na verdade, vamos até a cidade amanhã, escolher uma renda para alegrar um de seus vestidos antigos — disse ela, acariciando a manga de Georgiana.

Georgiana se afastou, irritada com a insinuação de que seus vestidos precisavam ser melhorados, preocupada que talvez Frances e as amigas dela pensassem o mesmo. Toda a culpa por estar enganando a tia foi afastada de sua mente na mesma hora.

— Está bem, está bem — concordou Georgiana, e a Sra. Burton parecia um pouco desapontada quando saiu do quarto.

Por mais cética que se sentisse sobre o que alguns poucos metros de renda poderiam fazer para melhorar seu guarda-roupa aparentemente lamentável, Georgiana se animou enquanto a carruagem seguia em direção ao centro da cidade. Logo os chalés e as cercas deram lugar a fileiras de casas estreitas, tão apertadas que ela não conseguia imaginar como as pessoas ali tinham espaço para respirar. Eram todas feitas com a mesma pedra, com lindas jardineiras nas janelas, cheias de amores-perfeitos e margaridas, os únicos toques de cor brilhante entre todos os tons de marrom. Eram tantas pessoas nas ruas... elas logo estavam cercadas pelos gritos dos vendedores ambulantes, o cheiro de esgoto e esterco de cavalo, e a visão de muitas pessoas andando sob sombrinhas e desviando de carruagens como a delas, enquanto atravessavam a rua sem pensar em sua segurança.

Elas passaram muito tempo no armarinho, e a Sra. Burton mostrou tantas amostras quase idênticas de renda a Georgiana que ela começou a ver os padrões intrincados gravados em suas pálpebras toda vez que piscava. No fim, a tia permitiu que ela se sentasse do lado de fora, em um banco na sombra, desde que à vista da loja. Georgiana saiu correndo antes que a Sra. Burton pudesse mudar de ideia, deleitando-se com a liberdade repentina.

A cidade tinha duas ruas principais que se cruzavam, ambas muito movimentadas, e elas se encontravam no entroncamento, onde as lojas mais populares, as estalagens e os imponentes salões sociais se erguiam ao redor de uma ampla praça pavimentada com paralelepípedos, onde funcionava o mercado. Georgiana tinha sido avisada pela tia durante o trajeto de carruagem — três vezes, na verdade — que a taberna na esquina da praça era frequentada apenas por vagabundos e malandros, e que se aventurar pela rua onde ela estava era o equivalente a uma sentença de morte.

Olhando para a taberna, Georgiana desconfiou que a tia tivesse exagerado um pouco. Havia alguns cavalheiros mais velhos de aparência bastante maltrapilha conversando na esquina, e uma mulher mais adiante na rua que parecia estar mendigando sem sucesso. Enquanto Georgiana observava, uma mulher muito bem-vestida, parcialmente escondida por uma sombrinha, se inclinou para jogar um punhado de moedas nas palmas estendidas da pedinte, que olhou sorrindo para o dinheiro e então para a sua benfeitora, mas logo vacilou. Seu sorriso se tornou uma carranca e, para espanto de Georgiana, a mendiga cuspiu nos pés da mulher enquanto se afastava apressadamente.

Quando a mulher se aproximou, seguida por um criado com os braços cheios de pacotes, Georgiana se deu conta com um sobressalto de quem era: lady Campbell, as feições estranhamente inexpressivas, os olhos fixos à frente sem parecer ver nada.

— Ah — disse a voz da Sra. Burton atrás de Georgiana, assustando-a enormemente. — Aquela não é...? Lady Campbell!

Antes que Georgiana pudesse impedi-la, a tia estava acenando para a mãe de Frances. A expressão vazia da outra mulher imediatamente se suavizou, transformando-se em um sorriso educado, e ela parou para cumprimentar as duas.

— Ainda não fomos adequadamente apresentadas, é claro, mas a minha Georgiana gosta muito da sua Frances — disse a Sra. Burton, radiante. — Foi muito gentil da sua parte ter convidado a minha sobrinha para a sua casa.

Georgiana se sentiu nauseada na mesma hora, já imaginando todas as suas mentiras sendo expostas como se estivessem sendo apresentadas em um tribunal. Ela suspeitava fortemente que lady Campbell não tinha a menor ideia de que a amiga da filha havia cruzado a soleira da sua porta, muito menos que tirara uma Frances bêbada do lago ou ouvira uma briga de casal que definitivamente deveria ser privada.

— Por favor, saiba que estamos à disposição para retribuir o favor da mesma maneira.

— Ah... sim — disse lady Campbell, franzindo ligeiramente o cenho enquanto olhava para Georgiana, que provavelmente parecia petrificada. — Não foi incômodo algum. Ela é bem-vinda de novo a qualquer momento.

Georgiana tentou conter um suspiro óbvio de alívio enquanto, ao mesmo tempo, tentava agradecer silenciosamente à mãe de Frances, que parecia totalmente desinteressada. A mulher já estava olhando além delas, como se um pensamento mais interessante lhe tivesse ocorrido.

— Bem, não vamos tomar mais o seu tempo — disse a Sra. Burton, percebendo que já havia perdido a audiência. — Bom dia, lady Campbell.

— Bom dia — respondeu a outra mulher, já se afastando.

Na mesma hora, a Sra. Burton começou a exaltar as virtudes da mãe de Frances e a examinar em detalhes todos os aspectos da conversa das duas, mas Georgiana não ouvia. Ela estava observando duas damas se afastarem para permitir que lady Campbell entrasse na chapelaria. As mulheres até foram educadas quando ela agradeceu com um aceno de cabeça, mas assim que a mãe de Frances entrou na loja, Georgiana viu as duas sussurrando furtivamente entre si enquanto se afastavam.

A Sra. Burton conduziu Georgiana de volta à carruagem, que as esperava a cinco minutos de distância. Quando elas passaram novamente pela praça, já a caminho de casa, Georgiana conseguiu enxergar lady Campbell através da vitrine, sentada muito ereta, ainda inexpressiva enquanto a modista lhe mostrava chapéu após chapéu após chapéu.

Capítulo nove

𝒢eorgiana tinha doze anos na última vez em que visitara uma feira de condado; a feira tinha acontecido na escola onde o pai dela dava aulas, e um menino chamado Tommy Hannock chutara suas canelas e a chamara de "lesma" porque ela o vencera no concurso de arco e flecha. Georgiana tinha achado pouco inteligente da parte do menino insultá-la quando ela ainda segurava uma arma, ainda mais uma que ela acabara de provar ser muito mais hábil do que ele em usar... mas, lamentavelmente, não havia atirado nele.

Quando Frances a convidara para a feira no último domingo de junho — por meio de um bilhete rabiscado que chegara na noite de sábado, seguido na manhã seguinte pela própria Frances surgindo em sua carruagem e perguntando à Sra. Burton com uma piscadela se Georgiana podia sair para "brincar" —, Georgiana achara, surpresa, que seria uma atividade saudável, pelos padrões usuais da amiga.

Como acabou descobrindo, ser adulta em uma feira de condado significava que beber era aceitável — talvez até obrigatório — e Georgiana já chegou ligeiramente embriagada, pois se preparara para a tarde na casa de Frances, junto com Cecily e Jane. Lorde e lady Campbell estavam, ambos e felizmente, mais uma vez ausentes. Jonathan mandou um bilhete se desculpando, dizendo que tinha um compromisso e que, mesmo que não tivesse, certamente *fingiria* ter, para evitar comparecer a uma feira no campo. O paradeiro de Christopher era, nas palavras de Frances, "impossível de identificar".

— É um dia só das damas! — declarara Frances alegremente pouco antes, enquanto elas estavam sentadas no jardim da casa dela, bebendo algo que Cecily havia preparado e que tinha gosto de álcool e flor de sabugueiro.

Jane estava com um humor melhor do que o normal e trançara flores dos jardins dos Campbell nos cabelos de todas, de modo que as quatro pareciam um bando de fadas pagãs. Elas faltaram à igreja para se aprontarem, e a tia de Georgiana provavelmente teria mandado chamar um vigário com urgência se vissem todas sem luvas, ou chapéus, mas ela e o Sr. Burton haviam partido no meio da manhã para visitar a irmã do Sr. Burton, que morava a cerca de trinta quilômetros de distância. Portanto, Georgiana não precisava se preocupar com a possibilidade de os tios surgirem de surpresa e pegá-la correndo como uma fada pagã.

Havia uma série de barracas e jogos montados nos terrenos da St. Anne, cercados por todos os lados por olmos que derramavam as últimas sementes finas como papel feito confete. Crianças vestidas com suas melhores roupas de domingo arrancavam punhados de grama e jogavam umas nas outras, rindo loucamente e correndo por entre as mesas. Um homem forte desafiava os passantes a tentar a sorte com seu enorme martelo de madeira. Havia até uma banda, embora chamar o grupo de músicos de banda talvez fosse um pouco caridoso demais, pois todos pareciam ter fabricado os instrumentos com descartes de madeira e estanho.

— Jane *adora* a feira — falou Frances em tom de provocação, e Jane lhe deu uma cotovelada na lateral do corpo.

— Eu adoraria muito mais se você parasse de me *irritar* — retrucou ela, mas sorria, e Frances sorriu de volta.

Georgiana não tinha ideia do motivo da provocação, o que achou um pouco enervante, mas certamente a brincadeira abrandara o olhar sempre sério e mal-humorado de Jane, por isso se esforçou para aproveitar.

— George, eu lhe dou uma libra se você conseguir arrancar a cabeça dele — desafiou Frances, protegendo os olhos com uma das mãos e apontando com a outra para uma barraca na qual o objetivo principal parecia ser arrancar uma maçã de cima de alguma coisa, atirando maçãs ligeiramente menores. A peça central era um espantalho com uma maçã equilibrada precariamente sobre sua cabeça de juta, e o prêmio era uma cesta de morangos tão vermelhos e maduros que pareciam prestes a estourar. Cestas decoravam os dois lados da barraca, transbordando com mais maçãs à venda.

De um modo geral, Georgiana achou que haviam exagerado no tema.

Uma libra era uma quantia impensável de dinheiro para se jogar fora em uma aposta, mas Georgiana suspeitava que, para Frances, era um valor tão insignificante que ela esperava que todos os envolvidos esquecessem imediatamente depois. Georgiana caminhou até a barraca, pagou alguns centavos para jogar, e o rapaz que cuidava da brincadeira lhe entregou uma pequena pilha de maçãs amareladas. Georgiana recuou o braço, fechou um olho, tentou mirar e lançou uma das maçãs em direção ao alvo, errando espetacularmente. As outras aplaudiram — Frances e Jane com deboche, e Cecily com toda sinceridade — e Georgiana percebeu que estava um pouco quente sob o vestido, enquanto dava de ombros e relaxava o maxilar, constrangida.

Ela errou mais duas vezes e foi ficando cada vez mais frustrada. Podia ver que Frances já perdia o interesse, sussurrando com Jane e procurando outra coisa para fazer.

Georgiana estreitou os olhos para o espantalho como se ele a tivesse ofendido pessoalmente, e atirou a última maçã — daquela vez, acertou em cheio, mas a maçã não caiu. Em vez disso, se partiu ao meio, e logo se tornou claro que uma estaca fora enfiada nela, mantendo-a firmemente no lugar e tornando o jogo impossível de vencer.

Georgiana virou-se para olhar para as outras, boquiaberta de espanto, apontando para a maçã partida. Por um momento parecia que ninguém ia defender a sua causa, mas então Frances viu o que tinha acontecido.

— Trapaça! — gritou ela.

O rapaz que tomava conta da barraca ergueu os olhos de onde estivera tomando cerveja preguiçosamente e observando quem passava. Quando viu o estado da maçã atingida, pegou-a rapidamente, examinou-a e colocou outra no lugar, enfiando-a com força na estaca para enganar o próximo cliente desavisado.

— Você não pode fazer isso! Eu quero os meus morangos! — bradou Georgiana, o álcool incitando um nível de fúria que lhe pareceu inteiramente proporcional no momento.

Frances se colocou ao lado dela com os braços cruzados.

— Aqui diz "Derrube para ganhar um prêmio" — disse o rapaz, com um sorriso enervante no rosto, apontando para uma placa que dizia mesmo exatamente aquilo.

— Mas é impossível derrubá-la! Daria no mesmo se aí estivesse escrito, não sei... "Dê uma volta ao redor da feira voando para ganhar um prêmio".

— Sim, ora. Mas não diz isso, não é?

Jane avançou para ele, parecendo ameaçadora.

— Quanto eu ganho se arrancar a *sua* cabeça? — sibilou ela, e o rapaz pareceu tão surpreso ao ouvir alguém como Jane falar daquele jeito que todas caíram na gargalhada.

— Venha, George. Vamos deixar esse homem com sua ilustre carreira de *zelador de maçãs* — disse Frances, enquanto passava o braço pelo de Georgiana e a puxava para longe.

O rapaz zombou enquanto elas se afastavam, e Georgiana se viu dominada por um forte desejo de jogar cada uma das maçãs da barraca em cima dele.

— Aquele homem deveria ser, não sei... expulso da feira. Proibido de... de exercer qualquer atividade relacionada a maçãs pelo resto da vida — disse ela, bêbada e magoada, e Frances lhe deu uma palmadinha carinhosa no braço para consolá-la.

— Venha. Eu sei o que vai animar você.

* * *

Cecily e Frances estavam negociando com o homem que vendia vinho. Ele devia ter pouco menos de um metro e setenta de altura, tinha uma barriga um tanto saliente, e claramente estava vivendo o melhor momento de sua vida enquanto as duas moças o adulavam, batiam as pestanas e empregavam todos os seus encantos femininos para convencê-lo a lhes vender uma caixa do seu melhor vinho pela metade do preço pedido. Georgiana presumiu que as duas deviam estar fazendo aquilo apenas por diversão, já que não precisavam que um homem que coçara a virilha duas vezes desde que a barganha começara lhes vendesse bebida com desconto.

Jane, enquanto isso, estava a uma curta distância, entretida em uma conversa com o homem que cuidava da barraca de tortas de carne, o que era estranho por si só. Georgiana duvidava que Jane alguma vez na vida tivesse comido uma torta daquelas, já que eram coisas gordurosas de crosta grossa, e não se sabia o que poderia estar dentro delas.

Cecily e Frances se afastaram do vendedor de vinho, soprando um beijo de despedida, e todas se aproximaram de Jane. Ela apertou a mão do vendedor de tortas e se virou para as amigas com uma expressão muito séria.

— Todas vocês... esse é John Louis.

— John Louis! — responderam em coro, encantadas, como se ele fosse um velho e querido amigo. Georgiana o examinou por um momento.

— Quem é John Louis? — perguntou para Frances baixinho.

— Não tenho a menor ideia — a amiga respondeu.

— John Louis vai nos vender uma torta — disse Jane lentamente. — É uma torta muito especial, e precisamos ir com ele até a sua carroça para buscá-la.

— Ela está se sentindo bem? — voltou a perguntar Georgiana a Frances, enquanto John Louis partia em direção às árvores e todas o seguiam.

A torta em questão acabou não sendo uma torta. Era, na verdade, uma simples caixa de rapé de madeira.

— Traga de volta — alertou John Louis, muito sério.

Jane assentiu, e Frances balançou os dedos em despedida antes de dar o braço a ela, enquanto se afastavam, com Cecily e Georgiana correndo para acompanhá-las.

Jane levou-as pelo meio das árvores, para fora do terreno do adro da igreja, até uma espécie de anexo. Talvez o lugar já tivesse abrigado cavalos, mas agora restavam apenas três paredes e um telhado parcialmente desmoronado, com fardos de feno empilhados no único canto que ainda estava coberto.

Jane e Frances sentaram-se em um fardo e Georgiana se inclinou, curiosa para ver que segredos a caixa de rapé guardava.

— Isso... Isso é rapé? — perguntou ela, ainda em dúvida, quando Frances ergueu a tampa com reverência para revelar um pó marrom-claro.

Todas as outras riram com malícia, e Georgiana se sentiu totalmente excluída.

— Mais ou menos — disse Frances com gentileza.

— *Não* é. Trata-se de um rapé *especial*. Um rapé com um toque a mais. Você usa como de costume — disse Jane.

Ela demonstrou, espalhando um pouco nas costas da mão e logo levando ao nariz, depois ergueu a caixa na direção de Georgiana, que hesitou por um instante, levemente preocupada. Mas confiava que Frances não iria expô-la a nada muito sinistro, por isso abaixou o rosto e inalou com força. Seus seios da face pareceram queimar, e ela assistiu com olhos lacrimejantes enquanto Frances e Cecily se revezavam para também cheirar o pó.

— As drogas dos camponeses são as melhores — declarou Frances com um suspiro feliz, limpando o nariz. — Eles não têm absolutamente nenhuma razão para viver, e fica *bem* claro.

— Jesus Cristo, Frances — disse Jane, mas ela estava sorrindo preguiçosamente, recostada em um fardo de feno com o rosto corado. Todos aqueles sorrisos vindos de Jane estavam ficando um pouco alarmantes.

— Um brinde aos camponeses! — exclamou Cecily, erguendo uma garrafa de vinho.

Georgiana estremeceu, sentindo-se um pouco próxima demais do campesinato para se juntar a elas com empolgação, mas bebeu mesmo assim. As quatro brindaram às feiras de condado, ao feno e especialmente a John Louis, até que a sobriedade se tornou um sonho distante, e o sol estava decididamente mais baixo no céu.

Georgiana nunca se considerou uma dançarina particularmente talentosa, mas naquele dia, por algum motivo, estava se saindo perfeitamente bem na pista de dança. Frances anunciara que queria ver a banda e todas seguiram até o palco improvisado, rindo e tropeçando umas nas outras, e se juntaram à dança. Elas eram de longe as mais entusiasmadas, e se organizaram de tal modo que pudessem permanecer parceiras de dança umas das outras, mesmo quando os dançarinos se alternavam, para o grande desgosto de alguns rapazes presentes, que as encaravam abertamente, empurrando uns aos outros para tentar se aproximar. O homem que tocava flauta no palco pareceu encorajado pela energia das moças e começou a bater o pé enquanto tocava. Todas o aplaudiram enquanto dançavam cada vez mais rápido, girando, rodopiando e batendo palmas ao mesmo tempo, enquanto pétalas de flores caíam de seus cabelos e eram esmagadas sob seus pés.

Depois de sete músicas seguidas no calor do final da tarde, Georgiana precisava se sentar. A quantidade de pessoas dançando era enorme agora, e ela mal conseguia ver as amigas no meio da aglomeração. *Todos* dançavam, até as crianças, se balançando nos braços dos pais. O que quer fosse aquele pó, fez com que ela se sentisse ao mesmo tempo exultante, confusa e *morta* de sede. Georgiana pegou um caneco de cerveja gelada e se sentou em uma mesa com vista para os dançarinos, bebendo tão desajeitadamente que cerca de metade da cerveja acabou escorrendo pelo seu queixo.

Alguém deu uma palmadinha no ombro dela, lhe dando um susto enorme, mas era apenas o homem da barraca de tortas.

— John Louis! — disse Georgiana em uma voz débil, erguendo o caneco em um brinde.

— Onde está a sua amiga? — perguntou ele.

— Eu não...

Georgiana indicou as pessoas dançando com um gesto e ambos olharam ao redor por um momento, antes de perceberem que Jane não estava em lugar nenhum.

— Diga a ela que quero a caixa de volta — disse ele em um tom incisivo. — Agora.

Georgiana assentiu e ficou de pé, mesmo exausta, para demonstrar disposição em achar a amiga. Ela pensou que Jane provavelmente tinha fugido de novo para o anexo, para usufruir de um pouco mais do que John Louis queria de volta com tanta urgência, e caminhou vagamente na direção do edifício.

Quando finalmente encontrou o anexo — depois de muitos falsos começos, incluindo um em que Georgiana viu um lindo sapo e ficou tão distraída que encarou o animal com adoração por pelo menos um minuto (o sapo pareceu impassível) —, a princípio não conseguiu ver ninguém, mas ouviu o farfalhar do feno e deduziu brilhantemente que havia alguém ali.

Seu primeiro pensamento ao ver Jane e Frances foi que elas estavam brigando, batendo uma na outra em cima de um bloco de feno. Aquilo não fazia o menor sentido, é claro, mas demorou um instante para que o cérebro de Georgiana reorganizasse a cena de modo que fosse crível.

Elas estavam se *beijando* — e aqueles certamente não eram os beijos breves e castos trocados entre amigas. Frances estava deitada preguiçosamente no feno, observando com os olhos semicerrados e sorrindo enquanto Jane deixava uma trilha de beijos lentos de seu peito para sua clavícula, até finalmente alcançar seus lábios. Ela estava com a mão na cintura de Jane, e Georgiana viu seus dedos ficarem brancos quando ela fechou os olhos e puxou a outra para mais perto.

Sabia que precisava sair dali com urgência, mas estava paralisada e, de repente, era tarde demais. Frances abriu os olhos e olhou diretamente para ela. Georgiana esperava que ela se sentasse assustada, empurrasse Jane para longe e fingisse que nada estava acontecendo. Mas, em vez disso, Frances continuou a encarar Georgiana, sustentado seu olhar enquanto Jane a beijava em algum lugar perto da orelha, sorrindo para ela beatificamente.

— O que você quer? — perguntou Frances finalmente.

Jane se afastou rapidamente e olhou por cima do ombro, ficando de joelhos.

— Hum, sinto muito, eu... Fui mandada para... mas então... — balbuciou Georgiana. As duas outras continuaram a encará-la em expectativa. — Eu vi um sapo — continuou ela debilmente, e Jane revirou os olhos.

— Você viu um *sapo*? — repetiu, Jane, cética.

— Sim e... Ah! John Louis quer o rapé de volta.

Frances procurou pela caixa no feno, pegou-a e jogou para Georgiana de forma bastante descuidada, levando-se em consideração a reverência com que a abrira. Como ela já não tinha mais uso, parecia que a caixa não tinha mais nenhum valor.

— Obrigada — disse Georgiana, então saiu meio correndo de volta na direção da feira.

A cabeça dela ainda girava com o que tinha visto. Nunca ouvira falar de mulheres fazendo aquele tipo de coisa, de mulheres *querendo* uma à outra daquela maneira. Georgiana não entendeu por que as palmas de suas mãos de repente pareciam tão suadas, seu pescoço tão vermelho. Foi tudo tão inesperado. Provavelmente esse era o motivo do desconforto físico dela. Porque Frances estava apaixonada por *Jeremiah* — então que diabo ela estava fazendo literalmente rolando no feno com Jane?

Quando Georgiana chegou ao lugar onde as pessoas estavam dançando, olhou ao redor, procurando vagamente por John Louis, mas sua mente estava ocupada pela imagem muito vívida das amigas à beira de se arrebatarem fisicamente. Era ousado demais, pensou um pouco histérica, fazer aquilo a menos de quinze metros de distância de uma igreja. Ela começou a dar risadinhas em reação ao choque, levando os dedos à boca. Se *Georgiana* fosse encontrada na horizontal e beijando apaixonadamente outra mulher — seus olhos se arregalaram só de pensar naquilo, e ela corou de novo —, a Sra. Burton provavelmente a faria usar uma venda nos olhos pelo resto da vida, para que não pudesse ver a curva suave do rosto de uma mulher ou o lampejo lascivo de um tornozelo e acabasse cometendo algum pecado imperdoável em uma choça que cheirava levemente a esterco de cavalo por efeito da sedução.

Georgiana foi arrancada dos pensamentos que a consumiam pelo surgimento de John Louis ao seu lado. Ela lhe entregou a caixa sem dizer uma palavra; ele resmungou brevemente enquanto abria para ver quanto restava, então fechou-a e guardou no bolso.

— Você quer dançar? — perguntou John Louis bruscamente.

— Ah... Não, obrigada — disse Georgiana.

Ele não pareceu particularmente desapontado, mas ela sentiu que o havia decepcionado um pouco por não ter espírito esportivo. Afinal, uma hora antes elas estavam brindando com ele a cada gole que davam em suas bebidas.

Georgiana acabara de pensar que deveria procurar Cecily — ela saberia sobre Jane e Frances? Será que reparara? — quando um espaço se abriu entre os dançarinos, e ela viu Jeremiah Russell caminhando em sua direção em uma camisa de linho. Frances *havia comentado* alguma coisa sobre ele — que Jeremiah as encontraria mais tarde, talvez, se sua agenda permitisse —, mas Georgiana estava tão distraída que, por um momento, se pegou totalmente confusa com a presença dele, como se Jeremiah fosse um unicórnio surgindo em seu quarto, e não um homem chegando a uma feira. Ele se aproximou, parecendo muito belo na luz do início da noite, todo dourado e artisticamente desalinhado. Ela experimentou uma estranha sensação de orgulho quando ele a reconheceu e a chamou, como se fosse um grande elogio ser lembrada por um homem que havia sido apresentado a ela duas vezes, e que obviamente deveria reconhecê-la em um terceiro encontro.

— Onde está Frances? — perguntou ele depois de beijar a mão dela, e só então Georgiana se deu conta de que não podia responder sinceramente.

— Eu acho que... — Georgiana procurou desesperadamente alguma coisa para dizer. — Acho que ela estava comprando uma torta de carne.

— Uma *torta*? Frances?

— Sim. Ela disse, hummm, disse que estava com muita fome, depois de dançar tanto, e que precisava comer alguma coisa... e é claro que uma torta não seria a sua primeira escolha. — Georgiana estava se perdendo. — Acho que ela nunca esteve tão perto de uma torta dessas em toda a vida, mas essa noite uma torta de carne era a coisa certa...

— Jeremiah! Que história é essa de tortas?

A voz de Frances veio de trás dela, e Georgiana sentiu-se fraca de alívio. Ela estava se aproximando de braço dado com Jane, parecendo absolutamente inocente, mas Georgiana não conseguia olhar para as duas sem ver o vestido de Frances levantado... e a mão de Jane deslizando pela coxa nua da amiga.

— A Srta. Ellers estava certa de que você estava comprando uma torta de carne — explicou Jeremiah em um tom jovial.

— Cristo, não. Essas pessoas provavelmente colocam até os filhos no recheio das tortas — retrucou Frances.

Ela se desvencilhou de Jane para ir até Jeremiah e permitir que sua mão fosse devidamente beijada. Ele lhe ofereceu o braço e ela aceitou, aninhando-se junto ao corpo dele. Georgiana arriscou um olhar para Jane. Sua expressão estava carregada.

Eles dançaram um pouco mais, mas Georgiana tinha se acostumado a fazer parceria com Cecily — que parecia ter ascendido a um plano diferente de existência e dançava quase sem se dar conta das pessoas ao redor —, o que deixou Jane por conta própria, dançando com estranhos que pareciam levemente assustados com ela. E com razão, pois a expressão em seu rosto era definitivamente carrancuda. Jane não conseguia parar de olhar para Frances; na verdade, todos estavam olhando para Frances. Ela e Jeremiah eram a própria imagem do amor juvenil, rindo e saboreando cada toque.

Jane dava a impressão de que nada no mundo a deixaria mais feliz do que acertar a marreta da barraca do homem forte no crânio de Jeremiah.

Conforme os últimos raios de sol gloriosos se desvaneciam atrás das árvores e os dançarinos paravam de suar, Georgiana de repente viu Frances ao seu lado, puxando sua manga e dando risadinhas.

— Venha, venha — disse ela em um sussurro exagerado, e Georgiana a seguiu.

O destino delas acabou sendo a barraca de maçãs na qual Georgiana tinha sido tão flagrantemente roubada de sua vitória. Parecia que ninguém havia ganhado os morangos, pois eles ainda estavam em cima da mesa, mas o rapaz responsável por eles não estava à vista.

— Reivindique seu prêmio! — disse Frances, empurrando-a para a frente, e Georgiana pegou a cesta com uma expressão triunfante.

Ela olhou em volta disfarçadamente e foi embora, imaginando que eles iam sair de cena o mais rápido possível e se afastar para comemorar com as outras, mas Frances ainda não havia terminado. Ela piscou para Georgiana, então se virou e chutou uma das cestas de maçãs à venda e começou a pisar nelas, esmagando-as na terra, fazendo com que se partissem sob seus pés.

— Não o deixe escapar impune, ele é uma... uma *maçã podre* — declarou ela, rindo bêbada para Georgiana, que olhou em volta para ver se alguém estava observando.

Seus instintos lhe diziam para correr, mas Frances estava gesticulando em expectativa que Georgiana se juntasse a ela...

— Mas, devemos mesmo...? Quer dizer, com certeza esse é o negócio dele, não? — questionou Georgiana em um tom débil, e Frances riu.

— O *negócio* dele é roubar o dinheiro de moças inocentes, Georgiana. Ele é um ladrão! Estamos vingando todos que vieram antes de nós, que mereciam morangos tanto quanto você ou eu! É hora de tomar uma posição... de se erguer contra esse tirano da maçã!

Convencida por aquele discurso, Georgiana se juntou a ela. As duas se empolgaram bastante, derrubando os postes da cerca, chutando o espantalho na lama — Georgiana certamente fez sua parte e, mesmo assim, ficou bastante chocada quando levantou os olhos apenas dez ou quinze segundos mais tarde e viu a devastação que haviam causado.

— Rápido, rápido! — gritou Frances.

Ela agarrou Georgiana pela mão e puxou-a correndo para longe. Quando ouviram pessoas se aproximando, elas correram a toda velocidade e voltaram para perto dos outros amigos, rindo, ofegantes, curvadas enquanto tentavam se recuperar.

— Que diabo vocês duas estavam fazendo? — perguntou Jeremiah, levantando uma sobrancelha para Frances maliciosamente.

— Morangos! — disse Georgiana sem fôlego, segurando a cesta.

Os outros exclamaram em deleite e se serviram. Um grito de angústia genuína veio da direção da barraca de maçãs, e Georgiana chamou a atenção de Frances.

— Por que ele está tão aborrecido? — perguntou Cecily em um tom tranquilo.

Frances e Georgiana riram silenciosamente, cobrindo a boca enquanto sumo de morango escorria por seus dedos.

— Por nada — disse Frances, por fim. — Coma seus morangos, Ces.

Capítulo dez

A sexta-feira da viagem para o chalé finalmente chegou, e Georgiana já estava pronta para partir uma hora antes do estritamente necessário. Ela estava sentada, arrumada e suando de nervoso, esperando ouvir o barulho de uma carruagem na estrada. A Sra. Burton se sentou com a sobrinha por algum tempo, mas achou Georgiana distraída demais para ser uma boa companhia — quando perguntada sobre o livro que estava lendo, Georgiana se viu incapaz de lembrar o título, um resumo do conteúdo ou mesmo dar a mais vaga indicação de que compreendia o que era um livro.

Quando finalmente ouviu uma comoção do lado de fora, se apressou da forma mais desajeitada a dar um beijo de despedida na tia, e correu para sair logo antes que a Sra. Burton tivesse a chance de acompanhá-la até a carruagem e percebesse que não havia pai ou mãe de ninguém ali para supervisionar os jovens. O cocheiro pegou o baú de Georgiana e ela subiu na grande carruagem coberta, já encontrando uma espécie de festa em andamento ali dentro. Foi realmente muito bom que, no momento em que a tia fez menção de abrir a porta para se despedir de todos, os cavalos partissem em direção à estrada, porque Frances, Cecily, Jane e Jonathan já estavam bebendo, fumando e aplaudindo ruidosamente a entrada de Georgiana, sem se importar com o fato de que ainda eram dez horas da manhã.

Georgiana se sentiu subitamente muito tediosa, por ainda estar sóbria. Ela tomou um grande gole do copo que Jonathan lhe passou, o que teve o efeito infeliz de fazê-la sentir-se instantaneamente nauseada. Georgiana engoliu o enjoo e tomou outro gole, pensando que não combinaria com o espírito do momento vomitar antes mesmo de chegarem ao destino. Frances, que usava um lindo vestido verde-escuro e parecia efervescente, ergueu o próprio copo.

— Um brinde! Um brinde aos amigos, ao campo e ao tio terrivelmente libertino de Christopher pelo presente do Chalé dos Bastardos!

Todos deram vivas e brindaram desajeitadamente enquanto a carruagem avançava.

— Chalé dos Bastardos? — perguntou Georgiana, depois de tomar outro gole.

— Você parece *escandalizada*, George. Nós o chamamos assim porque o tio de Christopher comprou o lugar para criar seus filhos bastardos longe de olhares indiscretos. Todos já cresceram agora e partiram para gastar o dinheiro que receberam para se manterem em silêncio e provavelmente planejar como matar os filhos legítimos... então o tio deixa Christopher usar o chalé.

— Espero que ele tenha deixado tudo limpo — comentou Jonathan em um tom enfático. — Nem quero *imaginar* para que Christopher usa aquele chalé quando não estamos por perto, mas tenho certeza de que envolve grandes quantidades de fluidos corporais.

As moças gritaram e soltaram exclamações de nojo, e Cecily socou o ombro dele de brincadeira.

— O que foi? Ele é imundo! Tenho certeza de que todos nos divertiríamos muito mais se estivéssemos sendo recebidos por um daqueles bons e honestos primos bastardos.

— Muito bem, muito bem — disse Jane em um tom irritado.

Ela parecia abatida novamente, mas ao menos agora Georgiana achava que tinha alguma ideia do motivo. Frances mal olhara para Jane na feira depois da chegada de Jeremiah, indo ao ponto de se desvencilhar da amiga quando ela tentara pegar seu braço no caminho de volta para a carruagem. Georgiana estremecera ao ver aquilo e tentara chamar a atenção de Jane com uma expressão de simpatia, mas a outra saíra andando furiosa, e pareceu fumegar silenciosamente durante todo o trajeto de volta para casa.

Georgiana havia repassado mentalmente vários momentos do último mês desde aquele dia: Frances tirando um par de meias emprestadas; os cílios molhados de lágrimas e próximos demais no escuro do quarto dela; Jane sozinha no pátio, na primeira festa, recusando-se a dar mais um passo com Jeremiah Russell. Tudo começava a se encaixar na cabeça de Georgiana, embora tenha precisado rever inteiramente o que achava que conhecia a respeito daquelas pessoas para que fizesse sentido. A experiência fora chocante, embora cada vez menos a cada minuto. Georgiana olhou para Frances, linda e elegante mesmo com o cenho franzido para Jonathan, o copo balançando precariamente na mão. *Nada* havia mudado, realmente: aquela era a Frances de sempre, mesmo que Georgiana tivesse dificuldade demais para ver.

Frances revirou os olhos.

— Se todos puderem guardar as suas opiniões sobre o Sr. Crawley para si mesmos por mais alguns dias, eu agradeço, seus ingratos. Gostaria de aproveitar as minhas férias sem ser jogada na charneca por causa dos modos abomináveis de vocês, obrigada.

O clima estava ótimo. Raios de sol se infiltravam pelas árvores, se refletindo intermitentemente nas janelas conforme a carruagem se afastava da cidade, e eles continuaram a beber sem parar, as histórias que contavam se tornando cada vez mais extravagantes e grosseiras à medida que as garrafas de vinho a seus pés esvaziavam.

Georgiana estava corada e tonta de prazer por tudo parecer tão *fácil*; ninguém parecia vê-la como uma estranha, ou um acréscimo indesejado ao grupo. Nas primeiras semanas de amizade com Frances, ela quase se sentira participando de uma audição, um teste para conquistar seu lugar entre eles e provar que se encaixava, mas não mais. Ganhara o papel, *chegara*, e podia se divertir livremente sem se preocupar com a possibilidade de aquelas pessoas se cansarem dela e a abandonarem no meio da estrada com a mala, para aguardar a passagem da diligência dos correios à noite.

Já perto do fim da viagem, os brindes foram ficando cada vez mais ridículos — "À videira que nos deu a uva que produziu este vinho!",

"Aos cães que mijaram nela!". Georgiana estava absolutamente faminta e imaginou que já tivesse passado da hora do almoço enquanto eles subiam por um caminho muito acidentado que levava até a casa, e logo esbarravam uns nos outros na tentativa de descer todos ao mesmo tempo da carruagem. Uma garrafa de vinho quase vazia rolou atrás de Frances e se quebrou, mas ela apenas riu, passou por cima dos cacos e abriu os braços como se estivesse apresentando a casa para Georgiana.

Era muito maior do que ela esperava — pelo menos tão grande quanto a casa dos Burton, e Georgiana nunca ousaria chamar a casa de chalé na frente da tia. As paredes pareciam caiadas de branco sob a densa cobertura de glicínias e hera. Eles estavam cercados por árvores e, quando se virou, Georgiana mal conseguiu distinguir a trilha que haviam percorrido para chegar ali. Depois que os cocheiros tivessem desembarcado a bagagem e voltado para a cidade, eles estariam sozinhos.

Era o tipo de lugar que deveria ser extremamente tranquilo, mas claro que não havia nada remotamente parecido com tranquilidade na programação deles.

A porta da frente se abriu e Christopher saiu com uma camisa de um roxo intenso, parcialmente desabotoada, uma garrafa de vinho em cada mão e os braços erguidos para saudá-los. Enquanto os baús eram levados para dentro, eles seguiram Christopher pelo saguão pequeno e desceram por um corredor estreito até o que descobriram ser a cozinha, já cheia de garrafas vazias. Em cima da mesa havia também uma variedade de travessas com fatias finas de carnes, tortas, queijos e pães, tudo arrumado e pronto para que se servissem.

— Há uma propriedade modesta cerca de meia hora a leste que está quase sempre vazia, então contratei a criadagem deles para nos manter vivos. Eles vão nos trazer três refeições por dia, água fresca, cerveja... e, além disso, a adega nos manterá bem abastecidos. — Christopher usou uma garrafa de vinho para indicar um alçapão aberto, de onde parecia ter subido recentemente. — Receio que não terão como cuidar do trabalho doméstico, por isso vocês terão que ser autossuficientes. Tente não desmaiar de choque, Smith. Vistam-se, banhem-se. Limpem os próprios traseiros.

Todos se serviram de pratos de comida, e Christopher pegou mais garrafas na adega, certificando-se de que todos tinham uma na mão antes de conduzi-los pelos fundos da casa e para fora. O que eles encontraram não foram exatamente os jardins vastos e bem cuidados de Longview; havia apenas um gramado comprido e estreito cercado por canteiros de flores perfumadas, com um bosque denso nos fundos.

A grama já estava ocupada pelo Sr. Russell, junto com alguns outros rostos conhecidos da festa de Jane. Georgiana examinou todos rapidamente e notou que o Sr. Hawksley não estava entre eles. Ela não se permitira realmente esperar que ele estivesse, pois assim poderia encarar a decepção de forma mais contida, caso ela viesse.

Não funcionou.

Os homens pareciam ter começado um jogo de Pall Mall quando, de repente, se viram cansados demais para continuar e se deixaram cair onde estavam. Eles bebiam e riam, deitados em mantas abertas entre os aros do jogo, sem paletó, alguns ainda segurando os tacos. Frances ergueu a garrafa de vinho acima da cabeça, como um troféu, enquanto seguia na direção de Jeremiah.

Os companheiros do Sr. Russell se chamavam ambos James, e Georgiana imediatamente os batizou de James I e James II, com base em sua proximidade a ela. Eles não se deram ao trabalho de levantar os olhos do debate em andamento sobre as várias virtudes de seus cavalos para cumprimentar os recém-chegados. Como ela não tinha interesse em conversar sobre cavalos de corrida, se sentou com Cecily, Jonathan e Jane, e comeu com eles em um silêncio camarada por algum tempo até que o volume crescente de conversas sobre equinos interrompesse a paz.

Jonathan acenou com a cabeça discretamente na direção de ambos os James e revirou os olhos.

— Aposto cinco libras que eles estão fodendo secretamente seus amados cavalos — disse ele em um sussurro alto.

Jane deu uma risadinha. Georgiana, que nunca ouvira um palavrão tão obsceno em toda a vida, sentiu o rosto quente de vergonha por um segundo, antes de se lembrar de sorrir.

— Não posso pagar para ver em relação a isso — retrucou Jane com ironia. — As probabilidades estão demais a seu favor. — Ela se inclinou mais na direção dele e continuou, parecendo entediada: — Mas proponho outra aposta... aposto que eles estão fodendo seus cavalos, e que os cavalos têm o nome das mães deles.

— Mas ele é bonito, Jane — comentou Cecily, séria, parecendo não ter ouvido a conversa até aquele momento.

Ela olhava para o James mais alto, de alguma forma imune ao embaraço de admirar um homem que eles haviam acabado de dizer que fodia cavalos.

— Não se prenda por nós, Ces, tenho certeza de que ele é rico como Deus — falou Jonathan. — Só dê um beliscão nele por mim se o homem tentar alimentar você com uma cenoura.

— Sim, ou se ele insistir em mantê-la nas dependências externas — acrescentou Jane.

— Ou se ele acertá-la com o chicote quando quiser que você se mova um pouco mais rápido...

Cecily já havia se afastado, ajeitando o vestido e o cabelo para ver se conseguia se mostrar mais interessante do que um cavalo. James II mirou-a de cima a baixo com um olhar apreciativo enquanto ela se aproximava.

— É possível ouvir o que ele está pensando — comentou Georgiana em voz baixa. — *Um metro e setenta, dentes fortes, costas com uma bela curvatura e bem-posicionada para receber uma sela...*

Ela e Jonathan caíram na gargalhada, e Jane sorriu. Jonathan abriu sua garrafa de vinho e bebeu direto do gargalo, e Georgiana seguiu o exemplo, ciente de que se a tia pudesse vê-la naquele momento — largada na grama, bebendo com homens desconhecidos, desacompanhada, em vez de protegida por pais responsáveis que estariam atentos a eles durante alguns dias de caminhadas ágeis e chás da tarde —, ela morreria rápida e silenciosamente de vergonha.

— Isso tem gosto de urina — disse Jonathan, estremecendo.

Georgiana não saberia dizer a diferença entre vinho bom e ruim nem se a sua vida dependesse disso, e bebia todos da mesma forma sem realmente apreciá-los. Os gostos de Jonathan, ao que parecia, eram muito mais refinados do que os dela, e claramente não podiam ser satisfeitos com o que tinham. Ele se levantou abruptamente e voltou para dentro da casa em busca de algo de uma safra melhor, resmungando sobre o mau gosto de Christopher no caminho.

Sozinha com Jane, Georgiana sentiu-se imediatamente desconfortável. Era um esforço para ela tentar arrumar um tema de conversa com a amiga menos loquaz de Frances, mesmo quando estavam em um grupo — agora, depois do que ela sabia, e do que Jane sabia que ela sabia, Georgiana se viu incapaz de olhar a outra moça nos olhos. Ela queria se mostrar compassiva, mas a verdade era que não acreditava que aquilo seria particularmente bem recebido. Seu permanente ar de dureza latente, de distância, agora fazia sentido para Georgiana. Jane parecia de fato enamorada por Frances, talvez tanto quanto Frances por Jeremiah, e devia ser terrível ver os dois constantemente envolvidos no que era o equivalente a um ritual de acasalamento da classe alta. Georgiana sempre tivera a impressão de que era culpada, por algum motivo, pela desaprovação de Jane, mas lhe ocorreu, no entanto, que talvez tivesse sido a vida que a decepcionara, fazendo com que ela achasse quase tudo e todos intoleráveis.

Ambas pegaram suas garrafas de vinho e deram longos goles para preencher o silêncio. Embora não quebrasse o constrangimento do momento, Georgiana se sentiu encorajada com a ideia de que Jane poderia estar se sentindo tão desconfortável quanto ela. Qualquer evidência da humanidade de Jane era bem-vinda no momento.

— Suponho que tudo isso pareça terrivelmente empolgante para você — disse Jane, por fim, e Georgiana ergueu os olhos.

— Ah! Sim, suponho que sim — respondeu ela, esforçando-se muito para não deixar transparecer que aquele era de fato o dia mais emocionante da vida dela até então.

— Humm — disse Jane, claramente não se deixando enganar. — Você parece ser uma boa moça.

Por algum motivo, aquilo não soou como um elogio.

— Obrigada? — falou Georgiana.

— Não digo isso como uma lisonja — disse Jane, sem rodeios. — Mas para *alertá-la*. Você não vem de um ambiente com dinheiro... certamente não dinheiro significativo, de qualquer modo. Isso tudo é novo para você. Deveria estar sentada em uma salinha monótona em algum lugar, fazendo companhia às moças locais até se casar com um homem modesto e com terras modestas, que mantém uma cozinheira idosa e uma camareira sem muito talento para vesti-la e decorar suas orelhas com lindas joias falsas.

Georgiana não teve mais dúvidas de que estava sendo insultada. Ela fez menção de abrir a boca, mas Jane continuou.

— Mais uma vez, por favor, não me leve a mal. Não digo isso para magoar você. Estou simplesmente expondo os fatos. Você não seria infeliz, eu acho, com uma vida comum condizente com a sua posição. Aqui, agora, você realmente tropeçou na cova dos leões. O potencial de infelicidade é vasto. Ninguém aqui será constrangido ou segregado pelos muitos pecados que estou certa de que serão cometidos até segunda-feira. Não há quase nada que possamos fazer que não será desculpado por causa da nossa riqueza, da nossa posição. De nossas famílias. Você pode dizer o mesmo?

Jane fez todo aquele discurso em um tom direto e confiante, e Georgiana se sentiu como uma criança repreendida; lágrimas brotaram sem controle de seus olhos, o que foi muito embaraçoso diante da expressão impassível de Jane. Qualquer que fosse o tumulto interior que atormentava Jane, pensou Georgiana, não justificava que ela fosse tão *cretina*. Talvez o sermão fosse motivado por ciúmes. Frances vinha prestando muito mais atenção nela do que em Jane, nos últimos tempos. Afinal, fora com *Georgiana* que Frances fora falar sobre a festa; *Georgiana* era quem tinha sido convidada para se hospedar na casa dela — que descobrira os segredos de Frances, compartilhara da sua cama e que a abraçara enquanto ela chorava na calada da noite. Talvez a intimidade entre as duas parecesse uma ameaça para Jane, o que era uma ideia risível e equivocada, levando-se em consideração que Frances estava rindo com Jeremiah Russell naquele exato momento, deixando-o murmurar em seu ouvido, contorcendo-se de prazer quando ele puxou uma folha errante de grama do cabelo dela.

Antes que Georgiana pudesse começar a pensar em como responder a tudo que ouvira, Frances estava chamando por ela, aproximando-se das duas irradiando uma exuberância alegre.

— Venha jogar conosco, George! Precisamos de outra moça para formar as equipes. Não deixe que a nossa Jane a entedie até a morte.

Georgiana deixou a amiga puxá-la e sentiu uma pontada cruel de satisfação ao pensar em Jane vendo-as deixá-la para trás. O jogo de que Frances precisava que ela participasse era tão absurdo que Georgiana teve certeza de que o haviam acabado de inventar. As damas deveriam subir nas costas dos cavalheiros, cavalgando-os como se fossem pôneis de gravatas, e continuar o jogo de Pall Mall deles. Quando Frances demonstrou com Jeremiah, Georgiana viu com horror que era necessário que os homens passassem os braços em volta das pernas das mulheres, e que essas, por sua vez, os segurassem entre as coxas. Mesmo através das camadas protetoras das saias e anáguas, Georgiana enrubesceu ao ver Jeremiah erguendo Frances de forma tão casual. Mais ninguém pareceu minimamente chocado e Jeremiah parecia extremamente satisfeito consigo mesmo. Georgiana estava começando a suspeitar que o jogo fora pensado apenas para dar a todos os envolvidos uma desculpa socialmente aceitável para se tocarem.

Cecily montaria seu James preferido, e Georgiana percebeu com uma sensação de desânimo que Frances pretendia que Christopher fosse seu corcel. Ele estendeu os braços para ela e ergueu as sobrancelhas, e Georgiana se encolheu involuntariamente.

— Ah, vamos lá, pequena George — disse ele em um tom condescendente que lhe provocou arrepios de horror. — Não vou me comportar mal, sou adestrado...

— Eu acho... Na verdade, ainda estou com muita fome, acho que vou voltar para dentro...

As desculpas de Georgiana foram interrompidas por uma Frances exasperada.

— Vamos, George, não seja uma estraga-prazeres. Não podemos jogar com apenas dois pares.

Frances estava fazendo biquinho, e Georgiana sentiu todos os olhos sobre si enquanto esperavam seu veredito. Não achou justo que *ela* estivesse sendo considerada a excêntrica por não querer participar de um jogo em que um homem adulto fingia ser seu cavalinho. Mas a verdade era que não tinha escolha...

Por isso, deixou escapar um suspiro de frustração, caminhou até onde estava Christopher, sentindo-se absolutamente mortificada, e montou nele. Georgiana nunca tivera as mãos de um homem em suas pernas, muito menos em suas coxas. Ela se sentia extremamente quente sob o vestido, e seu coração batia tão rápido que teve certeza de que Christopher provavelmente era capaz de senti-lo contra as costas. Cecily e Frances não pareciam nem um pouco perturbadas, e riam lindamente enquanto James II e Jeremiah corriam pelo jardim, "treinando". Os outros foram chamados para entregar as marretas caídas a elas e marcar os pontos, e eles jogaram um jogo rápido e sujo que parecia ter poucas regras, ou nenhuma.

O dia estava claro e quente, e Georgiana podia sentir o calor irradiando pelas costas de Christopher e ver gotas de suor se formando na nuca acima do colarinho dele. Era chocante compartilhar um momento de tanta intimidade com alguém que mal conhecia, ainda mais quando gostava tão pouco do que sabia sobre ele.

Eles jogaram muito mal, principalmente porque Georgiana estava tentando tocar Christopher o mínimo possível. Quando ele tentou prendê-la com mais firmeza em suas costas, agarrando mais no alto de suas pernas, ela lhe deu uma joelhada rápida nas costelas e ele soltou-a com um grunhido.

— Pelo amor de Deus, é só um jogo! — disse Christopher, tentando parecer jovial. O tom deixava claro que ele achava que Georgiana não estava tendo muito espírito esportivo no momento.

— É só um jogo, não é, Christopher? — falou Georgiana, irritada. — E parece que perdemos.

Enquanto os outros estavam distraídos discutindo sobre pontos e faltas, ela largou o martelo, pegou a garrafa de vinho que deixara abandonada na grama e se afastou rapidamente.

Capítulo onze

O número de hóspedes no chalé pareceu quadruplicar entre sete e oito horas da noite. Georgiana perdeu a noção de nomes e rostos, o que certamente tinha algo a ver com o fato de ter bebido toda uma primeira garrafa de vinho e feito grande progresso com a segunda. Eles haviam passado a tarde tão entregues ao álcool que agora ela se sentia cambaleante de sono, lutando para distinguir entre onde sua mão terminava e o gramado aquecido pelo sol começava. Nunca havia experimentado uma embriaguez como aquela. Estava bêbada demais para andar em linha reta, ou se importar que Jane ainda a encarava com uma careta, ou para se horrorizar com as piadas cada vez mais obscenas dos homens ao seu redor, que superavam as mulheres em número.

Quando o sol finalmente se pôs, alguns dos cavalheiros mais vigorosos, ainda com energia para gastar, começaram a desafiar uns aos outros para corridas. Georgiana sentou-se perto da casa e assistiu com Cecily, que não parava de suspirar e contar as coisas engraçadas que James II lhe dissera durante a tarde.

— Ah! E ele me mostrou seu relógio de bolso. Disse que caiu do casaco de um general em Waterloo... tinha até um pouco de sangue francês... foi encantador.

Georgiana sorriu e assentiu, mantendo suas opiniões sobre a absoluta mediocridade dos conhecidos do Sr. Russell para si mesma, enquanto examinava o jardim mergulhado no ouro líquido do pôr do sol e sentia uma profunda satisfação por suas circunstâncias atuais. Ela tirou os sapatos, fascinada com o fato de que não parecia nada esquisito andar de meias no meio de um grupo de estranhos, como uma espécie de... ora, como alguma espécie de animal selvagem de meias.

O único ponto desencorajador era a falta de alguém tentando cortejá-la com um relógio francês encharcado de sangue. Até mesmo a Srta. Woodley fora flagrada conversando com um sujeito baixo e de aparência determinada que ajustava a gravata, constrangido, de um modo que indicava que mulheres rabugentas e intimidadoras eram seu vício secreto. Georgiana perguntara sobre a presença do Sr. Hawksley, depois que já estava bêbada o suficiente para fazer aquilo sem constrangimento ou sutileza, e recebeu uma resposta ambígua, por isso não parecia sensato atrelar o prazer da noite à expectativa da chegada dele. Além disso, argumentou consigo mesma, não precisava de um homem para se divertir. Já estava se divertindo bastante, fingindo ouvir Cecily.

Ela *ainda* estava falando sobre James e, vinte minutos depois, Georgiana sentiu que o assunto estava esgotado. Ela deu uma desculpa vaga para Cecily, mal conseguindo concatenar as palavras. A amiga não percebeu, pois o objeto de seu afeto havia se juntado às corridas e estava em vantagem, na primeira posição, então Georgiana entrou na casa, procurando algo novo para beber. Ela esperava encontrar a casa vazia, já que a noite estava quente demais para atividades internas, e fez uma pausa quando ouviu vozes baixas vindo do corredor estreito e escuro.

— Eu sei — alguém estava murmurando (*Frances*, percebeu Georgiana). — Eu sei. Não importa o que você pense de mim, precisa saber que eu sinto o mesmo, mas não podemos fazer isso agora.

Ela recuou um passo na linha de visão de Georgiana, ainda olhando para a pessoa com quem havia falado, enquanto se afastava. Quando uma mão se estendeu para detê-la, Georgiana esperou ver Jeremiah do outro lado.

Era Jane.

— Quando *poderemos* fazer, então? — perguntou ela em um tom zombeteiro e desdenhoso, a mão segurando o braço de Frances com um pouco de força demais. — Vamos embora. Eu não quero ficar aqui. Vem comigo.

— Por favor, Janey — falou Frances com gentileza, aproximando-se e tocando o queixo de Jane com as pontas dos dedos, a voz suavizada pelo vinho. — Não podemos passar por tudo isso de novo. Só por diversão, vamos ser realistas.

— Não vamos — retrucou Jane, determinada, mas Frances se desvencilhou e desapareceu por uma porta. Jane a seguiu como uma sombra.

Georgiana entrou cambaleando na cozinha vazia, mal se lembrando de por que tinha ido até ali. Então, viu o alçapão que levava à adega ainda aberto, e o brilho de um lampião lhe assegurou que não desceria para a escuridão. Ela levantou as saias desajeitadamente para descer a escada e quase escorregou enquanto tateava o caminho para baixo, praguejando baixinho, e depois suspirando alto de alívio quando seus pés tocaram o piso frio e áspero de pedra. Georgiana se virou para examinar suas opções, imaginando se a adega do tio de Christopher poderia oferecer algo com uma safra menos prodigiosa, mas com um sabor mais palatável, para ajudá-la a engolir a conversa que acabara de ouvir... e soltou um grito.

Não estava sozinha. Uma figura alta emergiu da escuridão quase no mesmo instante em que os pés dela pousaram no chão. O homem se colocou sob a luz do lampião e se revelou totalmente.

O Sr. Hawksley, como se invocado por Georgiana pensar nele com tanta frequência, feito feitiçaria, estava parado diante dela, parecendo bastante alarmado.

Georgiana tapou a boca com as mãos para conter o grito que escapara automaticamente e ficou olhando para ele, mal acreditando que o homem estava mesmo ali, erguendo as sobrancelhas escuras. Depois de visualizá-lo pelo menos três dúzias de vezes desde o encontro na igreja, ela ficou surpresa ao percebê-lo um pouco mais baixo e menos sobrenaturalmente belo do que parecera em sua mente. No entanto, o Sr. Hawksley ainda era muito agradável aos olhos e, mais importante, parecia estar mesmo na frente dela. Ele pousou a mão muito brevemente no braço dela para firmá-la e Georgiana sentiu o calor que emanava dele, provando sua existência.

— Minhas sinceras desculpas. Fui mandado para selecionar algo para um amigo... achei melhor não avisá-la da minha presença e correr o risco de assustá-la enquanto a senhorita estava... se desequilibrando na escada.

Ele recolheu a mão. Georgiana sentiu falta dela na mesma hora.

— Eu não estava me desequilibrando — disse ela com toda a dignidade que uma pessoa que pouco antes gritara como uma alma penada conseguia reunir. — Estava fazendo uma... descida controlada.

— Ah, é claro — disse o Sr. Hawksley educadamente. — Me desculpe. Por um momento, pareceu que estava se desequilibrando.

Georgiana de repente se lembrou da enorme vergonha que passara durante a última conversa deles e decidiu que talvez fosse melhor ficar quieta. Ela colocou uma mecha solta de cabelo atrás da orelha e passou por ele com uma determinação cambaleante que teria sido muito compreensível se estivessem em um navio em movimento. As prateleiras estavam repletas de centenas de garrafas e barris de vinho, e Georgiana fingiu lançar um olhar crítico sobre elas. Ela estava muito ciente de que não deveria estar ali sozinha com um cavalheiro, mesmo um da posição do Sr. Hawksley, ainda mais na adega libertina do tio Crawley. Ela sentia o coração disparado, e não podia fingir que o motivo era qualquer tipo de angústia pela impropriedade da situação.

Os sons da festa estavam abafados, a luz do lampião tremulava pelas paredes, dançando no vidro das garrafas, e Thomas Hawksley observou enquanto Georgiana passava a mão sobre uma etiqueta para limpar a poeira e apertava os olhos para nomes e datas rabiscados à mão que não significavam nada para ela. Georgiana sentia o olhar do Sr. Hawksley na nuca como um toque.

— Peço desculpas novamente por incomodá-la — disse ele, a voz tão agradavelmente profunda quanto ela se lembrava.

Georgiana se virou e viu que ele já havia colocado um pé no primeiro degrau da escada e estava indo embora. O Sr. Hawksley parecia um pouco derrotado, e ela se perguntou se ele teria ido até ali para ficar sozinho.

— Não — disse Georgiana bem alto, antes de conseguir decidir o que dizer a seguir. — Hum, o senhor conhece alguma coisa sobre vinho?

— Conheço um pouco — disse ele, voltando a descer, uma das mãos ainda apoiada na escada como se não tivesse decidido ficar.

— Excelente — disse ela, e apoiou um braço na parede para se equilibrar. — Isso significa que sabe pelo menos duas vezes mais do que eu, e pode me resgatar da vergonha de escolher algum vinho... fruto de uvas inferiores e engarrafado por alguém terrivelmente incompetente.

Ele sorriu ao ouvir aquilo e foi se colocar ao lado dela, de braços cruzados.

— Quais são seus requisitos habituais, quando se trata de vinho?

— Algo leve e não muito forte — disse Georgiana, sentindo os efeitos de vinhos que eram exatamente o oposto. — Algo com gosto de... frutas, talvez, ou algo floral.

— Então, essencialmente, a senhorita quer algo que tenha o menor sabor possível de vinho? — perguntou Hawksley, levantando uma sobrancelha. — Já considerou uma cidra de frutas? Uma cerveja leve? Ou talvez um copo d'água? Posso lhe oferecer um copo de uma safra deliciosa, engarrafada ontem no poço da estrada. Tem um toque leve e aguado, seguido por um final molhado e refrescante.

— Está zombando de mim, senhor — disse Georgiana, sem se importar nem um pouco. — Estou magoada.

— A senhorita está bêbada — disse o Sr. Hawksley sem rodeios, fazendo com que Georgiana *realmente* se sentisse um pouco magoada.

— O senhor não está? — retrucou ela.

Antes de responder, ele também começou a examinar as prateleiras, passando a mão pelas garrafas enquanto procurava. Georgiana sentiu os pelos de seus braços se arrepiarem... seria bastante agradável ser uma garrafa de Merlot do tio Crawley naquele momento em particular.

— Não — respondeu o Sr. Hawksley, por fim, inclinando-se para olhar mais de perto na escuridão. — Tomei exatamente dois copos de vinho, de um muito bom, devo dizer, mas não preciso de mais, ainda mais se for subir escadas, ajudar damas na escolha de bebidas e atividades do tipo.

— Ah — disse Georgiana, desistindo de qualquer pretensão de procurar vinho e dedicando-se apenas a observá-lo, enquanto ele investigava a adega. — Eu tomei... mais de dois copos.

Georgiana se pegou admirando as mãos dele novamente. Grandes, com unhas curtas e lisas, as pontas dos dedos talvez um pouco calejadas de tanto cavalgar, mas extremamente atraentes pela segurança que demonstravam.

— Sim — disse o Sr. Hawksley, como se não houvesse necessidade de ela declarar algo tão óbvio.

Georgiana voltara a cambalear um pouco e se esforçou para endireitar o corpo.

O Sr. Hawksley olhou para ela e franziu o cenho.

— Srta. Ellers?

Ouvi-lo dizer o nome dela foi tão deliciosamente perturbador que Georgiana quase se esqueceu de responder.

— Ah... Estou bem. Só ajustando os pés. Essa deve ser a terceira ou quarta vez que tomei uma garrafa até o fim.

— Ah — disse o Sr. Hawksley, como se aquilo explicasse muita coisa. Ele deixou os olhos se demorarem em Georgiana por mais um momento antes de voltar novamente a atenção para o vinho. — E essas ocasiões coincidiram com o tempo passado na companhia da Srta. Campbell?

Georgiana estreitou os olhos para ele.

— E se esse fosse o caso?

O Sr. Hawksley encontrou uma garrafa que parecia promissora e tirou-a de seu lugar de descanso, soprando-a com delicadeza para livrar de sua fina mortalha de poeira.

— Só pergunto porque observei que ela e os amigos muitas vezes parecem estar agindo sob a influência de muitas... substâncias.

— Não é nenhuma espécie de exigência para desfrutar da amizade dela — disse Georgiana, franzindo o cenho.

— Sim. Bem... — disse o Sr. Hawksley, presenteando-a com a garrafa. — Não é da minha conta, é claro. Só achei que a senhorita talvez pudesse estar precisando de... De qualquer forma, esse é um vinho branco, da Borgonha.

Georgiana pegou o vinho, mas sua coordenação entre olhos e mãos estava mais do que um pouco comprometida, e ela acabou soltando a garrafa na mesma hora, fazendo-a bater no chão com um baque. Ambos olharam para baixo para ver se havia se quebrado, mas o vidro parecia intacto. Georgiana e o Sr. Hawksley se abaixaram para pegar a garrafa ao mesmo tempo e, em uma última tentativa de evitar colidir com a cabeça dele, Georgiana se virou bruscamente para o lado, acabou esbarrando nele mesmo assim e derrubando os dois no chão.

Ela arquejou quando seu peito bateu com força contra o ombro do Sr. Hawksley, e por alguns segundos só o que conseguiu fazer foi ofegar de forma atraente. Ele soltou um suspiro de dor, sentou-se rapidamente e segurou-a com delicadeza no braço e na base das costas para ajudá-la a se sentar. Pelo que pareceu um momento agradavelmente longo, as mãos do Sr. Hawksley a seguraram, e Georgiana se sentiu estranhamente quente em cada pequeno ponto de contato, como se ele tivesse tirado as mãos diretamente de uma fornalha para tocá-la.

Georgiana já havia sido tocada antes. Fora guiada de um cômodo para o outro, andara de braços dados, trocara beijos castos... ao menos, *basicamente* castos. Christopher acabara de tocar suas pernas, pelo amor de Deus, e não era como se ela nunca tivesse sentido as mãos de Thomas Hawksley sobre ela antes. Infelizmente, parecia estar criando o hábito de realizar acrobacias amadoras imprudentes na presença dele. Apesar de tudo aquilo, por algum motivo aquele toque — sozinha na adega, na semiescuridão, com vinho na língua e manchas no vestido — não foi nada parecido com nenhum dos que vieram antes.

Mesmo que *ela* tivesse abandonado todo o senso de decoro havia muito tempo, o Sr. Hawksley não abandonara. Ele pareceu bastante mortificado pelo contato prolongado, e se apressou a afastar a mão de sua pele nua e começar a murmurar desculpas. Bêbada demais para conter seus instintos básicos, desesperada demais para saber como seria, Georgiana estendeu a mão e pegou a dele.

O Sr. Hawksley não resistiu. A palma da mão dele estava fria e seca, mas Georgiana pôde sentir os calos que tinha imaginado antes, uma quantidade infinitesimal de atrito contra sua pele. Eles estavam sentados próximos demais; ela poderia ter contado cada um dos longos cílios que emolduravam seus olhos escuros. Georgiana ainda estava sem fôlego, o que explicava sua respiração irregular, mas o Sr. Hawksley não estava sem fôlego, portanto não havia explicação lógica para o peito dele subir e descer tão rápido. Ela conseguia *sentir* o hálito quente dele contra o seu rosto.

Ocorreu a Georgiana que queria muito beijá-lo, e ficou horrorizada ao descobrir que realmente poderia seguir em frente. Sentiu-se empolgada e um pouco nauseada ao mesmo tempo só de pensar naquilo. Ela puxou com gentileza a mão dele para trazê-lo mais para junto do corpo e acabar com a distância entre os dois — então, de repente, ouviram um grito acima deles e Georgiana se afastou, sentindo-se chocada e envergonhada como um cachorro depois de um banho de água fria na rua. Ouviram-se mais gritos; estavam mais distantes do que pareceram a princípio, mas ainda perto demais para o conforto dela. Esquecendo-se do vinho, Georgiana se levantou em um pulo e subiu a escada com o corpo trêmulo, sem ousar olhar para trás para ver se Thomas Hawksley a seguia.

Capítulo doze

Georgiana entrou na cozinha em busca da origem da comoção e seguiu até chegar às portas que davam para o pátio do jardim, onde Christopher, sem parecer falar totalmente sério, gritava "Temos um médico na casa?", enquanto agitava uma vela acesa acima da cabeça, como um farol de socorro.

— O que aconteceu, pelo amor de Deus? — perguntou Georgiana quando ele passou por ela.

— A Ces está morrendo — respondeu Christopher com a voz arrastada, o álcool deixando sua língua espessa. — É... lamentável.

— O quê? — gritou Georgiana, alarmada, olhando ao redor. — Onde está ela?

— Na sala, pobrezinha — disse ele. Então cerrou os olhos e se inclinou um pouco perto demais do rosto de Georgiana, deixando-a desconfortável. — Você é médica?

— Não — retrucou ela com firmeza, empurrando-o.

Ela voltou para dentro de casa e foi até a pequena sala de estar.

Cecily realmente não parecia nada bem. Ela estava deitada no sofá em um emaranhado de membros longos, musselina rosa e cabelos dourados. O penteado fora parcialmente desfeito ao longo da noite, e sua pele parecia assustadoramente acinzentada. Jane estava sentada ao seu lado, segurando o que parecia ser um penico. Georgiana percebeu que o garanhão James não estava à vista — nem Frances.

Enquanto ela observava, Jane pousou a mão na testa da amiga em um gesto reconfortante, afastando seu cabelo da têmpora. Aquela ternura ainda parecia tão estranha a Georgiana que ela mal soube o que pensar. Jane se inclinou e murmurou algo no ouvido de Cecily, que respondeu lançando o corpo subitamente para frente e vomitando no penico oferecido, demonstrando na mesma hora para que o objeto estava ali. O que quer que estivesse saindo da boca de Cecily era tão escuro que parecia preto, o que não era uma cor particularmente promissora para a saúde das entranhas de alguém.

— Ela se envenenou — disse uma voz atrás da orelha esquerda de Georgiana.

Ela se sobressaltou, mas se recuperou rapidamente. O Sr. Hawksley entrara na sala atrás dela. Georgiana imaginou que ele teria demorado um pouco mais na adega por uma questão de decência — tanto para permitir que ela subisse a escada sem acidentalmente dar uma olhada embaixo de suas saias quanto para que ninguém os visse saindo juntos de um espaço confinado.

— Envenenou? — perguntou Georgiana, incapaz de encontrar o olhar dele.

— Sim. Pelo consumo de grandes quantidades de álcool — disse ele, igualmente incapaz de encontrar os olhos dela.

Georgiana percebeu que o Sr. Hawksley segurava a garrafa de vinho que ela deixara abandonada. Como parecia inapropriado, dadas as circunstâncias, ele a pousou sem jeito em uma mesa lateral.

— Bom palpite — disse Jane, o tom sarcástico, e estremeceu quando Cecily provou o ponto deles, vomitando novamente. — Ela geralmente coloca tudo para fora sozinha, em poucas horas.

— Ela precisa de um médico — disse o Sr. Hawksley com firmeza. — Claramente não está bem. A minha carruagem está aguardando lá fora, já que eu não pretendia estender minha estadia. Vou levá-la.

— *O senhor?* — Jane perguntou rispidamente. — Ela é minha amiga e, para ser bem sincera, não o conheço muito bem.

— Posso garantir que ela estará em boas mãos. Há um médico no vilarejo... a apenas meia hora daqui. Eu mesmo a levarei até ele.

— Está certo — disse Jane. — Eu vou também.

— Muito bem. A senhorita poderia...

Ele gesticulou para a forma inerte de Cecily, e Georgiana se adiantou apressadamente para ajudar Jane. As duas conseguiram colocar Cecily de pé e levá-la para fora, onde o Sr. Hawksley realmente tinha um homem e uma carruagem à espera. Depois de ajudar a colocar a amiga dentro do veículo e se despedir de Jane e do Sr. Hawksley com um aceno desanimado — que ambos ignoraram —, Georgiana ficou parada na entrada escura da casa observando-os se afastarem com uma estranha sensação de anticlímax. Ela olhou para o degrau ameaçador da frente da casa e pensou brevemente em tropeçar para precisar de sua própria visita ao médico, mas acabou apenas suspirando e voltando para dentro, a mente fixa na garrafa de vinho que a esperava na sala.

Agora que não havia a possibilidade de outro encontro surpresa com certo cavalheiro de cabelos escuros, e com o drama do envenenamento de Cecily já no passado, o interesse de Georgiana pela festa diminuiu. Aquilo poderia ter sido facilmente remediado se conseguisse localizar Frances, mas a amiga desaparecera havia algum tempo. Georgiana se sentiu um pouco abandonada — afinal de contas, fora Frances que a convidara, e tinha aquela sensação incômoda de ser deixada de fora da diversão *de verdade* se não estivesse ao lado dela. Frances irradiava uma energia que atraía todos ao redor, tornando-a o centro de todas as festas, conversas e órbitas. Sem ela, Georgiana se sentia à deriva. Ela vagou entre grupos dispersos, segurando a garrafa de vinho branco, tomando pequenos goles e degustando aquela pequena conexão com o Sr. Hawksley. Realmente gostou do vinho que ele escolhera e, em seu estado bastante embriagado, aquilo a fez sentir como se o Sr. Hawksley realmente entendesse algum aspecto-chave do seu ser.

Já devia passar da meia-noite quando Georgiana foi chamada para se juntar a um grupo, e não hesitou, sentindo-se lisonjeada por sua presença ser especificamente solicitada. Quando descobriu que fora

Christopher que a chamara, o prazer diminuiu um pouco, mas Jonathan também estava lá, e Georgiana se acomodou em um círculo que parecia rodear algum jogo que envolvia bebida.

— O jogo é "Confissões" — explicou Jonathan, cuja fala não estava enrolada como a de Christopher, mas que claramente já bebera muito. — Alguém confessa algo *terrível*, e se você também cometeu esse ato vil, você bebe.

Era a vez de uma linda jovem ruiva ao lado de Christopher.

— Eu confesso... humm... ter quebrado uma relíquia de família. E colocado a culpa na criada da minha mãe.

Todos ao redor do círculo beberam. O vinho de Georgiana permaneceu intocado.

— Ah, pelo amor de Deus — disse Christopher, parecendo escandalizado pelos motivos errados. — Isso é o pior que você tem para contar? Absolutamente *patético*. Quando tinha doze anos, peguei emprestado o cavalo favorito do meu pai e quebrei a perna do pobre animal em um salto imprudente. Ele mesmo sacrificou o animal... foi o mais próximo das lágrimas que eu já vi o velho desgraçado chegar. Eu coloquei a culpa no filho de um criado. Achei que ele poderia atirar no garotinho também, mas o meu pai simplesmente dispensou os dois.

Todos riram. Georgiana não.

— Muito bem, George, é a sua vez — disse Christopher.

Georgiana teve a sensação desconfortável de todos os olhos voltados para ela, esperando ansiosamente por algo lascivo. Sua mente estava completa e absolutamente vazia. Por sorte, Jonathan a salvou.

— Deixe a pobrezinha em paz, ela é nova — falou ele, ríspido, provavelmente satisfeito pela possibilidade de censurar Christopher. — *Eu* confesso ter roubado uma tarde de beijos de uma coisinha bonita que trabalha nos estábulos dos Campbell. O cheiro de merda de cavalo, embora pungente, não conseguiu diminuir nosso ardor.

Todos riram, e Georgiana se perguntou quantos ali sabiam que os Campbell só empregavam homens como cavalariços.

— Beijos roubados... vamos lá. Bebam, devassos miseráveis.

Para surpresa de Georgiana, quase todos beberam, até as mulheres. Ela ficou surpresa mais uma vez com a forma como as regras sociais *realmente* não pareciam se aplicar àquelas pessoas. Para ela, beijar alguém de quem não se estava noiva — alguém com quem não se estava de forma alguma comprometida para além de uma noite — e ostentar de forma tão flagrante seria o fim, tanto na casa dos pais quanto nos círculos sociais que os tios frequentavam regularmente. Georgiana sempre imaginara que as mesmas regras se aplicavam a todos, que eram julgados igualmente, mas supunha que existia algum tipo de acordo de sigilo entre aquela classe em particular. E eles não pareciam pensar menos uns dos outros por isso. Afinal, se *todos* eram desprendidos das convenções e beijavam quem quisessem, como poderiam julgar? E como alguém poderia restringir potenciais futuros parceiros àqueles que permaneceram ideologicamente puros e não se envolveram em nenhum dos beijos ilícitos, se fazer aquilo era tão comum quanto pegar um resfriado?

Christopher notou que Georgiana não estava bebendo.

— Meu Deus, há uma *santa* entre nós — comentou ele em um tom desagradável. — Tenho certeza de que podemos encontrar alguém para remediar isso hoje à noite, George.

— Alguém já lhe disse que você soa *exatamente* como aqueles homens que se sentam no fundo dos bordéis, lançando olhares lascivos, suando e distribuindo mulheres para clientes rabugentos? — perguntou Jonathan, irritado.

— E o que *você* estaria fazendo nesse tipo de bordel, Smith? — rebateu Christopher. — Tentando se curar da sua terrível doença?

Por causa do clima carregado, o jogo terminou abruptamente, e Georgiana ficou de pé de novo, agora procurando um lugar para se esconder até que tudo estivesse calmo o bastante para ela ir dormir. Era estranhamente claustrofóbico ter a hora de dormir ditada pelos caprichos de outras pessoas. Sentia a combinação inquietante e lamentavelmente comum de estar bêbada e nauseada depois de beber por um longo período de tempo, e teria trocado todo o vinho da adega por um lugar tranquilo e confortável para descansar a cabeça.

No fim, acabou encontrando um canto vazio do jardim onde podia se sentar em um muro de pedra com as costas contra um tronco de árvore, basicamente escondido, e observar a distância enquanto a festa perdia o fôlego. Não lhe passou despercebido que, mesmo cercada pelas pessoas certas em uma festa que até poucas semanas antes nunca poderia ter imaginado participar nem em seus sonhos mais loucos, estava mais uma vez se escondendo e desejando ser deixada em paz.

Já que não poderia ficar sozinha com o Sr. Hawksley, faria o melhor nas circunstâncias, que era ficar sozinha com seus *pensamentos* sobre o Sr. Hawksley. A parte racional da mente de Georgiana, que estivera ausente durante a maior parte da noite, lhe dizia que um homem como ele nunca poderia se interessar de verdade por ela. Ele era gentil demais para desprezá-la abertamente como outros naquela festa fariam, mas aquilo não indicava nada além de boa educação. *Com certeza* não indicava que o Sr. Hawksley se sentia atraído por ela. Georgiana chegara sinceramente a acreditar por um momento que seus sentimentos poderiam ser correspondidos, quando os dois estavam sentados juntos na escuridão da adega, mas mesmo que ele se *sentisse* atraído, apesar do sermão sobre a embriaguez e suas demonstrações de cordialidade, ele era exatamente igual aos seus conhecidos ricos. Talvez a tivesse beijado, ou a deixado beijá-lo e esquecido no dia seguinte, ou passado para outra em uma próxima festa, deixando aquilo apenas como uma história a ser recontada durante um próximo jogo de "Confissões". Não adiantava ficar obcecada com o significado de um beijo que nem sequer acontecera. Ela mal conhecia o homem, mesmo que apreciasse seu excelente gosto para vinho.

Georgiana estava perdida em pensamentos quando alguém sentou ao seu lado, arrancando-a mental e fisicamente de seu devaneio. Ela imaginou que fosse Frances, e ficou satisfeita por ser descoberta pela amiga, mas quando se virou, viu Christopher Crawley fitando-a com uma expressão libertina, a camisa agora quase completamente desabotoada e solta no corpo.

— Estamos nos escondendo, é? — falou ele, a voz arrastada, inclinando-se para mais perto de Georgiana e colocando a mão em sua coxa.

Georgiana se afastou, mas só conseguiu se prender mais no canto.

— Não estou interessada, Christopher, obrigada — disse Georgiana, tentando tirar a mão dele de sua perna.

— Não é um pedido de casamento, George. — Ele sorriu para ela, parte do rosto iluminada pelos lampiões próximos e o restante escondido na escuridão. — Não há necessidade de levar tão a sério.

Por mais lenta que estivesse a sua mente, Georgiana estava começando a sentir o pânico ardendo lá no fundo. Eles estavam bem afastados dos outros, e Christopher a segurava com força surpreendente para alguém tão bêbado. Ele se aproximou mais, mas ela achou que não deveria gritar. Não poderia causar uma situação embaraçosa, até porque estava na casa *dele*, cercada pelos amigos *dele*, só que Christopher exalava um cheiro tão forte de uísque, fumaça de cachimbo e um perfume intenso que ela teve medo vomitar. Seu coração se acelerara de uma forma desconfortável, o que parecia absurdo, afinal, ele não a estava machucando, a vida dela não corria risco. Por mais que se sentisse ameaçada, que seus nervos gritassem para que saísse correndo, Georgiana permaneceu paralisada ali.

Bem no momento em que ela achou que realmente ia acontecer, que seria beijada por aquele homem repugnante que a assediava de forma tão casual, Georgiana viu Frances sair cambaleando da casa e chamou por ela.

Frances se virou ao ouvi-la e Georgiana logo percebeu que algo estava terrivelmente errado. O rosto da amiga estava franzido em uma expressão terrível, seus olhos desfocados enquanto ela cambaleava na direção deles. Christopher foi pego de surpresa pela exclamação de Georgiana e soltou-a, e ela aproveitou a oportunidade para passar correndo por ele em direção à amiga.

Georgiana alcançou Frances ao mesmo tempo que Jonathan, e ambos viram que a jovem tremia descontroladamente. Jonathan tirou o paletó na mesma hora e o passou ao redor dos ombros de Frances, levando-a para o canto de onde Georgiana acabara de sair. Felizmente, Christopher havia desaparecido.

— Pelo amor de Deus, o que houve, Franny? — perguntou Jonathan, sinceramente preocupado. — Você tomou alguma coisa?

— Não. Quero dizer, sim — disse ela com a voz arrastada. — Mas foi isso que... eu... Aconteceu uma coisa, sim, mas preciso da ajuda de vocês, preciso... Ah, *Deus*, temos que voltar para dentro.

De repente, ela se tornou insistente, parecia quase com medo, mas continuava a portar aquele sorriso terrível e rígido.

— Está certo... lá dentro? Podemos entrar — disse Georgiana, trocando um olhar confuso com Jonathan. — Onde lá dentro, Frances?

— Vou mostrar a vocês — disse ela.

Jonathan passou o braço ao redor de Frances, claramente sustentando pelo menos metade do peso dela enquanto caminhavam. Frances os conduziu escada acima e ao longo do corredor estreito até um quarto iluminado por um único abajur, onde eles a ajudaram a se sentar na beira da cama de dossel.

Frances parecia muito bêbada, mas aquilo não era incomum. Alarmante era o fato de que ela parecia semimorta e completamente atordoada, o que fez Georgiana se lembrar das descrições que lera em diários de batalha. Era tão estranho vê-la tão apagada que Georgiana não conseguia pensar em nada para dizer, e ficou apenas esfregando o braço da amiga enquanto Jonathan saía para buscar uma bebida. Ele voltou com um copo de gim em uma mão e um de cerveja na outra e entregou os dois a Georgiana antes de fechar a porta com firmeza.

— Tome — disse Jonathan. Ele pegou a cerveja e forçou-a na mão de Frances, que olhou para o amigo, mal parecendo compreender o que estava segurando. — O que houve? O que aconteceu?

— Vocês não podem contar a ninguém — alertou Frances, sua expressão muito intensa de repente, olhando para ambos. — Precisam jurar. Não podem deixar o que aconteceu sair deste quarto.

Georgiana e Jonathan concordaram. Frances soltou um suspiro.

— Eu estava com Jeremiah. Ele disse que não queria perder tempo na companhia de mais ninguém. Que só veio porque sabia que eu estaria aqui. Já desconfiava que ele realmente gostasse de mim, mas agora tenho certeza... bem, suponho que ele agora seja meu noivo!

— Ah, Frances! — falou Georgiana, empolgada. — Que maravilha! Ele a pediu em casamento?

— Bem, não exatamente, com todas as letras — respondeu a amiga, sorrindo na direção das mãos que seguravam o copo de cerveja. — Mas isso é só uma formalidade. Estamos comprometidos agora.

Jonathan, que estava sentado ao lado dela na cama, se levantou ao ouvir aquelas palavras. Ele parecia subitamente furioso, e Georgiana não conseguia entender por quê.

— Franny... olhe para mim. — Ela não olhou.

Ele se abaixou e pegou o copo de suas mãos, então Frances ergueu os olhos, ainda com aquele sorriso estranho e angustiado no rosto.

— Olhe para mim. O que *aconteceu*?

Houve um longo silêncio. Georgiana se sentiu abatida pela sensação de que havia algo muito errado, de que algo terrível havia se passado, mas ainda não entendia o que estava causando tanta apreensão. Eles estavam quase noivos? Estavam *comprometidos* um com o outro? O que havia de tão ruim naquilo?

— Jonathan, não me olhe assim — disse Frances, e Georgiana ficou horrorizada ao ver os olhos da amiga marejados. Logo as lágrimas escorriam lentamente pelo seu rosto e a voz falhava, embora ela tentasse manter o tom leve. — Ficaremos noivos até domingo! Vai ficar tudo *bem*.

As mãos de Frances tremiam tanto que Georgiana segurou-as com força, só para não ter que vê-las se agitando daquele jeito horroroso.

Ela ainda não havia entendido.

— Onde? — perguntou Jonathan, a voz reverberando como um trovão. — *Aqui*?

— Não. — Ela apontou para uma porta em que Georgiana não reparara antes, em frente à cama. — É por isso... que eu preciso da ajuda de vocês. Houve um pouco de, bem, eu tentei, mas não consegui tirar. Não sei por quê. — Ela riu de repente, e o som saiu duro e estranho no rosto ainda molhado de lágrimas. — Mas as minhas malditas mãos não param de tremer.

Frances parou de rir abruptamente.

— Ele disse... Ele disse que queria que ficássemos *juntos*.

— Era o que você queria? — perguntou Jonathan. Ele certamente não estava rindo.

— Talvez... Talvez não agora. Não como foi. Mas parecia tolice criar confusão a respeito, Jonathan, quando sabemos o que planejamos fazer. Ele disse, Jonathan. Disse que vamos nos casar em breve, então qual seria a diferença?

Georgiana olhou para ela com horror genuíno. Finalmente começava a compreender. Jonathan atravessou o quarto em poucos passos e abriu a porta anexa. Estava escuro para além da porta, então Georgiana pegou o lampião e o seguiu, a luz bruxuleante iluminando um quarto de vestir muito pequeno. Havia sangue manchando a borda da penteadeira. Salpicando o mármore branco da mesa. Pequenas gotas entranhadas nas tábuas do piso e no tapete. Georgiana conseguiu perceber os pontos onde Frances tentara limpar, mas só conseguira espalhar o sangue ainda mais. Havia três marcas de dedos impressas com sangue no espelho. Georgiana pousou o lampião no parapeito da janela, enquanto se esforçava para conter uma onda de náusea. Jonathan saiu do quarto sem dizer uma palavra, voltando rapidamente com um pano escuro o bastante para disfarçar qualquer mancha e um jarro de água que havia sido deixado ao lado da cama.

Georgiana e Jonathan trabalharam rapidamente em silêncio, esfregando as superfícies, fazendo o possível para que as manchas mais profundas se tornassem apenas manchas de cor indeterminada. Quando terminaram, Georgiana pegou novamente o lampião e eles voltaram para o quarto, onde encontraram Frances encolhida na cama, dormindo profundamente, parecendo muito menor e mais frágil do que Georgiana jamais a vira.

Jonathan deixou escapar um suspiro pesado, sentou-se no chão ao pé da cama e tomou um longo gole do gim intocado. Então passou o copo para Georgiana, que se sentara ao seu lado.

— Ela está vivendo uma fantasia — disse ele baixinho, encostado na cama, parecendo exausto.

Georgiana não sabia que era possível transmitir tanto rancor em um sussurro, mas, de alguma forma, Jonathan conseguiu.

— Ele não vai pedi-la em casamento. Não passa de um merdinha arrogante de péssima reputação. Frances gosta de pensar que é especial, que é diferente com ela, mas não é. Ela é só mais uma moça tola em uma longa fila de moças tolas.

Georgiana achou aquela declaração muito dura para um homem que momentos antes estava limpando o sangue da melhor amiga.

— Frances parece... abalada — sussurrou ela de volta. — E se ela não queria fazer aquilo, Jonathan?

Jonathan deixou o ar escapar com força pelo nariz.

— Mesmo se não quisesse, quem acreditaria? Quem vai acreditar que Frances não o queria, depois de ter vindo desacompanhada para essa festa e ficado sozinha com ele em um quarto no andar de cima? E se ela estiver *grávida*, Georgiana?

Georgiana o encarou, sem saber o que dizer.

— Eu suponho... suponho que, se ela não engravidou, há uma chance de conseguir se safar — disse Jonathan, fechando os olhos e esfregando a mão no rosto. — Jeremiah pode até falar, mas talvez seja visto apenas como um garoto imaturo se gabando. Talvez as pessoas pensem que ele está mentindo. Frances pode até conseguir se casar com outra pessoa antes que o rumor se espalhe, se agir rápido. Ela não é uma moça do campo, Georgiana, é... Ela é Frances Campbell. Meu Deus.

— E se ela estiver grávida? — murmurou Georgiana.

— Então espero sinceramente estar errado. Espero que Jeremiah Russell não seja um imbecil insuportável e que ele tenha partido para cavalgar a noite toda às pressas e arrancar o anel de noivado do dedo da avó, para que possa estar de volta amanhã e pedir Frances em casamento.

Dita daquela forma, a perspectiva não parecia particularmente provável.

— O que fazemos?

— Não contamos absolutamente nada a absolutamente ninguém. Torcemos para que Jeremiah Russell seja infértil e rezamos muito para que ele tome um lamentável tombo do cavalo amanhã e não seja encontrado por pelo menos vinte e quatro horas — retrucou Jonathan em um tom sombrio. — Venha. Vou ver se ele ainda está por aqui.

— Eu vou ficar — disse Georgiana, pois não queria deixar Frances. Além disso, subitamente sentia-se muito cansada de tudo e de todos.

Jonathan encolheu os ombros, deu uma palmadinha distraída no ombro dela e saiu.

Georgiana se deitou na cama o mais suavemente possível e se ajeitou para não perturbar Frances, que estava com o rosto pressionado nos punhos cerrados. Ela achou que certamente ficaria acordada até o amanhecer, mas adormeceu quase imediatamente.

Capítulo treze

Georgiana acordou tarde na manhã seguinte, com uma dor de cabeça lancinante e um gosto amargo muito estranho na boca. Ela se sentou ainda vestida como na noite anterior, olhou ao redor com os olhos turvos e descobriu que Frances não estava mais no quarto. Georgiana entrou no quarto de vestir, lavou o rosto e penteou o cabelo com os dedos, procurando prender para trás o máximo que conseguia sozinha, ao mesmo tempo em que tentava, em vão, não pensar no que acontecera ali na noite anterior. Ela não conseguiu evitar olhar para uma mancha escura no tapete aos seus pés.

Como havia sido? Ele usara força? Era normal aquela quantidade de sangue? Frances tinha gostado? Será que *ele* tinha gostado? A própria Frances o teria levado ali, cedendo aos seus instintos, como Georgiana quase fizera na adega? Teria sido daquele jeito? Lampejos ardentes de desejo, falta de ar, coração acelerado? Ou Frances caíra em uma armadilha, encurralada em um canto, e deixara um rastro de sangue para trás como um animal ferido?

Depois de terminar sua breve toalete, Georgiana desceu as escadas em busca de Frances. Ela ficou surpresa ao ver todos já acordados e vestidos. A maioria dos convidados partira durante a noite, restando apenas alguns poucos. Eles estavam sentados em uma longa mesa no jardim, se servindo de uma multiplicidade de opções para o café da manhã que claramente haviam sido servidas pouco antes de Georgiana chegar. O mais surpreendente de tudo era que Cecily e Jane estavam entre os presentes. Cecily parecia abatida e cansada, mas estava sorrindo quando se serviu de um ovo cozido. Georgiana reparou que

Christopher não estava comendo nada. Ele tinha a cabeça entre as mãos e parecia quase inconsciente, mas ela ainda se sentou o mais longe possível dele.

— Você está bem? — perguntou Georgiana a Cecily, sentando-se em frente a ela.

Queria fazer a mesma pergunta para Frances, que ria de algo que Jeremiah estava dizendo como se nada tivesse acontecido entre eles.

— Ah, sim — disse Cecily. — Thomas encontrou um médico para mim. Jane disse que ele bateu em todas as portas da cidade até descobrir o lugar certo e foi acordar o pobre homem. Não me lembro dessa parte. O médico me fez comer alguma coisa horrível, e eu coloquei para fora o que quer que estivesse me fazendo tão mal. Tive um desconforto estomacal *terrível*.

— Sim — disse Jane, revirando os olhos. — Um "desconforto estomacal". Deve ter sido alguma coisa que você comeu.

— Ah, fique quieta, Jane. Thomas foi maravilhoso. Ele tinha um compromisso em outro lugar hoje, mas ficou comigo no médico até que eu me sentisse melhor, então nos trouxe de volta antes do amanhecer.

— Cuidado — disse Frances, do outro lado da mesa. Georgiana não tinha percebido que a amiga estava ouvindo. — Você vai deixar a pobre George com ciúmes.

— Não seja tola — disse Georgiana, tentando rir.

Na verdade, ela estava, sim, com um pouco de ciúmes. Obviamente era maravilhoso que o Sr. Hawksley tivesse cuidado de Cecily. Claro que ele deveria ter ficado com as duas até que Cecily estivesse se sentindo melhor, não poderia deixá-las sozinhas na casa de um médico desconhecido no meio do nada. E claro que Cecily podia chamar o Sr. Hawksley de "Thomas" se quisesse, mesmo que a familiaridade tranquila fizesse Georgiana querer ranger os dentes até que virassem pó.

O problema era que Cecily era tão bela que os deuses gregos provavelmente teriam se empalado voluntariamente só pela chance de ver seu ombro nu, e não havia absolutamente nenhuma possibilidade de o Sr. Hawksley não ter notado isso. Mesmo vomitando copiosamente, Cecily exalava um ar de graça e delicadeza que Georgiana não conseguiria dominar em mil anos. Talvez o Sr. Hawksley gostasse de mulheres pálidas e doentias, desmaiadas junto ao corpo dele na casa de um médico, em vez das obstinadas e ousadas em uma adega? Talvez a aparência de Cecily na noite anterior fosse atraente, como alguém já no necrotério, pronto para o embalsamamento?

— Que bom que você está bem, Cecily — disse Georgiana com algum esforço, servindo-se também dos ovos.

Ela encontrou os olhos de Jonathan do outro lado da mesa, que mal estavam abertos, enquanto ele se apoiava nos cotovelos, dando toda a impressão de que não tinha ido para a cama, e ele revirou-os na direção de Frances antes de se dedicar ao próprio café da manhã.

Todos pareceram bastante abatidos durante o dia inteiro. Cecily parecia ter desistido do objeto de sua conquista da véspera, e ambos os James passaram a maior parte da tarde sentados com Christopher e Jeremiah à sombra de uma macieira, jogando cartas e perdendo quantias exorbitantes de dinheiro uns para os outros. Georgiana percebeu que Frances queria se aproximar do Sr. Russell e conversar com ele, ou convidá-lo para ficar sozinho com ela em outro lugar. Ela ria um pouco alto demais de coisas que não eram particularmente engraçadas e lançava olhares para ele de onde estava sentada com outro grupo no pátio. Jeremiah ignorou toda aquela demonstração e só respondia quando ela falava diretamente com ele, fazendo uso da mais perfeita e dolorosa cordialidade.

Frances não demonstrava preocupação, mas Georgiana notou que a amiga tamborilava os dedos em qualquer superfície em que eles encostassem, em um claro sinal de que estava ciente da frieza dele. Georgiana queria desesperadamente conversar a sós com ela, mas não teve oportunidade durante toda a tarde. Frances e Jonathan permaneceram inseparáveis, bebendo, inventando poemas engraçados e sendo insuportáveis com todos, menos um com o outro. Em vez disso,

Georgiana se viu obrigada a ficar sentada, ouvindo Cecily exaltar as virtudes de seu querido amigo "Thomas", até sentir vontade de voltar para a adega e gritar onde ninguém pudesse ouvi-la.

— Ele é exatamente como um jovem cavalheiro deve ser, você não concorda, Jane?

Jane deixou escapar um grunhido, que poderia ser tanto de concordância quanto de desaprovação. Ela estivera impassível, os olhos sem expressão, o dia todo.

— Tão atencioso. Tão gentil — continuou Cecily. — Sei que Thomas pode ser um pouco quieto, mas acredito que o que aconteceu com o irmão dele lhe gerou certa sensibilidade... além de uma inclinação para a sensatez que parece faltar a muitos homens.

— O que aconteceu com o irmão dele? — perguntou Georgiana, dividida entre querer que Cecily fechasse a boca perfeitamente desenhada e querer saber mais sobre qualquer coisa relacionada ao Sr. Hawksley.

— Ele morreu há apenas alguns anos, era seu irmão mais novo. James me contou a respeito ontem. Ah, ele estava fazendo um comentário terrível e sarcástico sobre como aquilo tornara Thomas *tedioso*... o que é algo terrível de se dizer. É tão triste perder alguém da família, e ainda tão jovem...

— Como ele morreu? — perguntou Georgiana, tentando parecer apenas casualmente interessada.

— Eu não sei ao certo. James não contou. De alguma doença, eu acho. Tenho certeza de que deve ter afetado muito Thomas.

Embora nunca tivesse tido um irmão, Georgiana conseguia imaginar como deveria ser terrível a perda de um. Já fora ruim o bastante perder os pais para um clima melhor, mas pelo menos eles podiam retornar, ou convidá-la para um chá, por mais improvável que qualquer uma daquelas alternativas parecesse no momento. A morte, por sua vez, era assustadoramente definitiva. Ela não conseguia imaginar como poderia afetá-la perder alguém da família para sempre. Como se tornaria "tediosa" para quem estivesse ao seu redor.

— De qualquer forma, Thomas sabia que havia um médico no vilarejo porque a casa dele não fica muito longe daqui. Ouvi dizer que é magnífica, imagino se ele algum dia...

— Você *ainda* está falando sobre o maldito Sr. *Hawksley*? — perguntou Frances, distraída de suas risadinhas com Jonathan. — O homem lhe *deu* a carruagem dele, Ces? Ele pegou seu vômito com as mãos em concha, para não desperdiçar uma gota? Abaixou as calças e mostrou o ouro maciço do...

— Está bem, está bem, eu estava só contando — falou Cecily em tom de reprovação.

Georgiana riu com os outros, grata a Frances por pôr um fim às intermináveis exclamações de admiração de Cecily.

Eles passaram o resto do dia em silêncio. A certa altura, quase todos adormeceram, e só acordaram quando Christopher escorregou da cadeira e caiu no chão com um grito furioso de medo, que despertou a todos em um pânico que rapidamente se transformou em riso. Ele não pareceu gostar de ser ridicularizado e entrou na casa para tirar uma soneca em outro lugar. Georgiana sentiu uma parte de si relaxar quando ele se foi, pois ainda conseguia sentir a mão dele em sua coxa, como se tivesse formado um hematoma.

Não machucara. Ela havia checado.

Era muito mais agradável relembrar o toque das mãos do Sr. Hawksley, embora quanto mais fazia aquilo, mais se dava conta de que praticamente se jogara para o pobre homem, que provavelmente se oferecera para levar Cecily ao médico apenas para se esquivar de seus avanços descarados. No agradável espaço entre o sono e a vigília, enquanto todos cochilavam no jardim, Georgiana reescreveu cuidadosamente a narrativa. Ela imaginou que ele talvez voltasse para a casa mais tarde naquela noite, sob o pretexto de se certificar de que Cecily estava bem, mas na verdade para ver Georgiana novamente. Ele buscaria o olhar dela, enquanto dizia a todos que iria pegar outra garrafa de vinho, código que apena Georgiana entenderia, e ela fugiria para encontrá-lo na escuridão da adega, sentindo as mãos dele nas dela no momento em que acabasse de descer a escada. O Sr. Hawksley confessaria que não conseguia parar de pensar nela; que o cheiro de mofo de uma adega o faria ansiar por ela até o fim da vida. Diria que Cecily era linda, mas um pouco tradicional demais, e que ele preferia morenas de estatura média com tendência a falar mais que o necessário. O frêmito que Georgiana sentira entre eles na noite anterior retornaria — aquilo fora real, não imaginado —, mas daquela vez não haveria interrupções. O Sr. Hawksley a tomaria nos braços, afastaria o cabelo dela do rosto e a beijaria.

E depois? Georgiana não conseguia imaginar o que aconteceria a seguir. Certamente não o que acontecera entre Frances e Jeremiah. E ela também não conseguia imaginar um pedido de casamento. Não... a fantasia terminou ali, e ela teve que recomeçar desde o início. Felizmente, não foi muito difícil repeti-la, a parte em que eles se beijavam era uma das favoritas de Georgiana.

Quando a noite chegou e todos subiram para se refrescar e se arrumar devidamente para o jantar, Georgiana aproveitou a oportunidade e seguiu Frances até o quarto, fechando a porta atrás delas.

— Você está... Como você está, Frances? — perguntou ela, sentando-se na beirada da cama enquanto Frances ia até o quarto de vestir, se sentava diante da penteadeira sem constrangimento aparente e se olhava no espelho. O sol estava se pondo e o quarto cintilava de um modo agradável, a luz rosada dando mais brilho aos cachos escuros da moça.

— Como eu estou? Estou bem — respondeu Frances, distraída, enquanto soltava o cabelo e começava a penteá-lo com cuidado, em movimentos curtos e uniformes.

— Mas... você está aborrecida... com o que aconteceu? Quer conversar a respeito?

— Aborrecida? Por que eu deveria estar aborrecida? Você é um amor, George. Eu sei que Jonathan o odeia, mas Jeremiah não é o canalha que ele faz parecer. É um bom rapaz, sabe. Honrado. Ele apenas não quer fazer um pedido de casamento cercado por esse grupo terrível, e eu não posso realmente culpá-lo. Imagine, aceitar ser a esposa dele no *Chalé dos Bastardos*. — Ela largou o pente, abriu um frasco de um óleo de cheiro adocicado e esfregou um pouco entre os dedos antes de passá-los pelo cabelo. — Para ser sincera, acho que Jonathan pode estar com um pouco de ciúmes. É triste.

— Ciúmes? — perguntou Georgiana. — Mas pensei...

— Ah, não *desse* jeito, é claro. Mas nós somos inseparáveis há muito tempo. Você viu como somos unidos. Acho que Jonathan vê o ganho de Jeremiah como uma perda particular. Mas não vou poder ficar vagando pelo campo com Jonathan se for a *Sra. Jeremiah Russell*, não é?

— Frances, eu... E quanto a Jane?

A amiga enrijeceu quase imperceptivelmente, então colocou os grampos de cabelo à sua frente.

— O que tem ela? — perguntou lentamente.

— Você sabe que eu vi vocês, Frances. Me desculpe, eu não queria, mas... eu vi. E não sei o que estava acontecendo, ou o que significa, mas sei que Jane... ela parece bastante aborrecida.

Frances riu e balançou a cabeça.

— Georgiana, o que você acha que viu? Nunca teve uma amizade assim? Somos jovens. É verão! Estávamos bebendo, estávamos... Não *significa* nada.

Georgiana não tinha certeza se podiam descartar tudo que vira como indiscrições juvenis de verão depois dos vinte anos, mas segurou a língua.

— É uma pequena tradição nossa, a feira... minha e de Jane. Quer dizer, desde que éramos crianças. Mas é só isso. Um pouco de... nostalgia de verão. Jane, *aborrecida*. Imagine. — Ela estava prendendo o cabelo novamente com gestos firmes e precisos. — Que coisa para se pensar, sinceramente, ainda mais agora, com tudo o que aconteceu com Jeremiah... — Ela parou e ficou encarando o próprio reflexo no espelho com um sorriso que não alcançava os olhos.

Georgiana parou atrás de Frances e baixou os olhos para as mãos, para não ver o próprio reflexo enquanto falava.

— Como... *foi* com ele, Frances?

Ela se esforçara muito até então para não fazer aquela pergunta, mas achou impossível: Frances agora era o oráculo do que acontecia além de portas trancadas com belos rapazes.

A amiga estava abrindo um pequeno pote de carmim e aplicando-o nos lábios com delicadeza. Quando terminou, virou a cabeça de um lado para o outro, admirando o efeito no espelho.

— Foi... Bem, não posso lhe contar *tudo* — disse ela, com um ar experiente. — Você tem que viver para saber. Algumas partes foram... estranhas. Você tinha que ver as expressões no rosto dele. Jeremiah parecia definitivamente *possuído*... mas eu me senti muito próxima dele. Muito exposta, mas... mas agora sinto que posso confiar completamente nele. E Jeremiah *foi* gentil, depois. Ele só me deixou porque eu disse para ele sair, para não sermos descobertos juntos. Não precisa ficar tão preocupada, e certamente não deve dar ouvidos ao Jonathan. Eu não lamento o que aconteceu. Ele é um cavalheiro, George.

— Se você tem tanta certeza — disse Georgiana, esperando sinceramente que Frances estivesse certa e Jonathan errado, que ambos pudessem dançar no casamento da amiga antes do fim do ano.

A alternativa era terrível demais para ser levada em consideração.

— Tenho certeza. Sente-se, vou arrumar seu cabelo — disse Frances gentilmente.

Georgiana ocupou o lugar dela no banco, apreciando a sensação íntima dos dedos hábeis em seu cabelo e o puxão suave do pente enquanto Frances trabalhava.

— Cecily estava em êxtase com o seu Sr. Hawksley — comentou Frances enquanto escovava. — Cristo, pelo modo como ela age é de se imaginar que ele a trouxe pessoalmente de volta dos mortos.

— Ele não é o *meu* Sr. Hawksley — retrucou Georgiana, mas seu tom de voz traiu seus verdadeiros sentimentos, e Frances riu.

— Não leve tudo isso a sério... a pobre Ces é tola demais para se dar conta das coisas. Ela não percebe que está ferindo seus sentimentos. Acho que ninguém jamais conseguiu magoá-la, então ela não consegue ter empatia. Cecily parece flutuar pela vida, absorvendo os golpes, saltando para a próxima parada quando algo dá errado. É encantador, de certa forma, mas extremamente irritante quando se é um dano colateral.

Georgiana achara Frances um pouco rude com Cecily no passado, mas aquela avaliação do caráter da outra a animou bastante. O Sr. Hawksley podia ser muitas coisas, mas certamente não era um tolo, e ela não achava que ele aceitaria uma parceira como a descrita por Frances. Mesmo que fosse uma parceira tão alta, esguia e bela quanto uma árvore jovem.

— Não tenho certeza se ele gosta de mim — disse Georgiana em voz alta. — É tão difícil dizer. E mesmo que gostasse, ora, não sou um bom partido.

Ela relutava em chamar atenção para aquilo. Afinal, imaginava que sua amizade com Frances dependia inteiramente de a amiga não pensar muito sobre como estava em vantagem na escala social.

— Ah, acho que isso não importa — disse Frances com desdém.

Ambas sabiam que aquilo obviamente não era verdade, mas Georgiana não se incomodava de fingir o contrário, tanto quando se tratava de qualquer relacionamento imaginário com o Sr. Hawksley quanto de seu relacionamento atual e muito real com Frances, que estava colocando os últimos grampos em seu cabelo.

— Pronto. Você está tão bonita quanto um pônei de exibição. Vá trocar de vestido e podemos jogar um jogo novo no jantar... tome um gole bem grande da sua bebida toda vez que Cecily disser o nome *Thomas*.

O resto da viagem transcorreu sem maiores problemas. Eles beberam bastante no jantar de sábado, e Jonathan os presenteou com um espetáculo de histórias cada vez mais pervertidas à medida que a noite avançava, mas estavam todos exaustos demais para fazer muito mais do que rir dele e encher os copos de vez em quando. Christopher deixou Georgiana em paz, já que estava com uma ressaca tão terrível que volta e meia fazia uma expressão de dor aguda. A reprimenda de Frances funcionara e Cecily não os brindou com o versículo vinte e sete das muitas virtudes do Sr. Hawksley.

Georgiana cambaleou para a cama naquela noite sentindo-se cansada, mas no geral bastante feliz. As preocupações triviais que a haviam atormentado o dia todo não eram nada comparadas à sensação de pertencimento, à lembrança dos amigos rindo de suas piadas e enchendo seu copo, de estar cercada por pessoas que realmente gostavam de sua companhia.

No domingo, depois de um café da manhã tardio, as carruagens chegaram. A entrada da frente de repente se transformou em uma metrópole movimentada, com criados entrando e saindo com malas, e cavalos resfolegando e batendo os cascos, impacientes para ir embora. Georgiana se demorou na porta do chalé, se perguntando se a estaria atravessando pela última vez ou se aquele lugar se tornaria familiar para ela, parte da tapeçaria de verões vindouros, até Frances se cansar de esperar e pedir que ela se apressasse. Enquanto os outros afundavam em seus assentos, claramente se acomodando para dormir durante todo o caminho até em casa, Georgiana esticou o pescoço para olhar para trás, observando a casa ficar cada vez menor, até eventualmente desaparecer de vista.

Capítulo catorze

A cabeça de Georgiana estava tão ocupada com Frances, Thomas Hawksley e tudo o mais que acontecera na casa de campo que mal ouviu quando a Sra. Burton disse que em breve receberiam visitas.

Ela tentara falar o mínimo possível sobre a viagem, mas precisava dizer alguma coisa para satisfazer a curiosidade interminável da Sra. Burton, e acabou inventando uma dor de cabeça que a manteve na cama durante a maior parte dos últimos dois dias. A Sra. Burton fora gentil, mas se mostrara um pouco desapontada, como se esperasse que Georgiana se esforçasse um pouco mais para *não* ficar doente, ao menos para supri-la de histórias interessantes.

Aquela doença fantasma também garantiu que Georgiana pudesse se manter recolhida em seu quarto por dias para se recuperar adequadamente da ressaca prolongada, saindo de lá apenas para fazer as refeições e para buscar novos livros na biblioteca. Ela estava, portanto, bastante tranquila até quarta-feira, quando a tia lembrou no café da manhã que receberiam a Srta. Betty Walters e a avó para o chá.

Georgiana não quis reclamar e arruinar sua posição nas boas graças da Sra. Burton, por isso não disse nada e, quando chegou a hora, estava arrumada e esperando no andar de baixo pela chegada das Walters, disposta a ser o mais agradável que podia. Sua determinação foi quase imediatamente deixada de lado quando Betty abriu a boca.

— Parece que faz tanto tempo desde a última vez em que nos encontramos, Srta. Ellers. Não sei se a senhorita lembra. Todos pareciam tão elegantes no piquenique, pensei... deve ser a luz do sol, que permite ver a todos tão claramente... e a Srta. Campbell, especialmente, estava com um vestido tão bonito. Eu me senti um pouco desconfiada em relação aos amigos dela, a princípio, mas logo confirmei que as primeiras impressões podem estar erradas... erro com frequência, então tenho certeza de que nos daremos maravilhosamente bem se nossos caminhos se cruzarem outra vez. Fomos convidados para uma festa na casa dos Gadforth na sexta-feira... parece que eles acabaram de comprar um novo e encantador conjunto de jantar e desejam mostrá-lo aos amigos... a senhorita vai estar lá, Srta. Ellers?

A moça parecia ter perdoado Georgiana por quaisquer erros que lhe tivesse atribuído anteriormente no piquenique, e Georgiana se perguntou se a Srta. Walters era mesmo muito gentil ou apenas tinha uma memória extraordinariamente curta, como um octogenário ou um peixinho dourado.

— Lamento, mas não devo ir — respondeu Georgiana, sem lamentar nem um pouco. — Estarei em outro evento social.

— Ah! Com quem? Participamos de jantares com várias pessoas das redondezas ultimamente... tenho tantos novos conhecidos, agora... mas imagino que o seu compromisso seja com a Srta. Campbell? Ou a Srta. Woodley? A Srta. Dugray? O Sr. Smith? Ou o Sr....

— Sim — apressou-se a confirmar Georgiana. — Sim, com a Srta. Campbell e os amigos dela.

— Humpf — resmungou a Sra. Walters de repente, e todas olharam para ela surpresas.

Embora Betty falasse tanto que provavelmente não se deteria nem sob a mira de um mosquete, a Sra. Walters costumava ser bastante taciturna.

— Não posso dizer que tenho grande admiração pelos Campbell.

— Ah, mas eles são tão gentis com a nossa Georgiana! — exclamou a Sra. Burton, se adiantando na mesma hora para defender as pessoas que mal conhecia. — Não faz muito tempo que eles a receberam como hóspede, então a levaram para férias breves e cuidaram quando ela adoeceu! Não consigo imaginar duas pessoas mais agradáveis.

— Lorde Campbell é um tipo de homem curioso — continuou a Sra. Walters, ignorando-a. — Eu o conheci ainda menino e nunca gostei dele. Entrou para a guarda nacional, quando não passava de um valentão. Devo dizer que sinto pena de qualquer tropa que ele tenha enfrentado. Lembro que uma vez o encontrei tentando afogar o gatinho de um vizinho. Ele disse que estava apenas lavando o animal, mas reconheço um afogamento quando vejo.

A Sra. Burton ficou horrorizada.

— Lorde Campbell é um bom homem! Não é, Georgiana? A própria imagem de pai e marido atencioso!

Georgiana não podia discordar da Sra. Burton naquele momento, depois de todas as mentiras que contara para embelezar a suposta viagem que haviam feito juntos.

— Sim, tia. Um bom homem — concordou ela, sem emoção.

— Humpf! — voltou a resmungar a Sra. Walters, olhando para Georgiana com as sobrancelhas finas erguidas. — Sinto muito pela esposa dele, sabe.

Georgiana ficou atordoada por um instante com a perspicácia da mulher, mas voltou a ficar em silêncio, e Betty retomou a conversa.

— Você leu bons livros ultimamente, Georgiana? Devo dizer que a sua tia nos contou sobre como você gosta de ler, e estou muito impressionada! Só consegui terminar alguns poucos livros... eles contêm uma infinidade de palavras, uma infinidade! Acho que não sou tão inteligente quanto você, com todas as palavras que você deve saber. Há uma palavra favorita que tenha encontrado? Uma que a tenha surpreendido, talvez?

Georgiana conteve o instinto de zombar da outra moça e realmente parou para pensar em uma resposta por um momento.

— Sabe — disse, levando a xícara de chá aos lábios e tomando um gole —, não tenho certeza. Sempre tenho dificuldade em identificar os meus favoritos de qualquer coisa quando me perguntam.

— Gosto de limpa-traseiros — intrometeu-se a Sra. Walters, tão de repente que Georgiana quase se engasgou com o chá.

— Limpa-traseiros, Sra. Walters? — disse a Sra. Burton, parecendo um pouco abalada.

— Ah, eu nunca... o que significa isso, vovó? — perguntou Betty, a face da inocência com os olhos arregalados.

Georgiana teria acreditado nela, se não tivesse notado o canto da boca da Srta. Walters tremendo levemente enquanto esperava a resposta.

— Jornais — ladrou a Sra. Walters. — Que não servem para nada além de limpar o traseiro.

Georgiana não conseguia olhar para a Sra. Walters, que estava totalmente séria, nem para a Sra. Burton, cuja expressão ficara paralisada em uma careta educada, por isso manteve os olhos fixos na xícara de chá. Quando ergueu os olhos, viu que Betty fazia o mesmo, mordendo o lábio e parecendo quase à beira das lágrimas na tentativa de controlar a risada.

Felizmente, a conversa se afastou do tema de traseiros, e quando a Sra. Walters pediu um gole de xerez com seu chá e logo adormeceu no meio de uma frase, a Sra. Burton sussurrou para que Georgiana levasse Betty para conhecer a casa.

Um pouco confusa, porque não havia muito da casa para conhecer, Georgiana, concordou. Ela levou Betty pelo corredor até a biblioteca por instinto, e ficou surpresa quando abriu a porta e encontrou o tio sentado ali, lendo o jornal e fumando o cachimbo. Normalmente tão estoico, ele pareceu um pouco culpado, o bigode eriçado enquanto franzia os lábios.

— A Sra. Burton disse que o senhor estava dormindo — comentou Georgiana, curiosa, e o bigode dele se eriçou mais um pouco. — Ela disse que o senhor estava tirando uma soneca, e pediu para que não fosse incomodado.

— Ora — falou Betty, animada —, talvez, ora, é possível que não tenhamos vindo diretamente para a biblioteca. Talvez tenhamos passeado pelo jardim primeiro e nos demorado um pouco por lá, o que acha?

— Sim — disse Georgiana, entendendo na mesma hora a intenção da outra e trocando um olhar rápido com ela. — Imagino que tenhamos ficado tão encantadas com as flores que não tivemos tempo de descobrir quem poderia ou não estar fumando na biblioteca.

— Certo — disse o Sr. Burton, pigarreando. — De fato.

— *Também* imagino que, quando chegamos à biblioteca, alguém havia deixado gentilmente um cachimbo e uma quantidade considerável de tabaco de boa qualidade em cima da mesa — disse Georgiana, ciente de que estava arriscando a própria sorte.

— Não deixou, não — disse o Sr. Burton categoricamente.

— Infelizmente — afirmou Georgiana, dando de ombros. — Provavelmente estávamos confusas, vendo coisas... deslumbradas com as begônias, tio.

Ela e Betty saíram da biblioteca rindo e, de fato, se aventuraram pelo jardim. Era pequeno e pavimentado ao acaso, com alguns canteiros bem podados, repletos de flores e arbustos dispostos em fileiras anormalmente organizadas, como se para compensar as falhas nas pedras do calçamento.

— Ah, eu amo rosas-caninas, e você? — comentou Betty, o tom animado, pegando uma na mão e acariciando as pétalas com reverência. — Sei que as pessoas dizem que são comuns, e suponho que não sejam tão bonitas quanto uma rosa *de verdade*... são menos dignas, talvez, embora não consiga imaginar o que uma flor poderia fazer para que alguém não gostasse dela. Aliás, eu me pergunto quem é que decide quais flores são boas e quais são feias. O que separa as ervas-daninhas das premiadas? Eu muitas vezes...

— Betty — disse Georgiana, cansada, sentando-se no banco ligeiramente enferrujado nos fundos do jardim. Sua ressaca parecia estar ressurgindo de surpresa.

— A minha mãe adorava rosas-caninas — continuou Betty, finalmente chegando ao cerne da questão. — Ela também gostava de dentes-de-leão, de cavalos lentos e de pombos... sempre dizia que gostava mais das coisas menos amadas, porque a beleza simples sempre a pegava de surpresa. Ninguém fica surpreso se você gosta de uma rosa *de verdade*... é *óbvio* que você vai gostar de uma rosa, quem não gostaria? Você pode gostar de uma rosa sem nem pensar... mas amar algo como uma rosa-canina é completamente diferente... você não ama uma rosa-canina sem perceber.

— Isso é... realmente adorável, Betty — disse Georgiana, confusa ao se ver emocionada de verdade.

— Já lhe contei sobre a vez em que um pombo desceu voando pela nossa chaminé e morreu? — perguntou Betty, animada, arruinando o momento por completo.

— Não — respondeu Georgiana, e quando Betty começou a falar de novo, ela acrescentou: — Por favor, não.

— Provavelmente é melhor mesmo — disse Betty, inclinando-se para sentir o perfume de uma madressilva e deixando escapar um suspiro. — Levamos uma semana para encontrá-lo, e a minha mãe ficou terrivelmente chateada. Você se importaria se eu colhesse algumas?

Ela indicou as madressilvas.

— Fique à vontade — disse Georgiana, dando de ombros. — Onde está a sua mãe agora?

— A minha mãe e o meu pai morreram quando eu tinha dez anos — disse Betty, sentando-se ao lado de Georgiana com duas flores recém-colhidas na palma da mão. — Foi um terrível acidente de carruagem. Eu também estava na carruagem, mas meio que... saí ilesa de tudo. Me disseram que isso acontece quando somos pequenos.

— Sinto muito — disse Georgiana. Betty deu uma palmadinha na palma da mão dela em resposta e, quando recolheu a mão, deixou uma das flores de madressilva ali. — Deve ter sido muito difícil perdê-los.

— Foi — concordou Betty, pensativa. — Mas tenho primos ótimos e morei com eles por muitos anos. Tenho um tio na Escócia que me escreve cartas muito alegres. E tenho a vovó, é claro. E o cachorro dela. Ele morde, mas não é por maldade.

— Gosto de cachorros — disse Georgiana, passando o polegar sobre uma pétala de madressilva.

— Ah! Cuidado, Srta. Ellers. Não quer perder todo o néctar.

— Perder o quê?

— Ora, nunca provou madressilva? Ah, você *tem que provar*. Puxe só a pontinha... assim, está vendo? Sempre me sinto como se estivesse magoando as flores quando as colho. É tolice, é claro, pois não imagino que tenham sentimentos... isso, muito bom! Então arranque a pequena, bem, não sei como se chama, a parte longa, a perna. Está vendo a gotinha? Sim, isso! Esse é o néctar. Experimente!

Georgiana hesitou por um momento antes de pressionar a flor na língua; era tão deliciosa e inesperadamente doce que ela riu e logo estendeu a mão para Betty, pedindo outra.

Quando a Sra. Walters acordou e anunciou que era hora de partirem, a Sra. Burton precisou sair e procurar por Georgiana e Betty no jardim para avisá-las. A tia continuava com um sorriso largo para as duas, tão enrubescida e orgulhosa quanto se Georgiana tivesse anunciado que estava noiva.

Com o gosto de néctar ainda na língua, Georgiana disse a Betty seria um prazer recebê-la de novo, quando se despediram, e ficou espantada ao se dar conta de que estava falando sério.

A porta mal havia se fechado quando a Sra. Burton jogou os braços para cima, encantada, e exclamou:

— Eu sabia, Georgiana! Sabia que vocês seriam melhores amigas, simplesmente sabia...

— Não exagere, Sra. Burton — disse Georgiana, suspirando. — Ou vai acabar me afastando da moça bem no momento em que eu comecei a gostar dela.

A Sra. Burton ergueu as mãos em sinal de rendição, mas entrou em casa cantarolando para si mesma — estava tão satisfeita com a sobrinha que, no jantar daquela noite, lhe serviu porções extras de sobremesa até Georgiana ter que afastar o prato e implorar para que ela parasse.

Capítulo quinze

Chegar em uma festa com Frances e os amigos era mais ou menos assim: eles entravam e a música parava por apenas uma fração de segundo antes de recomeçar. Uma centena de pequenos murmúrios e sussurros ganhavam vida em todos os cantos da sala. Cabeças se viravam e olhares eram lançados na direção deles. Certa vez, um cachorrinho de colo gordo sentiu a mudança sutil de humor no ambiente e na mesma hora urinou em todo o vestido da dona. Eles não levaram aquilo para o lado pessoal.

Jeremiah não visitara Frances desde a temporada na casa de campo. A amiga não comentara a respeito, mas Georgiana não precisou perguntar para descobrir. Ela foi convidada para jogos de cartas regados a muita bebida no solário de Frances, longas noites no salão dos Woodley, bailes em salões sociais pequenos e muito cheios, e todas as outras formas de reuniões sociais que a cidade e as colinas ao redor tinham a oferecer. E não viu Jeremiah Russell em nenhuma delas. Frances ficava inquieta toda vez que elas entravam em uma sala de estar ou salão de baile e nunca queria ficar em um mesmo lugar por mais de quinze minutos, insistindo o tempo todo que devia haver pessoas muito mais interessantes na sala ao lado.

Eles se jogaram nos eventos sociais com tanta ferocidade que Georgiana ficou com bolhas persistentes nos pés, e seus lábios estavam perpetuamente manchados com o carmim que pegava emprestado das amigas. Ela se despedia deles nas manhãs de domingo, às cinco horas, depois de uma noite de folia, e apenas algumas horas depois voltava a acenar para todos, exausta, do outro lado da Igreja de St.

Anne, enquanto a Sra. Burton fungava com desaprovação diante do estado obviamente delicado da sobrinha. Frances compareceu aos serviços religiosos uma ou duas vezes, esticando o pescoço para trás, na direção da porta, com frequência até que o vigário começasse a falar, e Georgiana sabia que o motivo de sua presença não era um súbito ataque de devoção.

Quando Christopher estava com eles, Georgiana procurava se desviar como se o rapaz fosse uma cobra venenosa, sempre ciente de onde ele estava em qualquer cômodo, nunca se permitindo ficar sozinha com ele. Às vezes o rapaz estava ausente — tinha um hábito consistente de jogo e desaparecia para satisfazê-lo — e ela podia relaxar.

Para eterno alívio de Georgiana, Cecily esbarrou no garanhão James mais uma vez, certa noite, no salão social. Ele a convidou para dançar, continuou insistindo, e aquilo pareceu afastar da mente de Cecily todas as conversas e pensamentos a respeito do Sr. Hawksley. Georgiana achou um pouco rude que o principal atrativo de James fosse ser o último homem interessante que Cecily encontrara; sua posição nos afetos dela fora alcançada principalmente por ele ser o rosto mais fresco em sua memória.

O Sr. Hawksley nunca era visto. Georgiana não parava de procurá-lo.

Em certa ocasião, quando eles só voltaram para casa às sete horas da manhã, depois de um evento nos salões sociais, e Georgiana desceu tropeçando da carruagem de Frances com apenas uma luva, a Sra. Burton encurralou-a no corredor e deu a entender que seu comportamento era condizente com o de um gato de rua ou uma prostituta diligente.

— Só estive em uma festa que terminou tarde, Sra. Burton — respondeu Georgiana, ansiando pela cama. — Não estava dando expediente em um bordel.

— Uma coisa muitas vezes leva à outra — respondeu a Sra. Burton, soando bastante severa.

Georgiana ficou em casa, comportada, pela maior parte de uma semana para demonstrar que não encontrara emprego remunerado nos braços de estranhos, até que Frances se cansou de enviar bilhetes urgentes e simplesmente apareceu para levá-la para passear. Ela se sentou para tomar chá, sorriu de forma cativante e manteve uma conversa educada e espirituosa com a Sra. Burton por quase três horas até que a tia de Georgiana não teve escolha a não ser aprovar a saída e se despediu delas desejando que se divertissem.

Georgiana e Frances acenaram de volta com aparente sinceridade até estarem bem longe, então caíram nos braços uma da outra, rindo histericamente.

A festa a que compareceriam naquela noite aconteceria na casa de Cecily. Georgiana nunca estivera lá antes. A propriedade ficava mais distante do centro do vilarejo do que qualquer uma das outras e parecia exatamente o tipo de castelo de conto de fadas ao qual Cecily pertencia, com grandes torres e um riacho curvo que Cecily insistia que não era um fosso.

Parecia ser algum tipo de festa de aniversário, embora a informação de quem seria o aniversariante em questão tivesse se perdido. Os irmãos Dugray, com cabelos dourados, estavam presentes com as esposas, e Georgiana os achou tão robustos e loiros quanto Frances descrevera. No entanto, por mais adoráveis que fossem, não conseguiram distrair a amiga do fato de que nenhum dos grandes salões cheios de tapeçarias da casa guardava o Sr. Russell, e em pouco tempo Frances havia conseguido convencer a todos a subirem até o telhado.

Aquele era um dia de agosto terrivelmente úmido, as nuvens baixas deixando todos de mau humor, mas enquanto estavam sentados olhando para as colinas, algo mágico aconteceu. Primeiro, um relâmpago bifurcado à distância; depois, o estrondo de um trovão, que fez com que todos gritassem de alegria e terror. A tempestade estava longe demais para ser uma ameaça real, e não começou a chover, por isso eles continuaram sentados em silêncio por um tempo, ouvindo os trovões ribombando ao redor do vale e apontando para o alto cada vez que o céu se iluminava, como se não estivessem todos assistindo ao mesmo espetáculo juntos. Georgiana nunca assistira a uma tempestade daquelas, e também nunca vira nenhuma logo depois de fumar um dos misteriosos cachimbos de Christopher.

— Isso me faz pensar em um poema — disse Jonathan, indicando a paisagem ao redor com um aceno de mão.

— Que poema? — perguntou Frances.

— Ah, não sei. Qualquer um.

— *Assim que o sol deixou o oceano a leste, o trovão retumbante sacudiu a planície celeste* — citou Georgiana, sem pensar.

Jonathan pousou a mão em seu ombro, encantado.

— Meu Deus, você guarda tudo isso na cabeça?

— Tenho certeza de que está ocupando um espaço valioso — brincou Georgiana, sorrindo constrangida. — Meu pai costumava me fazer decorá-los para que eu pudesse recitar na mesa de jantar.

— Quem escreveu esse? Sobre o trovão?

— Hum... Phillis Wheatley Peters.

— Quem é ela?

— Foi uma mulher escravizada — intrometeu-se Frances em um tom frio.

Georgiana estremeceu. Nunca ouvira Frances usar aquela palavra antes e se esforçava para não dizer nada parecido em sua presença, como se evitar o assunto o tornasse menos real.

— Ela tem um poema particularmente bom sobre seus senhores gloriosos e benevolentes tentando civilizá-la. Está em nossa biblioteca — continuou Frances. — Às vezes, o meu pai o lê em voz alta, mas não tenho certeza se ele compreende realmente a ironia. Vamos, George, não se reprima, tenho certeza de que você também deve saber de cor.

— Não quero — disse Georgiana baixinho.

— Ora, ora, vamos ver o que consigo lembrar... — Frances girou o copo de vinho na mão de um modo que ameaçava derramar a bebida a cada volta. — *A misericórdia me trouxe da minha terra pagã...* e continua com alguma coisa sobre Deus, salvadores, e como a pele dela era diabólica. É difícil de lembrar, na verdade, porque essa é a parte em que a minha mãe sempre começa a chorar.

Seguiu-se um longo e desconfortável silêncio. As nuvens se agitavam, o único sinal de chuva era o borrão escurecendo no horizonte.

— Eu me pergunto o que faz com que ele fique assim — comentou Cecily por fim. — O céu, quero dizer.

— É *eletricidade*, Ces — disse Christopher pomposamente, afrouxando a gravata.

Ele havia tentado se sentar ao lado de Georgiana quando eles se acomodaram no telhado, mas ela fingiu que precisava dizer algo muito urgente para Frances que lhe permitisse se afastar desajeitadamente. Christopher nunca comentara nada sobre o que havia acontecido na casa de campo, nem Georgiana. Mas, às vezes, quando ele a fitava, ela podia ver um brilho estranho em seus olhos... como a lembrança do que talvez considerasse um negócio inacabado.

— Ora, de que me adianta saber disso? — retrucou Cecily, levantando uma sobrancelha para ele. — Você também poderia me dizer que é.... não sei... *física*.

— Cristo, Ces, você certamente sabe o que é *física*, não é? — O humor de Frances se transformava facilmente em irritação naqueles tempos, e parecia que a falta de conhecimento científico básico de Cecily era motivo suficiente para reclamar.

— Por que eu deveria? Não é relevante — respondeu Cecily, dando de ombros.

— Muito bem, então você só precisa de um exemplo do mundo real. Uma lição prática.

Frances pegou a bolsinha de seda cinza de Cecily, que estava largada ao lado dela, e foi até a beira do telhado. Apesar de não estar chovendo, o vento estava um pouco forte demais para ficar tão próxima do que talvez fosse uma queda de quinze metros.

— Você não quer que eu deixe isso escapar dos meus dedos agora por causa da *física*.

— Me devolva, Frances — disse Cecily, emburrada. — É a minha melhor bolsa de noite!

— Não me culpe... culpe a física! A física a fará cair. A física vai jogar a bolsa no chão e arruiná-la. Vamos, Ces, não é difícil.

— A física é uma amante cruel — comentou Jonathan com um suspiro.

— Assim como Frances — murmurou Jane, levantando-se.

Georgiana ergueu os olhos para ela, mas a expressão da outra garota era indecifrável.

Cecily se levantou cambaleante para buscar seu pertence, mas Frances estreitou os olhos e sorriu, enquanto saía do alcance da amiga e segurava a bolsa na beirada, onde era sacudida pelo vento.

— Você entende agora? Diga que entende!

Cecily deu um gritinho de frustração.

— Está bem, está bem, eu entendo! Mas me devolva *agora*.

Como Frances não se moveu, Cecily se inclinou para pegar a bolsa das mãos dela.

Frances abriu os dedos e pareceu deixá-la cair, e Cecily tentou agarrar freneticamente a bolsa, perdendo o equilíbrio e quase caindo da beira do telhado para a morte certa.

Jane surgiu ao seu lado rapidamente, puxando-a bruscamente para trás, fazendo com que ambas caíssem em segurança no telhado com um baque pesado. Frances não havia realmente largado a bolsa, simplesmente deixara a parte mais pesada escapar de sua mão enquanto segurava os cordões. A bolsa ainda estava pendurada em seus dedos.

— Pelo amor de *Deus*, Frances, isso era realmente necessário? — falou Jane, irritada. — Você poderia tê-la matado!

— Sempre apelando para o drama — respondeu Frances, revirando os olhos.

Ela deixou a bolsa cair no colo de Cecily.

— Vamos, Jonathan? Christopher? Preciso de outra bebida.

Ela se afastou de todos eles em direção à entrada da escada, e Jonathan ergueu as sobrancelhas para Georgiana antes de dar de ombros e segui-la. Christopher se demorou, como se não quisesse obedecer quando ordenado, mas acabou se espreguiçando, ficou de pé e foi atrás deles.

— *Inferno* — disse Jane, olhando carrancuda para a porta depois que eles desapareceram.

Georgiana desejou que Frances *a* tivesse chamado também. Vinha evitando falar diretamente com Jane desde o chalé e não desejava conversar no momento. Ela se levantou e ficou pairando acima das outras duas, constrangida.

— Você está bem, Ces? — perguntou.

— Sim, sim, não se preocupe, George... foi só uma brincadeira — disse Cecily, apaziguadora, enquanto examinava a bolsa em busca de sinais do risco pelo qual passara.

— Ah, sim, seria muito engraçado se você tivesse caído do telhado — retrucou Jane, furiosa. — Já imagino como seria a sátira no jornal de amanhã. *Mulher local mergulha para a morte para aplacar uma aristocrata sociopata entediada.*

Georgiana riu, então se conteve abruptamente.

— Desculpe, não é nada engraçado — disse ela, pegando o vinho de Cecily e levando para ela.

Georgiana, claro, sabia por que Frances estava tão frustrada, mas jurara guardar segredo. Cecily e Jane percebiam por quem Frances procurava quando as arrastava por salões movimentados e saletas silenciosas, mas não compreendiam exatamente por que ela fazia aquilo com tanta urgência e tanto mau humor. Não que a situação justificasse tentativas de homicídio no telhado.

— Ora, um brinde, então — propôs Jane. — A ainda estarmos vivas, apesar das muitas vezes em que Frances quase nos matou.

Todas brindaram solenemente. Jane não estava olhando diretamente para Georgiana, mas também não a estava ignorando ou dizendo algo diretamente terrível para ela, o que parecia uma melhora.

— Com que frequência alguém pode estar em perigo mortal em festas e jantares? — perguntou Georgiana.

— Você ficaria surpresa — disse Cecily em um tom animado. — Certa vez, fomos a uma festa em um salão de baile embaixo d'água.

— Georgiana inclinou a cabeça sem entender — Ah, desculpe, hm... Era como uma grande cúpula de vidro sob um lago. Grande o bastante para que os convidados pudessem dançar. Um ambiente incrível, embora um pouco úmido. De qualquer forma, Frances e Jonathan tiveram uma briga *monstruosa*, partiram mesmo um para cima do outro, e ela pegou a bengala que ele segurava e tentou quebrar um dos painéis de vidro da cúpula. Tiveram que fazer uma evacuação de emergência.

— E essa nem foi a pior — disse Jane. — E aquela vez nas corridas?

— Bem, para ser justa com Frances, ela não sabia que aquilo ia acontecer...

— Todos aqueles pobres *cavalos*.

Georgiana decidiu que não queria saber com detalhes.

— É claro que a nossa Srta. Dugray é muito indulgente — comentou Jane, com um olhar significativo para Cecily.

— Ah, de novo não — disse Cecily, soltando um suspiro triste e sacudindo os magníficos cachos loiros.

Jane tomou um grande gole da bebida em sua mão.

— Cecily se encantou por um dos primos Campbell quando tínhamos quinze anos, e Frances... bem, deu um basta na história. Ela não gosta de se sentir em desvantagem, a nossa Franny, ou de achar que as nossas atenções estão divididas.

— Eu não gostava *tanto* assim dele — alegou Cecily.

— Você estava escrevendo para ele todas as noites! Não conseguia pensar em mais nada! Se é isso que você faz quando não gosta *tanto assim* de alguém, o próximo homem de quem realmente gostar vai precisar de proteção militar.

Georgiana permaneceu em silêncio, assimilando tudo. Era uma surpresa ouvir as duas falando tão mal de Frances. Elas certamente não podiam pensar assim da amiga, já que ainda estavam com ela todas as noites, segurando sua bebida, seguindo-a até telhados, mesmo que Frances pudesse ameaçar atirar seus pertences favoritos ali de cima.

— Mas Frances não tinha a intenção — disse Georgiana a Cecily. — Não é mesmo?

— É difícil dizer. Mas não importa. Não que *você* fosse entender — declarou Jane com desdém. — Conheço Frances desde a infância. As nossas famílias... Bem, crescemos juntas em todos os sentidos da frase. Às vezes ela nos leva ao limite, mas no fim...

— É apenas Frances — concluiu Cecily.

Georgiana abriu a boca para retrucar, mas finalmente começou a chover. Não houve pequenas gotas de advertência. Em um momento elas estavam completamente secas, e no seguinte estavam totalmente encharcadas, enquanto grandes lençóis d'água grudavam suas saias às coxas e os cabelos escorriam pelo rosto. Cecily gritou. Jane gaguejou, derramando vinho e praguejando enquanto se levantava.

Georgiana não pôde deixar de rir enquanto todas disparavam na direção da escada, correndo para se proteger como se suas vidas dependessem daquilo, mesmo já sendo tarde demais.

Capítulo dezesseis

Quando Georgiana voltou para a casa dos Burton, nas primeiras horas da manhã, precisou se esforçar para caminhar da carruagem de Frances até a porta da frente. Tinha certeza de que o jardim se reorganizara de alguma forma — o vaso de flores no qual quase perdeu as rótulas certamente não estava ali apenas algumas horas antes —, e também parecia muito maior, fazendo com que ela levasse cinco minutos para chegar onde queria, quando deveria ter demorado, no máximo, cinco segundos. Felizmente, não estava mais chovendo.

Ela ouviu risadas abafadas vindas da carruagem e aplausos disfarçados quando finalmente colocou a mão na porta. Georgiana se virou para saudar a carruagem, com um sorriso tolo no rosto, então estreitou os olhos para a maçaneta, que representava um novo desafio.

Depois que a chuva começou na casa dos Dugray, ela e as outras meninas se juntaram a Frances e, apesar de certa dureza da parte da última, todos terminaram a noite de bom humor. De *muito* bom humor, na verdade. Cecily tinha ido até o armário de bebidas do pai e voltara com muitos tesouros saqueados. Georgiana se contivera na quantidade de bebida enquanto Christopher estava ao seu lado, encostando-se nela e fazendo piadas como se estivessem em excelentes termos. Mas assim que ele saiu, soprando um beijo que Georgiana fingiu não ver, ela se dedicou a beber para valer.

Parecera perfeitamente razoável no momento, mas pelo jeito a fizera esquecer os fundamentos básicos de como lidar com portas.

Assim que resolveu essa questão e conseguiu entrar em casa, Georgiana tirou as luvas e o chapéu encharcados e deixou-os pingando no saguão. Então, pegou um pão já um pouco velho nas profundezas da cozinha, junto com uma vela, e entrou na biblioteca, deixando um rastro de migalhas atrás de si.

A Sra. Burton claramente estivera colocando a correspondência em dia, pois havia uma pena, um vidro de tinta e uma pilha de papel cuidadosamente alinhada ao canto da mesa. Alguns segundos depois, Georgiana encontrou uma carta com a caligrafia da tia, em cima da pilha de correspondência a ser enviada. Ao examinar mais de perto, percebeu que era endereçada aos seus pais.

Na mesma hora, Georgiana sentiu vontade de romper o selo e examinar o conteúdo, mas conseguiu se conter no último instante. Não haveria como conseguir esconder aquela violação de correspondência da Sra. Burton, mesmo que estivesse sóbria. No estado em que estava, então, parecia improvável que, na manhã seguinte, sequer se lembrasse de ter aberto a carta.

Georgiana tentou arquivar aquela informação para a manhã e sentou-se à escrivaninha. Uma ideia muito perigosa começava a se formar em sua mente.

Ela pegou a pena.

Caro Sr. Hawksley...

Que começo horrível. Georgiana rasgou a parte de cima do papel para remover as palavras medonhas e amassou.

Caro Thomas...

Santo Deus, aquilo era muito pior. Ela não podia chamá-lo de "Thomas", como se já estivessem casados há dez anos. Era melhor enviar um retrato de si mesma nua ao homem e acabar logo com aquilo. Depois de rasgar também aquela parte, Georgiana resolveu renunciar completamente ao uso de um nome. Escreveu mais alguns falsos começos, até que só o que restou foi uma pequena tira de papel capaz de conter apenas algumas linhas curtas.

Senhor,

Escrevo para lhe agradecer por cuidar tão bem da minha amiga Srta. Cecily Dugray durante seu momento de necessidade (aliás, Cecily está passando bem e não abandonou a bebida), e também para dizer que gostei muito do vinho que o senhor escolheu para mim. Anteriormente, eu me sentia muito inclinada a considerar Cristo um pouco tolo por ter transformado uma água perfeitamente boa em vinho — agora apoio o esforço, desde que ele procure o senhor para escolher a safra.

Respeitosamente,
Georgiana Ellers

Ela selou o bilhete com uma gota de cera de vela, rabiscou o nome do Sr. Hawksley na frente e colocou com todo o cuidado na pilha de correspondência a ser enviada que ficava no saguão. Sentindo-se satisfeita e agradavelmente sorrateira, foi para a cama e adormeceu quase no instante em que sua cabeça encostou no travesseiro, enquanto o relógio distante batia quatro horas.

Na manhã seguinte, Georgiana estava sentada diante da mesa do café da manhã com os olhos semicerrados fixos no mingau à sua frente, ignorando propositalmente os resmungos da Sra. Burton, quando o Sr. Burton mencionou que a irmã havia escrito para ele.

Georgiana levantou a cabeça rapidamente. O tio segurava uma carta, e havia uma pequena pilha de correspondência fechada ao lado dele.

— O correio chegou, Sr. Burton? E... o senhor enviou sua correspondência? — perguntou ela, o estômago se revirando.

— Evidentemente — respondeu o Sr. Burton.

— *Merda* — sussurrou Georgiana sem pensar.

— *Georgiana!* — gritou a tia, absolutamente horrorizada.

O Sr. Burton pareceu tentado a se esconder debaixo da mesa.

— Desculpe... me desculpe, Sra. Burton, eu não... eu vou me recolher ao meu quarto.

Georgiana afastou rapidamente a cadeira e saiu correndo da sala de jantar. Ela subiu as escadas de dois em dois degraus, bateu a porta e se jogou dramaticamente na cama. A Sra. Burton seguiu-a um momento depois, mas ao ouvir o que parecia ser sua sobrinha gritando com a cabeça enfiada no travesseiro, recuou. Quando Georgiana finalmente emergiu, depois de horas olhando para o teto e lamentando o dia em que aprendera a usar uma caneta, a tia parecia discretamente impressionada com o estado de abatimento da sobrinha e satisfeita por ela estar tão arrependida.

Georgiana estava começando a ter esperanças de que a carta não tivesse chegado ao destino pretendido. Talvez tivesse sido impossível a entrega, sem um endereço adequado, ou tivesse caído na rua, ou o veículo do correio tivesse sofrido um acidente e todos tivessem perecido em uma grande e poderosa bola de fogo que consumira tudo o que tocara, quando chegou uma resposta.

Ela estava sentada à mesa do café da manhã, alguns dias depois, quando a Sra. Burton lhe entregou a correspondência e, quando ela rompeu o lacre desconhecido, abriu a carta e viu a assinatura, largou o papel na mesma hora como se tivesse queimado os dedos. Georgiana conseguiu terminar de comer, embora mantivesse o olhar fixo na carta o tempo todo, com uma expressão preocupada. Depois de pegar novamente a correspondência e voltar para o quarto, ela precisou de cada grama de força e coragem que conseguiu reunir para abrir e ler o que ele havia escrito.

Srta. Ellers,

Suas ruminações sobre a fé cristã são um tanto perturbadoras, mas fico feliz em saber que, por algum caminho sinuoso, eu a trouxe de volta à luz do Senhor.

Também fico satisfeito em saber que a Srta. Dugray está bem — o forro de meu melhor chapéu foi um pequeno preço a se pagar por esse resultado.

Lealmente seu,
Thomas Hawksley

Georgiana riu, então leu e releu o "seu" até sua visão embaçar e a palavra perder todo o significado.

Senhor,

A perda do seu chapéu é devastadora; por favor, mande as minhas condolências aos quarenta e nove parentes dele, que devem estar sofrendo quase tão intensamente quanto o senhor. Console-se com o fato de que o senhor foi o herói daquela hora, dia e semana (mas como não temos contato com muitos cavalheiros honrados, não leve o elogio muito a sério).

Lealmente sua,
Georgiana Ellers

Srta. Ellers,

É de admirar que se refira com tanta tranquilidade ao nosso primeiro encontro, pois a sua impertinência naquela ocasião — e sua insinuação de que eu talvez fosse incapaz de amarrar os meus próprios cadarços — daria a qualquer homem sábio motivo para cessar toda a correspondência imediatamente.

Eu jamais me consideraria um herói, visto a minha calça uma perna de cada vez, assim como todo mundo.

Seu,
Thomas Hawksley

Senhor,

Nesse caso, fico feliz por ninguém poder confundi-lo com um homem sábio.
Sua,

Georgiana E.

Srta. Georgiana,

Não posso fingir que suas observações são infundadas. Me pego com frequência sentado em reuniões, ou lendo livros contábeis intermináveis, ou respondendo a perguntas extensas sobre diferentes variedades de tecidos (confesso que não tenho nenhum carinho em particular por tecidos, mas quando a sua família tem o hábito de importá-los, espera-se que você ao menos saiba fingir bem) e me sentindo extremamente estúpido, de fato.

Não porque não compreenda a tarefa que me cabe, mas porque, apesar de compreendê-la e saber como é importante prestar atenção, nada me daria maior prazer do que abandonar tudo e passar as horas ao piano, como um idoso excêntrico. Fortuna e tecidos que se danem.

Na verdade, eu lhe escrevo agora, sentado diante do referido instrumento. Está escurecendo, e devo concluir esta carta antes que a minha vela se apague e eu perturbe o tinteiro que equilibrei muito precariamente em algum lugar perto do mi bemol maior.

Seu,
Thomas

Senhor,

Eu me solidarizaria com seus lamentos sobre as dificuldades de gerenciar muitas responsabilidades, mas infelizmente não confiam em mim nem para ir ao centro do vilarejo sozinha, com medo de que eu caia no chão, caia doente, ou caia de amores por algum pobre diabo que esteja de passagem e jogue tudo às favas por ele, em um capricho feminino.

Eu não me preocuparia com o piano. Tenho certeza de que o senhor tem um sobressalente.

Sua,
Georgiana

Georgiana,

Estou inclinado a acreditar que suas cartas são tão curtas porque você se dedica principalmente a insultos mesquinhos. Não é apropriado que uma dama se dirija assim a um cavalheiro, ou, de fato, que qualquer pessoa tenha que sofrer com a sua parca compreensão da antiga prática da correspondência escrita. Você deve escrever sobre o clima, sobre as pessoas que tem visto, o que de agradável está acontecendo em seu jardim etc.

Deve perguntar com quem me encontrei, se mostrar curiosa sobre as minhas transações comerciais (Tecido, ouço você bradando! Mas esse é o meu assunto favorito — por favor, me conte mais sobre tramas e espessuras e valor de mercado, pois desejo ouvir!) e fingir estar muito interessada quando lhe digo que tenho tido muitos jantares tranquilos e respeitáveis em casa ultimamente sem sequer uma altercação solitária com uma bêbada em uma adega.

Não permitirei comentários depreciativos sobre o piano, receio que ele seja o meu companheiro e confidente mais próximo no momento.
Thomas

Caro Thomas,
Peço perdão — por favor, expanda infinitamente o fascinante assunto das tramas. Você sempre soube que queria ser um homem de tecidos?
Todo o meu amor ao seu piano,
Georgiana

Georgiana,
O meu pai conheceu a minha mãe enquanto trabalhava na Índia. Ambos eram grandes amantes da literatura e, aparentemente, se apaixonaram durante uma discussão acalorada sobre um poema de Mirabai. Eles retornaram já como marido e esposa, mas sua parceria também se estendeu a um negócio próspero por meio de vínculos familiares — um negócio que agora, de certa forma, caiu nas minhas mãos.

Tudo isso para dizer que foi totalmente hereditário e, portanto, bastante difícil de perder ou abrir mão.

Recuso-me a escrever mais enquanto você permanece tão concisa. Por favor, familiarize-se com urgência com os padrões e tradições usuais de escrever cartas e ofereça algo de tamanho decente para que eu possa responder na mesma moeda.
Thomas

Caro Thomas,
   Papel é caro.

Sua,
Georgiana

Capítulo dezessete

— Entre, Georgiana. Vamos fazer compras.

Georgiana fora tirada da cama apenas vinte minutos antes, pela tia batendo sem parar na porta dela, e sua mente ainda estava um pouco confusa. Ela ficara acordada até tarde na noite anterior, escrevendo e reescrevendo sua resposta à última carta de Thomas, até desistir completamente e enviar apenas uma frase em uma estreita tira de papel, esperando ao menos fazê-lo rir. Frances e Jonathan chegaram sem avisar e esperaram impacientemente enquanto ela se vestia, gritando por ela da entrada da casa a cada poucos minutos e ameaçando ir embora, enquanto a Sra. Burton olhava da janela e suspirava de forma sofrida. Georgiana estava finalmente subindo na carruagem e deixou escapar um gritinho de surpresa quando Frances deu um tapinha em suas costas com o leque.

— Não acredito que você ainda não fez compras — disse Jonathan, com uma expressão de pena. — Você já está aqui há dois meses, George.

— Eu me aventurei até a cidade uma vez para ficar assistindo à Sra. Burton acariciar fitas, mas ela é muito rígida no uso da carruagem — disse Georgiana, apoiando a cabeça no interior macio e fechando os olhos, ainda meio adormecida. — Ela só usa para se deslocar por menos de um quilômetro pela estrada de casa, para visitar nosso vizinho idoso, sofrendo com os terríveis buracos do caminho e garantindo assunto para que os dois passem a tarde inteira reclamando.

— Nossa, é sempre uma festa na casa dos Burton, não é? — comentou Frances, e Georgiana chutou-a com delicadeza. — Cuidado, sua cretina. Esse vestido é italiano.

— O que vamos comprar, afinal? — perguntou Georgiana, examinando as roupas impecáveis de Frances. Ocorreu-lhe que nunca a tinha visto usar o mesmo vestido mais de uma vez.

— Ah, tudo. E nada. Esgotei meu estoque de vestidos de festa, portanto preciso de algo novo para o final da temporada social. Adoro fazer compras para uma *ocasião*, você não gosta?

A última ocasião para a qual Georgiana comprara roupas antes da festa dos Woodley fora para o funeral de um parente distante. Fora isso, ela dependia do mesmo rodízio cansativo de vestidos, todos tendo sido feitos por uma amiga da mãe. Ela já usara demais o vestido que comprara para a festa de Jane e vivia em ardente negação do fato de que nenhuma fita ou xale novo poderia fazê-lo parecer realmente diferente.

Foi chocante ouvir Frances mencionar o *final* da temporada social. Georgiana sabia, claro, que nem todos ficariam ali para sempre, mas setembro se aproximara de forma sorrateira, sem que ela percebesse. Só lhe restava torcer para que, no fim do verão, parecesse inteiramente natural que os amigos lhe estendessem um convite para ir imediatamente a Londres, para que pudessem continuar suas aventuras sem interrupções.

Ela deve ter parecido um pouco preocupada, pois Jonathan deu uma palmadinha carinhosa em seu joelho.

— Não se preocupe, George, Frances a orientará bem. Ela é como uma bolsa girando em um furacão, quando faz compras... começa a jogar moedas e notas de crédito em cima das pessoas de forma desordenada, e tem sorte quem escapa com vida.

— Ah, cale a boca — respondeu Frances.

Na verdade, não ocorrera a Georgiana que eles esperassem que *ela* também fizesse compras naquela ida ao centro da cidade, e a implicação *era* um tanto preocupante. Ela imaginara apenas seguir Frances e dar sua opinião sobre quais tecidos pareciam mais atraentes e que luvas talvez pudessem parecer de mau gosto. O dinheiro que a Sra. Burton colocara em sua mão enquanto a sobrinha saía correndo pela porta não seria suficiente para comprar nem sequer um chapéu, a menos que houvesse chapeleiras vendendo produtos de origem questionável a preços muito reduzidos na parte mais suspeita da cidade.

A carruagem parou do lado de fora de um estabelecimento que supostamente vendia "meias e roupas de baixo, chapéus & deleites", e todos desceram. Um homem que parecia um pouco desajeitado, cambaleante, tentou chamar a atenção deles quando passou por perto, e Frances bufou baixinho de desprezo e colocou uma mão protetora no ombro de Georgiana enquanto entravam na loja.

Georgiana percebeu na mesma hora que tudo exposto ali estava fora do seu alcance e resolveu não tocar em nada, para não correr o risco de deixar uma mancha de sujeira em alguma peça horrorosa — como o chapéu enfeitado por um furão de aparência raivosa comendo uma maçã — e acabar se vendo obrigada a comprá-la pelo preço aproximado de um cavalo novo.

— Ah, veja isso, George, não é lindo? — Frances imediatamente encontrou a coisa mais cara da loja, uma estola de pele branca com forro em um lindo tom de cinza-azulado, e passou-a ao redor dos ombros, sem nenhuma preocupação com a possibilidade de sujá-la.

— Ainda tem a cabeça — comentou Jonathan, desconfiado.

Um homem de meia-idade, bigode e óculos se aproximou apressado, usando uma casaca azul-marinho que, sem dúvida, era mais majestosa do que qualquer coisa que Georgiana já possuíra, com uma fina fita métrica dourada ao redor do pescoço.

— Raposa do Ártico, Srta. Campbell — disse ele, curvando-se em uma mesura profunda.

Era *óbvio* que ele já conhecia Frances. Ela provavelmente já havia comprado o resto da extensa família daquela raposa e voltara para completar o conjunto.

— É exatamente o que estou procurando, Basil. O que acha, George?

Os olhos vidrados da raposa pareciam olhar diretamente para ela.

— Bem... estamos no verão — disse Georgiana debilmente.

— Sim, e depois do verão vem o outono, então será inverno. É uma sequência bem confiável, na verdade.

— Ignore-a, George — disse Jonathan. — É melhor concordar com ela em tudo o que se refere a acessórios ou você mesma se tornará um.

Ele fez uma imitação supreendentemente precisa da raposa, deixando o corpo mole, os olhos vidrados e a língua para fora.

— Mande a conta para Longview, Basil — disse Frances, ignorando-o. Ela entregou a estola para o homem e imediatamente seguiu adiante. — Olhe *isso*, George, é simplesmente perfeito para você.

Ela estava apontando para o colar mais lindo que Georgiana já vira. Era feito de delicados elos de ouro e pedras vermelhas cintilantes que haviam sido dispostas em formato de flor no centro da peça.

— Sim, sim, uma bela bijuteria — disse Jonathan, revirando os olhos.

— Não, senhor! Não é imitação. — Basil parecia profundamente ofendido. — São *pedras granadas*. Permita-me, senhorita.

Ele pegou o colar da vitrine, os elos da corrente escorrendo suavemente por suas mãos como água, e pendurou-o ao redor do pescoço de Georgiana, levando-a até um espelho antes que ela pudesse protestar.

O colar parecia muito mais elegante do que o vestido que Georgiana usava, ela quase se sentiu ridícula, mas não tinha como negar que a peça ficava muito bem junto ao seu colo. Seu cabelo, que normalmente a desapontava por ser tão sem brilho, parecia alguns tons mais quente e mais belo, e a pele muito mais rosada e agradável aos olhos. Na mesma hora, Georgiana desejou aquele colar como jamais desejara qualquer coisa na vida. Até Jonathan deixou escapar um assovio longo e baixo ao ver a cena, e Frances o repreendeu.

— Não estamos em uma taberna, Jonathan.

Assim que Georgiana percebeu quanto desejava aquela peça, se viu obrigada a começar o doloroso processo de recusá-la.

— É lindo — disse em um tom melancólico, atrapalhando-se para abrir o fecho —, mas... não caiu assim tão bem.

— Bobagem — falou Frances. — É perfeito. Compre ou eu vou.

— Não vou impedi-la — respondeu Georgiana, tentando parecer indiferente.

Ela queria tanto aquele colar que sentia o peito arder, mas além de se oferecer para varrer a loja de Basil por mil anos em uma troca de bens por serviços, não tinha absolutamente nenhuma forma de pagar por ele.

— Está certo, está certo. Eu ficarei com ele — disse Frances, quase como se fosse uma inconveniência.

Georgiana nunca invejara a riqueza da amiga, mas fazer compras com ela estava trazendo à tona todo tipo de sentimentos que teria sido melhor deixar enterrados.

Frances saiu da loja assim que suas compras foram embrulhadas, e eles voltaram para a carruagem, em direção ao próximo destino. Georgiana de repente desejou que o dia terminasse o mais rápido possível.

Na loja ao lado, foi um leque. Na outra, pérolas — fios e mais fios de pérolas, que sem dúvida seriam o bastante para que Frances envolvesse todo o perímetro de sua casa e ainda tivesse algumas de sobra. Jonathan não gastava tanto, mas ainda assim comprou dois chapéus e provocou Georgiana quando ela nem quis experimentar luvas de renda tão delicadas que lhe deram a impressão de que poderiam se despedaçar por um espirro de intensidade média.

Na joalheria, Georgiana se cansou de ver Frances experimentar anel após anel e foi até a janela, onde viu um velho sentado na porta vizinha levantando as mãos para mendigar aos transeuntes, sem sucesso. Depois de algum tempo, Georgiana saiu para dar a ele as poucas moedas que a Sra. Burton lhe entregara. Jonathan e Frances nem pareceram notar que ela saíra e, quando voltou, Georgiana viu que Frances gastara alegremente mais de cinquenta libras em sua ausência.

Frances pareceu se cansar em poucas horas, depois de comprar seis tipos diferentes de tecido para vestidos e de insistir para que o cocheiro andasse atrás deles carregando as compras, até ela encontrar seis chapéus e pares de luvas para combinar. Ela orientou o cocheiro para que levasse a carruagem aos salões sociais da cidade, para almoçarem, e o homem que recebia os clientes quase tropeçou em sua pressa para acomodá-la quando a viu chegar. O salão de refeições era grande, mas quente e abafado, com mesas circulares abarrotadas de pessoas ocupando cada centímetro, e o som de risos e conversas ecoava até o teto abobadado.

— Ah, esse lugar é um pesadelo nesta época do ano — disse Jonathan, torcendo o nariz em desagrado. — Faça com que nos acomodem do lado de fora, Franny.

— Vamos ficar empoeirados — protestou Frances, mas Jonathan não cedeu, e Georgiana estava tão incomodada com o barulho que o apoiou.

Eles acabaram sentados em uma varanda coberta que dava para a praça. A taberna do outro lado da praça estava muito animada, e Georgiana se viu observando um grupo de rapazes e moças mais ou menos da idade dela, do lado de fora. Eles não usavam roupas ou chapéus finos. Ela teve certeza de que seus companheiros de mesa achariam o outro grupo profundamente vulgar, mas todos pareciam empolgados, compartilhando piadas, risos e bebidas, enquanto ela permanecia sentada ali, sentindo-se constrangida, em um vestido que estivera na moda há meia década, ouvindo Frances falar sobre as diferenças entre o cetim *safira* e o *azul-royal*, como se tivesse alguma importância.

— Vocês já levaram em consideração — disse Georgiana de repente, interrompendo Frances no meio de uma frase — a situação dos pobres da cidade? Não se vê muitos perto de nós, mas vejam... aqui, a pobreza está em toda parte. Poderíamos fazer algo a respeito. Começar a recolher doações, talvez, ou arrecadar fundos por meio de um evento. Vocês não acham que é nosso dever?

Frances e Jonathan apenas a encararam por um longo momento.

— Não — disse Frances, e não se falou mais no assunto.

Eles tinham acabado de terminar o almoço e já se preparavam para ir embora quando Jonathan, que fitava a praça com a preguiça natural que se seguia a uma lauta refeição, pousou o copo pesadamente em cima da mesa e levou a mão à boca como se tivesse visto algo terrível. Frances não notou a mudança na expressão do amigo, mas Georgiana perguntou tolamente:

— O que houve, Jonathan?

— Nada. *Nada* — disse ele, em um tom pouco convincente, fuzilando-a com o olhar.

— O que houve? — perguntou Frances, acompanhando o olhar dele, que continuava fixo na taberna, aparentemente a contragosto.

Levou algum tempo até Georgiana se dar conta do que ele vira. Jeremiah Russell tinha acabado de sair da taberna, e não estava sozinho. Estava de braço dado com uma jovem loira, pequena e pálida. Ela não estava ricamente vestida — longe disso, na verdade, seu traje parecia mais pobre do que o de Georgiana —, mas Jeremiah a fitava como se ela fosse a coisa mais linda que ele já vira. A moça tinha um rosto redondo e olhos enormes, e quando ela os arregalava, como naquele momento, enquanto Jeremiah sussurrava em seu ouvido, era uma bela visão para todos, com exceção dos três que assistiam horrorizados da varanda dos salões sociais.

Frances segurava o parapeito das grades de pedra com as duas mãos, parecendo prestes a se lançar sobre o casal. Ela soltou um suspiro profundo e sofrido e se recostou na cadeira.

— Você está... Franny, você está...

— Estou o quê? Isso não significa nada, Jonathan. Pelo que sabemos, pode ser uma prima dele ou... ou uma amiga da família, ou a *engraxate* dele.

Georgiana não imaginava que fosse comum encontrar uma mulher engraxate tão atraente, em uma taberna, no meio de uma tarde de segunda-feira. Pela expressão de Frances, ela também não acreditava.

Eles não puderam evitar olhar de novo e, assim, viram Jeremiah se despedindo da jovem com um beijo longo e demorado na mão. A moça ficou parada, observando-o enquanto ele entrava na carruagem e era levado pelas ruas da cidade, então se virou e voltou para dentro da taberna.

— Você acha... acha que ela é uma prostituta, Franny? — perguntou Jonathan com cautela.

— Ah, não tenho a menor dúvida quanto a isso, não importa que profissão ela exerça — retrucou Frances, irritada, recolhendo suas coisas. — Vamos. — O tom dela não deixava espaço para discussão.

Jonathan e Georgiana a seguiram, lançando olhares nervosos um para o outro enquanto se espremiam para atravessar os salões lotados. Depois que saíram, ela foi direto para a taberna.

— Isso é realmente sensato? — perguntou Jonathan, correndo na frente dela e pousando a mão em seu braço.

— Saia do meu caminho, Jonathan.

Não havia como detê-la. Frances se desvencilhou dele e entrou tempestuosamente no estabelecimento lúgubre, olhando ao redor com absoluto desprezo, como se tivesse entrado em um abrigo para pessoas assoladas pela peste. Tudo parecia bastante inofensivo para Georgiana; havia pequenos grupos, a maioria de homens, tomando cerveja e jogando conversa fora nas mesas e diante do balcão. Mas logo, obviamente, todos estavam olhando para a nova e elegante cliente.

— Você — disse Frances imperiosamente ao taberneiro. — Viu uma loira amarfanhada? Ela acabou de passar por aqui.

— Amarfanhada...? — Ele parecia totalmente confuso, e Frances revirou os olhos.

— Uma jovem — interveio Jonathan, antes que a amiga pudesse causar mais estragos. — Mais ou menos dessa altura, em um vestido cinza. Você a viu?

— Bem, me parece a descrição da Srta. Annabelle Baker. Ela alugou um quarto no andar de cima.

— Annabelle Baker — repetiu Frances, como se o nome tivesse um sabor amargo em sua boca.

Ela deu meia-volta e saiu pisando firme, como se fosse movida a vapor, deixando a cargo de Georgiana agradecer brevemente ao homem antes de ir atrás da amiga.

O silêncio que se seguiu foi excruciante. Georgiana quase podia senti-lo, como uma presença tangível e sufocante no ar entre eles. Já na carruagem, Georgiana tentou pegar a mão de Frances, mas foi rejeitada de pronto. Então, perguntou se a amiga queria falar sobre o assunto.

— Não — retrucou Frances com rispidez, e se virou para olhar pela janela.

Ela provavelmente estava magoada, mas a única evidência visível disso era a rigidez de seu corpo. Jonathan nem tentou fazê-la falar.

Georgiana não sabia como ajudar alguém que deixava tão claro que não queria ser ajudada. Nenhum deles voltou a falar durante todo o trajeto de carruagem de volta para casa.

Capítulo dezoito

A perspectiva de um jantar naquela quinta-feira com os amigos dos Burton deveria ter sido bastante desanimadora, mas Georgiana sentiu-se secretamente feliz com a possibilidade de ter um descanso de Frances e sua fúria silenciosa. Além disso, achou que devia uma, ou várias, ao Sr. e à Sra. Burton, e por isso tentou aguentar sem reclamar, revirando os olhos apenas uma ou duas vezes como um pequeno prazer secreto, enquanto a Sra. Burton tagarelava a respeito da tão esperada lista de convidados durante todo o café da manhã e o almoço. O Sr. Burton escapou no último minuto, alegando problemas no estômago, recusando-se a olhar nos olhos de Georgiana quando ela tentou encará-lo, e assim as mulheres da casa partiram sozinhas.

A propriedade para onde se dirigiram não era tão grande quanto algumas das casas que Georgiana visitara ultimamente, mas era de construção clássica e bastante bonita, e a Sra. Burton a levara a acreditar que os anfitriões — e mais importante ainda, seus filhos — tinham potencial para serem razoavelmente toleráveis. Os pais de Georgiana não haviam tentado arrumar pretendentes para ela, talvez supondo que em algum momento a filha simplesmente fisgaria um homem que estivesse passando na rua ou evaporasse espontaneamente em vez disso, e parecia que a Sra. Burton estava tentando recuperar o tempo perdido.

Os Taylor tinham três filhos. Um era casado, e estava de braço dado com a esposa, mas os outros dois eram solteiros, e o mais novo tentou chamar a atenção de Georgiana desde o momento em que ela pisou no saguão de entrada. Ele não era muito bonito, mas também não era nenhum monstro; o que era estranhamente alarmante no rapaz eram a intensidade e a insistência do seu olhar. Georgiana sentiu que, de alguma forma, ele já estava transmitindo as partes mais lamentáveis de sua personalidade à distância, sem precisar dizer uma palavra. A qualquer momento o rapaz reuniria coragem para ir até eles e ser apresentado a Georgiana pelos pais, que estavam conversando com a Sra. Burton, por isso ela aproveitou a oportunidade para fugir antes que ele pudesse tomar essa decisão. Georgiana desceu com determinação pelo corredor e acabou se encontrando na sala de jantar escura, onde a mesa estava posta para pelo menos vinte pessoas.

Os convidados ainda estavam chegando e socializando no corredor e no salão, mas naquela sala de jantar a balbúrdia era ouvida à distância, reduzida a um murmúrio agradável. Georgiana fechou a porta e apoiou as costas nela, deixando escapar um suspiro de alívio, e ficou surpresa ao descobrir que não estava sozinha.

Um homem de cerca de sessenta anos estava sentado à mesa, lendo um livro à luz de uma única vela que queimava perigosamente baixa, claramente com certo desconforto — ele apertava os olhos para as palavras, totalmente absorto, e não pareceu reparar na entrada dela. Georgiana já estava se virando para sair silenciosamente, quando ele falou, sobressaltando-a.

— Antes de ir, minha cara, poderia me trazer outra vela? — Sua voz soava um pouco enfraquecida pela idade, e seu tom era bondoso, não autoritário.

— É claro — disse ela, e se apressou a atendê-lo.

Quando pousou a vela, Georgiana reparou em uma bengala robusta ao lado da cadeira e pensou ter compreendido por que o homem escolhera se acomodar para jantar antes de ser chamado.

— Ah, obrigado — disse ele, com um suspiro de satisfação, empurrando os óculos para cima do nariz com mãos ligeiramente trêmulas. — É uma história de amor, sabe. E é muito difícil entender de quem é o coração que está batendo ardentemente de desejo se mal conseguimos distinguir as palavras.

Georgiana riu alto, surpresa, então se conteve rapidamente, para evitar o risco de parecer rude.

— É o seu gênero preferido? — perguntou ela, sem querer se intrometer, mas ao mesmo tempo sem querer abandonar a paz e a santidade daquela sala nem um minuto antes do necessário. — Gosto muito de romances, mas ainda não encontrei um homem que admita o mesmo.

— Devo confessar que gosto *muito* deles. Eu me gabo de ser um leitor bastante prolífico, mas muitas vezes acho que reflexões filosóficas tediosas sobre o significado da vida deixam as pessoas um pouco frias. Afinal, a vida já é difícil o bastante sem precisarmos dissecá-la e agonizar sobre cada pedaço. Podemos *contar* com um romance. O caminho para um final feliz é muitas vezes repleto de amantes desprezados e falecidos, é claro, mas se você persistir, geralmente será recompensada com um casamento no final.

— Posso me sentar? — perguntou Georgiana. — Não quero perturbá-lo. Se me disser que está muito envolvido com a sua leitura, não ficarei nem um pouco ofendida e o deixarei com seus amantes em perigo.

— Não... é claro, é claro, sente-se. — Ela puxou a cadeira para perto da dele. — Considero um grande elogio que uma jovem me escolha como companhia quando tenho certeza de que há muitos cavalheiros espirituosos disputando sua atenção no salão.

— Se me permite ser franca — disse Georgiana, suspirando —, estou aqui para *evitar* tais atenções. Prefiro me sentar com o senhor e discutir os casos amorosos dos outros do que arriscar o horror de começar um próprio.

Ele riu.

— Então me diga, senhorita... Ah, me perdoe, não perguntei seu nome.

— É Srta. Georgiana Ellers, senhor.

— Ah. Diga-me, Srta. Ellers, quem é sua heroína favorita? E depois de seus muitos erros terríveis e inevitáveis, ela conseguiu o que merecia no final?

Quando chegou a hora do jantar, Georgiana e o novo amigo já estavam conversando animadamente sobre livros há tanto tempo que ela quase se esquecera do seu verdadeiro motivo para estar ali. Algumas pessoas começaram a entrar na sala, mas Georgiana não percebeu. Ainda estava discutindo com entusiasmo sobre as obras literárias de Samuel Richardson quando uma mão pousou no ombro de seu vizinho, e ela levantou os olhos no meio da frase.

— Sr. Hawksley? — exclamou ela, incapaz de conter a surpresa, e seu companheiro sorriu para ela.

— Você conhece o meu filho! Que maravilha — disse ele, e segurou a mão do Sr. Hawksley.

— Seu filho? — repetiu Georgiana tolamente.

Ela não sabia ao certo por que estava tão surpresa com a descoberta de que aquele homem era o pai do Sr. Hawksley. Eles não se pareciam, embora houvesse certo ar contemplativo em ambos. E não conseguiu evitar se lembrar na mesma hora, em detalhes vívidos, de todos os devaneios que tivera recentemente, e das *cartas*, tão impróprias entre duas pessoas que nunca haviam sido formalmente apresentadas. Diante de um pai de carne e osso bem à sua frente, tudo de repente parecia muito inapropriado. Tinha certeza de que o gentil e afável Sr. Hawksley pai ficaria horrorizado se soubesse sobre o que ela fantasiava todas as noites enquanto se esforçava para adormecer. Georgiana enrubesceu, e o cavalheiro mais velho lhe dirigiu um sorriso perspicaz, que provocou um medo totalmente ilógico, mas não menos urgente, de que ele pudesse ler sua mente.

— Ah, sim, sou o Sr. *James* Hawksley. A Srta. Ellers e eu estávamos discutindo literatura, Thomas. Mas já tomei muito do tempo dela...

vejo que é hora de nos sentarmos para o jantar e que nossos anfitriões fizeram questão de marcar nossos lugares.

Ele indicou com um gesto de mão os cartões diante dos lugares, com os nomes escritos em uma caligrafia meticulosa, e Georgiana sentiu vontade de se chutar por não ter percebido antes que a identidade do homem estava revelada em um cartão facilmente visível o tempo todo. Ela agradeceu a ele, muito perturbada, e deixou-os para ir em busca do seu lugar.

Claro que, quando encontrou o cartão com seu nome, se deu conta com um sobressalto que o cartão à sua esquerda tinha o nome *Sr. Thomas Hawksley* escrito em uma letra cuidadosa e inclinada. Seu coração começou a bater indecentemente rápido ao ver o nome dele tão próximo ao dela. Aquela revelação foi prejudicada apenas pelo fato de Marcus Taylor, o filho mais jovem dos anfitriões, que ela evitara habilmente, ter sido acomodado do outro lado. A Sra. Burton estava praticamente a quilômetros de distância, do outro lado da mesa.

O Sr. Taylor se apresentou na mesma hora, e Georgiana virou-se para ele e se esforçou muito para se concentrar no que o rapaz estava dizendo, dolorosamente consciente da presença do Sr. Hawksley atrás de si enquanto ele se sentava. Infelizmente, o Sr. Taylor não era muito talentoso ou sutil na arte da conversação.

— Gosto do seu vestido — disse ele, sem parar para engolir a sopa que tinha na boca, e acabou babando um pouco, de forma totalmente imprópria. — A mamãe me contou tudo sobre a senhorita, é claro, e ela estava certa, a senhorita não é desagradável aos olhos.

Georgiana poderia jurar ter ouvido uma risada baixinha à sua esquerda, que rapidamente pareceu se transformar em um pigarro.

— Obrigada, Sr. Taylor. A casa é adorável.

— Ah, sim, sim... mas ela nunca será minha — informou ele, subitamente abatido. — Não passarei necessidade, mas sim, sou o mais novo de três, a senhorita entende. O meu irmão mais velho, Samuel, *vai* herdar a casa — acrescentou o Sr. Taylor, animando-se consideravelmente —, mas ele tem uma esposa terrível, ou seja, uma coisa compensa a outra. Não se pode ter tudo. Com o tipo certo de esposa, nem se percebe a monotonia, ou a falta de terras, ou... ou os armários pequenos da casa.

— De fato — disse Georgiana. — Você tem bastante sopa no seu queixo, Sr. Taylor.

— Ah! É mesmo?

Ele se limpou com um guardanapo, em gestos agitados, e Georgiana ficou imensamente aliviada quando a mulher sentada do outro lado dele perguntou o que havia na sopa com a qual o Sr. Taylor se enfeitara tão abundantemente. Ela aproveitou a oportunidade para se dirigir ao Sr. Hawksley, que também parecia estar apreciando a sopa, já que sorria para o prato.

— Não é engraçado — sibilou Georgiana em voz baixa.

— *É* engraçado — disse ele calmamente, e tomou outra colher de sopa.

Georgiana reparou que ele parecia não ter problemas para se alimentar sem babar, então se perguntou se suas expectativas haviam se tornado drasticamente mais baixas por culpa da companhia anterior.

— Seu pai parece maravilhoso — disse ela, ansiosa para mudar de assunto.

Para sua consternação, a expressão do Sr. Hawksley se tornou muito séria, e ele examinou a colher pensativamente por um momento antes de olhar para ela e responder:

— Ele é. Faz tempo que não o vejo rir com alguém como estava rindo com você.

— Ele está... doente? — perguntou Georgiana, torcendo para não estar sendo invasiva.

— Sim. Mas fico feliz em dizer que ainda não vai nos deixar por algum tempo. Não são as doenças do corpo que realmente o atormentam. Eu acho... — Ele se interrompeu e balançou brevemente a cabeça, antes de continuar, agora em tom mais baixo: — Acho que o jovem Sr. Taylor está prestes a *explodir* de vontade de conversar novamente com você.

— Por favor — sussurrou Georgiana com urgência, arregalando os olhos. — Ele vai se estender sobre *armários de cozinha*, e não quero me casar com alguém que deseje se comprometer comigo apenas para se distrair do pouco espaço de armazenamento.

Ele riu, como Georgiana esperara, e continuou em voz baixa, para que não pudessem ser ouvidos:

— Teremos que fingir que estamos profundamente envolvidos em uma conversa de extrema importância e muito divertida.

— E não estamos? — perguntou Georgiana.

Ele ergueu as sobrancelhas de forma quase imperceptível, e Georgiana teve que morder o lábio e desviar os olhos, com medo de enrubescer.

— Fiquei feliz quando você... Fiquei feliz em saber que a Srta. Dugray não sofreu nenhum efeito negativo duradouro depois de nosso último encontro.

— Ela não sofreu. No entanto, a Srta. Woodley diz que é apenas uma questão de tempo até que o espetáculo se repita.

Georgiana se lembrou do vinho, mesmo sob uma luz pouco favorável, e pegou o próprio copo até então intocado.

— *Você* não bebeu esta noite, no entanto. — Aquilo foi declarado como um fato.

Georgiana franziu a testa.

— Não. Imagino que seria considerado falta de educação ficar bêbada até perder a razão em um jantar respeitável. Mas se o jovem Sr. Taylor me abordar de novo, serei obrigada a beber. — Ela pousou novamente o copo. — Você parece bastante preocupado com o quanto bebo, ou deixo de beber.

— Não, não, não quis passar essa impressão... Menciono apenas porque é impossível determinar o verdadeiro caráter de uma pessoa se só a vemos quando está muito bêbada — disse ele, dando um gole no próprio copo. — Mas... ah, pareço ter ofendido você.

— Só acho que você é muito rápido em seu julgamento — retrucou Georgiana. — *Você* frequenta as mesmas festas que eu. *Você* anda em companhias semelhantes. Você bebe! Está bebendo neste exato segundo. Por que não tenho permissão para me divertir, para me entregar aos mesmos vícios que você e os outros? Não aprecia a ideia só... só porque sou mulher? Preferiria que eu saísse de todas as festas às nove horas e jamais tocasse em uma gota de álcool, e... e que pedisse licença toda vez que tivesse um pensamento um tanto impuro?

— Com toda a certeza não — respondeu ele com tranquilidade, e a cadência baixa de sua voz provocou um arrepio agradável pela coluna dela.

Eles trocaram um breve olhar, e Georgiana se perguntou se Thomas também estaria se lembrando da adega, que era o cenário atual de todos os pensamentos obscenos dela.

— Admito que pessoalmente não gosto de beber em excesso. É claro, a escolha do que faz com seu tempo de lazer é inteiramente sua. Mas *realmente* aprecio o fato de estarmos tendo uma conversa na qual você não caiu nem uma vez. É um prazer raro.

Georgiana enrubesceu fortemente dessa vez e não conseguiu esconder. Embora não apreciasse cair, gostava *muito* do que acontecia quando caía na presença dele, principalmente porque era uma boa desculpa para um contato físico raro e estimulante.

— Não importa o que pense de mim, Sr. Hawksley, até *eu* teria dificuldade de cair estando sentada — disse ela, sorrindo para o homem que retirou sua sopa intocada e a substituiu pelo próximo prato.

Eles ficaram sentados em um silêncio carregado até todos os criados se retirarem e a conversa ao redor voltar a aumentar de volume.

— Você escreveu para mim — disse ele. Havia uma estranha intimidade naquelas palavras, ditas baixinho, como um pequeno oásis naquela sala lotada.

Georgiana ficou tão surpresa ao ouvir aquilo que não conseguiu pensar em uma resposta espirituosa.

— Sim. Hum... desculpe — falou, constrangida.

— Não se desculpe.

Ele estava olhando para ela — de fato, a encarando, os olhos fixos com intensidade nos dela — quando de repente sua expressão se tornou muito vazia e impassível, e ele pegou o garfo e a faca para comer.

Georgiana descobriu o motivo uma fração de segundo depois: o Sr. Taylor estava pigarreando em um volume crescente para tentar chamar sua atenção. Ela deixou escapar um suspiro frustrado e colocou um sorriso no rosto enquanto se virava para descobrir o que ele queria.

Capítulo dezenove

O jantar se arrastou por muito tempo, e o Sr. Taylor permaneceu determinado a não liberar Georgiana de sua companhia particularmente ruim. Ela ficou feliz quando a refeição finalmente acabou e ela pôde se sentar com as outras damas na sala de estar, mal ouvindo enquanto a tia conversava com a mãe do cavalheiro desagradável. Outra tempestade de verão começara do lado de fora, e Georgiana se concentrou nas gotas de chuva batendo constantemente contra a vidraça enquanto torcia para que o tempo passasse mais rápido. De sua posição perto da porta, ela conseguia ouvir os homens envolvidos nos rituais misteriosos a que se dedicavam após o jantar, e estava tão ansiosa para ver Thomas de novo que quase fez a Sra. Burton derrubar o copo de xerez à mera sugestão de que os dois grupos deveriam se fundir.

Quando os homens entraram no salão, o Sr. Hawksley estava envolvido em uma conversa com o pai, com uma das mãos apoiada no braço dele. O jovem Sr. Taylor a avistou imediatamente e, como não havia meios educados de evitá-lo, Georgiana não pôde fingir que não tinha ouvido sua sugestão para que ela tocasse algo no piano.

— É muita gentileza da sua parte, mas receio não ser uma pianista talentosa, Sr. Taylor — disse ela, desejando subitamente *ter* conseguido ficar muito mais bêbada, não importava o que o Sr. Hawksley pensasse a respeito.

— Tolice! A senhorita tem mãos tão bonitas, tenho certeza de que produzem uma linda melodia — respondeu Marcus com firmeza, sem se deixar demover da ideia.

Em um reflexo, Georgiana cruzou as mãos atrás das costas, fora da vista dele.

— Eu tocarei — disse Thomas abruptamente, do outro lado da sala, e caminhou até o piano antes que alguém pudesse protestar.

— Muito bem, muito bem — disse o Sr. Taylor, o sorriso vacilando um pouco. — Devo admitir que eu teria preferido ouvir a Srta. Ellers tocar... sem querer dizer que suas mãos não são belas, Sr. Hawksley, rá! — Ele riu até demais da própria piada.

Georgiana sorriu para si mesma por razões completamente diferentes.

O Sr. Hawksley se sentou diante do piano, fez uma pausa de alguns segundos para flexionar levemente os dedos, e começou a tocar — suavemente a princípio, mas ganhando ímpeto, até a peça se tornar violenta, surpreendente e arrebatadora. Georgiana nunca vira um homem tocar piano e ficou imediatamente extasiada. Thomas tocava com confiança, quase com agressividade, o que deveria ter sido feio, mas era hipnotizante. A maior parte das músicas, pensou Georgiana, seguia padrões familiares, era possível adivinhar qual seria a próxima nota, o que garantia uma sensação de segurança. Mas o que Thomas tocava, fosse o que fosse, tinha o efeito exatamente oposto. Ela se sentia constantemente oscilando em um precipício musical, agarrando-se a algo que fazia sentido em um momento, só para ser atingida por uma série discordante de notas ou um acorde menor que derrubavam todas as expectativas do que viria a seguir. A conversa cessou e todos os olhos se voltaram para observá-lo. Aquele não era o tipo de música para se ouvir como fundo de uma conversa, ou enquanto se tomava chá: exigia atenção. Depois de apenas alguns minutos, o Sr. Hawksley parou abruptamente.

— Precisa tocar mais, Sr. Hawksley! O senhor tem tanto talento — exclamou uma jovem do outro lado da sala, a voz ofegante.

— Receio que seja impossível. — Ele deu de ombros, se desculpando, e se levantou do piano. — É uma cópia parcial, enviada por um amigo de Viena. Só sei um trecho.

— Ora, deve ensinar a nossa Georgiana, Sr. Hawksley! — declarou a Sra. Burton. Havia um brilho insano em seus olhos que deixava suas intenções tão claras que Georgiana teve vontade de chutar a canela da tia por baixo da mesinha lateral. — O senhor é de longe o pianista mais talentoso que já ouvi, e ela precisa de um pouco de incentivo nesse ponto.

O Sr. Hawksley olhou para Georgiana, que revirou os olhos.

— E não há melhor tempo do que o presente! Ninguém mais quer tocar, não é mesmo? — A Sra. Burton esperou apenas uma fração de segundo, para garantir que ninguém tivesse tempo para protestar. — Ótimo, então está decidido.

Ela sorriu para os dois.

A expressão do Sr. Hawksley era indecifrável quando ele apontou para o piano. Georgiana foi até ele e se sentou no banco enquanto ele puxava outra cadeira. Por sorte, a conversa havia recomeçado pela sala; ela não gostava particularmente da ideia de expor sua inaptidão musical na frente de um grande público.

— Toque alguma coisa — disse o Sr. Hawksley baixinho.

A perna dele quase tocava a dela sob o piano. O mais levemente possível, com um pé pressionando firmemente o pedal delicado, Georgiana tocou os compassos de abertura da *Sonata facile*, de Mozart. Sentiu que estava ficando quente de vergonha, afinal, depois do que o Sr. Hawksley acabara de apresentar, ela parecia uma criança em sua primeira aula de piano.

— Não está bom — disse Georgiana. — Sou um caso perdido.

Ele sorriu.

— Você está curvada como uma mola. Sente-se com as costas um pouco mais retas.

Thomas pousou a mão com cuidado nas costas dela, para ajudá-la a corrigir a postura, e Georgiana não respirou até que ele a retirasse novamente. Uma gargalhada a fez se virar rapidamente para ver se estavam sendo observados, como se ela tivesse sido descoberta em meio a algo muito mais ilícito do que um breve toque nas costas.

Os outros tinham se reunido perto da lareira para jogar algum tipo de jogo de salão envolvendo rimas, e Georgiana podia ouvir a Sra. Burton se esforçando para pensar em algo para rimar com "flor". O Sr. Hawksley pai estava sozinho em um canto, perto de um lampião, mais uma vez absorto em seu livro.

— Tente de novo. Toque com segurança. Você pode acertar por acidente, então vai soar como se tivesse sido a sua intenção o tempo todo.

Georgiana riu e tocou de novo, com um pouco mais de confiança. *Realmente* soou melhor. Ela perdeu uma nota, mas continuou, e o Sr. Hawksley sorriu de um jeito encorajador.

— Seu pai parece saber a melhor maneira para se passar uma noite — comentou Georgiana baixinho enquanto tocava.

— Ah, sim. Ele não aprecia muito sair de casa, mas eu o incentivo a fazer isso.

— Ele não gosta? — Georgiana olhou para ele, surpreendendo-se ao ver que suas mãos continuavam a se mover, tocando quase todas as teclas certas sem que olhasse para elas atentamente. — Ele parece tão agradável, tão amável. Não consigo imaginar um homem como ele decidindo se isolar em casa e privar o mundo de sua companhia.

— Ele se cansa muito rápido — explicou o Sr. Hawksley, franzindo o cenho para o piano. — Você precisa curvar as mãos... imagine que está segurando uma maçã em cada uma delas, assim.

Ele demonstrou com as próprias mãos. Georgiana tentou copiá-lo.

— Não, não deixe os pulsos se curvarem. Aqui. — Ele estendeu a mão e corrigiu-a... então parou por um longo momento, a mão descansando ao lado da dela. — Meu irmão Edward morreu há dois anos, muito de repente — disse, tão baixinho que Georgiana mal conseguiu ouvi-lo. — E a minha mãe morreu pouco depois. Tem sido difícil para nós dois, mas especialmente para o meu pai... bem, ele não se recuperou, e acho que nunca vai se recuperar.

— Sinto muito — disse Georgiana, as mãos parando em cima das teclas enquanto assimilava todo o peso das palavras dele.

Perder um irmão já era terrível, e somado à morte da mãe tão pouco tempo depois... ela não conseguia imaginar o tamanho do desespero. Antes que pudesse pensar melhor, Georgiana estendeu a mão e apertou suavemente a dele. A princípio, o Sr. Hawksley não a afastou, e ela ficou encantada com o calor de sua pele, a pressão dos nós dos dedos contra a palma da mão dela, mas então ele se levantou de repente, afastando a cadeira para trás, e murmurou algo sobre tomar um pouco de ar antes de desaparecer.

Georgiana olhou ao redor. Ninguém havia notado a saída rápida do Sr. Hawksley. As pessoas nem sequer olhavam para eles, já que estavam muito concentradas no jogo.

Ela permaneceu sentada por um momento diante do piano, ouvindo as risadas ao redor, então decidiu ser ousada. Levantou-se abruptamente e o seguiu. No caminho, Georgiana reparou que o Sr. James Hawksley ergueu os olhos do livro, então voltou a se concentrar nele com um sorrisinho secreto.

Ela desceu pelo corredor na vaga direção dos fundos da casa, sem saber exatamente para onde Thomas teria ido, então o viu. Uma das portas francesas para o jardim estava aberta, e ele estava parado do lado de fora, sob o abrigo da varanda superior, incapaz de ir além por causa da chuva torrencial. Seus punhos estavam cerrados ao lado do corpo enquanto ele fitava o terreno ao redor.

Georgiana caminhou até a porta e parou por um breve momento com a mão no vidro, antes de sair também.

— Sinto muito.

Ele não se virou.

— Você *precisa* parar de se desculpar — disse Thomas, a voz rouca.

Ela mal conseguia ouvi-lo acima da chuva, que pareceu ficar mais intensa no momento em que cruzou a soleira da porta.

— Eu só queria... Só queria lhe agradecer por me contar. O que você compartilhou comigo, quero dizer. Se tivesse acontecido comigo, não sei como seguiria em frente. Eu... hum... sei que essa não é uma coisa muito útil de se dizer. Mas pode conversar comigo, se precisar.

Sei que não me conhece muito bem, mas a oferta está valendo mesmo assim, então... se precisa falar, quero ouvir. — Ela fez uma pausa para respirar, e naquele breve momento toda a coragem a abandonou. — De qualquer modo, eu... eu estou sendo invasiva. Vou deixá-lo.

Ela fez menção de voltar para dentro.

— Não — disse Thomas.

— Como?

— Não me deixe. Quero dizer, você não está sendo invasiva. — Ele colocou a mão na testa como se a cabeça estivesse doendo. — Gosto da sua companhia. Fique.

— Eu achei... desculpe, achei que havia aborrecido você.

Georgiana parou ao lado dele. Ela examinou o perfil de Thomas com preocupação enquanto ele massageava a têmpora, então apoiou a mão no pilar de pedra ao lado. Ele parecia subitamente exausto, como se mal conseguisse se manter de pé.

— Não. Acho você uma fuga agradável das coisas... das coisas que precisam ser feitas.

Ele respirou fundo, claramente tentando se recompor. Eles ficaram em silêncio por um momento.

— Eu sei... Sei que você é homem... — começou Georgiana, e se apressou a terminar a frase quando percebeu que se interrompera em um ponto absurdo. — E provavelmente há todo tipo de regra sobre como deve se sentir e como deve se comportar... mas espero que saiba que não precisa fingir que não tem sentimentos. Pelo menos, não comigo.

Ele finalmente olhou para ela. Georgiana não estava preparada para a dor primitiva, a vulnerabilidade que viu em seus olhos, a tristeza que claramente se enraizara nele. Foi como receber um golpe no peito. Ela ficou surpresa com a intensidade do que sentiu diante do sofrimento de Thomas, surpresa ao descobrir que aquele súbito momento de fragilidade não a alarmava nem um pouco. Nenhum herói em qualquer romance que ela já tivesse lido tinha permissão para sentir qualquer coisa além de uma fúria virtuosa, e qualquer tristeza se transformava em uma vingança rápida e sangrenta. Ela ficou feliz por Thomas não seguir aquele roteiro; sabia que qualquer coisa diferente teria sido uma mentira.

Atordoada, Georgiana se aproximou e levou a mão ao rosto dele. Thomas não tentou detê-la. Ela roçou o polegar na sua pele e ele fechou os olhos, a expressão finalmente se suavizando, relaxando sob o toque dela, enquanto uma única lágrima escapava por entre os cílios.

Ela ia beijá-lo. Queria dizer a Thomas que, por mais tolo que pudesse parecer, já gostava muito dele. Que doía vê-lo magoado, que ele carregava um fardo pesado demais. O beijo diria tudo aquilo por ela. Georgiana inclinou o rosto em direção ao dele, e Thomas abriu os olhos, o olhar subitamente ardente, como se a desafiasse a sentir repulsa por sua dor e recuar.

Quando ficou claro que não era o caso, ele se moveu subitamente e passou uma das mãos ao redor da cintura dela, puxando-a com certa brutalidade em sua direção, então...

— Srta. Ellers — disse uma voz atrás deles, como se seguindo o tipo de deixa que Georgiana só esperaria ver em uma comédia shakespeariana. Eles se separaram.

Um criado alto, com uma expressão ligeiramente desaprovadora, estava parado à porta, claramente evitando olhá-los diretamente.

— Uma Srta. Campbell está aqui e deseja falar com a senhorita. — Ele gesticulou em direção ao interior da casa.

Georgiana engoliu a adrenalina e seguiu o criado de volta ao corredor, sem se atrever a olhar para Thomas. No momento em que o deixou, estava quase convencida de que inventara a coisa toda. Ela realmente o tocara? Ele realmente se abrira para ela... realmente a fitara daquela maneira, como se a *desejasse*?

As palavras do criado só fizeram sentido enquanto ela seguia pelo corredor atrás dele. Não tinha a menor ideia de como Frances poderia tê-la encontrado, ou o que poderia ter levado a amiga à porta de um estranho às dez da noite.

Quando chegaram ao saguão de entrada e Georgiana a viu, arquejou. O vestido de Frances estava encharcado, o chapéu amassado na mão com as fitas se arrastando desanimadas pelo chão. Seu cabelo estava arruinado. A maquiagem manchara todo o rosto, e ela estava chorando abertamente.

— Frances! Pelo amor de Deus, o que aconteceu? — exclamou Georgiana. Uma criada desceu correndo a escada com uma manta, e Georgiana ajudou a colocá-la ao redor dos ombros de Frances. — Você está doente? Devo pedir aos Taylor para chamarem um médico? Ou, meu Deus... eles podem mandar alguém preparar um banho, você está encharcada.

— Não, não — murmurou Frances, sufocando outro soluço.

Ela acenou dispensando a criada e cambaleou até a escada para se sentar pesadamente no último degrau. Georgiana seguiu seu exemplo.

— Vim ver *você*, George. Eu precisava... precisava de alguém que entendesse.

Os olhos dela estavam muito vermelhos, e Georgiana podia sentir o cheiro do álcool nela, que parecia vir não apenas da sua respiração, mas dos poros mesmo. Georgiana passou um braço ao redor dos ombros úmidos da amiga em um gesto reconfortante. Ela ainda conseguia ouvir gritos e risadas na sala de estar e rezou para que ninguém saísse e descobrisse Frances naquele estado.

— Como você me encontrou? — perguntou Georgiana, enquanto Frances afastava um cacho molhado dos olhos.

— Ah, não foi difícil. Eu estava com Cecily e Jane, mas não *contei* a elas e precisava falar com alguém que *soubesse*. Não posso contar a Jane, simplesmente não posso, então fui à sua casa, e o senhor... o Sr. Burton me disse que você estava aqui. Ele estava terrivelmente engraçado em sua camisa de dormir — disse ela, com uma gargalhada que rapidamente se transformou em um soluço. — Ah, George, ele não escreveu. Não foi até a minha casa. Certamente não falou com o meu *pai*. Já faz mais de um mês. O maldito Jonathan estava *certo*. Está tudo uma confusão, eu não posso... simplesmente não posso...

Georgiana levou a mão à boca e falou por entre os dedos, hesitante:

— Mas talvez haja algum tipo de... preparativo a ser feito? Ele precisa contar à família, ou fazer planos, ou...

— Ou ele nunca teve a *intenção* de me pedir em casamento — disse Frances, agora furiosa e arrastando as palavras. — Nunca teve a intenção! E sou tão estúpida quanto qualquer outra... quanto qualquer outra moça *estúpida* que já cruzou o caminho dele. Só que ainda mais, ainda mais estúpida, porque eu... porque nós...

Ela se deixou cair no ombro de Georgiana, chorando de soluçar de novo. Georgiana acalmou-a e alisou seu cabelo úmido, os dedos se prendendo nos cachos apertados.

— Aquela moça. *Annabelle Baker*. Ela não é uma prostituta, George. Não é ninguém. Não é nada. É apenas a filha de algum comerciante. Mas Jeremiah vem se encontrando com ela há meses. Encontros clandestinos naquela taberna. Foi tudo pago no nome dele... o quarto dela, a alimentação, tudo.

— Ah *Deus*, Frances. Como você descobriu?

— O quê? Ah, eu pedi para o nosso advogado investigar. Jeremiah deve achar que eu sou só uma... meretriz qualquer. Ele me acha um *nada*. Mas não sou, George. Não sei o que sou, mas sou... alguma coisa. Eu sou *alguém*. — Ela estava tremendo incontrolavelmente contra a lateral do corpo de Georgiana.

— Talvez... Talvez esse não seja o fim — disse Georgiana com cuidado. — Ele é um pouco rebelde, mas você também é, Frances, e é exatamente por isso que as coisas *funcionam* entre vocês. Talvez Jeremiah só precise viver essa experiência.

— Como posso querê-lo agora? Seria tudo mentira. E não consigo pensar nele sem vê-la. Aquela *vadia*.

A voz dela estava subindo de volume e Georgiana olhou nervosa na direção da sala de jantar.

— Vamos, Frances. Você precisa ir para casa. Descanse um pouco, e eu a visitarei amanhã, e poderemos conversar a respeito. Jeremiah é um crápula... um verdadeiro crápula, não posso acreditar que ele fez isso, mas vai ficar tudo bem, você vai ver. Agora você precisa ir para a sua cama.

Frances enrijeceu o corpo, enxugou os olhos com a ponta da manta, e fitou Georgiana subitamente.

— Ah, minhas desculpas, estou *constrangendo* você, George? — perguntou ela, um pouco alto demais para o conforto de Georgiana. — Na frente dos amigos mais estimados dos *Burton*?

— Não! *Não*. Você só está tendo uma noite ruim, só isso — apressou-se a dizer Georgiana. — Tudo sempre parece melhor pela manhã, você sabe. Tenho certeza de que vai parar de chover amanhã, e irei até a sua casa para bebermos alguma coisa, então podemos conversar, jogar xadrez e... vamos resolver tudo.

A verdade era que ela não tinha ideia de como exatamente aquela situação poderia ser "resolvida", mas aquele era um problema para a Georgiana do dia seguinte. Fosse qual fosse o conforto insignificante que pudesse oferecer no momento, Frances não estava em condições de assimilá-lo.

— Muito bem — disse Frances, irritada, levantando-se desajeitadamente. Ela esfregou os olhos, manchando os dedos com maquiagem, então ficou paralisada, o olhar fixo em algo acima do ombro de Georgiana. — Ora, ora, se não é *Thomas Hawksley*.

Georgiana se virou e viu que Thomas realmente estava no corredor atrás delas. Todos os vestígios do que se passara entre eles já tinham desaparecido do seu rosto. A expressão dele parecia completamente inescrutável e vazia, como se eles não fossem mais do que meros conhecidos.

— Srta. Campbell — disse Thomas, cumprimentando-a com uma meia reverência rígida. — Srta. Ellers... só vim ver se estava...

De repente, ele pareceu notar o estado desalinhado de Frances.

— Srta. Campbell, está bem?

— *Ótima* — retrucou Frances com rispidez, eriçada como um gato muito molhado e agitado. — Não preciso ser resgatada, Sr. Hawksley, portanto pode voltar para a sua festinha.

— Frances — disse Georgiana, nervosa —, ele está só perguntando.

Frances estreitou os olhos para ele, as sobrancelhas arqueadas em uma expressão debochada.

— Ah, *francamente*, George. Ele só está procurando outra oportunidade de fazer o papel de herói. Tenho certeza de que achou que Cecily gostaria de agradecê-lo mais *profundamente* depois do que fez por ela no chalé, e agora está atrás de outra pessoa para encher de histórias tristes e cravar suas garras.

Aquela era uma avaliação tão equivocada do caráter do Sr. Hawksley que deixou Georgiana sem palavras.

— Posso lhe assegurar, Srta. Campbell, que nem sonharia com uma coisa dessas — disse ele, o tom firme. — A Srta. Ellers sabe que tenho a mais alta consideração...

— Ah, *pare com isso*, Thomas. Não estamos interessadas em reclusos trágicos. Toda essa angústia e tristeza não vão lhe garantir pontos aqui. Ela não dormirá com você só porque sente pena pela morte do seu irmão. — Thomas abriu a boca, mas não falou nada. — A *Srta. Ellers* é... interessante demais para desperdiçar seu tempo com alguém tão aborrecido, tão frio, tão cansativo...

— Boa noite, Srta. Campbell — disse Thomas, a voz rígida como um osso.

Ele se virou abruptamente e sumiu na direção da festa.

Georgiana ficou olhando, horrorizada. Como ela pôde ser tão patética? Tão covarde? Não dissera uma palavra enquanto Frances atacava o caráter de Thomas. Depois de tudo o que ele fizera, depois do que compartilhara com ela naquela noite, ele a vira ficar parada ali, sem dizer nada em sua defesa. Georgiana estava furiosa com Frances, e sua vontade era abandoná-la na escada e correr atrás de Thomas para se certificar de que ele soubesse daquilo, mas Frances estava chorando de novo, tentando colocar o chapéu com os dedos trêmulos. Georgiana engoliu a raiva e ajudou a amiga, sentindo-se estranhamente distante, então a acompanhou até a porta.

— Nós... nos falaremos pela manhã — disse ela.

Frances pareceu totalmente perdida por um instante, a silhueta recortada contra a chuva, então avançou para puxar Georgiana para um abraço breve e apertado. Georgiana não retribuiu o abraço e deixou as mãos balançando frouxas ao lado do corpo, mas acenou hesitante quando Frances subiu na carruagem, ainda com a manta dos Taylor ao redor ombros. O cocheiro ergueu o chicote e a carruagem partiu apressada noite adentro.

Georgiana entrou novamente no salão de visitas, apreensiva, mas ninguém parecia ter notado a sua ausência. Ela se sentou ao lado da tia, tentando chamar a atenção de Thomas, mas, como era de esperar, ele não encontrou seu olhar, e apenas dez minutos depois ele e o pai começaram a se despedir abruptamente. Ela notou que o homem mais velho parecia bastante aliviado.

O Sr. James Hawksley segurou a mão de Georgiana cheio de entusiasmo e lhe desejou tudo de melhor quando chegou até ela, mas Thomas despediu-se apenas com um breve aceno de cabeça, os olhos fixos na parede acima dela, antes de ajudar o pai a sair da sala. As palavras subiram pela garganta de Georgiana, mas ficaram entaladas enquanto ela o observava partir.

A Sra. Burton, que vinha fazendo grandes progressos com a garrafa de xerez, não pareceu notar que as entranhas da sobrinha naquele exato momento estavam sendo rasgadas como papel de seda. Ela ainda estava jogando no salão e se inclinou descuidadamente sobre o braço da cadeira para pedir ajuda.

— Georgiana, minha cara, você consegue pensar em uma rima para "desonroso"?

Georgiana pegou o copo da tia e bebeu um gole de xerez.

— Sim, Sra. Burton. *Doloroso.*

Capítulo vinte

Georgiana não foi visitar Frances no dia seguinte. Não conseguia parar de pensar nas palavras venenosas que a amiga praticamente cuspira em Thomas — cada farpa parecendo acertar o alvo —, e na expressão dele enquanto suportava tudo, absorvia cada golpe sem discutir, sem parecer nem por um segundo que esperava que Georgiana o defendesse. E a verdade era que, para vergonha infinita de Georgiana, ele estava certo.

Depois de tudo o que Frances fizera, depois de arruinar o momento pelo qual Georgiana esperara tanto, ela descobriu que não se sentia muito generosa em relação à amiga. Por mais angustiada que ela pudesse estar, aquilo não desculpava sua crueldade.

Georgiana continuou a se sentir pouco inclinada a entrar em contato com Frances e passou os dias que se seguiram vagando pela casa, trocando volumes de romances surpreendentemente escandalosos com Emmeline e comendo ferozmente, sem escrever para ninguém ou receber qualquer correspondência. De vez em quando, ela ia até a escrivaninha do tio, mas toda vez que pensava em Thomas — no momento em que quase se beijaram e no momento em que Frances se certificara de que provavelmente aquilo nunca aconteceria —, adiava a ideia de escrever para a amiga. Georgiana achava que Frances lhe devia algum tipo de pedido de desculpas e, portanto, deveria ser ela a primeira a escrever, arrependida. Georgiana nunca tivera uma amiga próxima, nunca gostara de ninguém antes ou se sentira gostada, por isso também nunca tivera a chance de se sentir magoada ou decepcionada. Ela certamente *não* pediria conselhos à tia sobre como proceder, o que significava que a única orientação a seu alcance vinha dos livros — e ainda precisava descobrir algum em que a heroína tivesse que lidar com as consequências de um ataque acalorado, motivado pela embriaguez, em um jantar tranquilo de uma quinta-feira à noite.

Georgiana se pegou com um humor muito irritadiço e inquieto. Certo dia, quando estava sozinha à mesa do café da manhã com o Sr. Burton, pois a Sra. Burton tinha ido à cidade para ver opções de papel de parede, tentou conversar com ele. O tio desapareceu rapidamente atrás do jornal, como de costume. Georgiana achou que havia sido muito gentil ao tentar entabular uma conversa quando estava se sentindo tão desanimada e não aceitou bem a rejeição.

Ela estava comendo uma maçã, e no silêncio que se instaurara, só se ouvia o som da fruta sendo mastigada. Para testar o tio, Georgiana mastigou fazendo tanto barulho que chegava a ser indecente. O Sr. Burton não se alterou. Ela tentou novamente, estalando os lábios dessa vez. O jornal tremeu. Georgiana esperou um minuto inteiro para dar a ele uma falsa sensação de segurança, então deu outra mordida gigantesca.

O jornal foi abaixado, e as sobrancelhas do Sr. Burton se ergueram acima do papel.

— Georgiana... — começou a dizer, mas ela o interrompeu.

— George. Agora é George.

O Sr. Burton pareceu perplexo.

— George?

— Sim, eu gostaria de ser tratada como George. Pelo menos é assim que meus amigos me chamam.

— Não posso chamá-la de George — disse o Sr. Burton, incrédulo. — O nome do rei é George, pelo amor de Deus!

— Nunca ouvi falar dele — retrucou Georgiana, e saiu da mesa levando a maçã.

* * *

A Sra. Burton, que nos últimos tempos passara a observar Georgiana de perto como uma espécie de ave de rapina desapontada, convidou-a com firmeza a acompanhá-la até a sala de estar depois do jantar naquela noite. Quando conseguiu prender Georgiana lá dentro, ela pegou seu bordado hediondo e começou a trabalhar.

— Você tem passado muito tempo com a Srta. Campbell — observou ela, enquanto as agulhas tilintavam.

— Sim — confirmou Georgiana, sem saber se estava sendo repreendida ou parabenizada.

— Está se esquecendo dos compromissos com seus *outros* amigos, Georgiana?

Aquilo era uma repreensão, então.

— Que outros amigos? — perguntou Georgiana, com certa contrariedade.

— Ora, sabe que gosto muito da Frances, Georgiana, mas, a menos que eu esteja muito enganada, acredito que você tenha prometido outra visita à Srta. Walters — esclareceu a Sra. Burton, continuando a bordar.

— Certo, sim. — Georgiana se sentiu subitamente culpada, já que havia algum tempo que não pensava em Betty Walters. — Vou mandar um bilhete para ela, Sra. Burton, prometo.

— Muito bem — disse a Sra. Burton, com um sorriso astuto. — Vi que você estava se dando *muito* bem com o Sr. Hawksley no jantar, Georgiana. E ao piano.

Se ela soubesse o quanto eles haviam se dado bem, pensou Georgiana, a tia provavelmente bordaria um buraco em si mesma de choque.

— Sim, bem, ele é muito bom com as mãos — comentou Georgiana desastradamente. — Hum... com o piano, quero dizer.

Mas a tia pareceu não ter notado; provavelmente presumia que Georgiana não conhecia outros usos para as mãos de um homem.

— Não quero me *intrometer* — disse a Sra. Burton, se intrometendo —, mas meu Deus, como ele é bonito, Georgiana. E é... Bem, seria uma união vantajosa.

— Você quer dizer que ele é rico o suficiente para comprar todos nós.

— Ah, pelo amor de Deus, você precisa ser tão rude? — A Sra. Burton suspirou e pousou o bordado no colo. — Só estou dizendo que, se você *gosta* dele, talvez seja sensato deixar claro. Com sutileza, é claro. Mas não sutileza *demais*.

— Ele não está interessado, tia — disse Georgiana com firmeza. — Tenho certeza.

A verdade — ou seja, que Georgiana pensava que Thomas *estivera* interessado, que recentemente eles haviam estado a poucos centímetros de se beijarem, que ela achava que arruinara suas chances com ele por ser de uma covardia imperdoável — era muito complicada de explicar. Georgiana se levantou para sair, esperando para ver se a Sra. Burton protestaria, o que não aconteceu. Quando chegou à porta, no entanto, ela ouviu a tia pigarrear.

— Você deveria prestar atenção no que digo, Georgiana. Rapazes bonitos, ricos e *gentis* não são tão fáceis de encontrar. Principalmente os que são.... *bons com as mãos*.

Georgiana saiu apressada antes que pudesse pensar muito sobre o que exatamente aquilo significava.

Na manhã seguinte, uma carruagem desconhecida chegou à porta da casa de Georgiana, e logo se tornou evidente quem era o dono quando Jonathan se inclinou despreocupadamente para fora e gritou:

— Entre, camponesa... vamos almoçar na casa da Cecily.

O almoço em questão fora arrumado ao abrigo de um gazebo grande e ornamentado, já que o dia estava assustadoramente quente. Jane e Frances já estavam sentadas, embora parecessem ligeiramente distantes uma da outra, como se tivessem discutido recentemente. Georgiana evitou o olhar de Frances enquanto se sentava, se perguntando, não pela primeira vez, se Frances poderia estar zangada com ela por não ter escrito ou ido visitá-la, mas determinada a não se importar.

Cecily, pelo menos, parecia encantada, e beijou Georgiana no rosto, antes de lhe oferecer um prato.

— Vai haver uma *festa* — disse ela, o rosto enrubescido de empolgação.

Georgiana ficou confusa.

— *Sempre* vai haver alguma festa.

Ela cortou uma fatia de queijo e comeu, enquanto Jane soltava uma risadinha irônica.

Frances estava estranhamente silenciosa e apática, os olhos fixos no prato sem parecer vê-lo.

— Não como essa — insistiu Cecily, colocando uma uva na boca e soltando um suspiro sonhador.

— O conde dono da Casa Haverton está de volta. O lugar onde você fez aquele piquenique esquisito — lembrou Jane, pegando a taça de vinho. — Ele geralmente promove o último grande evento da temporada. Estou convencida de que ele não se importaria se queimássemos aquela casa até virar cinzas, pois não tem herdeiros para quem deixá-la.

— Ah, seria um desperdício queimá-la — comentou Jonathan. — Aquele lugar é como uma espécie de santuário à perversão. As paredes no interior são de veludo vermelho e folha de ouro de uma ponta à outra, e abarrotadas com as obras de arte mais ultrajantes e obscenas. E as festas dele... você não viveu até ter ido a uma das festas de lorde Haverton.

— Então eu estive morta todo esse tempo? — brincou Georgiana, mas sua curiosidade havia sido aguçada. — E todos serão convidados? Família, acompanhantes? Não consigo imaginar o Sr. e a Sra. Burton em um cenário com veludo vermelho, admirando esculturas pornográficas.

— Ah, acompanhantes são *estritamente* proibidos — respondeu Cecily, espetando mais um pedaço de queijo na ponta da faca. — A festa é só para menores de trinta anos. Essa é uma das regras. Mas o homem é um *conde*, não é? E o tio dele costuma estar lá, por isso meus pais não se incomodam nem um pouco que eu vá. Acho que ainda têm esperança de que eu consiga chamar a atenção dele. Mas Jonathan talvez tenha mais sorte nesse aspecto.

Jonathan jogou um pedaço de pão nela, errando por pouco a taça de vinho, e Cecily encarou-o irritada.

— Isso não vai funcionar com os Burton — comentou Georgiana, pensativa, enquanto afastava o copo de Cecily do caminho. — Se essas festas têm uma reputação tão questionável quanto você diz, acho que a Sra. Burton talvez seja firme em me proibir de ir. Vou ter que pensar em alguma coisa.

— O tio do conde é tão ruim quanto ele, se não pior — alertou Jonathan. — Tenho certeza de que, no ano passado, eu o vi desaparecer na estufa das laranjeiras por volta das três e meia da manhã, trajando apenas o chapéu e carregando a pistola como se fosse cometer um breve homicídio ao luar, vestido como veio ao mundo.

— Ninguém apareceu morto, pelo que me lembro — disse Cecily, dando de ombros.

Georgiana fingiu uma expressão alarmada para Jonathan, que riu dentro da taça de vinho.

— Haverton deveria se casar com alguém aceitável e seguir com a vida — disse Frances, finalmente quebrando o silêncio. — A atitude dele é tão egoísta. A casa vai acabar indo para algum parente muito distante de quem ninguém por aqui jamais ouviu falar.

— Talvez ele tenha outras esperanças no casamento além de simplesmente uma união sem amor por questões de praticidade e logística de suas propriedades imobiliárias — respondeu Jane.

A declaração teria soado inofensiva, não fosse pelo tom, e Frances na mesma hora correspondeu para enfrentar a amiga.

— Por que você não se casa com ele? Tenho certeza de que seus pais vão adorar se livrar de você.

Georgiana segurou com mais força a taça de vinho ao ver Jane se encolher. Poderia ter passado por uma brincadeira, mas ninguém riu.

Em vez disso, Jonathan se virou para Georgiana e pressionou uma mão suplicante em seu braço.

— Tenho andado aflito tentando decidir o que usar, você precisa me aconselhar. Se eu tiver que pensar sobre isso por mais um segundo, temo que meu cérebro comece a vazar pelos ouvidos.

— É um baile à fantasia — explicou Cecily para Georgiana, que franziu o cenho na mesma hora.

Ela não tinha absolutamente nada adequado para um baile à fantasia e, ao contrário dos outros, não tinha recursos infinitos que lhe permitiriam conseguir algo em menos de uma semana.

— Que tipo de fantasia? — perguntou para Cecily.

— Ah, a que você quiser, na verdade, mas o tema é "ninfas e dríades".

— Certo, então o que eu quiser, desde que pareça uma personagem de um mito grego. Ajudou muito.

Georgiana repassou mentalmente seu guarda-roupa, mas não pensou em nada que pudesse funcionar.

— Eu poderia dispensar roupas de um modo geral e simplesmente me pintar de ninfa azul da água — declarou Jonathan, a expressão pensativa, arqueando a sobrancelha para Georgiana. — Junte-se a mim na minha depravação. Enrole-se em um lençol e diga que é uma ninfa do quarto.

— Tenho certeza de que isso passará a impressão certa, ainda mais em uma festa sem acompanhante, onde aparentemente todos teremos sorte de escapar sem sermos baleados por um homem idoso nu.

Todos, menos Frances, riram.

— James vai estar lá — disse Cecily, deixando cair distraidamente uma uva em sua taça de vinho e observando-a balançar com um sorriso beatífico. — Eu o vi na outra noite... ele disse que ia me comprar um *cavalo*. Sabe, acho que ele talvez me peça em casamento.

— Cecily! Isso é maravilhoso — disse Georgiana com alegria genuína, enquanto Jonathan dava um tapinha nas costas de Cecily. — Acho realmente desconcertante que você não tenha se casado no momento em que completou dezoito anos. Deve ter tido que abater os pretendentes com um pedaço de pau.

— Bem, eu *estive* noiva há alguns anos — contou ela, o tom tranquilo, e Georgiana encarou-a boquiaberta. — Só que... Bem, deu tudo muito errado.

Frances deu uma risadinha irônica.

— Sempre tão azarada no amor, não é, Ces? Apareceu na igreja errada, foi?

— Não — murmurou Cecily, parecendo um pouco envergonhada.

— Ah, ignore — disse Georgiana, o tom um pouco mais duro do que pretendia. — *Eu* quero saber.

Todos pareceram prender a respiração coletivamente, enquanto esperavam pela resposta de Frances, mas ela apenas se recostou na cadeira. Georgiana fingiu não ver o olhar significativo que Jane trocou com Jonathan, do outro lado da mesa.

— Eu gostava muito dele, na verdade. Foi a primeira pessoa de quem eu gostei depois... bem, a primeira pessoa de quem eu gostei em muito tempo — disse Cecily, abaixando a cabeça. — Ele era herdeiro de um ducado. E sua família não ficou muito satisfeita comigo. Queriam que ele se casasse com alguém com título, entendem... Mas acabaram aceitando. Só que ele perdeu a coragem pouco antes do casamento. Disse que também gostava de outra moça, de posição social muito mais alta, e que relutava em escolher entre nós duas.

Ela suspirou.

— Então eu disse a ele... disse para que seguisse seu coração, e que se fosse muito difícil escolher, eu desistiria. Odeio fazer escolhas, elas são sempre terrivelmente difíceis para mim. Às vezes demoro uma hora para decidir o que quero para o café da manhã, então realmente fiquei com pena dele, e sabia que sua família ficaria muito satisfeita. Teria sido difícil me casar pensando que eu estava prejudicando suas perspectivas de futuro, entendem, e ficaram todos tão empolgados com a união com a outra moça...

Georgiana não soube o que dizer. Ela estendeu a mão e apertou a da outra moça.

— Você é um amor, Cecily. Boa demais para esse mundo. Qualquer cavalheiro teria sorte em tê-la como esposa.

— Ah, não sei — disse ela, enrubescendo.

— Se James não a pedir em casamento, eu me caso com você — disse Jonathan.

Jane soltou um som baixo de deboche.

— Não, estou falando sério — continuou ele. — Estive pensando a respeito e acho que nos divertiríamos muito. Vou salvá-la do perigo iminente de se tornar uma solteirona. Você pode brincar no campo e atirar suas flechas, e nesse meio-tempo eu entreterei os cavalheiros. Será o arranjo moderno perfeito. Para mim, pelo menos. Chega de reuniões clandestinas em adros e jardins. Chega de sofrer, de ficar definhando, e de segredos.

— Ah, mas isso não é meio romântico? — comentou Georgiana.

Ela imediatamente soube que tinha dito a coisa errada quando Jonathan estremeceu.

— Na verdade não, George. Não parece tão poético quando é só o que se pode ter. Receio que não seja uma história de conto de fadas em que todo o sofrimento vale a pena no final. A parte boa apenas vem junto com toda a dor.

Georgiana não tinha certeza se estava imaginando, mas a tensão entre Jane e Frances pareceu se intensificar.

— Meu Deus, sinto muito, Jonathan. Isso é terrível — disse baixinho.

Jonathan torceu o nariz para ela e deu de ombros.

— Não precisa chorar. Há coisas piores no mundo do que a minha vida... como, por exemplo, imagine ser Christopher.

Georgiana riu.

— Eu gostaria de saber — disse Frances de repente — quando ficamos tão tediosos.

Ela estava com o corpo erguido na cadeira, os olhos estreitados e fixos em Georgiana, como se fizesse algum tipo de desafio ilegível.

O calor do dia de repente pareceu alcançar Georgiana, a cadeira queimando suas costas, onde o sol se infiltrara sob o gazebo, mas ela se manteve firme.

Não deu atenção a Frances. Ninguém deu. E Georgiana experimentou uma sensação estranha, uma súbita e inesperada onda de satisfação sombria, ao se dar conta de que, daquela vez, todos olhavam para *ela* em expectativa.

Capítulo vinte e um

Georgiana pensou muito em como abordar o assunto da festa de lorde Haverton com a Sra. Burton, mas no final sua salvação veio na forma de uma carta de Betty Walters. Ela sentiu uma leve pontada de culpa assim que viu o nome assinado em letras redondas e perfeitas, pois ainda não havia escrito para Betty, que claramente se cansara de esperar. Por sorte, parecia que ela era muito mais concisa ao escrever do que ao falar.

> Cara Srta. Ellers,
>
> É meu desejo mais ardente desfrutar de sua companhia mais uma vez, depois do chá e da conversa que compartilhamos mês passado. Eu mal consegui acreditar que tantos dias haviam se passado, mas então contei nos dedos, e era verdade! Imagino que a senhorita tenha andado ocupada e, portanto, escrevo para perguntar se irá ao baile na propriedade dos Haverton esta semana. Tive informações confiáveis de que ele dá as festas mais incríveis! A vovó não irá, é claro, mas se a senhorita me acompanhar, ela concordará que eu compareça. Proponho que nos encontremos às nove horas da noite na entrada oeste. Isto é, se a senhorita não preferir que eu vá buscá-la na nossa carruagem, pois eu não seria ousada a ponto de ir sozinha! Por favor, me responda assim que possível.
>
> Atenciosamente,
> Srta. Elizabeth Walters

— Estão vendo? Betty precisa que eu vá — disse Georgiana, erguendo a carta como uma arma assim que o Sr. e a Sra. Burton terminaram o jantar.

— Ainda nem tiraram os pratos, Georgiana. Vai acabar sujando o papel de manteiga.

A Sra. Burton resgatou a carta do seu destino lambuzado de manteiga e leu-a. Então, mostrou-a ao Sr. Burton, que assentiu em um movimento tão rápido e mecânico que não havia como ele ter lido.

— Não sei, Georgiana. Lorde Haverton sempre pareceu um sujeito bastante excêntrico. Eu não gosto disso. Não gosto nada disso.

— Acho... acho que ele é monstruosamente incompreendido — bradou Georgiana, em uma tentativa exasperada. — Ele é apenas um homem solitário, só isso. Imagine ter uma casa tão grande e quase nenhuma família para preenchê-la.

— Bem, suponho que se a Sra. Walters não ficou preocupada... — A Sra. Burton estava vacilando.

— Betty precisa de mim. Ela não pode ir sozinha, tia, a senhora sabe disso. Tomaremos conta uma da outra e nos certificaremos de ficar longe de qualquer coisa fora do comum. E... lorde Haverton precisa de nós, para afastar a terrível sombra da solidão!

Georgiana achou que talvez tivesse exagerado um pouco nessa parte, mas parecia estar funcionando.

— Muito bem. Mas você deve estar de volta em casa à meia-noite, Georgiana. E cuide de Betty, está certo? Ela é uma alma sensível. Ela vai pegar a carruagem da Sra. Walters, eu espero... peça para que venha buscar você aqui, para que as duas possam chegar juntas.

Cara Betty,

Muito obrigada por sua carta, ela me trouxe mais alegria do que você jamais poderá imaginar. Eu certamente estarei no baile na Casa Haverton... vejo você lá!

Sua,
Georgiana Ellers

Georgiana acabou tendo *mesmo* que usar um lençol para a festa. Era um dos melhores da Sra. Burton, e ela não tinha ideia de como explicaria todos os buracos que teve que fazer para prendê-lo ao corpo, mas começou a conceber histórias loucas de ratos nefastos nos quartos assim que decidiu roubá-lo, e pensou consigo mesma que resolveria os detalhes mais tarde. Ela fez questão de pegar o lençol quando os Burton estavam fora e, quando o dia do baile chegou, disse à Sra. Burton que iria "descansar um pouco" antes da festa. Então, trancou a porta e arrumou o lençol de forma que se assemelhasse a um vestido. O tecido envolvia a sua cintura e subia até os ombros, mas tinha a tendência a se inclinar de forma pouco atraente se ela não o ajustasse a cada poucos minutos.

Uma fuga perfeita naquela fantasia dependia de um planejamento cuidadoso. A Sra. Burton se retirara para a sala de estar depois do jantar e o Sr. Burton saíra para a sua caminhada noturna com a precisão de um relógio. Mas se a tia pressentisse um mínimo sinal de movimento, sairia correndo para se despedir de Georgiana e cumprimentar Betty. Como, na verdade, Georgiana combinara que Cecily e Jonathan fossem buscá-la — já que Betty teria entrado na casa para ser educada, e a Sra. Burton certamente teria proibido a sobrinha de dar mais um passo na direção da Casa Haverton se a visse a vestida em roupas de cama —, ela precisava garantir uma distração infalível para a tia.

Quando Georgiana finalmente ouviu o som baixo de uma carruagem se aproximando, correu para os fundos da casa, onde um vaso feio estava no parapeito da janela acima da escada. As janelas geralmente ficavam fechadas, mas Georgiana as abrira algumas horas antes para não levantar suspeitas. Ela hesitou por um segundo, então se encolheu e deu um bom empurrão no vaso, que caiu como uma pedra e se arrebentou espetacularmente no pátio, fazendo tanto barulho que Georgiana arquejou, apesar de ter sido ela quem o empurrara para a morte. Ela ouviu a exclamação da Sra. Burton na mesma hora e aguardou um momento, prestando atenção.

Como previsto, a tia estava correndo para os fundos da casa, chamando pela sobrinha para perguntar se ela tinha ouvido alguma coisa errada.

— Ah, *não*, que confusão! Deve ter sido o vento... e as janelas! Abertas! Quem deixou as *janelas* abertas? — dizia a Sra. Burton para si mesma.

Georgiana aproveitou a deixa e disparou para a escada, quase tropeçando no lençol na pressa. Estava quase livre quando parou derrapando. Emmeline estava parada na porta da sala de jantar, segurando a prata que polia, olhando para Georgiana em estado de choque.

— Por favor — murmurou Georgiana, arregalando os olhos em uma expressão suplicante.

Por um segundo, pareceu que Emmeline ia objetar, mas ela apenas suspirou, balançou a cabeça, confusa, e seguiu o som da reclamação da Sra. Burton até o jardim. Georgiana completou a fase final de sua fuga e subiu na carruagem de Cecily, ofegante.

— Você *é* uma ninfa do quarto! — exclamou Jonathan, e entregou uma garrafa de vinho a Georgiana antes mesmo que ela terminasse de se sentar.

— Sou! Ces, é melhor irmos embora depressa — disse ela, ainda ofegante, olhando furtivamente para a casa.

— Ah! Você saiu fugida, não foi? Não diga mais nada. — Cecily inclinou a cabeça para fora da janela. — Vamos, Simon! Rápido!

Eles partiram em alta velocidade, e Georgiana finalmente conseguiu relaxar no assento e tomar um gole revigorante de vinho enquanto examinava as fantasias dos amigos.

Cecily estava vestida de verde, com o que parecia ser folhagens de verdade entremeadas nos cabelos. Ela conseguira um xale de tecido musgoso estampado com folhas, tão leve que parecia flutuar continuamente sobre seus ombros. Havia esmeraldas decorando suas orelhas, e chegara a pintar o colo de verde e dourado, para completar o efeito. Parecia tão etérea que Georgiana não teve dificuldade em acreditar que vinha de um mundo completamente diferente daquele que ela, uma mulher vestindo um lençol, habitava naquele momento. Felizmente, Jonathan decidira usar roupas e cintilava em uma sobrecasaca em tons de azul-celeste.

Georgiana se sentia oscilar descontroladamente entre o nervosismo e a empolgação enquanto tomava outro gole da garrafa de vinho e tentava ouvir Cecily falando sobre arremesso de machado, um novo hobby que ela aparentemente adquirira na semana anterior. Georgiana não tinha certeza do que a esperava naquela festa, mas por algum motivo parecia que seria um evento mais importante do que qualquer um dos outros a que comparecera antes. Não lhe passou despercebido que Cecily oferecera a carruagem sem que ela precisasse pedir, e que Frances estivesse ausente, o que deixava claro que ela, de alguma forma, se tornara parte essencial do grupo deles *sem* a interferência de Frances. Se Frances não a convidasse para se hospedar com ela em Londres em setembro — algo que naquele momento parecia muito possível, se a frieza entre as duas persistisse —, pensou Georgiana, certamente Cecily ou Jonathan o fariam, certo?

Depois de subirem a longa entrada de veículos até a casa, ela sentia as palmas das mãos úmidas e a cabeça girando, mas sabia com certeza que estava exatamente onde deveria estar.

Eles tiveram que esperar em uma fila de carruagens antes que pudessem parar diante da Casa Haverton e, quando Georgiana desceu, se deparou com imponentes paredões cinza, pilares da largura de troncos de árvores antigas e uma plateia de gárgulas e unicórnios de pedra olhando para ela das balaustradas. Os degraus largos que levavam a uma enorme porta de carvalho eram ladeados por tochas flamejantes e criados fantasiados segurando bandejas de bebidas. Jonathan insistiu que eles parassem várias vezes no caminho para se hidratarem antes de chegarem ao topo.

O interior da casa também não decepcionou. Parecia uma loja de penhores visitada apenas por pessoas incrivelmente excêntricas e ofensivamente ricas, com itens variados e distribuídos de forma desordenada adornando todas as paredes e superfícies. No corredor, foram recebidos pela visão de um enorme modelo de navio, com uma figura na proa que Cecily explicou ser bastante parecida com lorde Haverton, embora representado de forma um pouco mais lisonjeira, mais flexível e musculoso. Uma parede inteira era ocupada por incontáveis facas, garfos e colheres, que haviam sido dispostos em padrões cuidadosos, como alguém talvez fizesse com espadas militares. Enquanto atravessavam a casa, eles passaram pelo que parecia ser o modelo em miniatura de um vilarejo. Olhando mais de perto, viram que era uma reprodução da própria cidade em que estavam, e exclamaram com prazer enquanto apontavam suas respectivas casas. Georgiana tentou não se ofender com o fato de os Burton estarem representados por uma minúscula caixa marrom anônima.

Os convidados se aglomeravam no salão de baile, decorado com o que pareciam ser árvores vivas, e, de algum modo, haviam conseguido instalar fontes a intervalos regulares, de onde a água brotava lindamente. Foi como se deparar com um bosque encantado, a luz estranhamente esverdeada, todos os presentes no salão pintados e fantasiados, como se viessem de outro mundo. Frances e Jane já estavam paradas junto a uma das fontes e Jane os viu e acenou.

As duas estavam tão bem-vestidas quanto Cecily e Jonathan, e Georgiana ajeitou o lençol ao redor do corpo, constrangida, esperando não parecer tão tola quanto se sentia. Jane estava envolta em tons quentes de vermelhos e marrons outonais, com uma coroa de frutos de aparência venenosa na cabeça, e Frances estava de branco esvoaçante, mas seu vestido não lembrava em nada o lençol de Georgiana. O tecido era tão fino que cascateava ao redor dela como água.

Ficou imediatamente claro que Frances havia começado a noite muito antes do resto deles. Talvez até mesmo antes do café da manhã. Seu corpo já oscilava e o vestido parecia em constante perigo de ser respingado com vinho do copo que ela mal conseguia segurar na vertical.

— Vocês chegaram — disse ela de forma um pouco redundante quando eles se aproximaram.

Jane tirou habilmente o copo da mão de Frances, antes que caísse, quando ela o esqueceu completamente para passar um braço em volta dos ombros de Jonathan. Georgiana estava preparada para o conflito e ficou agradavelmente surpresa ao ver a outra agindo de forma tão agradável, mesmo que induzida pela bebida.

— Ela está bem? — perguntou Georgiana a Jane em um murmúrio, assim que se viu livre das mãos suadas de Frances.

Jane revirou os olhos e balançou a cabeça brevemente, enquanto colocava o copo fora de vista, do outro lado da fonte, antes que Frances pudesse alcançá-lo novamente.

— Christopher disse que tinha alguma coisa para nós — resmungou Frances, inclinando-se um pouco demais na direção de Jonathan, antes de ser sutilmente amparada por ele. — Vamos encontrá-lo.

— É mesmo? — falou Jonathan, fazendo uma careta. — Não posso dizer que me sinto muito inclinado a aceitar esse convite.

— Ah, não seja.... não seja sensato, Jonathan — disse Frances, irritada. — Não combina com você. Vamos, Ces, Janey.

Ninguém se mexeu.

Georgiana viu Frances se dar conta daquilo, viu a surpresa e a fúria distorcerem sua expressão, já que ela estava bêbada demais para esconder. Qualquer que fosse o poder que ela normalmente detinha sobre todos eles, parecia estar vacilando inesperadamente. Ela abriu a boca novamente, e Georgiana decidiu evitar um problema.

— É melhor irmos logo — disse ela, dando de ombros — e saber do que se trata, enquanto ainda estamos razoavelmente donos do nosso juízo. Ficará mais difícil ele nos roubar ou nos sacrificar a Baco se ainda estivermos firmes nos nossos pés.

— Quem está firme nos pés? — comentou Jane, olhando para Frances.

Mas quando Frances se afastou de Jonathan e começou a atravessar o salão, todos a seguiram.

Eles abaixaram a cabeça e foram se desviando dos outros convidados. No caminho, Frances se inclinou para pegar outro copo de vinho da bandeja de um garçom vestido como um fauno. Eles se espremeram para passar por um corredor lotado até chegarem a um salão escarlate, lotado com todo tipo de criaturas taxidermizadas. Ali dentro, encontraram Christopher, que parecia a epítome de um deus grego mal-intencionado, ladeado por outros quatro homens vestidos de forma semelhante, fumando algo que enchia a sala com uma névoa densa e pungente. Ele aparentemente decidira que usar uma camisa era opcional, e Georgiana olhou para todos os lugares, menos para ele, a pele vibrando em desconforto.

— Ah! Srta. *Georgiana* — chamou Christopher em uma voz lânguida.

Georgiana percebeu que ele estava de fato apoiado em um enorme felino listrado e morto, que só podia ser um tigre, embora ela nunca tivesse visto um pessoalmente antes. Ela o cumprimentou com um aceno de cabeça e sorriu com os lábios cerrados, avaliando que ele parecia lento demais no momento para representar qualquer tipo de ameaça real.

— Vieram experimentar algumas das minhas *muitas* delícias, não é?

— Ora, se ao menos conseguíssemos identificá-las... — disse Jonathan, mas Frances já estava ao lado de Christopher, estendendo a mão para a garrafinha escura pendurada em seus dedos.

Ele sorriu para Georgiana enquanto entregava a garrafa, mas se virou bruscamente para Frances quando ela removeu a tampa com gestos desajeitados.

— Cuidado — alertou ele, e agarrou o pulso dela, já sem nenhum sinal de moleza. — Não derrame. Você só precisa de uma gota ou duas.

Frances se concentrou tempo o bastante para depositar duas gotas pesadas de líquido em sua taça de vinho, e bebeu tudo de uma vez.

— O que é? — perguntou Georgiana, desconfiada, enquanto Frances entregava a garrafa a Jane.

— Sangue de inocentes — respondeu Jane, séria, mas seguiu o exemplo de Frances e acrescentou um pouco da coisa à própria bebida, estremecendo ao engolir.

— É uma mistura especial minha — respondeu o Sr. Crawley, o que talvez fosse ainda mais alarmante do que não fornecer nenhuma informação.

Mas Georgiana não ficaria para trás na noite mais louca do ano, assim, fez o mesmo que as outras, virou o conteúdo do copo e passou a garrafa para Cecily, tossindo e cuspindo quando o amargor da substância atingiu sua língua.

— Um pouco demais para você, é? — zombou Christopher, e estendeu a mão para esfregar as costas de Georgiana enquanto ela não estava em condições de detê-lo.

— Não me toque — retrucou ela, irritada, e se desvencilhou dele.

A sala já girava ao seu redor, e ela teve a estranha suspeita de que suas mãos não estavam mais na extremidade dos seus braços, por isso esticou-os diante do corpo para se certificar de que permanecia intacta, mas quando flexionou os dedos, eles pareceram se mover com alguns segundos de atraso. Tudo deveria ter parecido levemente perturbador, mas Georgiana não conseguia sentir nada além de um agradável distanciamento.

Um dos amigos de Christopher passou o cachimbo adiante, de mão em mão. Quando foi a vez de Cecily, ela soprou anéis de fumaça, para o deleite de todos, exceto de Frances, que revirou os olhos e agitou a mão para dissipá-los.

— Estou me sentindo muito observado neste momento — comentou Jonathan.

Ele apontou para as muitas cabeças empalhadas e presas na parede, para os chifres acima da lareira, a pilha de peles de animais aparentemente *sobrando*, jogadas sobre o encosto de um dos sofás. Depois do comentário do amigo, Georgiana sentiu que havia muitos olhos maldosos e vidrados fitando-a no meio da escuridão. Principalmente os de Christopher.

— Ah, Deus. Sinto como se estivessem olhando diretamente para a minha alma — disse Georgiana, erguendo uma das mãos, que de repente parecia semitranslúcida, para tentar se proteger do olhar de uma zebra extremamente crítica.

— Que alma? — disse Frances, em um tom que parecia leve, mas não soou nada convincente.

— Vamos, George — disse Cecily, e pousou a mão no ombro de Georgiana. — Você ainda não fez a grande excursão pela casa. Mais alguém? Jane?

Jane olhou para Frances, que no momento estava acariciando as orelhas de um tapete de pele de lobo como se o animal ainda estivesse vivo para apreciar, e balançou a cabeça.

Georgiana se permitiu ser puxada gentilmente para fora da sala. O ar do lado de fora estava misericordiosamente fresco, apesar da enorme quantidade de convidados, e Georgiana se pegou respirando fundo como se acabasse de sair de uma caverna ou sido puxada das profundezas de um poço.

Elas abriram caminho através da multidão barulhenta, tirando da frente qualquer um que entrasse em seu caminho e rindo enquanto caminhavam. Então, desceram cambaleando uma grande escada até chegarem a um corredor longo e amplo que estava muito menos povoado. Cecily experimentou uma maçaneta ao acaso e descobriu que estava trancada. Ela tentou abrir a seguinte dramaticamente, sem dúvida esperando resultados semelhantes, mas as duas moças deram um gritinho de susto quando a porta realmente abriu e revelou um homem idoso usando uma toga muito reveladora. Ele estava parado no meio da sala, em cima de um baú de madeira, enquanto três mulheres, largadas em grandes almofadas, pareciam pintá-lo. Todos que estavam na sala se viraram para encará-las, e Cecily fechou a porta rapidamente, tentando abafar o riso.

Ela se aproximou lentamente da porta ao lado, levando um dedo aos lábios e fazendo um "*shhh*" exagerado enquanto abria apenas uma fresta para que elas pudessem ver o que estava acontecendo lá dentro.

A princípio, Georgiana só conseguiu ver movimento — que logo se tornou uma massa de *alguma coisa* que se contorcia, alguma criatura imensa com muitos braços e muitas pernas, se movendo de forma independente —, então tudo se encaixou e ela percebeu que eram *corpos*. Georgiana tapou a boca com as duas mãos em estado de choque, piscando rapidamente. Eram corpos humanos nus, aparentemente sem qualquer vergonha da própria nudez e do fato de estarem se tocando, se beijando, *fornicando*...

— Ah — disse Cecily em um tom débil. — Ai, *meu Deus*.

— Mas eles estão... O que eles estão *fazendo?* — perguntou Georgiana em um sussurro, apoiando-se na parede.

Cecily deixou a porta se fechar e se virou para ela com os olhos arregalados.

— Bem... com certeza não estavam pintando! Ah, meu Deus. Acho que lorde Haverton talvez estivesse ali dentro, em algum lugar, mas não me atrevi a olhar com muita atenção.

Georgiana pensou que, àquela altura, nada mais a chocaria. Imaginava já ter visto o que de mais escandaloso aquele mundo tinha a oferecer, mas claramente para algumas pessoas não existia limite. Ela sabia que nunca seria capaz de "desver" o que vira, a imagem estava gravada em sua mente de forma indelével e provavelmente a assombraria por muitos anos.

— Meu Deus, é como se estivéssemos no *inferno* — comentou Cecily, parecendo bastante satisfeita. — Rápido, rápido!

Ela estava puxando Georgiana pelo corredor novamente, agora com um propósito.

— Ah, Deus, o que é agora? — perguntou Georgiana, realmente apreensiva, tentando se recompor, quando pararam diante de outra porta.

— Não se preocupe. Eu sei o que tem aqui, e é encantador — disse Cecily, e abriu a porta.

Elas foram imediatamente atingidas pelo cheiro de estrume. Georgiana colocou a mão sobre o nariz e a boca, temendo o pior, então seus olhos se ajustaram à luz fraca, e ela entendeu por que cheirava tão forte a esterco.

Era esterco. A sala estava cheia de palha e, no canto mais distante, balançando as orelhas de um jeito interessado em direção às intrusas, estava um enorme cavalo preto.

— Esse é...? É o *quarto do cavalo* dele? — perguntou Georgiana sem acreditar, seus escrúpulos esquecidos.

— Sim! — respondeu Cecily, animada. — Se você reparar no corredor no caminho de volta, vai ver... vai ver pequenos pontos amassados nas tábuas do piso, lá embaixo. O dono o traz para cá sempre que vem para ficar, para poder ficar perto dele. Não é a coisa mais incrível que você já viu?

— É a coisa mais *absurda* que eu já vi. Esse cavalo tem um quarto melhor do que o meu. Mas é um animal *adorável*.

Georgiana se aproximou com a palma da mão estendida, e o cavalo relinchou suavemente e esfregou o focinho aveludado em seus dedos para ver se a intrusa lhe levara alguma coisa para comer. Quando descobriu que não, voltou a pastar de uma cesta pendurada na parede. Ela coçou atrás das orelhas do animal, e ele recebeu suas atenções sem reclamar. Ao olhar em volta, Georgiana viu que todos os quadros na sala retratavam cavalos. E se sentiu ligeiramente histérica.

— *Esses são os ancestrais do cavalo?* — perguntou, meio ofegante, apontando para um retrato de aparência muito solene de um cavalo semelhante, em uma moldura dourada muito elegante.

— Sim — respondeu uma voz suave atrás delas.

Georgiana e o cavalo se sobressaltaram. Um homem baixo, de cabelos escuros, vestido apenas em um manto vermelho solto e com chifres elaborados saindo da cabeça, entrara na sala e agora as observava com os braços cruzados. Cecily fez uma reverência rápida, e Georgiana logo fez o mesmo.

— Aliás, o nome dele é Atlas. Do cavalo.

— Ah — disse Georgiana, nervosa, imaginando se elas estariam prestes a ser expulsas da festa —, belo nome.

— Vocês podem vir visitá-lo, ele gosta de companhia. Mas, por favor, não o levem para a festa. Ele é terrível quando bebe.

Georgiana mordeu o lábio para não rir, mas o homem que provavelmente era lorde Haverton não parecia estar brincando.

— Não levaremos — tranquilizou-o Georgiana. — Na verdade, hum... já estamos indo.

Ela escalou cuidadosamente a palha em direção à porta, tentando não sujar os sapatos ou o lençol muito branco.

— Espere, deixe-me olhar para vocês.

Georgiana parou ao lado de Cecily e se virou para encará-lo. O homem se inclinou para trás com a mão sob o queixo, avaliando-as silenciosamente por um momento.

— Superlativas. Gloriosas, vocês duas. Você — ele indicou Cecily com um gesto — é um anjo entre os meros mortais. E você... — Nesse momento, ele apontou para Georgiana. — *Amo* a sua abordagem do tema. Discreta, despojada. Era assim que os deuses teriam andado na terra. Vão, vão e aprontem alguma travessura!

Ele as enxotou, e as duas se viraram para sair, rindo.

— Divirtam-se, senhoritas! — gritou o homem do corredor, atrás delas. — E se virem algo pegando fogo, façam o que for, mas não apaguem.

As duas mal conseguiram chegar ao topo da escada antes de desabarem no chão, rindo tanto que seus olhos cintilavam de lágrimas.

— Ah, ele é um homem estranho — declarou Cecily assim que conseguiu falar, o que parecia um eufemismo muito generoso.

— Ele é brilhante — disse Georgiana, enxugando os olhos. — Estou apaixonada por ele. Se ele tratar uma esposa tão bem quanto trata aquele cavalo, eu o pedirei em casamento e aplacarei os temores de Frances a respeito da casa.

— Eu gostaria que Frances não cutucasse tanto Jane a respeito dele — disse Cecily, com um suspiro. — Ela fica insistindo sobre casamentos de conveniência, mas Jane nunca foi do tipo que... bem.

De repente, ela pareceu se dar conta de que havia falado demais. Georgiana manteve a expressão totalmente neutra.

— Frances cutuca todo mundo agora. Logo estaremos cheios de manchas roxas.

— Ela tem sido horrível, não é? Muito pior do que o normal. Acho que talvez se sinta melhor agora que Annabelle... *ah*, Deus, eu não deveria falar nada.

— Annabelle? — repetiu Georgiana, confusa. — Que Annabelle? Annabelle *Baker*?

— Suponho que sim. A moça, você sabe, da taberna. Jonathan não devia ter me contado, mas é claro que ele contou... E, de qualquer forma, ela se foi agora, portanto acho que não importa mais. — Suas sobrancelhas pálidas estavam franzidas em uma expressão consternada. — Você não vai dizer que *eu* contei, vai?

— Não sei nem o que *alguém* me contou — disse Georgiana com sinceridade.

— Ah, é uma tolice, na verdade. Frances descobriu quem era o pai de Annabelle. E escreveu para ele para contar o que a filha andava fazendo com Jeremiah, e agora suponho que ela vá ser... mandada para algum lugar.

— Mandada para algum lugar? Para *onde*?

— Ah, não sei. Uma escola? O convento? Para onde quer que... você sabe. Que *mandem* pessoas. — Cecily não parecia nem um pouco perturbada com aquilo.

Georgiana estava boquiaberta.

— Mas, Ces, ela não... Ela ao menos *sabia* sobre Frances? E se Jeremiah prometeu casamento a Annabelle, ou... ou...

— Você é um amor — disse Cecily, dando uma palmadinha carinhosa na parte mais próxima que conseguiu alcançar do corpo de Georgiana, que por acaso foi o pé. — Eu não me preocuparia com isso. Tenho certeza de que é um convento muito bom. Ah!

De repente, ela pareceu se lembrar de alguma coisa e se levantou, cambaleante, estendendo a mão para Georgiana.

— Precisamos descer. Está quase na hora da dança.

— Da dança? — perguntou Georgiana, desconfiada, a cabeça ainda ocupada por Annabelle Baker, enquanto era posta de pé por um braço surpreendentemente forte.

Ela mal ousava imaginar que tipo de dança aconteceria em uma festa como aquela.

— Sim, George, claro! Que tipo de baile seria esse sem *dança*?

Capítulo vinte e dois

Os convidados já estavam fazendo fila quando Cecily e Georgiana voltaram ao salão de baile e se juntaram aos aplausos no momento em que a orquestra deu início a uma música empolgante e a dança começou. Felizmente, parecia ser do tipo comum, sem envolver níveis anormais de nudez ou esterco.

— Aí estão vocês!

Jane foi ao encontro das duas; ela estava com uma das mãos nas costas de Frances e, a julgar pelo estado do equilíbrio da outra, aquilo parecia essencial para mantê-la de pé. Cecily exclamou encantada e beijou Jane no rosto com um floreio entusiasmado, como se não a visse há semanas, em vez de há apenas meia hora. Ou... será que realmente haviam se passado horas? Era difícil para Georgiana ter noção do tempo, os minutos se misturavam um ao outro, parecendo durar uma eternidade e logo desaparecer em um instante. Ela se sentiu um pouco nauseada com o movimento rápido, como se tivesse perdido as rédeas de um cavalo e galopasse fora de controle.

Jonathan apareceu de repente junto ao ombro de Frances e se inclinou para ser escutado.

— Ele está aqui. — Georgiana o ouviu murmurar no ouvido de Frances, e demorou um segundo para que entendesse quem exatamente poderia ser "ele". — Eu o vi no saguão de entrada há apenas alguns minutos.

A expressão de Frances ficou tensa, mas ela assentiu em resposta, mordendo o lábio com um olhar de extrema determinação. E, sem outra palavra para qualquer um deles, se virou e atravessou o salão por entre os convidados, em direção à frente da casa.

Georgiana a observou partir, então se virou para Jonathan para perguntar se realmente deveriam deixá-la ir sozinha, mas ele já se afastara, como se tivesse se desmaterializado espontaneamente, e Jane fora com ele. Antes que Georgiana pudesse expressar sua preocupação, Cecily agarrou-a pela mão e puxou-a para a próxima dança. Elas giraram uma ao redor da outra no caos, recebendo esbarrões por todos os lados. Georgiana mal conseguia manter Cecily em foco, e se esqueceu por um instante de suas preocupações enquanto a sala ficava turva e seus pés tropeçavam no ritmo da música. Ela jogou a cabeça para trás, de olhos fechados, e riu do absurdo de tudo aquilo.

No meio da música, as pessoas abriram espaço por um momento, e Georgiana viu uma figura alta, de cabelos encaracolados, vestida de forma totalmente errada para a ocasião, as costas rígidas e encostadas na parede enquanto observava os dançarinos com uma expressão cautelosa.

Ela se esforçou muito para não correr na direção dele e torceu para estar conseguindo andar em um ritmo casual e digno enquanto abandonava Cecily e abria caminho até lá. Thomas a viu antes que ela o alcançasse, o que a colocou na posição embaraçosa de precisar colocar no rosto uma expressão vagamente normal. Georgiana resolveu fixar os olhos nos pés enquanto caminhava, o que era uma precaução necessária, mesmo que os efeitos imediatos do conteúdo da garrafa de Christopher Crawley já tivessem começado a diminuir um pouco.

— Você não está fantasiado — disse ela quando o alcançou, levantando a voz para ser ouvida acima da balbúrdia.

— Não — respondeu Thomas, ainda observando a dança. Ele não parecia querer olhar em sua direção.

— Gostaria de dançar comigo?

Georgiana não estava convencida de que seria uma dançarina particularmente talentosa naquele momento, mas morrer em um acidente esquisito no salão de baile era preferível a ser total e furiosamente ignorada.

— Não.

A frustração a dominou. Não com Thomas, mas consigo mesma. Queria muito acertar as coisas entre eles de novo, mas aquilo parecia além dos limites de sua função cognitiva.

— Você sairia um pouco comigo? Eu preciso... lhe dizer uma coisa — pediu ela, baixinho.

Thomas não a ouviu, a princípio, e Georgiana precisou se inclinar para repetir, mas superestimou o impulso necessário para alcançá-lo e acabou sentindo uma mecha de cabelo dele roçar seu rosto enquanto repetia a pergunta. Estava quase certa de que ele negaria de novo, mas em vez disso Thomas assentiu secamente e seguiu-a até o pátio. O lugar estava cheio de convidados bebendo, gritando e rindo — a festa se derramando pela noite. O ar fresco teve o efeito de deixá-la ligeiramente mais sóbria, e Georgiana se deu conta de que não podia ter uma conversa séria com ele enquanto as pessoas passavam cambaleando, absortas no bacanal.

— Venha comigo — disse ela, colocando em prática um caráter ousado que não sabia possuir e pegando-o pelo braço.

Surpreendentemente, Thomas não resistiu e se permitiu ser levado pelo gramado em direção ao que Georgiana só podia supor ser a famosa estufa das laranjeiras.

Estava quente, escuro e perfumado ali dentro, o espaço iluminado por velas que sem dúvida eram um risco terrível de incêndio. Mas provavelmente não era considerado romântico pensar em segurança contra incêndio, e aquela era certamente uma área da festa designada ao romance. As árvores cresciam à própria sorte, descontroladas, os galhos se cruzando e dobrando acima deles, formando uma espécie de dossel. Ela ouviu risadinhas e o arrastar de sapatos na trilha por entre as folhas, mas não conseguiu ver a quem pertenciam, e logo o som de uma porta distante abrindo e fechando, seguido de silêncio, fez com que ela soubesse que agora estavam sozinhos. Georgiana se sentou em um banco de pedra, tentando se recompor.

Thomas ainda estava de pé, fitando-a com uma expressão cautelosa, como se ela estivesse prestes a atacá-lo. Georgiana concluiu que fora basicamente aquilo que acontecera. Arrastar fisicamente um homem para longe da companhia de outros, para dentro de uma estufa escura, poderia ser considerado um pouco ousado, mesmo naquela festa.

— Muito bem. Hum... em primeiro lugar, eu só queria me desculpar — disse ela, hesitante.

Ele respondeu com um breve aceno de cabeça.

— Não nos despedimos da forma como eu desejava, da última vez em que nos encontramos, e eu... Bem, eu não tenho justificativas o suficiente. Fui terrível. Frances é uma pessoa muito difícil de contradizer às vezes, mas eu deveria ter dito alguma coisa. Ela foi completamente imprópria. Espero que saiba que realmente apreciei o que você compartilhou comigo. Sei que deve ter sido... difícil para você falar sobre aquilo.

Thomas a encarava com uma expressão solene, e Georgiana sentiu uma onda de afeto por ele, pela forma como a pele enrugava quando ele franzia a testa. Então balançou a cabeça ligeiramente para tentar recuperar o foco.

— Não havia nem uma sombra de verdade no que ela disse sobre você, nós dois sabemos disso. Frances estava apenas com raiva e magoada e... enfim. Você não precisa perdoá-la. Não precisa gostar dela. *Eu* mal gosto dela em certos dias. Mas Frances *é* minha amiga, e isso é importante para mim.

— Muito bem — disse Thomas, cruzando os braços.

— Escute, sei que devo parecer uma terrível decepção para você, mas acho que não entende. Vir para cá foi como *renascer*, Thomas. Eu havia me resignado à ideia de que a vida passaria direto por mim, que não haveria grandes aventuras, nem amigos íntimos, nem histórias para contar. Eu não seria nada... ninguém importante para ninguém em particular. — Georgiana fez uma pausa para respirar, surpresa com a força repentina de seus sentimentos. — Nunca ousei sonhar com uma vida em que pudesse ter amigos como Frances, lugares para ir e *importância*. Talvez seja uma vaidade imperdoável, mas agora que tive um vislumbre desse mundo, não sei como poderia voltar à minha antiga vida e me sentir satisfeita.

Thomas se aproximou — com cautela, como se Georgiana pudesse transmitir raiva e ele não quisesse se colocar à distância de uma mordida — e se sentou ao lado dela no banco.

— Eu não teria nada disso, se não fosse por Frances. Estava muito solitária antes de conhecê-la. Talvez pareça uma desculpa ruim para um comportamento ainda pior, mas eu só queria... bem, só queria lhe dizer isso. Me explicar. Porque eu me importo muito com o que você pensa de mim, embora tenha feito um péssimo trabalho em demonstrar isso. Eu gostei de você desde o momento em que nos conhecemos.

— Georgiana...

— Talvez eu esteja fazendo papel de boba dizendo isso em voz alta — continuou ela, as palavras saindo atropeladas pelo pânico que sentia —, mas... *quero* ser boba. Nunca me permitiram isso, até agora.

— *Georgiana...*

— Sinto muito por tudo, Thomas, de verdade. Se lhe dei a impressão de que não era importante para mim, saiba que esse é o maior equívoco imaginável.

Georgiana sentiu uma lágrima solitária escorrer por entre os cílios e, como não tinha coragem de olhar para ele, ficou com os olhos fixos nas mãos, que estavam entrelaçadas com força no colo.

— Você já terminou? — perguntou Thomas, ainda parecendo muito sério.

— Sim — disse Georgiana em voz baixa.

— Vai olhar para mim?

— Não — respondeu ela, no mesmo tom baixo.

— Por que não?

— Porque tenho medo de que você me considere uma tola imperdoável.

Thomas suspirou, e ela sentiu que ele se mexia no banco ao seu lado.

— Você não é tola — disse ele, a voz muito mais próxima e mais suave do que ela esperava. — Ou ao menos, se for, então eu devo ser pelo menos duas vezes mais tolo.

Georgiana sentiu um choque percorrer seu corpo quando ele pousou a mão quente em seu maxilar, o polegar roçando o canto de sua boca. Ela pensou que talvez Thomas estivesse tentando enxugar uma lágrima, mas então o viu se inclinar na direção dela, segurar seu rosto entre as mãos e pressionar os lábios aos dela no mais suave dos beijos, como se tivesse medo de quebrá-la. E Georgiana sentiu que foi o que aconteceu, de certa forma. Alguma parte de sua mente claramente se desvinculara do restante, porque, abandonando todas as inibições, todas as preocupações de que aquele seria um limite que depois de transposto não permitiria volta, ela estendeu a mão para puxá-lo mais para perto. Thomas parecia estar quase sentindo dor no segundo antes de ela fechar os olhos, mas seus lábios se abriram para encontrar os dela e, por um momento glorioso, Georgiana permitiu ao seu corpo a proximidade pela qual ansiava desesperadamente desde que o conhecera. A mão dele subiu pelo seu maxilar até alcançar atrás da orelha, acariciando seu cabelo, os dedos se emaranhando nos fios enquanto ele tentava o impossível, que era puxá-la ainda mais para perto. Então, de repente, Thomas se afastou, a respiração pesada, os olhos fechados e as sobrancelhas franzidas, como se algo estivesse muito errado.

— Eu sinto muito. Sinto muito mesmo — disse ele, levantando-se e realmente se afastando dela.

— Não, não diga isso — disse Georgiana, ofegante. Ela não tinha ideia de como ele conseguia ter coordenação física para ficar de pé, muito menos pensar em se afastar. — Por favor. Fique.

Ele parou na porta da estufa, aparentemente incapaz de olhar para ela.

— Não, isso é... Nós dois sabemos que isso é errado. Você está fora de seu juízo normal, está alterada, e eu me aproveitei de você, e...

— Aproveitou-se de mim? — Georgiana começou a se sentir um pouco indignada. — Fui *eu* que trouxe você aqui! Eu... eu praticamente *arrastei* você para o meio dos arbustos. Posso lhe garantir que não sabia que isso aconteceria, mas estou feliz que tenha acontecido. Thomas, eu *quero* isso, bêbada ou sóbria... eu o teria beijado antes, na casa dos Taylor. E o beijaria em qualquer momento que você me aceitasse.

— Por favor, não, você não pode querer isso — declarou ele, agitado. — Não estamos noivos... nem fizemos uma iniciativa razoável de *cortejo*. Você passou tempo demais com aquelas pessoas, aquelas pessoas que não se importam com as consequências do que fazem. Você não quer...

— Não. Não! Não me diga o que eu quero — protestou Georgiana, levantando-se trêmula e indo até ele. — Olhe para mim.

Thomas se virou para ela, mas fechou os olhos e deixou escapar um suspiro de frustração enquanto balançava a cabeça.

— Georgiana, eu...

— Thomas. Por favor. *Olhe* para mim.

Finalmente, ele olhou. Thomas fitou-a como se estivesse com medo dela, e de si mesmo, e de tudo que pudesse acontecer a seguir. Georgiana estendeu a mão e afastou lentamente uma mecha solta do cabelo dele, tão ternamente quanto ele a tocara pela primeira vez. Thomas estremeceu muito brevemente ao toque e fechou os olhos mais uma vez. Então Georgiana o beijou, com intensidade, empurrando-o contra o batente da porta, sentindo-o arquejar quando a envolveu nos braços. As mãos dele encontraram seu rosto mais uma vez, então a nuca, a curva das costas. Thomas a estava beijando como se *precisasse* desesperadamente, como se fosse morrer se parasse, e tudo o que Georgiana queria era estar mais perto dele, embora certamente eles já estivessem o mais perto possível de todas as formas — embora ela já conseguisse sentir cada contorno do corpo de Thomas contra o dela, enquanto as mãos dele desciam por suas costas novamente e agarravam sua cintura, parecendo queimar tudo o que tocavam...

Foi Georgiana que se afastou dessa vez, e estendeu um braço para se firmar contra o vidro da estufa. Seu corpo estava traindo toda a lógica, violando todos os parâmetros estabelecidos para mantê-la segura. Naquele momento ela o *queria*, em todos os sentidos da palavra, mais do que jamais quisera qualquer coisa na vida. Não havia perigo real — de alguma forma, ela duvidava que Thomas a arrastasse para o chão úmido sob as laranjeiras e fizesse amor com ela ali mesmo, ainda que ela implorasse, mas a mera percepção de que queria mais, que só *beijá-lo* não era suficiente, a deteve.

Eles se encararam, de olhos arregalados e amarrotados como se tivessem acabado de ser separados em uma briga, então Thomas quebrou a tensão rindo baixinho. Ele passou a mão pelo rosto, pegou-a pela mão e guiou-a em silêncio de volta ao banco. Os dois se sentaram lado a lado, ambos ainda um pouco sem fôlego, e ficaram em silêncio por um momento enquanto pensavam em seus pecados.

— Georgiana — disse Thomas, baixinho —, deixe-me... deixe-me tentar fazer isso do jeito certo. Eu passei a gostar de você. Isso é óbvio. Eu não teria... De qualquer forma, escute, não quero que você pense que isso não significa nada para mim. Não quero que você seja desonrada, de forma alguma, pelo meu comportamento. Vou falar com a sua tia e com o seu tio. Vou mandar uma carta para os seus pais...

— Você vai... o quê? Não precisa me *pedir em casamento* porque sente *pena* de mim — falou Georgiana, horrorizada. — Ou por qualquer senso de, não sei, de decoro. Você não precisa se ajoelhar diante de cada jovem que confessa que gosta de você, ou... Não há ninguém *aqui*, Thomas. Ninguém nos viu. Considero a minha honra completamente intacta.

Mesmo enquanto as palavras ainda saíam de sua boca, Georgiana sentiu que estava se traindo. Realmente não achava que ele lhe devia nada, mas aquilo não significava que não ansiava por tudo aquilo.

— Você acha que eu sinto *pena* de você? De todas as coisas que sinto, essa não é... Meu Deus, isso não está saindo do modo certo. — Ele colocou a cabeça entre as mãos, e Georgiana o observou, aflita, esperando. — A verdade é que eu fiquei fascinado por você e, sinceramente, um pouco *assustado*. Você diz exatamente o que quer dizer, bêbada ou sóbria, e parece exigir essa mesma honestidade de todos. E você *me* fez querer ser sincero. Ser aberto com você, mesmo que isso me assuste. Eu amo... Amo estar perto de você, mas sempre há...

Thomas se sentou e olhou para ela, e Georgiana ficou surpresa ao ver que ele parecia realmente aborrecido.

— Sempre há o quê? — perguntou Georgiana, com grande apreensão.

Houve uma pausa. Thomas olhou ao redor, como se não soubesse por onde começar, então mordeu o lábio e tentou.

— Sabe, se... se meu irmão Edward ainda estivesse vivo, nenhum poder na terra seria capaz de mantê-lo longe desta festa. Nós éramos muito próximos quando crianças. Ele nunca me perdoou por ser o mais velho, parecia encarar isso como uma ofensa pessoal... acho que realmente acreditava que, caso se esforçasse o bastante, poderia compensar esses três anos e diminuir a diferença de idade entre nós. Tudo que eu fazia, ele tinha que fazer também. Às vezes, tentava antecipar minhas ações, só para chegar primeiro. — Ele sorriu, embora parecesse ser algo doloroso.

— Ele devia amá-lo muito — comentou Georgiana gentilmente.

Para seu horror, ela o viu engolir em seco, como se quisesse conter as lágrimas.

— Acredito que sim. Eu certamente o amava. É engraçado, eu nunca disse isso a ele. Achava que sabia o que era ser um homem... ser um irmão, um filho, mas agora acredito que entendi completamente errado.

— Tenho certeza de que isso não é verdade.

— Você só diz isso porque não *sabe* — disse Thomas, balançando a cabeça. — Edward tinha dezessete anos quando morreu, Georgiana. Eu não sei que rumores você pode ter ouvido, que histórias as pessoas contam sobre nós para preencher as lacunas, mas a verdade é que...

ele bebeu até morrer. Edward saiu uma noite, para alguma festa, e foi o seu fim. Ele conseguiu chegar em casa, Deus sabe como, mas então... — A voz de Thomas falhou e ele levou um segundo para se recompor. — Ele morreu sozinho, em seu quarto, enquanto eu dormia no mesmo corredor. Uma coisa estúpida... Edward vomitou muito e estava dormindo de costas. Todo dia eu penso... penso nele sozinho, engasgado, talvez com medo por um momento, então simplesmente... morto. Todos os dias penso em como as coisas poderiam ter sido diferentes. No que eu deveria ter feito para evitar.

Georgiana se pegou chorando.

— Mas... Mas não foi sua culpa.

— Se alguém tem culpa, sou eu. Quer dizer, eu deveria *estar* lá. Nem me lembro mais por que não fui àquela festa. Deve ter sido uma dor de cabeça ou algo assim... Bem, pouco importa. Eu era irmão de Edward, deveria estar com ele e não estava. Mas é *mais* do que isso. Onde quer que ele fosse, todas as escolhas que fazia, estava apenas seguindo o meu exemplo. Naquela época, Jeremiah e eu estávamos sempre levando as coisas longe demais, vivendo de modo inconsequente, e Edward só tentava acompanhar. Para provar que era capaz de ser tão homem quanto eu. E agora ele está morto, porque percebi tarde demais que... que eu não sou de forma alguma aquele tipo de homem.

— Thomas — disse Georgiana, sem saber o que fazer, apertando carinhosamente o ombro dele. — Não. Foi um acidente. Um acidente terrível, mas ainda assim um acidente.

— Se eu tivesse feito as coisas de forma diferente, talvez ele ainda estivesse aqui. E a minha mãe também. Não sei se é realmente possível morrer de desgosto, mas acredito que foi o que a matou. Minha mãe era uma mulher cheia de alegria antes, cheia de vida. Foi ela que fez tudo dar certo, os negócios *e* a nossa família... mas a perda do meu irmão foi demais para ela suportar. A família era tudo para a minha mãe, e ela já havia perdido muito vindo para cá e deixando a maior parte de sua vida para trás. Depois que Edward morreu, ela não conseguia mais comer ou falar. O meu pai deu tudo o que tinha para mantê-la viva, para mantê-la ancorada a este mundo, mas não foi suficiente... e depois que a minha mãe se foi, ele ficou completamente à deriva. Nós... nós perdemos *tudo*, e só porque eu achava que *isso*... — ele gesticulou ao redor, indicando a festa de modo geral — era o que realmente importava.

— Não acredito nisso — falou Georgiana com determinação. — Não acredito, Thomas. Você deve saber que não há outra versão dessa história em que você fez tudo certo e tudo correu bem. Só existe o que aconteceu. Se não tivesse acontecido dessa maneira, poderia ter sido na noite seguinte. Na festa seguinte. Você poderia ter dito a ele para mudar seus modos, e o seu irmão poderia ter saído e feito exatamente o oposto, porque ele era jovem e cabeça-dura. Não há como saber, e não há nada em relação a isso que você possa mudar agora só porque... só porque não para de se *culpar*.

Thomas fechou os olhos com força, as lágrimas finalmente rolando pelo rosto. Ele secou-as com a mão, e os dois ficaram sentados em silêncio por algum tempo. O único som que se ouvia era o gotejar suave da condensação do telhado de vidro e os sons distantes da festa.

— Sinto muito — disse Thomas, por fim. — Por sobrecarregar você com tudo isso. Eu nem sei por que estou lhe contando, nós nunca realmente... eu não falo disso. Jeremiah estava presente nos piores momentos, mas não conversamos a respeito, e acho que ele esperava que em breve eu voltasse a ser o que era. Acho que Jeremiah está desapontado por me ver mudado. Ele também mudou, ou talvez... eu não o enxergasse claramente antes. Essas festas, esse ambiente... não me agradam mais. No entanto, aqui estou eu, tentando me agarrar aos fios da minha antiga vida, tentando me lembrar de como era... — Ele se interrompeu e Georgiana apertou seu ombro em um gesto de apoio. — Deus. Sinto muito. Você deve me achar louco.

— Você *precisa* parar de se desculpar — disse Georgiana com gentileza, em meio às lágrimas, sorrindo fracamente para ele.

Thomas tentou retribuir o sorriso e, como não conseguiu, ela segurou seu rosto entre as mãos.

— Thomas, nem por um segundo achei que você estivesse louco. Você está *de luto* por tudo o que perdeu. Não importa o que pense de si mesmo, por favor, saiba que não conseguiu me convencer de que é qualquer coisa além de bom. Um bom irmão. Um bom filho. Um bom homem.

Ela afastou o cabelo do rosto dele e beijou-o suavemente na testa. Thomas se permitiu se apoiar nela, e Georgiana sentiu seus ombros tremendo com a tristeza que ele segurara por tanto tempo. Quando Thomas se afastou, seus cílios estavam molhados de lágrimas. Ele abriu a boca para falar de novo, mas foi interrompido por um estrondo devastador vindo de algum lugar fora da estufa das laranjeiras. Os dois se levantaram de um pulo e, ao olharem para cima, viram a luz explodindo no céu noturno, distorcida através do vidro.

Alguém estava soltando fogos no gramado.

Thomas balançou a cabeça, perplexo, então os dois riram trêmulos em meio às lágrimas.

— Eu estava falando sério antes — disse Georgiana, enxugando os olhos, quando os fogos de artifício fizeram uma pausa educada. — Que não quero que se sinta... não quero que se sinta obrigado a tomar qualquer atitude em relação a mim. Mas preciso ser honesta. Não posso fingir que não quero isso. Quero você. Bem, *isso é óbvio*, já que não posso confiar em mim mesma para estar perto de você sem abordá-lo em uma adega ou uma estufa.

— Não posso culpá-la — disse Thomas com um sorrisinho. — Sem dúvida não há nada mais atraente do que um cavalheiro... um cavalheiro beijando-a em um momento e, no momento seguinte, *chorando* no seu ombro no jardim de um estranho.

Ele claramente estava tentando parecer despreocupado, mas Georgiana sabia que estava envergonhado. Ela balançou a cabeça, sorrindo com carinho.

— Você está totalmente correto — falou, entrelaçando os dedos aos dele. — Nada atrai mais uma dama do que algumas lágrimas na madrugada.

Thomas riu, então levou a mão dela aos lábios e beijou-a.

— Não tenho certeza se já se pode chamar de madrugada. Lágrimas tarde da noite, no máximo. São apenas onze horas.

— Ah. — Georgiana não tinha notado o tempo passar. Por um momento, havia realmente se esquecido de que eles estavam em uma festa. — Onze horas? Acho... acho que devo procurar meus amigos.

De repente, ela pensou em Frances com o maxilar tenso e os ombros retos enquanto traçava uma rota para o desastre certo. Agora que sabia que Thomas não estava zangado com ela, era muito mais fácil perdoar, e Georgiana sentiu uma pontada de culpa em relação à amiga. Por mais terrível que tivesse sido, aquela não era uma noite para Frances ficar sozinha.

Ela notou que Thomas estava tentando disfarçar uma careta.

— Você não precisa vir comigo — apressou-se a dizer Georgiana, e ele pareceu imediatamente aliviado. — Eu o encontrarei de novo, depois.

— Muito bem — concordou Thomas. Ele pigarreou, se levantou e estendeu a mão para ajudá-la a se erguer. — Encontre seus amigos. Vou voltar para dentro de casa, onde serei a vida e a alma da festa, liderando todas as danças, sendo o centro de todas as rodas de conversa.

— Não vai nada — disse Georgiana.

— Não vou mesmo — concordou Thomas enquanto saíam da estufa das laranjeiras. — Mas acho que posso fazer um esforço para conseguir uma bebida para nós dois.

Capítulo vinte e três

Os amigos de Georgiana pareciam ter sido engolidos pela festa, que era como uma coisa viva, se expandindo e retraindo conforme atingia todos os cantos da casa, aquietando-se em um murmúrio em alguns pontos e, de repente, vibrado em um crescendo em resposta a estímulos que Georgiana não conseguia identificar. No meio do salão de baile, uma mulher vestida como um pássaro escarlate esbarrou com força contra Georgiana, então beijou seu rosto com o bico falso para se desculpar e correu para se juntar aos dançarinos. Alguns dos amigos seminus de Christopher tinham enchido uma das fontes de água com vinho e bebiam dela como cachorrinhos sedentos. Quando ela alcançou os corredores, viu que estavam cheios de casais dando risadinhas e grupos de amigos gritando histericamente enquanto tateavam em busca de maçanetas e desapareciam em quartos nos quais Georgiana não ousaria entrar.

Ela voltou para fora, já que não tinha visto ninguém que conhecesse lá dentro, e se perguntou por um momento se estaria alucinando, ou se realmente agora havia pessoas em trajes militares completos — armadas, inclusive — se enfrentando no gramado dos fundos. Uma multidão se reunira para assistir, e quando uma corneta soou, as duas fileiras de guardas correram uma em direção à outra, gritando como *banshees*, espadas erguidas. Georgiana viu uma moça que parecia estar vestida de noz parada sozinha atrás dos espectadores da batalha e se aproximou para perguntar o que estava acontecendo.

— Ah, eles estão lutando pelos favores de lorde Haverton — respondeu a moça, como se aquilo fosse óbvio.

Era verdade que o homem estava sentado em uma liteira, observando com uma expressão bastante entediada enquanto o som de espadas se chocando começava a encher o ar da noite.

— Eles não vão realmente matar uns aos outros, não é? — perguntou Georgiana, e estremeceu quando uma espada voou tão perto do rosto de um cavalheiro que raspou um pouco de sua barba. Claramente, não eram espadas cegas.

— Hum? Provavelmente não — foi a resposta bastante preocupante da jovem.

— A senhorita viu... conhece Frances Campbell? — falou Georgiana, erguendo a voz acima dos gritos alcoolizados.

Mas a moça apenas deu de ombros.

— A Srta. Campbell? — disse ela, olhando para trás por cima do ombro. — Acabei de vê-la com um dândi loiro no jardim de esculturas. Ela me pediu para sair de lá. Foi bem grosseira, na verdade.

Aquilo sem dúvida soava como Frances. Georgiana agradeceu e se afastou, ansiosa para estar longe quando as pessoas começassem a sofrer ferimentos terríveis e provavelmente inevitáveis. Ela não tinha ideia de onde poderia ficar o jardim de esculturas, mas deu a volta ao redor da casa seguindo no que lhe pareceu ser uma direção promissora até se pegar vagando por um bosque extravagante e estranho. Estátuas gregas se erguiam acima dela em pedestais de mármore branco, e as muitas topiárias eram moldadas em formatos estranhos e bulbosos. Georgiana examinava uma delas para tentar descobrir o que poderia ser quando ouviu um barulho à frente.

Ela se aproximou e ouviu uma voz trêmula através dos arbustos que lhe pareceu vagamente familiar. Quando a voz aumentou de volume, percebeu que era Frances. Georgiana não a reconhecera a princípio por causa do tom — acelerado, frenético, quase insano. Na mesma hora, teve a impressão de estar escutando algo muito pessoal. Ela se escondeu atrás de uma topiária particularmente robusta e, ao olhar ao redor, viu que Frances conversava com Jeremiah Russell. Ele estava recostado em um banco com uma tranquilidade estudada enquanto ouvia, embora mesmo à distância Georgiana pudesse ver que seus dedos tamborilavam na pedra em um ritmo agitado e incessante.

Frances nem tentava parecer calma. Ela estava de pé diante dele, gesticulando com os braços estendidos enquanto falava. Georgiana se lembrou das ilustrações que vira de tribunais, de réus defendendo seus casos enquanto jurados impassíveis assistiam. Ela sabia que deveria ir embora, mas havia algo no jeito que Jeremiah estava se afastando de Frances, no tom desesperado da voz dela, na forma como ele não a olhava nos olhos, que lhe provocou uma um mau pressentimento tão forte que decidiu ficar onde estava.

— Não sou burra, Jeremiah — disse Frances, um pouco mais gentil agora, como se tentasse ao máximo ser compreensiva —, sei que você está me evitando. Mas... Seja o que for, podemos conversar a respeito. Talvez tenha sido tudo cedo demais, talvez... vamos fazer as coisas do modo certo. Você pode me *cortejar*. Por que não?! Podemos sair para jantar com um acompanhante, eu posso... posso passar algum tempo com os seus pais.

Jeremiah suspirou e esfregou a têmpora.

— O que você *quer*? Achei que nos entendíamos — continuou Frances, claramente tentando soar controlada, mas com um tremor na voz que nem ela conseguia disfarçar.

Depois do que pareceu uma eternidade, Jeremiah finalmente se pronunciou.

— Por favor, não torne o que aconteceu mais do que realmente é, Frances.

Georgiana respirou fundo. Frances pareceu fazer exatamente a mesma coisa.

— Mais do que...? Nós dois estávamos lá, Jeremiah. Eu estava sonhando? Estávamos naquele maldito chalé, e você disse... Você disse que não conseguiria *esperar*, que não conseguira *esperar* até nos casarmos. O que poderia ter sido *mais* do que isso? Como eu poderia... como aquilo poderia significar algo menos do que significou?

Jeremiah pareceu um pouco desconfortável.

— Sinto muito se você acha que eu a prejudiquei, Frances. Mas, pelo amor de Deus, toda vez que eu me virava, lá estava você. Sentada o mais próximo possível de mim, bebendo do meu copo, praticamente subindo em cima de mim em todas as oportunidades. Acho que nós dois sabíamos para onde aquilo estava levando. Naquela noite, o que aconteceu foi apenas... a conclusão natural.

— A *conclusão natural?* — sibilou Frances, e Georgiana praticamente podia ver a raiva irradiando dela. — A *conclusão natural* quando se fala em casamento, quando se faz *promessas*, a conclusão natural é um *casamento,* Jeremiah.

— Você está bêbada, Frances. Não está em seu juízo perfeito, o que *sempre* acontece. Acha que eu quero você perto dos meus pais? Está louca? Ah, sim, pai, por favor, conheça minha noiva, ela já consumiu láudano e ópio, e Deus sabe o que mais...

— *Você* está falando isso? É com *você* que consigo metade do que consumo, Jeremiah...

— Sim, mas bebemos, fumamos... fazemos isso para nos *divertir.* Sabemos quando parar. Não estamos todos tão desesperados para escapar da realidade quanto você, Frances. Você está completamente fora de controle. Sei o que você fez com Annabelle, sei que a perseguiu e descobriu quem era o pai dela. Que direito você tinha de fazer isso? Se realmente quer se casar, se quer fazer um bom casamento, precisa se acalmar e parar de se comportar como uma criança rejeitada. Nesse ritmo, não posso culpar o seu pai...

— Vá se *foder* — disse Frances, e sua voz soou alta e clara na noite, e pareceu deixar um silêncio retumbante em seu rastro.

— Ora, aí está. A prova do meu argumento. O meu pai sem dúvida me avisou que isso aconteceria. Disse que eu deveria me concentrar em uma boa moça, tradicional...

— Eu *sou* uma boa moça — retrucou Frances, mas agora já sem energia para a batalha.

— Ah, por favor, Frances. Você não é uma *boa moça* e sabe disso. Deus, é impossível conversar com você quando está assim. — Jeremiah balançou a cabeça e ficou de pé. — Sinto muito, Franny. Simplesmente não foi... não foi desse jeito para mim.

Ouviu-se um grito perto, e Georgiana se sobressaltou. Dois dos amigos de Jeremiah chegaram cambaleando por entre os arbustos, cumprimentando-o aos gritos. Georgiana mordeu o lábio, os olhos fixos em Frances, que estava tremendo, mas procurando se manter firme. Por incrível que parecesse, ela não estava chorando.

— Jeremiah — disse Frances baixinho. — Por favor.

— Ah, *por favor*, Jeremiah — imitou um dos amigos dele em um falsete cruel.

Georgiana esperava que pelo menos Jeremiah o repreendesse. Que se desculpasse, fizesse qualquer coisa que não fosse deixar Frances parada ali, totalmente humilhada, enquanto os amigos davam risadinhas debochadas, mas ele não fez isso. Jeremiah *riu*. Ele riu, então se levantou languidamente e foi embora.

E não olhou para trás.

Frances se deixou cair no banco que ele havia desocupado como se tivesse levado um tiro. Deixando de lado o constrangimento de sua aparição repentina, Georgiana correu até ela e pegou seu braço.

— Frances, você está bem? Eu o vi sair, eu o ouvi...

Ela foi interrompida pela expressão de Frances. Em vez de desesperada, ela parecia indignada, como se *Georgiana* tivesse dito algo para ofendê-la.

— Mantenha suas mãos longe de mim — disse friamente, e Georgiana ficou paralisada, com uma mão pairando ridiculamente sobre o ombro de Frances.

— Ah, por favor, Frances, você não...

— Não. — Frances ficou de pé e passou os braços ao redor do corpo, como se estivesse com frio. — Eu não preciso da sua ajuda.

Georgiana encarou-a boquiaberta.

— Por que está com raiva de *mim*?

— Ah, não se finja de inocente — retrucou Frances, furiosa.

Uma de suas luvas cor-de-marfim tinha uma grande mancha de vinho, e Georgiana se pegou com os olhos fixos na mancha, enquanto Frances levantava o braço para apontar em sua direção.

— Você gosta de se fingir de boazinha o tempo todo, de grande amiga, mas quando há o menor risco de que eu possa envergonhá-la na frente de um *homem* de segunda categoria de quem você gosta, de repente eu não sou mais sua amiga.

— Espere um pouco — falou Georgiana, sentindo o rosto quente. — Espere. Não foi isso... não foi isso o que aconteceu, Frances. Você foi terrível com Thomas. Ele só estava tentando ajudá-la, e você foi...

— *Eu* fui terrível? — disse Frances, ainda tentando manter o tom baixo, mas balbuciando com o esforço. — Eu a procurei porque precisava... *Deus*, achei que você tinha entendido! Achei que era diferente. Esperei por você no dia seguinte, Georgiana. Você disse que iria até a minha casa, e eu acreditei em você. Então, quando não apareceu, não escreveu, eu não entendi *por quê*.

— Eu acabei de lhe *dizer* o motivo. Eu estava esperando um *pedido de desculpas*, Frances, estava esperando...

— Não — retrucou Frances, balançando a cabeça com um sorriso sombrio, como se nada que Georgiana pudesse dizer agora fosse fazê-la mudar de ideia. — Não foi isso, não é? Porque quando vi você na casa de Cecily, eu soube. Você não quer ser minha *amiga*. Quer se sentir importante. Quer ir a boas festas, beber o melhor vinho e ver as pessoas apontando para você e dizendo "Veja, lá está *Georgiana Ellers*, ela não é impressionante?". Você queria os meus amigos, a minha posição, a minha influência. Bem, espero que seja tudo o que você queria, George. Espero que a deixe muito, muito feliz.

— Você está enganada — disse Georgiana, e percebeu como a sua refutação soava patética mesmo aos próprios ouvidos. — Isso não é...

— Ah, graças a Deus, aqui está você. — Jonathan apareceu de repente, cambaleando entre as árvores, e alguns segundos depois foi seguido por Jane e Cecily. Se ele sentiu a tensão no ar, decidiu ignorá-la. — Achei que talvez os franceses tivessem prendido você. Vamos, pare de ficar vagando pelo jardim, vamos voltar para a *festa*.

— Sim — disse Frances, os olhos fixos em Georgiana. — Vamos.

— Opa — disse Jonathan, meia hora depois, erguendo os olhos do gim puro de que estava se servindo, o copo precariamente equilibrado na borda de uma das fontes ornamentais de lorde Haverton.

Ele indicou discretamente com a cabeça um ponto do outro lado do salão de baile.

— Desastre natural chegando.

— Ah, *Cristo* — exclamou Jane na mesma hora, revirando os olhos. — Simplesmente não olhem para ela, e talvez ela não nos veja.

Frances, que se mantinha em um silêncio enervante desde a cena no jardim, bufou dentro da bebida.

Era tarde demais. Betty Walters, com o rosto vermelho e enfeitada com algumas flores penduradas no cabelo, aproximava-se decidida.

— Georgiana? Senhorita... Srta. Ellers?

Georgiana estremeceu e trocou um olhar sofrido com Jonathan antes de colocar uma expressão mais neutra no rosto e se virar para olhar para Betty.

— Posso ajudá-la, Betty? — A frase saiu um pouco menos calorosa do que ela pretendia, o gim afiando sua língua, e Georgiana ouviu Jonathan se engasgar com uma risada atrás dela.

— Bem, é que... combinamos de nos encontrar — lembrou Betty, ficando ainda mais vermelha.

Georgiana sentiu o estômago se revirar. Esquecera-se de Betty. Esquecera completamente.

— Combinamos de nos encontrar, sabe, na entrada da festa, e pensei, bem, cheguei às nove horas, como combinamos, e esperei... pensei que talvez a senhorita tivesse sido detida por algum motivo ou tivesse esquecido alguma coisa e precisado voltar para buscar, e eu não queria ir a nenhum outro lugar no caso de a senhorita chegar e eu ter desaparecido. Então esperei, entende, esperei uma hora ou talvez duas, mas finalmente achei que a senhorita talvez não fosse mesmo chegar, então entrei para ver se de alguma forma poderia ter passado por mim sem que eu a visse, e encontrei algumas pessoas muito interessantes, mas nenhuma delas era a senhorita. Achei que a senhorita talvez tivesse entrado pelo lugar errado, ou que estivesse me esperando em outro lugar, ou...

— Betty — disse Georgiana, tentando interromper o fluxo interminável de palavras.

Ela estava ciente de que devia um pedido de desculpas à moça, mas sentia-se incapaz de fazer aquilo enquanto ouvia Jane rindo abertamente junto ao seu ombro. Para seu horror, Betty parecia à beira das lágrimas.

— Só achei... combinamos de entrar juntas, a senhorita confirmou isso na sua carta, então pensei que devia ter havido algum tipo de engano. Foi um engano, não foi? Porque achei que nos divertimos tanto quando a visitei para tomarmos chá, nos divertimos tanto...

Uma sensação desagradável subiu pela garganta de Georgiana. Quanto mais Betty falava, mais quente e envergonhada ela ficava. Podia sentir os olhos dos amigos queimando em sua nuca, quase era capaz de vê-los se cutucando, rindo e provavelmente perdendo todo o respeito por ela a cada segundo que passava. O gim que virara generosamente garganta abaixo para lidar com o constrangimento de ficar ao lado de Frances como se não houvesse nada de errado entre elas parecia estar envenenando-a de dentro para fora.

E, por incrível que parecesse, Betty *ainda* estava falando.

— ...eu ia convidá-la para a nossa casa, a vovó me disse para convidá-la, ela disse que era a coisa mais educada a se fazer, já que havíamos ido à sua casa, e que se a senhorita seria uma amiga especial...

— *Betty* — disse Georgiana, com tamanha intensidade que a outra finalmente parou de falar. — Você nunca se cansa de ouvir a própria voz?

Por um momento, Betty pareceu estar se esforçando muito para encontrar alguma forma generosa de interpretar aquela frase, para não se sentir insultada. Quando não conseguiu, todo o seu rosto pareceu murchar.

— Eu pensei... pensei que fôssemos amigas — disse ela baixinho.

Georgiana sentia a boca muito seca. Ela levantou ligeiramente a mão, como se estivesse prestes a esticá-la na direção de Betty e se desculpar, mas se viu incapaz de continuar o gesto. Betty deu uma última olhada nos rostos atrás de Georgiana, então se afastou apressada, chorando.

— Ah, *Deus* — disse Jonathan quando Georgiana se virou para ele, sem parecer nem um pouco arrependida. — Acho que você partiu o pobre coração dela, George.

— Deus, alguma coisa nela me tira a paciência — comentou Jane. Frances riu sem humor, mas Cecily estava com o cenho franzido.

— Ah, sinto pena dela — declarou, balançando a cabeça lentamente. — A pobrezinha não consegue evitar ser tão absurda. E estamos em uma festa, afinal. Ninguém deveria chorar em uma festa.

— Tolice — retrucou Jonathan. — Um dos principais propósitos de um baile é que as pessoas chorem pelos cantos.

Cecily ainda parecia bastante desapontada.

— Acho que deveríamos ir até ela e fazer uma oferta de paz — sugeriu Frances, de repente. Georgiana lançou um olhar confuso para ela, mas viu que parecia sincera. — Para honrar o espírito da festa.

— Ah, por favor — disse Cecily. — Caso contrário, a imagem daquele rostinho triste vai arruinar a minha noite.

— Vamos levar uma bebida para ela — propôs Frances, e ergueu o próprio copo de gim.

— Eu faço isso — apressou-se a dizer Georgiana, pegando o copo da mão de Frances com uma coordenação duvidosa. — Fui eu que a aborreci. Eu resolvo o assunto.

— Você é um amor — elogiou Cecily, e deu uma palmadinha carinhosa no ombro de Georgiana, antes de ela se afastar.

O salão estava barulhento demais, iluminado demais, quente demais. Georgiana provavelmente esbarrou em mais de vinte pessoas enquanto o atravessava, mas aquilo pareceu irrelevante, como se todos os desconhecidos tivessem se tornado parte da mobília e não fosse necessário lhes dirigir um olhar ou um pedido de desculpas depois de esbarrar ou tropeçar neles. Ela fez uma pausa e balançou a cabeça lentamente em uma tentativa de desanuviá-la, mas só conseguiu desarrumar o cabelo, que estava se soltando dos grampos em um ritmo alarmante. Georgiana se perguntou vagamente como estaria a aparência do lençol anteriormente conhecido como seu vestido. Seria realmente um milagre se ainda estivesse cobrindo todos os seus órgãos vitais.

Ela encontrou a Srta. Walters do lado de fora, sentada em um banco, parecendo arrasada enquanto olhava desamparada para uma roseira.

— Aqui está você — disse Georgiana, e Betty virou os olhos vermelhos e marejados para ela. — Betty, escute, eu bebi gim demais para lhe pedir desculpas como você realmente merece, mas só... pegue, por favor, tome uma bebida. É uma oferta minha. Bem, de todos nós, na verdade.

Aquela foi uma péssima tentativa de pedir desculpas, mas Betty se acalmou rapidamente e pegou o copo da mão de Georgiana.

— Tenho certeza... tenho certeza de que você não quis ser tão cruel — disse ela com a voz trêmula.

Georgiana sentiu a culpa revirar suas entranhas. Ela sabia que não merecia um julgamento tão benigno, mas não deveria esperar nada diferente de Betty. A moça era incapaz de ser qualquer coisa que não gentil e indulgente demais.

— E, bem, normalmente eu não bebo nada além de alguns dedos de vinho, a vovó diz que é o suficiente para molhar a garganta por uma noite. Mas suponho que, quando em Roma... — Ela tomou um gole de gim e franziu o rosto assim que a bebida encostou em sua língua. — Isso é... nossa, isso é horrível!

— Não é mesmo? Mas você se acostuma — garantiu Georgiana, enquanto se perguntava se ela mesma talvez não tivesse se acostumado um pouco *demais*.

Betty tomou corajosamente um grande gole, então deixou o copo de lado, fungando e enxugando os olhos úmidos com as mãos enluvadas.

— Você se esqueceu de me encontrar, não foi? Está tudo bem, pode me dizer, não é a primeira vez que isso acontece comigo. A hipótese me ocorreu, quando você não apareceu, porque é claro que a mente vai direto para as decepções do passado, e estamos sempre com medo de que se repitam...

Ela se levantou, claramente tentando se recuperar, mas então sua expressão ficou muito estranha.

— Betty? — chamou Georgiana, preocupada.

Ficou olhando enquanto a outra pareceu oscilar e logo voltou a se sentar abruptamente no banco. Ela ficara muito pálida e de repente tapou a boca com as duas mãos, como se corresse o risco iminentemente de vomitar. Georgiana se afastou instintivamente.

— O que houve?

— Estou me sentindo... estou me sentindo muito estranha — disse Betty, com os olhos arregalados.

— Ah. Você está... hum... está nauseada?

— Não... não tenho certeza. — Ela tentou se levantar mais uma vez, mas teve que se segurar no banco para tentar se manter vagamente ereta. — Ah, Srta. Ellers, estou me sentindo tão estranha... acho que posso estar morrendo!

Georgiana estava bêbada e instável demais para ser de grande ajuda, mas ficou de pé e estendeu o braço para apoiar a outra. Porém, o acréscimo repentino de peso quando Betty tentou se segurar nela foi demais, no estado em que se encontrava, e ela perdeu o equilíbrio, fazendo a Srta. Walters cair espetacularmente no chão. Alguns convidados nas proximidades exclamaram diante da agitação, e outros se aproximaram para ajudar.

— Ah, Cristo, Betty. Sinto muito...

Elas foram interrompidas por uma súbita explosão de risadas, e Georgiana ergueu os olhos e viu Frances observando-as, os olhos semicerrados.

— Não costuma beber, não é mesmo, Srta. Walters? — comentou ela.

Georgiana olhou da amiga para o copo de gim pela metade ao lado delas. Frances segurava alguma coisa pequena e escura na mão e, sentindo o estômago se revirar de forma desagradável, Georgiana reconheceu o frasco terrível e potente da *mistura especial de Christopher*.

— O que você fez? — perguntou Georgiana, consternada, enquanto Betty se esforçava para se levantar. — Ela não está bem, realmente acho que devemos...

— Srta. Walters?

Georgiana ficou paralisada. Conhecia aquela voz.

Ela se virou e viu Thomas de pé atrás dela, com duas taças de champanhe na mão, o cenho franzido para a cena diante dele. Georgiana não poderia ter se colocado em uma situação pior diante dele, nem se tivesse tentado.

Mais pessoas estavam se aproximando para ver qual era o problema, e Betty oscilava, quase desmaiando. Ao ver aquilo, Thomas largou o champanhe e correu para ampará-la, antes que ela caísse novamente.

— A senhorita está bem? Precisa de um médico? O que aconteceu? — Ele olhou de Betty para Georgiana, preocupado, claramente perplexo com a falta de ação de Georgiana.

— Ah, Sr. Hawksley — arquejou Betty, lágrimas escorrendo pelo rosto. — Havia algo na... na minha bebida... eu achei que ela estava realmente arrependida, achei que queria fazer as pazes, mas em vez disso ela... ela me *e-envenenou*.

— Quem a envenenou? — perguntou Thomas, o tom firme, com o braço em volta do ombro de Betty.

Georgiana se sentiu nauseada quando Betty levantou a mão trêmula e apontou diretamente para ela. Levantou as próprias mãos, tentando indicar sua inocência da forma mais patética.

— *Georgiana?* — disse ele, incrédulo.

— Ah, foi só um envenenamento *inofensivo* — comentou Frances com desdém. — Todos sabemos que seria preciso mais do que isso para derrubá-la, Betty.

Georgiana olhou para Frances horrorizada enquanto ela a condenava de forma tão casual. Frances apenas riu. Thomas estava olhando para Georgiana com uma expressão de absoluto choque e repulsa, como se ela o tivesse desapontado além de suas expectativas mais baixas.

— Ela me disse que me encontraria na porta, para que eu não precisasse entrar sozinha, mas me deixou lá, simplesmente me deixou sozinha, foi horrível. — Betty soluçou no ombro de Thomas. — Então, quando finalmente a encontrei, ela foi tão rude comigo, e eu achava... achava que ela era minha amiga.

Georgiana tentou interrompê-la, tentou dizer algo em sua defesa, mas só conseguiu balbuciar um "Não!" antes de ser afastada do caminho por convidados que se aproximavam para ajudar, oferecendo a Betty suas carruagens e cocheiros. Dois deles a afastaram de Thomas e a ergueram pelos ombros para levá-la a um lugar seguro. Só quando Betty estava saindo pela porta da casa com uma pequena multidão ao redor, seus soluços ainda audíveis, Thomas se virou para encarar Georgiana.

— O que aconteceu? — perguntou ele, a voz sem expressão.

Frances deu uma risadinha debochada.

— Deixe-nos, Frances — murmurou Georgiana, e Frances pressionou a mão no peito em uma afronta fingida.

— Prefiro ficar e assistir ao espetáculo, se não se importa.

— Srta. Campbell, isso não é da sua conta. — Não havia qualquer gentileza na voz de Thomas, que estava rouca de fúria.

— Hummm... Temo que isso não seja totalmente verdade, mas vou deixá-los com sua desavença de amantes. — Frances pegou as duas taças de champanhe abandonadas e ergueu-as em um brinde enquanto se afastava. — Boa sorte, George.

O penteado de Georgiana estava semidesfeito. O lençol pendurado em um dos ombros, expondo parte do vestido da roupa de baixo. Seus lábios estavam manchados de vinho, a mente enevoada com gim, e uma dor de cabeça excruciante começava a fazer sua têmpora esquerda latejar. Em contraste, Thomas parecia perfeitamente sóbrio, o corpo ereto e resplandecente em sua fúria. A única falha que ela podia encontrar nele era que um cacho de cabelo saíra do lugar e, apesar de sua expressão ameaçadora, tudo o que ela queria fazer era empurrá-lo para trás da orelha.

— Eu não a envenenei — disse Georgiana, sua mente por fim conseguindo formar as palavras e fazer com que saíssem por seus lábios.

— Então o que *aconteceu*?

— Não é... Não é *veneno*, Thomas. É só algo que Frances tomou, que *eu* tomei. Betty não está morrendo. Ela vai ficar bem.

— Só um instante — disse Thomas, pressionando a ponta dos dedos na testa, como se estivesse com uma dor de cabeça tão horrível quanto a de Georgiana. — Deixe-me ver se entendi. Está me dizendo que *realmente* colocou algo na bebida dela?

Georgiana não parecia estar se explicando muito bem, mas sua compreensão da conversa era muito insubstancial. Tudo o queria fazer era se deitar ali mesmo no pátio e dormir, ou morrer, o que acontecesse primeiro.

— Não! Não. Foi Frances. Foi Frances quem fez isso. Ela me disse para levar o copo para Betty e eu só entreguei a bebida a ela, mas não sabia que Frances tinha colocado nada no copo.

— Então você não achou nem um pouco suspeito que Frances Campbell quisesse que você entregasse uma bebida a Betty Walters... Por quê? Por pura bondade?

— Não! — exclamou Georgiana, mas ele estava certo. Como ela não tinha visto? — Você não está me *ouvindo*. Não fui eu. Foi culpa de Frances, foi tudo culpa de *Frances*...

— Então Frances a obrigou a deixar a Sra. Walters esperando, sozinha, em uma festa na qual ela não conhecia quase ninguém? Frances a manteve sob a mira de uma arma, suponho, e a forçou a dizer coisas horríveis para Betty quando a pobre moça obviamente não foi nada além de gentil com você?

Thomas já não parecia furioso, mas sim desapontado e magoado, o que era infinitamente pior.

— Não — disse Georgiana, desesperada. — Não, mas se não fosse por Frances...

— Você não pode culpar Frances por todos os males do mundo, Georgiana, e nem por todos os seus erros. Betty Walters está profundamente aborrecida e pode estar realmente mal, porque foi abandonada e menosprezada e... e se decepcionou com alguém que considerava uma amiga. E a responsável por isso não foi Frances, Georgiana. Foi você.

Com lágrimas escorrendo pelo rosto, Georgiana tentou falar, parou, abriu a boca de novo, então percebeu que não tinha absolutamente nada a dizer em sua defesa.

Thomas balançou a cabeça e deixou-a parada ali sem nem mais uma palavra.

Capítulo vinte e quatro

Georgiana não conseguia imaginar que existisse alguém no mundo mais digna de pena do que ela naquele exato momento. Pensou vagamente que os órfãos atingidos pela peste poderiam estar perto de se sentir tão desamparados, mas a verdade era que eles provavelmente nunca tinham ido a uma festa, e talvez fosse melhor nunca ter ido do que estar em uma tão desastrosa quanto aquela. Ela ouvia as pessoas alegres e se divertindo ao seu redor, mas sentia-se tão infeliz que nada daquela alegria conseguiria levantar seu ânimo. Na verdade, irritava-a ainda mais saber que outras pessoas ainda estavam aproveitando a folia, sem precisar se preocupar com o fato de terem enfurecido quase todos com quem se importavam no decorrer de uma curta noite. As lágrimas escorriam livremente enquanto ela cambaleava pela casa, desamparada, sentindo-se como o fantasma bêbado no banquete.

Georgiana queria ir embora imediatamente, mas havia o pequeno problema de transporte para resolver. Chegara na carruagem de Cecily, mas naquele momento Cecily não estava em lugar nenhum. Ela viu muitas cabeças loiras e douradas entre os dançarinos, mas nenhuma delas pertencia à amiga. Cecily não estava jogando cartas com nenhum dos homens e mulheres de aparência suspeita na sala de estar; não estava no quarto do cavalo; nem nadando seminua no lago ou perturbando os cisnes, embora algumas pessoas estivessem.

Georgiana quase tropeçou em uma forma enorme deitada na grama do pátio, e foi se desculpar em lágrimas com a pessoa que quase havia chutado, antes se dar conta de que não era um bêbado caído no chão, mas sim um cachorro imenso. O animal não parecia nem um pouco perturbado com os acontecimentos ao seu redor e fitava Georgiana com toda calma, a cabeça apoiada nas grandes patas marrons. Ela procurou por um dono e, quando não viu nenhum, presumiu que o cão deveria ser parte do zoológico de lorde Haverton, provavelmente desalojado do seu canil palaciano por pessoas que procuravam um lugar clandestino para se esconder.

— Boa noite, cão — disse Georgiana, e mais lágrimas brotaram de seus olhos.

Ela se sentou ao lado dele e enterrou os dedos em seu pelo grosso e bolorento. O cachorro deixou escapar um pequeno suspiro de contentamento.

— Deu tudo tão terrivelmente errado — sussurrou ela no ouvido dele.

O cachorro não a julgou, e também não se levantou e foi embora. Parecia aceitá-la completamente, por mais que fosse a pessoa terrível que começava a suspeitar que era, e Georgiana passou algum tempo desfrutando da companhia silenciosa e suspirante dele e acariciando-o como forma de agradecimento.

Quando ela finalmente se levantou para deixá-lo, e o cachorro lhe deu uma lambida gentil de despedida na mão, a inspiração veio: vira Cecily olhando para o garanhão James mais cedo, e a estufa das laranjeiras ainda cintilava de forma atraente à distância. Se os dois tivessem procurado um lugar mais privado, certamente aquele teria sido o destino deles, correto? Georgiana atravessou o jardim com determinação, praguejando baixinho cada vez que tropeçava na ponta do lençol, o que acontecia com bastante frequência, porque ele agora já era mais bainha do que vestido.

A estufa das laranjeiras era ampla e, além da entrada onde ela e Thomas haviam conversado antes, havia um pequeno caminho de ripas de madeira, que serpenteava por entre as árvores e aparentemente continuava até o outro lado. Georgiana sentiu galhos e folhas esbarrando nela conforme avançava, e o calor só aumentava — o cheiro de frutas cítricas tão intenso que ela se sentiu transportada para algum local tropical. Georgiana passou por uma árvore bastante antipática que quase interrompia o caminho e, ao fazer uma curva, encontrou outra clareira circular.

Estava ocupada. Não por Cecily e James, mas por Jeremiah Russell, que parecia ter se livrado dos amigos e estava fumando mal-humorado, com a camisa meio desabotoada, as folhas que antes adornavam seus cabelos agora desarrumadas e quase todas perdidas ao longo das aventuras da noite.

Ele se virou para olhá-la com leve interesse enquanto ela batia um pouco de terra da luva, e Georgiana sentiu uma onda de fúria e indignação ao vê-lo.

— Isso provavelmente faz mal para as laranjas — disse, irritada.

Havia muitas coisas pelas quais queria repreendê-lo, e fumar algo de aroma tão pungente era o menor de seus pecados, mas ela supôs que tinha que começar por algum lugar.

— Provavelmente faz mal para mim também, mas isso não parece ser o bastante para me deter — respondeu ele.

Jeremiah parecia genuinamente taciturno e retraído em comparação com seu jeito habitual, mas se estava aborrecido com o modo como as coisas haviam corrido entre ele e Frances, era inteiramente culpa dele.

— Ora, isso é ótimo. Espero que você caia duro e... e morra de tuberculose — disse Georgiana, cruzando os braços e encarando-o com severidade. — Eu ouvi o que você disse para Frances, sabe?

— Ah, é mesmo?

Ele se levantou e Georgiana de repente se deu conta de como ele estava embriagado, ainda mais do que ela. Mas a embriaguez se mostrava de forma diferente em Jeremiah — ele não tropeçava ou se atrapalhava com as palavras, porém seus olhos estavam tão injetados que pareciam vermelhos sob a luz fraca, e cada movimento era realizado em câmera lenta, como se ele estivesse atravessando água. Jeremiah ainda caminhava com determinação, apesar de tudo, enquanto Georgiana estava trêmula de exaustão, sentindo que suas pernas poderiam ceder a qualquer momento.

— Sim, e acho que foi repugnante. *Você* é repugnante. Não pode fingir que não sabia o que significava para ela, Jeremiah, e todos nós vimos como vocês eram juntos. Você não entende...

— Não — retrucou ele, e sua voz de repente estava muito menos lânguida. — *Você* é que não entende. Você não é a única herdeira de uma vasta propriedade, Srta. Ellers. Não é... Há coisas que eu não posso... Sei que acha tudo isso incrivelmente *glamoroso*, incrivelmente *confortável*, mas há responsabilidades sobre meus ombros com as quais você jamais poderia sonhar. Quando eu me casar, não será por amor ou por atração, será uma questão de negócios. E não se pode entrar em uma parceria com alguém... alguém irresponsável, alguém constantemente à beira de desmaiar em cima de um arbusto, alguém que não tem *limites*. Ela simplesmente não é do tipo certo, Georgiana. Mas a verdade... — ele estreitou os olhos e deu uma risadinha debochada enquanto inclinava a cabeça para examiná-la — ...a verdade é que você não seria capaz de compreender essas dificuldades. Você, eu imagino, é herdeira do quê...? De uma única vaca? Uma única vaca e uma caixa pouco usada do tabaco de mascar do seu pai?

— Como você consegue ficar com um sorriso no rosto e ser tão atroz?! — Georgiana de repente não tinha ideia do que ela, ou Frances, ou Annabelle Baker, ou qualquer outra pessoa poderia ter visto naquele cretino arrogante e pomposo. — Seu... Seu desgraçado!

— Ah, não faça assim, *George*.

De repente, Jeremiah estava parado perto demais dela, embora Georgiana nem o tivesse visto se mexer. O cheiro de álcool em seu hálito era tão forte que ela se sentiu tonta. E percebeu com bastante desconforto como eles estavam isolados ali, completamente escondidos de vista. Aquilo a fez estremecer, mesmo o ar estando tão quente e úmido, enquanto Jeremiah a olhava de cima a baixo. Ele parecia estar vendo-a pela primeira vez, reparando em como seu vestido estava precariamente arrumado, como ela parecia desgrenhada e cambaleante.

— Não me chame assim — disse Georgiana com voz débil, dando um passo para trás e puxando o lençol para cima, constrangida, para que cobrisse mais seu peito. — *Você* não pode me chamar assim.

Ele riu, e o som a irritou até os nervos. Georgiana sentiu um pânico desesperado começar a contrair seus pulmões; parecia absurdo correr ou gritar, quando ele não tinha feito nada. Jeremiah só estava bêbado. Talvez aquele momento desconfortável acabasse em um instante.

— Cristo, o que você está vestindo? Venha cá — disse ele, a voz um murmúrio baixo e perigoso.

Georgiana deu um pequeno passo para trás.

— Não.

— Venha cá — repetiu Jeremiah bruscamente, e naquele momento Georgiana tentou correr.

Ela não levou em conta o vestido, e suas pernas se enroscaram nele na mesma hora. Georgiana se preparou para o impacto com o chão, mas ele não veio. Em vez disso, Jeremiah segurou-a dolorosamente pelos pulsos e puxou-a para cima. Ainda assim, pensou Georgiana, desesperada, talvez ele estivesse apenas firmando-a. Talvez tudo aquilo fosse um mal-entendido, e a qualquer segundo ele a deixaria ir. Ela tentou se afastar, mas as mãos de Jeremiah eram como um torno ao redor de seus pulsos, e ela sentiu todo o fôlego lhe escapar com o choque. Georgiana percebeu que estava esperando que algo os interrompesse, que alguém surgisse em seu socorro, como Frances fizera inadvertidamente no Chalé dos Bastardos, quando Christopher a encurralara, mas não aconteceu.

Jeremiah puxou-a para si e a beijou, com força. Ela ficou paralisada, esperando que sua imobilidade o desencorajasse, mas sua falta de reação não pareceu incomodá-lo nem um pouco. Uma mão ainda a segurava com força pelo pulso, mas ele deixou a outra subir até o pescoço dela, ignorando o fato de que Georgiana se retraiu com o toque e deixando a mão descer até as costas, agarrando-a com tanta força que ela se perguntou vagamente se ele teria rasgado a pele deixando-a com ferimentos do tamanho e formato exatos dos seus dedos.

A mão dele começou a se mover mais para baixo do peito dela, que arquejou indignada contra ele quando sentiu seus dedos se moverem sob o tecido do lençol para apalpá-la de forma indecente. Alguma parte de sua mente lhe garantia que aquilo não podia estar acontecendo, mas a dor insistia que sim. Jeremiah puxou o lençol com uma das mãos, e ocorreu a Georgiana que ele talvez estivesse tentando tirá-lo. Ela respirou fundo para gritar, para tentar alguma coisa, *qualquer coisa*, então, de repente, misericordiosamente, ouviu o som de alguém esbarrando nos galhos das árvores atrás deles. Quem quer que fosse, estava se afastando, mas foi distração suficiente para que Jeremiah afrouxasse o aperto por um instante, virando-se para ver quem poderia tê-los flagrado.

E um instante era tudo de que Georgiana precisava. Ela recolheu o que restava das saias e correu desajeitadamente na direção oposta, incapaz de sentir alívio mesmo quando o ar noturno a atingiu. Incapaz de parar de correr até já ter colocado alguma distância entre ela e o cheiro das laranjeiras. Um de seus sapatos ficou preso no gramado e saiu do seu pé, e ela parou brevemente para descalçar o outro, correndo só de meias até não ter mais fôlego.

Georgiana conseguira se aproximar o bastante da casa para que outras pessoas conseguissem escutar seus gritos, e foi naquele ponto de relativa segurança que finalmente desabou. Ela se deixou cair em cima de um muro baixo, se esforçando para respirar, os soluços presos na garganta.

Jeremiah não parecia tê-la seguido. Ela não conseguia vê-lo. Ele não estava na porta da estufa das laranjeiras, não estava subindo a encosta em direção a ela, não havia necessidade iminente de escapar. Georgiana não conseguia imaginá-lo correndo atrás dela, tentando agarrá-la à vista dos convidados, mas ele era tão respeitado e amado por todos que talvez tivessem simplesmente ficado assistindo, em silêncio, enquanto ele a arrastava para longe.

Aquele pensamento, embora irracional, fez o sangue de Georgiana gelar. Ela ficou de pé, ainda cambaleante, ansiosa por estar em casa, desejando mais do que qualquer coisa ter providenciado para que a carruagem dos Burton lhe permitisse uma saída fácil. Sentia o peito apertado, e uma sensação urgente e abrasadora subindo o estômago, como se fosse vomitar a qualquer minuto. E, por mais que tentasse respirar de maneira uniforme, não conseguia parar de engolir o ar em arquejos roucos e ofegantes.

Ela pensou novamente em Cecily e na carruagem da amiga, e na mesma hora se sentiu exausta com a perspectiva de ter que retomar a busca, embora quisesse ficar o mais longe possível de Jeremiah Russell. Georgiana sabia que, com o tempo, sentiria uma raiva indescritível — podia senti-la se enrodilhado dentro dela, fora de alcance —, mas naquele momento, quando o pior do seu medo tinha começado a diminuir, só o que conseguia sentir era náusea e fadiga.

Estava *exausta* daquela noite e, por extensão, de todos. Não conseguiria suportar se deparar com mais nada, nem mais uma pessoa embriagada ou uma conversa fútil ou uma taça de vinho. Precisava de sua casa, de sua cama e do som familiar do ronco do Sr. Burton do outro lado da parede para acalmá-la até que dormisse.

Era estranho sentir-se claustrofóbica em uma propriedade que deveria ter setecentos ou oitocentos acres de extensão. Georgiana olhou compulsivamente por cima do ombro enquanto caminhava, para se certificar de que ainda não havia sombra de ninguém atrás dela, nenhum passo se aproximando, e acabou vendo Frances.

A amiga estava a uma boa distância, parada na beira do que tinha sido o campo de batalha improvisado, olhando para os gramados inclinados que levavam ao lago, mas era ela, sem dúvida, e o luar destacava o contorno delicado do vestido branco e esvoaçante.

Por um momento, Georgiana pensou que talvez devesse ir em sua direção. Não para tentar consertar a bagunça em que se transformara a amizade delas, com todos os pedidos de desculpas, discussões e explicações que seriam necessários — estava muito além do ponto de exaustão para saber até por onde começar —, mas porque estava se dando conta de que Frances talvez fosse a única pessoa que realmente entenderia. Ela se lembrou da expressão terrível no rosto da amiga quando ela e Jonathan correram para ajudá-la no chalé, e de repente soube com uma certeza sombria o que Jeremiah realmente havia feito.

Seus ombros se curvaram quando ela se deu conta de que não conseguiria encontrar as palavras para conversar com Frances naquela noite. Seu pulso estava arranhado e vermelho, o pescoço doendo onde Jeremiah o agarrara. Tudo teria que esperar até de manhã. Ela estava totalmente exaurida.

— Você está *péssima*.

Uma voz arrancou-a de seus pensamentos, e Georgiana levantou os olhos e viu lorde Haverton ali, magnífico em um novo traje feito do que pareciam ser folhas de verdade revestidas com uma fina camada de ouro. Seu tom não era acusador ou cruel, ele simplesmente afirmava um fato.

— Sim — respondeu ela, sabendo que parecia totalmente derrotada.

— Não está se divertindo — acrescentou ele.

Aquilo foi dito como uma declaração, não como uma pergunta.

— Hum... Não, não mesmo — disse Georgiana, pensando consigo mesma que aquele era o eufemismo do século.

— Precisa ir para casa, então. A festa acabou para você.

Georgiana encarou-o com um sorrisinho fraco.

— Não tenho carruagem para me levar. Não consigo encontrar os meus amigos.

Ele examinou-a por um momento.

— *Eu* tenho uma carruagem. E quero-a de volta, veja bem. Gosto bastante dela. *E* do cocheiro.

Georgiana sentiu um alívio tão grande que deu um passo desajeitado à frente e o abraçou. Ela percebeu um segundo tarde demais que aquilo provavelmente era um grande exagero, e começou a se desculpar enquanto se afastava, mas lorde Haverton apenas deu uma palmadinha carinhosa em sua cabeça, como se ela fosse um cão indisciplinado, e a mandou embora.

O belo cocheiro não questionou, nem sequer olhou para Georgiana de soslaio enquanto ela subia no veículo branco ornamentado, com a aparência de quem rastejara para fora do próprio túmulo. O homem apenas pediu o endereço dela, e eles partiram.

Georgiana se sentiu extremamente grata a ele por aquela pequena gentileza e por permanecer em silêncio, deixando-a recostada nas almofadas, de olhos fechados, feliz por colocar alguma distância entre ela e a noite mais horrível da sua vida.

Capítulo vinte e cinco

Georgiana chegou em casa muito depois de os Burton terem ido para a cama e acordou cedo na manhã seguinte com uma profunda sensação de desconforto, graças a um estômago embrulhado e horas de pesadelos desconexos. Ela não parava de se lembrar das terríveis imagens de Betty, magoada e traída; das mãos trêmulas de Frances no quarto do Chalé dos Bastardos; de Jeremiah, olhando maliciosamente para ela no escuro; de Betty, enganada e envenenada, soluçando histericamente enquanto bons samaritanos a levavam embora.

O sol acabara de nascer, e até mesmo a luz suave e rosada era vagamente ofensiva para sua cabeça que latejava. Georgiana se vestiu rápida e silenciosamente, então desceu para pedir em voz baixa que a carruagem fosse trazida, antes que a tia pudesse acordar e proibi-la.

De todas as pessoas que Georgiana já encontrara na terra, a Srta. Walters era a que menos merecia qualquer crueldade. Sua mente ainda estava na mais completa desordem, mas ela sabia que, se queria acertar alguma coisa na sua vida, precisava começar com Betty.

Georgiana ficou surpresa ao chegar e descobrir que a casa dos Walters era linda — de bom gosto e bem cuidada, nem muito grande nem pequena, com um jardim exuberante e cheio de uma variedade de aromas quentes e doces. Parecia uma propriedade bastante antiga, mas claramente tinha sido cuidada com capricho ao longo dos anos. Como ficava ainda mais distante do centro da cidade do que a dos Burton, a Sra. Walters tinha um terreno amplo que tornara muito agradável.

Depois de entrar na casa, Georgiana esperou nervosa em uma sala arejada e arrumada, enquanto uma criada de aparência simpática foi anunciar a sua chegada. Um homem apareceu no andar de cima, olhou para ela e cumprimentou-a com um breve aceno de cabeça, antes de sair segurando uma grande bolsa de couro, e Georgiana percebeu com apreensão que devia ser o médico. Depois de algum tempo, ouviu passos lentos na escada, e a Sra. Walters entrou na sala apoiando Betty, que parecia pálida, mas felizmente um pouco mais vivaz do que Georgiana temia. Um cachorrinho de pelo desgrenhado as seguia de perto, olhando ansiosamente de Georgiana para as donas.

— Bom dia, Srta. Ellers. Vamos para o jardim. — Betty parecia terrivelmente cansada, mas havia mais segurança em sua voz do que Georgiana jamais ouvira. — Está tudo bem, vovó.

Ela pegou o braço de Georgiana e as duas caminharam lentamente para o jardim dos fundos, onde se sentaram cercadas por uma infinidade de rosas de todas as variedades e cores. As duas permaneceram em silêncio por um minuto enquanto ouviam o som do canto dos pássaros e das abelhas sonolentas se agitando ao redor, até que Georgiana não aguentou mais.

— Você parece *bem*, Betty. Tão bem quanto se pode esperar, quero dizer — disse, as palavras saindo atabalhoadas. — Tome, eu trouxe algumas rendas que a Sra. Burton estava guardando para mim, e algumas rosas-caninas e madressilvas do jardim, e um cordial... é que não sei bem que presente se dá para dizer "Sinto muito por ter envenenado você". Mas eu *realmente* sinto muito, Betty. Foi um acidente. Bem, não foi um acidente, é claro, mas a *minha* parte naquilo foi acidental. Frances colocou algo na sua bebida, e eu não tinha ideia de que ela iria tão longe. Quer dizer, eu deveria ter imaginado, deveria saber, mas eu só não me dei conta. — Ela ficou sem fôlego.

Betty ficou olhando para Georgiana, pensativa.

— Foi terrível, sabe. Nunca me senti tão desconectada do meu próprio corpo — comentou ela, muito séria, e Georgiana assentiu, se retraindo por dentro. — Depois que deixei de me sentir fraca e doente, fiquei bastante animada. Quando chegaram com a carruagem, parece que eu achei que era uma fada de verdade, uma ninfa, e os Salisbury, o casal encantador que estava me ajudando, precisou me conter, porque eu estava correndo ao redor dizendo que estava "espalhando a minha magia".

Georgiana assentiu novamente, tentando manter a expressão solene.

— Eu me sentia terrivelmente nauseada quando cheguei em casa. Na verdade, vomitei no cãozinho da vovó... ele é um Dandie Dinmont Terrier.

Georgiana teve medo de começar a rir e acabar magoando Betty, mas, para seu alívio, a outra moça riu primeiro.

— Sinto muito, Betty. Sei que não é engraçado — disse Georgiana, tentando se recompor.

— Não, não — falou Betty, tranquila, — É, *sim*, muito engraçado. Assim que terminei, a coitada da minha avó deu uma olhada no que tinha acontecido, se virou e vomitou também, por todo o tapete.

As duas deram risadinhas baixas, mas logo Georgiana ficou séria de novo.

— Eu me esqueci de encontrar com você, Betty. Esqueci o que tinha lhe prometido e, em vez de lhe pedir desculpas, como você merecia, reagi daquela forma terrível. Sei que você está sempre inclinada a perdoar, mas o meu comportamento foi mesmo imperdoável, e ninguém pensaria mal de você se nunca mais quisesses falar comigo. Mas se me permitir, Betty, quero recompensá-la.

Betty suspirou, então se inclinou e deu uma palmadinha na mão de Georgiana.

— Não posso dizer que está tudo esquecido, pois não está, mas mesmo me lembrando agora, não consigo encontrar forças hoje para ficar aborrecida. Talvez você tenha sorte por eu não ter conseguido pregar o olho, mas acho que posso lhe dar outra chance. Além disso, ninguém nunca me trouxe rosas-caninas antes.

Georgiana sentiu um pouco do peso sair do seu peito — a gentileza de Betty era um bálsamo, mesmo ela sabendo que não merecia.

— Obrigada, Betty. De verdade. Sinto muito por Frances... ela se comportou mal demais, embora eu não possa fingir que a culpa é inteiramente dela. Eu me comportei tão mal quanto. Deus, como gostaria de poder voltar no tempo e decidir ficar em casa em vez de ir naquela festa miserável. Foi um pesadelo do início ao fim....

— Ela é... Ela é meio *canalha* às vezes, não é? — comentou Betty.

O fato de ela estar tendo tanta dificuldade para encontrar uma palavra ruim para descrever alguém que literalmente a envenenara fez com que Georgiana sentisse uma forte onda de afeto pela jovem.

— Bem, eu também — disse Georgiana com pesar.

Betty sorriu.

— O que tornou o resto da noite tão terrível para você, se não se importa que eu pergunte?

Georgiana estava prestes a se desviar do assunto de novo, pois não era o momento ou o lugar certo para falar sobre si mesma, mas algo nos olhos bondosos de Betty, ou no ambiente tranquilo ao redor — ou talvez a constatação de que nem Betty, nem a avó dela estavam pretendendo correr até a polícia para acusá-la de tentativa de assassinato —, a deixou tão à vontade que ela se viu contando toda a história.

Para seu crédito, Betty arquejou em todos os momentos certos, principalmente quando Georgiana chegou à parte em que ela e Thomas se beijaram, embora tenha passado rapidamente por esse trecho, para não correr o risco de deixar Betty de cama novamente. Ela foi intencionalmente vaga sobre o que achava que tinha acontecido entre Frances e Jeremiah, e fez uma pausa quando chegou ao seu próprio encontro com ele na estufa das laranjeiras.

— Acho que nem uma alma naquela festa acreditaria em mim, mas fui até lá procurar Cecily, não combinei de *encontrá-lo* nem nada semelhante. Ele estava tão bêbado, Betty, tão... Bem, vamos dizer apenas que qualquer coisa que Jeremiah tenha tomado não teve o mesmo efeito sobre ele que teve em você. Ele não me deixava ir embora. —

Georgiana tocou o próprio pulso, embora não houvesse mais marcas.
— Jeremiah me beijou e tentou... Acho que ele teria feito muito mais, se não tivéssemos sido interrompidos.

Ela sentiu um aperto na garganta, uma massa sólida que ameaçava sufocá-la, mas ainda assim não chorou.

— Ah, Georgiana, sinto muito. Ele é bestial. Simplesmente *bestial* — falou Betty, horrorizada. — Se eu fosse... ora, se eu fosse um homem, eu o atravessaria com uma espada!

Georgiana deu uma risadinha trêmula.

— Você realmente faria isso, Betty?

— Hum... não, suponho que não, já que não me agrada muito a ideia de ir para a prisão. A vovó diz que eles só deixam a pessoa se lavar uma vez por mês, e sem sabão! Mas, nossa, eu certamente passaria um sermão e tanto nele.

— Acredito que sim — disse Georgiana, sorrindo.

Parecia cruel pensar que ela gostava de Betty porque não se sentia pressionada em sua companhia — não havia nenhuma necessidade urgente de impressionar —, mas talvez não fosse ruim se sentir tão à vontade. Talvez fosse um sinal de que estava na presença de uma verdadeira amiga.

— Para ser franca, Betty, não sei o que devo fazer agora.

— Acho... se me permite a ousadia de lhe oferecer um pequeno conselho... acho que a honestidade é a melhor política, Srta. Ellers. Conte ao Sr. Hawksley o que realmente aconteceu. Diga a ele como se sente. Só a senhorita pode decidir como proceder em relação a sua amizade com a Srta. Campbell, embora eu deva dizer que, na minha opinião, preferiria que ela estivesse na prisão sem sabonete *e* nenhum amigo.

As palavras saíram de supetão, mas ela fez uma pausa e pareceu reconsiderar.

— Ou talvez não, isso é duro demais, ela poderia ter um ou dois amigos, do tipo criminoso... imagino que se deva fazer amigos para a vida toda na prisão, então poderia ser bastante agradável para ela nesse aspecto...

— Você está certa, é claro, Betty — interrompeu Georgiana, antes que aquilo saísse do controle. — Preciso consertar as coisas. Só espero... Só espero não ter arruinado todas as minhas amizades aqui de forma irreparável.

Betty deu uma palmadinha na mão dela, que estava apoiada no banco, e sorriu.

— Ora, aconteça o que acontecer, você tem a mim, Georgiana. Posso não ser tão divertida quanto o resto, mas sou bastante boa em jogos de cartas, e até agora não houve necessidade de se chamar um médico em nenhum deles.

Era quase hora do almoço quando Georgiana voltou para a casa dos Burton. O céu, antes bem claro, agora estava consideravelmente nublado, e logo começou a chuviscar. Ela se curvou para fugir dos pingos e correu para a porta da frente.

Mas antes que pudesse abri-la, alguém o fez.

Frances estava parada na porta, imaculadamente vestida, aparentemente acabando de se despedir. Ela se virou e sorriu com simpatia para Georgiana, que ficou apenas encarando-a, confusa.

— Frances? Você está...? Eu estava fora, mas se quiser conversar...

— Ah, não se preocupe, George, tive uma conversa maravilhosa a manhã toda. Já falei tudo o que tinha para falar. Vou deixá-la para que se inteire do assunto.

Ela se despediu com um aceno de cabeça, ainda exibindo o mesmo sorriso irritantemente calmo, então voltou pelo caminho do jardim, andando lentamente. A carruagem parou para pegá-la no momento exato. Aquela breve troca de frases só serviu para deixar Georgiana mais confusa, e ela entrou apressada em casa, pendurando o chapéu e tirando as luvas.

— Sra. Burton, eu...

Georgiana ouviu um pigarro e, quando se virou para ver quem era, quase deixou as luvas caírem, em estado de choque. Era possível ver a Sra. Burton através da porta aberta, pairando constrangida ao lado da mesa de jantar. As figuras sentadas à frente dela, muito rígidas e encarando Georgiana acima de duas xícaras de chá intocadas, eram ninguém menos que os pais dela.

— Mas vocês... O que estão fazendo aqui? — perguntou Georgiana, sentindo-se perdida no tempo por um momento.

Ela não tinha absolutamente nenhuma ideia de por que eles estavam ali. Não pensava nos pais havia semanas, e não fazia nenhum sentido vê-los ali agora, sentados diante da mesma mesa em que ela tomara café da manhã todos os dias ao longo dos últimos três meses.

— Os seus pais estavam a caminho de Londres, Georgiana, para organizar alguns negócios. Bem, e eu tinha escrito para eles, sabe — explicou a Sra. Burton, torcendo um guardanapo com força nas mãos. — Para pedir que a visitassem, pois sabia que você estava sentindo falta deles. Então eles pensaram em parar no caminho e... e aqui estão.

O Sr. Ellers parecia ameaçador, todo vestido de marrom, com um bigode elegante da mesma cor. A Sra. Ellers, que tinha quase exatamente a mesma aparência que Georgiana desconfiava que teria em vinte e cinco anos, exibia mais alguns fios grisalhos espalhados pelos cabelos presos com grampos, e sua expressão era muito tensa. Se o ar marinho realmente lhe fizera bem, certamente não havia evidência em seu rosto pálido de que o temperamento também melhorara.

— Aqui estamos, de fato — disse o pai, com os dentes cerrados.

— Não entendo. Frances estava aqui? E vocês...

— Eu seguraria a minha língua, se fosse você — disse a Sra. Ellers bruscamente.

Georgiana sentiu o impacto da rispidez da mãe com tanta força que recuou quase meio metro.

— Sente-se.

Ela obedeceu, com uma sensação de aperto no estômago tão forte que ameaçou arrastá-la diretamente através das tábuas do piso.

— Sua amiga, a Srta. Campbell, acaba de trazer ao nosso conhecimento o seu comportamento absolutamente repreensível. Ela nos contou que você tem se envolvido em... se envolvido em... — O pai estava tão furioso que parecia ter que se esforçar para pronunciar cada palavra.

— Me envolvido em quê? — perguntou Georgiana em uma voz que era quase um sussurro, a mente acelerando rapidamente enquanto tentava acompanhar o que estava acontecendo.

Era verdade que nos últimos tempos vinha se envolvendo em muitas coisas que a família não aprovaria, mas não podia acreditar que Frances tivesse ido até ali para fofocar com os pais dela sobre seus hábitos de bebida. Afinal, geralmente era Frances quem lhe entregava as garrafas.

— Que você tem se envolvido em *relações sexuais*, Georgiana! — bradou a mãe, e fez uma careta para a expressão assim que saiu de sua boca.

Georgiana ficou tão chocada que se viu sem palavras por um instante. De todas as coisas que poderia ter esperado que a mãe lhe dissesse, depois de tanto tempo separadas, gritar a expressão "relações sexuais" não era uma delas. Ela nunca vira os pais demonstrarem tanta emoção em toda a sua vida. Georgiana lançou um olhar de pânico na direção da Sra. Burton, mas a tia evitou encontrar seus olhos.

— Eu certamente não fiz isso! — disse Georgiana, indignada, a raiva aumentando até se igualar à da mãe.

— A Srta. Campbell parecia bastante perturbada, em dúvida se deveria ou não nos contar, mas sinceramente, graças a Deus por ela ter resolvido contar — disse o pai, batendo a mão na mesa e fazendo com que as xícaras de chá chacoalhassem agitadas. — Você está fora de controle, Georgiana. E isso termina agora.

— Não estou *entendendo* — falou Georgiana, olhando suplicante de um para o outro. — O que supostamente eu teria feito?

— A Srta. Campbell disse que você estava tendo intimidades com um homem — esclareceu a Sra. Burton, o tom baixo. — Mentindo para nós, Georgiana, mentindo para mim, sobre os acompanhantes em eventos, sobre onde você tem estado. Fingindo que estava com os Campbell, quando na verdade estava com aquela moça Woodley e a amiga dela...

O coração de Georgiana se partiu um pouco ao ouvir o sentimento de traição na voz da tia.

— Sra. Burton, por favor, posso garantir...

— Não! Nem mais uma palavra — retrucou a mãe. — A Srta. Campbell disse que estava prestes a ficar noiva de um Sr. Russell... Sinceramente, como você pôde fazer uma coisa dessas com uma moça que você afirma ser sua amiga? Ela contou que você estava flertando com ele, se comportando de maneira muito inapropriada, então vocês dois... Meu Deus, Georgiana! Isso vai arruinar a todos nós.

Georgiana ainda estava tentando entender tudo aquilo. Flertando com Jeremiah? *Dormindo* com Jeremiah? O que teria possuído Frances para ela inventar uma coisa daquelas?

— O Sr. *Russell?* — Georgiana virou-se para a tia novamente. — Sra. Burton, por favor, admito que tenho andado em companhias que a senhora não aprovaria inteiramente, e é verdade que estive em algumas... em algumas festas, alguns passeios que não eram inteiramente apropriados, mas nunca olhei para o Sr. Russell dessa forma na minha vida, e eu...

— Não negue, Georgiana — disse o Sr. Ellers, muito sério. — A Srta. Campbell disse que você desapareceu com ele dentro de um chalé qualquer. Não havia acompanhantes, ela disse. Os pais dela não estavam e a Srta. Campbell achou que a sua tia sabia disso. Ela disse que você deixou bem claro para ela que tinha subido e feito algo indizível com ele.

— Foi *Frances* que fez isso, papai. Foi Frances! Posso compreender perfeitamente por que ela não deseja que descubram, mas por que alegaria que fui *eu*...

— Ela disse que tentou ajudá-la, até mesmo perdoá-la, mas você está além do perdão, Georgiana — declarou a mãe, balançando a cabeça. — Depois de tudo que aquela jovem fez por você, ela disse que viu você beijando o Sr. Russell novamente na noite passada.

— Georgiana, ela disse que você tentou fazer mal à Srta. Walters — falou a Sra. Burton, triste. — Que colocou algo na bebida dela, só para ser cruel.

A mãe estava dizendo outra coisa, mas Georgiana não conseguiu ouvi-la porque um estranho zumbido em seus ouvidos encobria qualquer som. Muitas coisas começavam a se encaixar. Claro. *Claro*. Fora *Frances* que os interrompera. Ela vira o que Jeremiah tinha feito com Georgiana na estufa das laranjeiras. Vira as mãos dele apalpando-a, vira os corpos dos dois pressionados um contra o outro naquela escuridão quente e chegara às próprias conclusões. Por mais furiosa que estivesse, Georgiana entendeu, e ficou levemente impressionada. Ela mesma não poderia ter calculado uma vingança tão perfeitamente executada, mesmo se tentasse por mil anos.

— Eu não culpo a minha irmã — disse a Sra. Ellers, o tom tenso. — Jamais poderia imaginar que você era desse jeito, Georgiana, ou teria feito um grande esforço para mantê-la longe de problemas. Só posso esperar que não seja tarde demais. Arrume as suas coisas imediatamente, tenho certeza de que a Ordem de Santa Lúcia aceitará recebê-la, até decidirmos o que fazer a seguir.

A Ordem de Santa Lúcia parecia terrivelmente com o nome de um convento. Aquele fato acabou com toda a confusão na cabeça de Georgiana.

— Não — disse com tranquilidade.

O pai estava balançando a cabeça.

— Já está decidido.

— Não. Não! Eu não vou, papai. Eu não vou. Sou culpada de ter tomado decisões erradas, sou culpada de mentir. Menti para a senhora, tia, e sinto muito por isso, a senhora não merecia. Mas não sou culpada do resto. Eu não tenho saído para *fornicar*. Não envenenei Betty Walters. Nem a própria Betty acredita nisso! Acabei de falar com ela agora, e Betty foi extremamente bondosa comigo. Não serei mandada embora. Eu não vou!

— Talvez... — começou a dizer a Sra. Burton à irmã, com a voz embargada. — Talvez seja melhor dar a ela uma chance de...

— Não — disse a Sra. Ellers, levantando-se. — A sua reputação está em frangalhos, Georgiana. E a nossa também ficará. Devemos agir para o bem de todos os envolvidos. O que vamos fazer com você agora? Como podemos esperar por qualquer tipo de casamento? Quem iria querer você?

— Ah, eu não sei! — gritou Georgiana de forma temerária, levantando-se para igualar a mãe em estatura e fúria. — Vocês não pareciam particularmente interessados em me ter por perto antes, então por que isso importaria agora? Não podem me ignorar quando estou bem, tranquila, obedecendo a tudo o que dizem sem reclamar, e agora quererem brincar de pai e mãe, quando finalmente estou vivendo a minha própria vida. Se estão apenas tentando obter um retorno do investimento que fizeram em mim, por que não me levam para as docas e me vendem para algum pirata de passagem? Tenho certeza de que eles conseguem pelo menos cinco mil por ano, mesmo que seja em bens roubados!

— Isso não é motivo de piada, Georgiana — disse o Sr. Ellers, levantando-se, de modo que estavam todos de pé ao redor da mesa. — Você virá conosco agora, sem criar caso, e nós iremos... onde você pensa que está indo?

Mas Georgiana já tinha ido embora. Estava claro que nada que pudesse dizer ia convencê-los, e nem tinha certeza se queria mais convencê-los de nada. Seu único arrependimento era a expressão da Sra. Burton enquanto saía. A tia era a única ali a quem devia um pedido de desculpas, a quem devia a verdade.

Precisava agir rápido, mas claro que não poderia pedir a carruagem. Ela se perguntou freneticamente para onde deveria ir, e sua mente voou para a casa de Betty, mesmo sabendo que deveria ficar a mais de dez quilômetros, do outro lado da cidade. Betty sabia a verdade e poderia ajudar a limpar seu nome. Betty lhe ofereceria abrigo. Mesmo que a Sra. Burton levasse os pais de Georgiana para lá imediatamente, eles teriam que ouvir, com Betty ao lado dela. Então, talvez, começassem a entender.

A chuva estava aumentando, mas Georgiana não tinha escolha a não ser seguir em frente. Ela abaixou a cabeça e começou a correr, o mais rápido que suas pernas cansadas conseguiam levá-la, em direção à casa dos Walters.

Capítulo vinte e seis

Era muito fácil determinar para que lado ficava o noroeste quando se estava em um jardim conhecido, mas depois de duas horas andando debaixo de chuva forte, Georgiana não teria conseguido se orientar nem para sair de uma poça — e infelizmente estava, naquele momento, afundada até os tornozelos em uma. Seu vestido estava grudado no corpo e ela tentava o tempo todo afastar o cabelo embaraçado e desgrenhado dos olhos para conseguir enxergar. Se tivesse seguido pela estrada, acabaria chegando a algum lugar conhecido, mas em seu pânico decidira pegar uma rota mais direta para acelerar a jornada e evitar ser descoberta. Georgiana já fizera caminhadas curtas pelos prados e alamedas arborizadas que cercavam a casa dos Burton antes, e sabia que havia muitas trilhas e caminhos que eram fáceis de atravessar, mas estando tão longe da civilização, só o que conseguia ver por quilômetros ao redor era a charneca ondulante.

Não era uma visão animadora.

A chuva que Georgiana imaginara ser uma rápida tempestade de verão não mostrava sinais de diminuir e, embora a mágoa e a fúria a tivessem impulsionado ao longo dos primeiros vinte minutos do caminho, logo se transformaram em desespero, quando ela se deu conta de que não conseguia mais correr. Desde então, Georgiana vinha se arrastando pela lama com a sensação cada vez mais inquietante de que havia cometido um erro terrível. E pior, ela agora se via obrigada a admitir que não tinha a menor ideia de onde estava.

De vez em quando, conseguia distinguir o brilho fraco da luz do sol através de uma nuvem espessa e usava a posição do sol para se reorientar. O problema era que, para começar, não estava totalmente convencida de que a casa de Betty ficava mesmo a noroeste. Sem dúvida ficava a oeste, ou mais ou menos naquela direção, mas Georgiana estava aprendendo rapidamente que aquilo não era suficiente para justificar uma expedição solitária sem nem um chapéu para protegê-la da chuva. Ela planejara uma fuga rápida, e imaginara que àquela altura já estaria com Betty e que tudo estaria explicado. No entanto, havia conseguido se perder completamente na charneca.

Não havia nada a fazer a não ser caminhar, e nada para fazer enquanto caminhava a não ser pensar.

Compreendia por que Frances estava tão zangada. Ela mal conseguia *imaginar* como tudo provavelmente parecera terrível para a outra, como se sentira traída. Talvez Frances tivesse levado as coisas um pouco longe demais indo até a Sra. Burton antes de pedir explicações — para tentar arruinar a vida de Georgiana com mentiras e acusações indecentes, e na frente dos pais dela, o que era ainda pior —, mas Frances tinha sido muito, muito magoada. Georgiana ansiava por vê-la, para que pudesse fazê-la entender, para dizer a Frances que agora sabia exatamente que tipo de pessoa era Jeremiah e o que havia lhe custado descobrir.

Os pais dela não poderiam ter escolhido um momento mais inoportuno para aparecer para uma xícara de chá.

Georgiana chegou à conclusão de que não estava preocupada em decepcioná-los. Era muito libertador admitir para si mesma que, na verdade, eles a haviam decepcionado por muito tempo, e parecia justo retribuir o favor. Em um único verão, os Burton tinham conseguido se envolver mais na vida de Georgiana do que os pais jamais haviam sequer tentado. E era na Sra. Burton que Georgiana pensava agora, na imagem da tia magoada, perplexa e atordoada no canto da sala de jantar.

No que lhe dizia respeito, os pais podiam ir para o inferno.

Se ela conseguisse chegar à casa dos Walters, Betty contaria à Sra. Burton o que realmente havia acontecido na festa. Mesmo que os pais permanecessem determinados a trancá-la em algum convento, pelo menos os Burton saberiam a verdade, e talvez pudessem persuadir seus pais a não se comportarem de forma tão medieval. Georgiana pensou, culpada, que teria que ser *quase* inteiramente honesta com a Sra. Burton se quisesse recuperar o relacionamento entre elas, e torcer para que a tia considerasse que beber e fumar um pouco — e talvez trocar alguns beijos ilícitos, se Georgiana conseguisse admitir também isso — eram atos bem menos terríveis do que fornicação e tentativa de homicídio.

Lembranças sobre o beijo ilícito em questão deveriam lhe trazer grande alegria, mas só provocavam um aperto gelado de arrependimento e ansiedade em seu peito. Era difícil desemaranhar tudo: o cheiro de laranjas, a sensação da mão gentil de Thomas em seu maxilar, a expressão no rosto dele diante de uma Betty aflita, a dor dos dedos de Jeremiah pressionando cada vez mais forte sua pele. Georgiana queria contar a Thomas o que realmente acontecera, queria encontrar e puxar o fio único da verdade, mas aquilo também significava contar a ele o que Jeremiah tinha feito. E já fora difícil contar a Betty.

Tudo se transformara em uma terrível e completa confusão, pensou Georgiana, desesperada.

A Georgiana de apenas três meses antes teria ficado impressionada e horrorizada com quem ela havia se tornado naquele verão. Na charneca, com tempo e espaço aparentemente infinitos para avaliar o que a levara até aquele ponto, ela finalmente sentiu o verdadeiro peso de tudo. Não tinha sido uma boa amiga para Betty, que só queria uma companhia. Também não tinha sido uma boa amiga para Frances, que se comportara mal, sim, mas que também a procurara em busca de conforto, de apoio, e fora abandonada por Georgiana quando estava em seu pior momento. Frances estava certa. Só por um momento,

Georgiana *realmente* ousara se imaginar uma pessoa importante por mérito próprio. Havia se imaginado circulando entre a sociedade londrina no outono, fazendo um sucesso tamanho que ninguém jamais se lembraria de que, para começo de conversa, ela não tinha nem o direito de estar ali. Imaginara, sim, todo aquele poder e status quase ao seu alcance, e como aquilo parecia risível agora. Jamais seria capaz de substituir Frances Campbell, e se tornar o tipo de pessoa que mentia, tramava e abandonava pessoas do lado de fora de bailes não mudaria esse fato.

Tudo o que Thomas havia dito sobre ela era a mais triste e absoluta verdade. Toda aquela autorreflexão era, claro, irrelevante, já que ela ia morrer ali mesmo, na charneca, vítima de uma combinação potente de exposição aos elementos naturais e uma grave falta de bom senso. A consciência de como precisaria se esforçar para consertar as coisas deveria ter sido motivo suficiente para fazê-la desistir e se deixar cair de bruços na grama, determinada a nunca mais se levantar, mas Georgiana cerrou os dentes e seguiu em frente, sem ideia de para onde ia, apenas com a tênue esperança de que pudesse, quem sabe, ser a direção certa.

Quando os relâmpagos começaram a riscar o céu, Georgiana havia quase chegado a um pequeno bosque, onde as árvores gemiam com o esforço de se manterem eretas sob o vento cada vez mais forte, se debatendo como se estivessem sob ataque. Com os raios, vieram os trovões, ribombando pelo céu escuro acima dela e fazendo-a arquejar de susto por parecem tão próximos. Georgiana tinha certeza de que tinham lhe dito que não era seguro ser a coisa mais alta da paisagem quando um raio caía, mas a verdade era que também não parecia nada seguro se abrigar *sob* a coisa mais alta ao redor, e ela olhou com desconfiança para as árvores que antes havia considerado sua salvação. Depois de decidir que, caso contrário, provavelmente se afogaria, decidiu confiar nas árvores. Encontrou o entrançamento de raízes menos molhado possível sob as árvores e se sentou para descansar as pernas doloridas até que o clima melhorasse. O ar cheirava a musgo e terra úmida, e Georgiana respirou fundo, acolhendo com prazer a relativa quietude depois de horas tendo a sensação de que o vento uivante arrancava o ar de seus pulmões. Os trovões retumbavam, a chuva continuava a cair, e o ar estava denso e pegajoso com o calor do verão e, apesar do vestido ensopado, ela se viu cochilando contra o travesseiro improvisado e áspero da casca de árvore, com a sensação de que gastara cada grama de suas reservas de força física e emocional.

Georgiana acordou em pânico quando um grande trovão pareceu sacudir o chão abaixo dela, e abriu os olhos turvos bem a tempo de ver mais relâmpagos cruzando o céu não muito longe de onde estava sentada, seguidos por outro estrondo ensurdecedor. Ela estava tremendo — fazia muito mais frio agora — e, para seu horror, percebeu que estava escuro ao redor.

Por incrível que pudesse parecer, só naquele momento lhe ocorreu que deveria realmente ter medo. Se havia sido impossível encontrar o caminho à luz do dia, como conseguiria à noite? E como alguém poderia encontrá-la, quando ela mesma não tinha a menor ideia de onde estava? Só o que podia fazer era permanecer sentada onde estava, sentindo-se miserável, e esperar pela luz da manhã, torcendo para que estivesse certa ao acreditar que não havia mais lobos na Inglaterra. Se ainda tivesse forças, Georgiana poderia ter chorado. Ela supunha que aquela era pelo menos uma maneira bastante dramática de encontrar seu destino. Afinal, sempre quisera desempenhar o papel principal em alguma história grandiosa e emocionante.

Era verdade que nunca imaginara uma que terminasse daquele jeito.

Georgiana não estava exatamente adormecida, mas também não estava acordada, quando ouviu um som curioso que não parecia fazer parte de seus sonhos. O som ficava cada vez mais alto, e assim que ela se deu conta do que era, levantou-se apressada, arranhando as mãos nas raízes onde estava sentada. A aurora tentava raiar e, na penumbra irreal e rosada, um cavalo castanho galopava em sua direção pela charneca, salpicado de lama até os flancos, o cavaleiro curvado sobre o pescoço do animal.

Georgiana ergueu os braços debilmente e tentou gritar, mas descobriu que sua voz havia morrido na garganta. Por sorte, o cavaleiro parecia não precisar de encorajamento; ia diretamente na direção dela e parou um pouco antes das árvores, desmontando do cavalo em um movimento rápido e se livrando do chapéu que havia obscurecido seu rosto ao se aproximar.

— Ah — disse Georgiana tolamente. — *Ah*. É totalmente absurdo que você esteja aqui.

Thomas Hawksley estava encharcado, coberto de lama, e tinha uma expressão de preocupação tão profunda no rosto que acabou com qualquer mínima determinação que mantivera Georgiana firme até então. Ela respirou fundo, e estava se preparando para dizer alguma coisa espirituosa — como "Você vem sempre aqui?" — quando explodiu em lágrimas, chorando alto, de forma humilhante e inquestionavelmente feia.

Thomas caminhou na direção dela, já abrindo os braços, e Georgiana se deixou afundar em seu abraço, o corpo tremendo de frio, exaustão e alívio instantâneo.

Thomas manteve-a enlaçada por muito tempo, e quando a soltou foi para tirar o casaco arruinado que usava e passá-lo cuidadosamente ao redor de seus ombros. Georgiana puxou o casaco com força ao redor do corpo e recuou novamente para o nó de raízes para se deixar cair trêmula sobre elas enquanto Thomas cuidava rapidamente do cavalo.

Cada segundo que ele não a estava tocando parecia uma perda terrível, e quando Thomas voltou a se sentar ao seu lado, Georgiana estendeu a mão trêmula sem dizer nada. Quase morreu de alegria quando sentiu os dedos quentes e enluvados dele se entrelaçarem aos dela. Quando encontrou seu olhar, foi como se, por um momento, todas as complicações desaparecessem. Era simples, certo e bom apenas ficar sentada ali, de mãos dadas com ele, enquanto o dia amanhecia sobre suas cabeças. Por mais sujo e enlameado que Thomas estivesse, Georgiana devia parecer uma estátua de jardim abandonada e embolorada. Ela se virou, subitamente constrangida, e Thomas pareceu ler sua mente, pois lhe ofereceu o lenço para que ela enxugasse o rosto vermelho e manchado de lágrimas.

— Como...? Como diabos você me encontrou? — perguntou ela, depois de se recompor e conter o fluxo nada atraente de muco do nariz.

— Você está sentada debaixo das únicas árvores em quilômetros ao redor. O único ponto de referência perceptível, na verdade. Seria mais difícil não encontrar você, depois que cheguei ao lugar certo.

— Ah. Sim — concordou Georgiana. — Mas por que você está aqui?

— Infelizmente, a Sra. Burton estava com a impressão de que você talvez estivesse morta. Visitei a Srta. Walters na manhã de ontem para saber como estava a saúde dela, e sua tia estava lá com duas pessoas que supostamente eram seus pais. Eles disseram que você estava desaparecida havia muitas horas e que tinham ido de carruagem até a casa dos Walters para ver se a encontravam lá. Betty e a sua tia estavam bastante... histéricas. — Ele pareceu um pouco abalado com a lembrança, então sua expressão ficou séria. — Você tem uma sorte enorme de ter uma amiga tão compreensiva quanto Betty Walters.

— Eu sei — falou Georgiana, e respirou fundo. — Fui terrível com ela, Thomas. Sei que fui. Já disse a Betty o quanto sinto muito, mas não é o suficiente. Vou continuar a repetir e a demonstrar meu arrependimento até que ela tenha certeza da verdade. Você estava certo no baile. Betty Walters é uma amiga de verdade, e me comportei como uma completa e absoluta canalha. Mostrei uma fraqueza de caráter imperdoável. Farei tudo o que estiver ao meu alcance para garantir que isso não volte a acontecer, porque... porque esse não é o tipo de pessoa que quero ser.

— Ora — disse Thomas, suspirando, então dando um sorrisinho, como se ela fosse uma idiota a quem ele acidentalmente se apegara emocionalmente. — Fico feliz em ouvir isso. Recentemente, decidi que gosto muito de você, e seria uma pena ter que reverter essa decisão tão cedo.

O alívio que sentiu ao ouvir aquilo foi tamanho que Georgiana sentiu novas lágrimas ameaçando transbordar. Ela piscou para afastá-las com um sorriso trêmulo no rosto.

— Eu dificilmente... bem, dificilmente poderia culpá-lo por pensar mal de mim. Fiz tudo tão errado. Eles estavam... a Sra. Burton estava muito zangada?

— Não, só preocupada — disse Thomas. — Ficamos todos preocupados.

— E meus pais? — perguntou Georgiana, e viu a resposta no cenho franzido de Thomas antes mesmo que ele respondesse.

— Ah, bem. Eles pareciam um pouco bravos.

— Eu não estava tentando... não sei, *acabar* com a minha vida, ou qualquer coisa assim — explicou Georgiana timidamente. — Me vi em uma situação difícil e não sabia o que fazer. Na verdade, eu estava indo ver Betty, mas, bem, não sou particularmente boa com direções.

— Onde você acha que está agora? — perguntou Thomas, e Georgiana olhou ao redor, como se a charneca pudesse ter mais respostas naquele dia do que na véspera.

— Hum... a uns dez quilômetros a noroeste dos Burton? — arriscou, esperançosa.

Thomas riu, mas com gentileza.

— Você está a apenas três quilômetros de casa. Deve ter andado em círculos. Se continuasse assim, só teria encontrado charnecas por pelo menos mais um dia.

Georgiana estremeceu diante da ideia e ficou feliz por ter passado uma noite desconfortável nos braços de uma árvore em vez de tropeçando na escuridão em direção a sua inevitável aniquilação.

— *Obrigada*. Por vir me procurar, quero dizer. Apesar de... bem, apesar de tudo.

— Já que você mal consegue chegar ao fim de um jardim ou descer para uma adega sem quase se jogar nos braços da morte, achei que alguém deveria tentar resgatá-la antes que você caísse de um penhasco — brincou Thomas, apertando a mão dela. — Por que estava com tanta pressa de chegar à casa da Sra. Walters? Sua tia não conseguiu explicar essa parte.

Georgiana respirou fundo, então as palavras saíram em um jorro.

— Frances interpretou... bem, ela interpretou errado uma situação. Pensou que eu tinha feito algo para magoá-la e, em vez de me perguntar a respeito, decidiu pular para a vingança. Ela contou mentiras terríveis para minha tia, para os meus pais. Eles querem me mandar para longe, porque pensam... pensam que estou totalmente arruinada. Entendo a raiva de Frances, realmente entendo, mas gostaria que ela tivesse me dado cinco segundos para explicar. Ela acha que estou envolvida com *Jeremiah*, logo com ele, entre todos os absurdos. Ora, se ao menos ela não tivesse me visto com ele na estufa das laranjeiras...

— Na... estufa das laranjeiras? — repetiu Thomas, o tom gentil e apreensivo ao mesmo tempo.

Georgiana tentou se preparar para dizer tudo em voz alta. Sabia que Jeremiah era o vilão daquela história, mas ainda temia contá-la. Principalmente porque acabara de lhe ocorrer que o lugar em que ele a atacara ficava a apenas alguns metros de distância de onde ela e Thomas haviam se beijado. Georgiana não queria que ele ficasse com a impressão de que ela era uma espécie de beijadora em série das estufas de laranjeiras.

— Eu estava procurando por Cecily, mas acabei encontrando Jeremiah, e não me dei conta de como ele estava bêbado. A verdade é que eu deveria ter ido embora, mas *não*... — Ela balançou a cabeça. — Ele não devia ter feito aquilo. Tentei fugir, tentei, mas era tarde demais, e ele me agarrou, e... bem, ele não me soltava.

— Ele... o quê? — disse Thomas lentamente.

Georgiana estremeceu.

— Eu sei que não é nada tão grave assim, um beijo roubado, tenho certeza que acontece mil vezes por dia, mas... Bem, eu não *queria* beijá-lo, Thomas. E acho que ele não queria parar por aí. Ele me machucou, foi insistente, e fomos interrompidos, graças a Deus, mas foi muito... Foi assustador. Não foi como, bem, como foi com você.

Thomas ficara muito quieto, olhando para as mãos deles entrelaçadas. Georgiana queria instigá-lo a falar, porque se sentia mais nervosa quanto mais o silêncio se estendia, mas segurou a língua.

— Eu vou matá-lo — sussurrou Thomas, a cabeça ainda baixa.

— Não, não vai — falou Georgiana, pressionando levemente o polegar na palma da mão dele. O contato pareceu ajudá-lo a recuperar o bom senso.

— Não, não vou — concordou Thomas, suspirando e balançando a cabeça antes de finalmente olhar para ela. — Mas meu Deus, Georgiana, alguém deveria. Você está...? Está machucada? Você está bem?

— Creio que sim. Não sei. Se eu não estiver bem agora, acho que logo estarei — disse ela, levando inconscientemente os dedos à gola do vestido e torcendo para que fosse verdade.

— Eu sabia que Jeremiah estava perdido — comentou Thomas com tristeza —, mas não *tão* perdido assim. Talvez estivesse bem diante dos meus olhos e eu não tenha visto, ou não quis ver. Alguém precisa fazer alguma coisa. Colocar algum juízo na cabeça dele.

— Por favor, não faça nada — pediu Georgiana, e tentou desanuviar: — É sério. Betty diz que não existe sabão na prisão.

Ele não riu. Estava fitando-a atentamente, checando se não havia qualquer sinal de danos e, enquanto a observava, seu olhar desceu até o decote do vestido. Com uma gentileza excruciante, Thomas estendeu a mão e afastou o tecido alguns centímetros. Georgiana ainda não checara para ver se havia hematomas, não queria se ver marcada pela mão de Jeremiah, mas pôde ver pela expressão tempestuosa de Thomas que estava machucada.

Ela se sentiu envergonhada mesmo sem motivo, constrangida, como se fosse prova de alguma falha dela, mas quando olhou para Thomas, ele parecia à beira das lágrimas. Georgiana pousou a mão no rosto dele, tentando oferecer algum tipo de conforto, e ele pegou-a com carinho e deu um beijo na ponta de seus dedos.

— Sinto muito — disse Thomas.

Georgiana mordeu o lábio e pensou por um momento antes de voltar a falar.

— Ele foi para a cama com Frances, sabe — disse baixinho. — Acho... Acho que ela não queria. Não de verdade.

Thomas respirou fundo, então soltou o ar lentamente.

— Eu deveria ter... Se eu estivesse prestando atenção, em vez de só olhar para o meu próprio umbigo, talvez pudesse ter evitado isso. Você, a Srta. Campbell, quantas sofreram porque não consegui ver no que Jeremiah se transformou?

— Eu sofri por causa *dele*, Thomas — lembrou Georgiana. — Não por sua causa. Não é responsabilidade sua salvar todo mundo.

Ela tocou com gentileza o braço dele.

— Embora hoje você certamente tenha feito um trabalho incrivelmente bom em me salvar. Agora, se eu puder convencer a Sra. Burton de que, na verdade, não tenho andado entregando o meu corpo indiscriminadamente pela região...

Thomas deu uma risadinha chocada ao ouvir aquilo, como fora a intenção dela.

— Não tenho dúvidas de que Betty não está medindo esforços para limpar o seu nome neste exato momento, embora talvez esteja tendo dificuldades. Quando saí, a pobre mulher parecia fora de si de preocupação.

— Precisamos acabar com a aflição dela.

Thomas assentiu. Ele parecia estar prestes a se levantar, mas hesitou.

— Georgiana, devo avisá-la: não posso mais perder meu tempo nesse ambiente maldito. Não consigo mais ficar assistindo às pessoas mentirem e beberem quase até morrer, incitando uns aos outros a se arriscarem cada vez mais. É demais para suportar. Não consigo... Vejo o meu irmão, Georgiana. Toda vez. Vejo tudo o que perdi. Achei que se eu me afastasse de vez de Jeremiah, dos meus antigos amigos, abriria mão do último fragmento de mim a que estava me agarrando desesperadamente, mas agora vejo que não estaria perdendo nada. Não quero ter mais nada a ver com o homem que eu fui e não vou envergonhar a memória de Edward fingindo o contrário. Eu vou... vou ter que aprender a lidar com as coisas em meus próprios termos.

Ele parecia um pouco ansioso, como se Georgiana pudesse estar prestes a declarar que não conseguia pensar em nada pior do que desistir das festas, do melodrama e da profunda negligência da alta sociedade que já a havia desgastado até os ossos.

— Sabe, estou bastante cansada de tudo isso — disse ela. — Confesso que nada me deixaria mais feliz do que passar o fim do verão jogando cartas com Betty, se ela me aceitar, tirando sonecas muito longas e desfrutando de um pouco de paz e sossego.

— Não consigo imaginar nada melhor — disse Thomas, o alívio suavizando sua expressão.

— Talvez eu tome uma taça de vinho de vez em quando no jantar, você entende — alertou Georgiana. — Posso até ficar um pouco bêbada, se tiver que ouvir uma das histórias da Sra. Burton sobre hortaliças. Mas... sinceramente, Thomas. Você não precisa se preocupar.

— Não é uma tarefa fácil, já que com frequência você é motivo de extrema preocupação — comentou ele.

Thomas segurou as mãos frias de Georgiana entre as dele, os polegares roçando o ponto em que a pulsação vibrava, e ela se perguntou por um instante se poderia desmaiar de puro prazer, antes de se dar conta de que seria uma coisa totalmente absurda.

— É claro que as minhas intenções pouco vão importar se os meus pais conseguirem me arrastar para longe para que eu pague devidamente por todos os meus pecados — disse Georgiana, suspirando.

Thomas puxou-a mais para si, e ela se inclinou pesadamente contra ele, encantada com o fato de o grande volume de lama em ambos não ser nem um pouco incômodo.

— Eles que tentem — declarou Thomas, os lábios roçando a testa dela enquanto falava. — Que venham espadas, cães ou o fogo do inferno, não vou deixar que a levem.

— Ora, acalme-se — falou Georgiana, sorrindo. — Não acredito que chegue a tanto.

Capítulo vinte e sete

Georgiana voltou para a casa dos Burton encharcada, mais suja do que jamais estivera na vida, e pronta para a batalha. Não sabia exatamente o que diria aos pais, mas apenas o fato de ter Thomas com ela, ajudando-a a descer do cavalo, de pé ao seu lado enquanto ela abria a porta da frente, ajudou a acalmar seus nervos e a prepará-la para o que a esperava dentro de casa.

Mas a verdade era que não precisava ter se preocupado. No momento em que a Sra. Burton a viu, exausta e enlameada, com os olhos inchados de tanto chorar e marcas de lágrimas no rosto, correu para envolvê-la em um abraço esmagador.

— Ah, Georgiana, estou tão feliz que você esteja a *salvo* — disse ela, emocionada, o rosto colado ao cabelo úmido da sobrinha.

Georgiana sabia que com certeza não era uma pessoa particularmente agradável de se abraçar no momento e retribuiu o abraço da tia o mais forte possível para demonstrar sua gratidão.

Talvez a Sra. Burton esperasse demonstrações de afeto semelhantes dos pais dela, mas em vez disso eles permaneceram parados no corredor, constrangidos, observando-a com as mesmas sobrancelhas franzidas, um músculo latejando na têmpora do pai. O Sr. Burton, que claramente desejava ficar o mais longe possível daquela conversa sem realmente sair de casa, estava parado na porta da sala, parecendo aliviado, porém apreensivo.

— Seja como for, essa breve distração acabou — disse a mãe de Georgiana. — Chega de táticas de atraso, chega de histeria. Você vem conosco.

— Distração? — repetiu a Sra. Burton, soltando Georgiana e olhando boquiaberta para a irmã. — Ela podia ter se machucado! Podia ter morrido!

— Ela queria a nossa atenção e está conseguindo — retrucou a Sra. Ellers calmamente. — Isso não muda nada.

— Se me permite — começou a dizer Thomas —, há certas circunstâncias das quais vocês talvez não estejam cientes...

— Estou perfeitamente ciente do que aconteceu, ou do que essa jovem afirma ter acontecido. — O Sr. Ellers indicou com um gesto a porta aberta da sala de jantar, onde Georgiana viu Betty Walters parada com um lenço apertado nas mãos.

Ela obviamente estivera chorando, mas agora tentava dar um sorriso hesitante na direção da amiga.

— Talvez haja algumas discrepâncias entre a história que a Srta. Campbell revelou e a que a Srta. Walters acabou de contar, mas o fato é que a nossa filha tem ido a festas desacompanhada, onde bebe e se torna vulnerável a avanços de todo tipo de canalhas...

— Sr. Ellers — voltou a falar Thomas, tenso, talvez ciente de que também estava sendo implicado naquele discurso —, posso lhe assegurar...

— E quem é você?

— Meu nome é Thomas Hawksley, e devo dizer que me oponho nos termos mais fortes... — Ele parou de falar abruptamente, porque a Sra. Burton estendeu a mão e lhe deu uma palmadinha no braço.

— Não se preocupe, Sr. Hawksley — disse ela, virando-se para os pais de Georgiana e empertigando-se ao máximo. — Eu cuido disso daqui em diante.

— Você *o quê?* — retrucou a Sra. Ellers friamente. — Lamento dizer, mas isso não é mais da sua conta.

— Você vai ouvir o que a minha esposa tem a dizer — intrometeu-se o Sr. Burton de repente.

Todos se viraram para olhá-lo, distraídos por um momento pelo simples fato de ele ter se pronunciado.

— Sim. *Sim.* Você me ouviu, Mary — voltou a falar a Sra. Burton, animada pelo apoio do marido.

Georgiana trocou um olhar assustado com Betty, que levou a mão rapidamente à boca.

— Não vou negar que Georgiana teve um comportamento questionável e me culpo por não ter ficado mais atenta a ela. Não, não, Georgiana, é verdade. Sei que não é mais criança, mas ainda sou sua guardiã enquanto você morar aqui, e falhei com você. Sim, falhei. Mas não vou ficar parada aqui e permitir que você — ela apontou para a Sra. Ellers, que estava boquiaberta de choque — culpe sua filha, a envergonhe e tente puni-la, quando a Srta. Walters acabou de nos contar o que aquele homem terrível, esse Sr. Russell, fez com ela. Georgiana não é uma criminosa, ela não é a encarnação do diabo, é apenas uma jovem que cometeu alguns erros e sofreu terrivelmente por causa deles. Não vou aceitar isso. Georgiana precisa *descansar*. Precisa de alguém para cuidar dela. Precisa rever suas ideias, sim, e terá que se esforçar muito se quiser que confiemos nela sob este teto novamente. Mas não permitirei que você a leve para lugar nenhum, e se ainda assim quiser tentar, terá que voltar aqui com toda a guarda nacional da Inglaterra. Lutarei com todos eles. Estou falando sério, Mary.

— Isso é um absurdo — disse o Sr. Ellers, dando um passo em direção a Georgiana. — Ela é *nossa* filha. Nós decidiremos o que é melhor para ela, qual é a melhor forma de lidar com a situação.

— Acredito que isso já foi decidido — disse Thomas, pousando uma mão protetora no ombro de Georgiana. — Georgiana?

— Vou ficar aqui — decidiu ela, a voz embargada. — Enquanto a minha tia e o meu tio me quiserem.

— Muito bem — disse a Sra. Burton, cruzando os braços e olhando para o Sr. e para a Sra. Ellers como se eles fossem dois ratos indesejáveis no corredor, em vez de dois parentes próximos. Georgiana achou que os pais nunca haviam parecido tão pequenos. — Assunto encerrado, então.

O resto do dia passou em um borrão estranho e surreal. Os pais de Georgiana partiram, com mais algumas palavras duras trocadas com a Sra. Burton no caminho do jardim. Thomas ficou por tanto tempo que a Sra. Burton parou de se preocupar com a sobrinha e começou a lhe lançar sorrisinhos sabidos, até chegar a um ponto em que Georgiana revirou os olhos e disse a ele para ir para casa, descansar um pouco.

Betty não fez menção de ir embora, apenas acenando alegremente quando Georgiana subiu para o seu quarto, avisando que esperaria por ela na sala e trabalharia em sua caligrafia.

— A vovó não vai mesmo precisar da carruagem, hoje é o dia da soneca dela, então realmente posso ficar pelo tempo que você precisar.

E a Sra. Burton instruiu Emmeline a preparar um banho para a sobrinha.

— Sinto muito, Sra. Burton — disse Georgiana com tristeza, enquanto a tia a ajudava a subir. — De verdade. Prometo melhorar. A senhora só me tratou com bondade, e eu me comportei de forma monstruosa.

— Ah, pare com isso. Ficarei brava com você mais tarde, Georgiana, mas não consigo me esforçar para isso agora — disse a tia, enxugando os olhos e mandando a sobrinha para o banho.

Georgiana recebeu a água quente como uma bênção, enquanto sentia relaxar cada músculo tenso. Tanta lama se soltou de seu corpo que foi como se tivesse acampado a céu aberto por semanas, e não passado uma mísera noite na charneca. Os hematomas em sua clavícula se espalhavam em tons feios de roxo, amarelo e verde. Ela passou os dedos sobre eles, estremeceu, e finalmente voltou seus pensamentos para a mão que os tinha causado.

Thomas acreditava que poderia ter detido Jeremiah Russell, se soubesse como o antigo amigo decaíra. Georgiana agora se encontra na desconfortável posição de não apenas saber, mas ter experimentado pessoalmente como Jeremiah estava fora de controle. Na segurança de sua casa — pois agora aquela era *realmente* a sua casa, pensou, emocionada —, com a mente esgotada ao máximo, ela se sentia tentada a encerrar aquela história. A parar de falar naquilo. Apenas riscar de sua vida, e tentar esquecer.

Mas não conseguia afastar a ideia de que ele ia simplesmente fazer a mesma coisa de novo, e ainda pior. Era improvável que Frances contasse a outra alma o que havia acontecido entre ela e Jeremiah no chalé naquela noite — tendo tido culpa ou não, *estaria* arruinada —, mas talvez Georgiana pudesse contar e ainda manter alguma parte de si intacta. Mesmo que fosse rotulada de meretriz e mentirosa, mesmo que metade do condado ficasse do lado dele, talvez valesse a pena plantar a semente da dúvida. Talvez, então, as damas passassem a manter distância, e os pais pensassem duas vezes antes de deixar as filhas na companhia de Jeremiah Russell. Talvez falassem dela pelas costas na alta sociedade; talvez ela tivesse dificuldade para encontrar outro homem que a aceitasse, caso Thomas pensasse melhor e mudasse de ideia, mas havia mais de uma maneira de ser considerada arruinada, e Georgiana agora sabia qual delas lhe importava menos.

Agora ela sabia como queria que aquela história em particular terminasse.

Dormiu um pouco depois do banho, mas não conseguiu relaxar completamente, e passou o resto do dia em um estado de intensa agitação, incapaz de se explicar para a Sra. Burton, que provavelmente achou que era consequência da exaustão nervosa geral.

Betty tinha sido convidada para jantar. Georgiana não comeu muito, apesar de toda a insistência da tia, e Betty não parou de lançar olhares preocupados de soslaio a ela enquanto comia a torta.

Depois, quando finalmente se viu sozinha com a amiga, Georgiana puxou-a para o lado e sussurrou, conspiratória, em seu ouvido, traçando um plano que começara a se formar em algum momento entre a torta do jantar e a sobremesa intocadas. Betty pareceu um pouco nervosa, mas assentiu corajosamente. Algumas horas depois, quando os Burton se retiraram para dormir e Betty supostamente voltara para casa, Georgiana estava novamente sentada à porta, ouvindo atentamente o som de cascos na estrada. Quando a carruagem chegou, ela subiu o mais silenciosamente possível, olhando pela janela sem dizer nada enquanto partiam, sem perceber como estava tensa e imóvel até Betty estender a mão para lhe dar uma palmadinha tranquilizadora.

— Obrigada, Betty — disse ela, baixinho, assim que chegaram ao seu destino. — Por favor, se você não se importa, acho que devo fazer isso sozinha.

Georgiana desceu da carruagem e subiu a pé o último trecho do enorme caminho de entrada, tremendo um pouco, embora não soubesse dizer se era por causa do nervosismo, do ar fresco da noite, ou do cansaço.

Apesar do horário tardio, muitos cômodos do andar térreo da casa ainda estavam iluminados. Georgiana bateu na porta, hesitante, parte dela rezando para não ser atendida, para que pudesse escapar como se nunca tivesse estado lá.

Um criado abriu a porta e foi transmitir o recado dela, enquanto Georgiana aguardava, insegura. Mas quando voltou, o criado estava sozinho. A patroa dele supostamente estava "indisposta". Georgiana pensou em insistir — inclusive considerou, muito brevemente, passar por ele e correr até as profundezas da casa —, mas, em vez disso, agradeceu e deu a ao homem toda a impressão de que ia embora.

No entanto, em vez de voltar para a carruagem, ela olhou ao redor e deu a volta rapidamente pela lateral da casa, torcendo para não ser vista pelos olhos de águia de algum guarda da propriedade e baleada na hora. Ela alcançou os jardins dos fundos, o gramado que já conhecia, e encontrou o que estava procurando através das portas francesas fechadas.

Frances estava sentada lá dentro, jantando com os amigos. Ela parecia mal-humorada e exausta à luz das velas, a mão segurando um copo de vinho cheio, o vestido caindo descuidadamente dos ombros. Jonathan estava conversando com Jane, e Cecily ouvia Christopher, que gesticulava com o garfo enquanto falava. Eles pareciam emitir uma espécie de brilho sobrenatural sentados ali à luz de velas, mas a cena da qual Georgiana antes estaria desesperada para fazer parte lhe parecia um pouco diferente agora. Ela não via juventude, vivacidade e glamour, e sim pessoas envelhecidas para sua idade; pessoas que estavam quase sempre infelizes; pessoas com desejos, vontades e necessidades muitas vezes insatisfeitos. Mesmo naquele momento, apesar de tudo, ela não conseguiu sentir raiva de Frances. A amiga parecia tão magra, tão absolutamente exaurida, com a luz marcando as cavidades fundas do rosto fino. Georgiana achava ter compreendido um pouco daquele sentimento depois de apenas alguns meses tentando acompanhar o ritmo de Frances; não conseguia imaginar o preço que uma vida inteira daquela maneira custaria.

Georgiana estava observando todos eles, por um momento ainda cativada pela imagem, quando Frances ergueu a cabeça e os olhos das duas se encontraram. Georgiana achou que Frances fingiria não tê-la visto, ou que talvez mandasse chamar os cães do pai para colocá-la para correr, em vez de falar com ela. Mas Frances se levantou cambaleante e caminhou até as portas. Os outros amigos se viraram para olhar quando ela abriu as portas e ficaram encarando Georgiana.

— O que foi? — perguntou ela sem rodeios.

— Frances...

Georgiana não sabia por onde começar. Ela se sentira cheia de determinação na carruagem, mas agora sua voz estava trêmula. Jonathan se levantou lentamente da cadeira e parou atrás de Frances, sem dizer nada, a expressão cautelosa.

— Vim para lhe dizer que o que você viu, o que *achou* que viu entre Jeremiah e eu, não era nenhum enlace romântico. Se você não tivesse interrompido... Bem, tenho até medo de pensar no que ele teria feito. Sou grata por você ter aparecido. Você me salvou, mesmo que sem querer. Juro que não fui procurá-lo, não fui atrás dele, estava procurando Cecily, então... ele me *atacou*, Frances.

Frances respirou fundo enquanto absorvia a informação. Ela não falou nada, mas Georgiana viu a compreensão em seus olhos, os ombros relaxando enquanto parte da raiva se dissipava. Por um momento, Georgiana se sentiu aliviada. Frances acreditava nela. Tinha certeza. Jonathan também parecia acreditar; suas sobrancelhas estavam tão erguidas que quase se escondiam sob o cabelo, e ele examinava o rosto de Frances com atenção, como se procurasse por deixas.

— E eu queria dizer... Eu queria dizer que sinto muito. Não fui uma boa amiga para você, quando você realmente precisou. Não acho que isso justifique o que fez com Betty ou o que tentou fazer comigo, mas entendo por que agiu como agiu, mesmo que eu deseje muito que não tivesse feito aquelas coisas. E... Frances... — continuou Georgiana, a voz agora quase um sussurro. — O que aconteceu ontem à noite me fez perceber... o que aconteceu no chalé. Acredito que Jeremiah também tenha atacado você.

A mudança em Frances foi instantânea, embora os detalhes fossem minúsculos: ela endireitou o corpo, esticou os ombros e inclinou ligeiramente a cabeça enquanto examinava Georgiana.

— Você não tem a menor ideia do que está falando — disse ela com a voz fria e seca. — E, se eu fosse você, não repetiria por aí essa pequena fantasia que inventou.

Depois de tudo que já havia suportado, Georgiana se surpreendeu por aquelas palavras ainda a magoarem tanto.

— Frances, não estou dizendo isso para lhe magoar. Sim, você tentou me *arruinar*, fez mal a Betty, e eu deveria estar furiosa, *estou* furiosa, mas isso é mais importante. Por que outra razão eu viria até você agora? Por favor, é só que... você não precisa passar por isso sozinha.

— Essa sua necessidade patológica de estar no centro de tudo já está cansando — retrucou Frances, parecendo quase entediada. — Você não é a *protagonista* de nossas vidas, Georgiana. Não é nem particularmente interessante. Entendo por que você inventaria algo assim, por que projetaria todos os seus melodramas em mim...

— Não inventei nada — disse Georgiana, sentindo o rosto enrubescer de frustração. — Ele... Estou machucada, Frances.

Ela afastou o tecido do vestido e Frances fitou-a sem dizer uma palavra, mas Georgiana viu Jonathan se assustar com o que viu e olhar por cima do ombro, para onde Jane, Cecily e Christopher estavam sentados, observando em silêncio.

— Esse é o tipo de homem que ele é. Nós duas sabemos disso. Não importa o que tenha acontecido entre nós, eu me importo com você. Acho que... Acho que ele deve ser levado à justiça de alguma forma. Quero contar às pessoas o que ele fez comigo. Não vou contar a sua história, ou pedir que você conte, pois essa é uma decisão sua e apenas sua. Mas preciso da minha amiga... — A voz de Georgiana falhou, e ela tentou engolir as lágrimas. — Preciso saber que tenho seu apoio nisso.

Ela sabia que Frances abominava fraqueza, mas não conseguiu evitar. *Sentia-se* fraca. Fazia dois dias que não dormia direito. Sentia-se em carne viva, exposta, e quanto mais Frances a encarava com aquele olhar frio, como se ela estivesse louca, mais difícil se tornava formar pensamentos coerentes.

— Não tenho mais nada a dizer a você — declarou Frances.

Georgiana soube então que a havia perdido e sentiu uma dor violenta que pareceu consumir tudo, como se tivesse levado um tiro no peito. Todo um verão de amizade, tudo o que haviam compartilhado, destruído em um dia.

— Por quê? — Ela se ouviu perguntando, e odiou que soasse como um apelo desesperado.

— Por quê? — repetiu Frances em um tom debochado. — *Por quê?* Você realmente achou que poderia se agarrar a mim, a todos os meus amigos, brincar de ser rica, bem relacionada e importante para sempre? Esse nunca foi o seu mundo, Georgiana. Você estava apenas de passagem. Estava aqui porque me divertia, mas não me diverte mais.

Não me dá o menor prazer estar perto de mulheres que tentam me usurpar, então descobrem que não conseguem manter o ritmo, que querem toda a diversão e glória, mas lançam acusações quando não sabem como lidar com uma situação.

— Ele machucou você, Frances! — gritou Georgiana. — Nós duas sabemos. *Jonathan* sabe. E você deve saber que estou dizendo a verdade. Não importa o que aconteceu, você não teve culpa. Jeremiah é *perigoso*, e tenho certeza de que já fez isso antes. E aquela moça, Kitty, do verão passado? E Annabelle Baker? Ele vai fazer de novo. Ele... Jonathan?

Ela se virou para ele, desesperada, em busca de ajuda. Jonathan estava pálido, o maxilar cerrado, e pareceu prestes a dizer alguma coisa, mas então balançou a cabeça com uma expressão triste, olhando para Frances, que encontrou o olhar do amigo com determinação implacável.

O grupo estava todo mancomunado, percebeu Georgiana, e agora que ela não estava com eles, estava contra. Qualquer coisa que Frances dissesse seria verdade, Jonathan não ia contradizê-la. Eles viveriam naquela mentira para sempre, e se acomodariam com aquilo.

Georgiana não seria capaz. Ela passou por ambos. Entrou na sala de jantar, com lágrimas de frustração escorrendo pelo rosto, e encarou Cecily. Então Jane.

— Vocês sabem que estou falando a verdade, não sabem? Por que não dizem nada? Por que vocês não fazem nada, pelo menos uma vez? Vocês eram minhas amigas — disse ela de forma patética.

Cecily estava chorando, uma mão pressionada na boca, mas não a olhava nos olhos. Jane a encarava de volta, mas seu rosto não traía nenhum sentimento. Christopher teve a audácia de dar um sorrisinho presunçoso.

Eles faziam Georgiana se sentir como uma criança tendo um ataque de birra. Parecia que tinha entrado em um pesadelo. Ou melhor, como se tivesse acordado de um longo sonho em que eles realmente se importavam com ela e se deparasse com a realidade à sua frente.

— Saia da minha casa — disse Frances, os braços cruzados.

— Por favor, Frances...

— *Saia da minha casa* — repetiu a outra, cada palavra enunciada com clareza.

Georgiana olhou ao redor da sala uma última vez. Olhou para Jonathan, que acreditava ser um verdadeiro amigo, mas ele apenas baixou os olhos para o chão, então ela desistiu.

Saiu da sala, mal conseguindo ver os próprios pés à frente por entre as lágrimas. E ainda ouviu a risada de Christopher atrás dela — cruel, desagradável, desdenhosa. Georgiana já quase alcançara a entrada de cascalhos quando tropeçou e caiu, dominada pela exaustão e pela angústia. Ela se ajoelhou, soluçando onde caíra, sem fazer qualquer tentativa de se levantar, sentindo que suas pernas não conseguiriam sustentá-la com firmeza. Os sons que deixava escapar eram quase selvagens. Ela levou a mão à boca para tentar contê-los, mas algo dentro dela havia se rompido e não conseguiu parar.

Havia esperado sentir raiva e irritação, sim, mas uma parte muito tola de si tinha imaginado que seria capaz de conseguir tudo. Que poderia dizer tudo o que acontecera em voz alta e de alguma forma ainda manter a amizade de Frances.

Mas Frances não era capaz de enfrentar o que Jeremiah fizera com ela, e Georgiana não conseguiria virar as costas para aquilo. As formas pelas quais conseguiriam sobreviver ao acontecido eram incompatíveis. Suas realidades haviam divergido. Aceitar Georgiana em qualquer parte da sua vida seria aceitar que tudo acontecera exatamente como ela dizia, e Frances não estava preparada para isso.

Georgiana ainda soluçava no chão quando ouviu passos no cascalho. De repente, Betty estava junto dela, puxando-a para um abraço, acalmando-a, acariciando suas costas como se ela fosse uma criança doente.

— Pronto, pronto — murmurou ela, deixando Georgiana chorar, dando-lhe umas palmadinhas desajeitadas na cabeça. — Vai ficar tudo bem, você vai ver. Como é mesmo aquele ditado? É sempre mais escuro antes... de alguma coisa. Ah, Deus, de quê mesmo? Mais escuro antes da luz? Isso não parece... bem, seja como for, a questão é que está bastante escuro agora, mas não ficará escuro para sempre.

Capítulo vinte e oito

Na manhã seguinte, Georgiana acordou confusa e com os olhos inchados depois de dormir por doze longas horas. Ficou sentada por algum tempo diante da sua pequena penteadeira, sob uma faixa do sol do meio da manhã, tomando coragem. As coisas tinham saído espetacularmente dos trilhos, mas ainda estava em seu poder assumir o controle do resto da história. No entanto, aquilo exigiria que fizesse algo que vinha evitando fazer por quase todo o verão: dizer a verdade.

O primeiro passo era conversar com a Sra. Burton.

— Ele é um canalha. Um *patife*. Não posso acreditar que fez uma coisa dessas com você, coitadinha — disse a tia, em lágrimas, depois que Georgiana lhe contou tudo o que acontecera entre ela e Jeremiah.

A Sra. Burton já ouvira a história antes, mas por outra pessoa, e bastante resumida por uma Betty profundamente perturbada. A versão estendida pareceu afetá-la profundamente, e Georgiana se viu na estranha posição de ter que confortar a Sra. Burton, e não o contrário.

— Estou bem, Sra. Burton. Ou vou ficar. Mas a senhora está certa, ele é um canalha. E a questão é que... acho que todo mundo deveria saber disso.

— Tem certeza? — disse a Sra. Burton, pegando a mão da sobrinha. — Depois que a história se espalhar, Georgiana, não há como voltar atrás.

— Eu sei — afirmou Georgiana, muito séria. — Mas isso vale tanto para ele quanto para mim. Posso cair no conceito de todos nesta cidade, mas se o mesmo também acontecer com ele, terá valido a pena.

— Muito bem — concordou a Sra. Burton. — Muito bem. Vou escrever... Ora, vou escrever para todas as pessoas decentes que conheço. E... e vou escrever para a *mãe* dele.

A tia parecia tão determinada que Georgiana ficou imensamente feliz por tê-la ao seu lado. A Sra. Burton poderia ter se colocado contra ela, ter pedido que mantivesse tudo em segredo para protegê-los da vergonha e do ridículo. O fato de não ter feito aquilo, mesmo dando tanta importância ao que os vizinhos pensavam dela, era uma demonstração de bravura e lealdade que ia muito além do que Georgiana ousara sonhar.

— Devo avisá-la de que as pessoas certamente vão falar, Georgiana, e não tenho dúvidas de que também dirão muitas coisas terríveis sobre você. Ele não vai deixar isso sem resposta, e a família dele defenderá o próprio nome até o fim. Mas nós saberemos que estamos certas. Espero que isso lhe traga algum consolo. Sei que a mim certamente trará.

Fiel à sua palavra, a Sra. Burton passou quase o dia todo dedicada às cartas, curvada sobre a escrivaninha do marido, escrevendo e reescrevendo por horas até ficar satisfeita com o resultado. O Sr. Burton foi banido para uma longa caminhada, e Georgiana achou que ele pareceu bastante satisfeito em sair. Quando foi pegar papel e tinta para si mesma, em certo momento, Georgiana deu um beijo carinhoso na cabeça da Sra. Burton, fazendo com que a tia se sobressaltasse um pouco e deixasse escapar um gritinho engraçado.

Em seu quarto, no andar de cima, Georgiana escrevia as próprias cartas. Ela escreveu para Jonathan e Cecily, escreveu até uma carta para uma certa Srta. Annabelle Baker, que, em um palpite, endereçou à Ordem de Santa Lúcia. Aquilo tudo parecia destinado a não ter resultado algum, mas Georgiana não descansaria até que estivesse terminado. Ela não esperava uma única resposta. Só torcia para que suas palavras talvez alcançassem alguma parte secreta e sensível daquelas pessoas, que desejasse fazer o bem, ou que pelo menos alcançasse a parte que odiava Jeremiah Russell quase tanto quanto ela.

A última carta que escreveu foi a mais fácil.

Caro Thomas,

Antes de mais nada, preciso lhe agradecer mais uma vez, e também enviar meus sinceros agradecimentos ao seu excelente cavalo.

Em seguida, acho justo dizer que Frances e eu rompemos definitivamente nossos laços. Lamento a maneira como nos separamos — mas não tema, pois Betty e minha tia cuidaram bem de mim; talvez tenham sido atenciosas demais, se é que isso é possível. Fui obrigada a comer muito pão e queijo para me fortalecer e a tomar muitos banhos demorados.

Provavelmente é escandaloso mencionar isso a você — os banhos, quero dizer —, então espero que esteja se sentindo satisfatoriamente escandalizado.

Decidi contar a verdade sobre Jeremiah. Espero que você entenda minhas razões para fazê-lo e não se sinta maculado por se relacionar comigo. Mesmo que isso aconteça, preciso fingir ser forte nas minhas convicções, fingir que não dou importância ao que você pensa e lhe dizer que não me importo nem um pouco se você discordar. Frances escolheu não tomar a mesma atitude, mas não posso pensar mal dela por isso. Não há maneira certa, eu acho, de lidar com isso. Há apenas o que é certo para mim.

Por favor, venha me visitar em breve. Anseio por vê-lo e acho que a minha tia nunca mais me deixará sair de casa. Se deixar por conta dela, sou capaz de morrer em breve, sufocada até a morte sob uma pilha de pão e queijo.

Real, sinceramente... sua,
Georgiana

A resposta chegou naquela mesma noite.

Georgiana,

Seria uma vergonha monstruosa para você se deixar morrer depois que eu me dei ao trabalho de resgatá-la heroicamente na charneca. Por favor, não desfaça todo o meu trabalho duro de uma vez, esforce-se para permanecer neste plano mortal por pelo menos um pouco mais de tempo.

Espero que saiba que, obviamente, a apoiarei em sua empreitada. Acho que sou o tipo de tolo que a apoiará em qualquer coisa, incondicionalmente. Se você se sentir inclinada a se tornar primeira-ministra, ignorarei a zombaria *dos meus pares e cobrirei a cidade com pôsteres do seu rosto, perseverando mesmo quando começarem a atirar frutas e legumes podres.*

Irei visitá-la com urgência, nem que seja para arrancar o pão e o queijo das mãos benevolentes da Sra. Burton.

Estou ignorando educadamente a parte sobre os banhos.

Seu sem reservas,
Thomas

A Sra. Burton ficou um pouco ansiosa quando chegou um convite para Georgiana se juntar aos Hawksley para jantar. Não podia culpar a tia e não se ressentiu do tempo que precisou passar lhe assegurando que o pai de Thomas realmente estaria presente e que ela não tinha nada a temer com a visita. Por um tempo, pareceu provável que fosse proibida de ir, como consequência pelo comportamento ultrajante durante o verão, mas durante o jantar a Sra. Burton cedeu, sendo uma romântica de coração.

Depois de deixar para trás as conversas difíceis e de ter suas apreensões tranquilizadas, a Sra. Burton realmente pareceu se empolgar com a coisa toda e ajudou Georgiana a se arrumar com entusiasmo, chegando até a lhe emprestar algumas de suas melhores joias.

Georgiana se sentiu nauseada de nervoso por todo o percurso. Tentara se preparar para a visão da casa de Thomas, pois tinha a impressão de que meses de festas nos ambientes mais decadentes talvez a tivessem entorpecido para a extravagância de grandes construções, mas ainda assim o lugar a deixou sem fôlego. Eles chegaram até a casa subindo por uma entrada longa e sinuosa, cercada de árvores, criando um arco exuberante que se abria para revelar uma grande propriedade. A casa era de pedra creme desgastada, lindamente coberta pela hera que crescia sem controle. Um pequeno grupo de criados se aproximou rapidamente para garantir que a carruagem, os cavalos e o cocheiro fossem bem-cuidados, e a mera visão deles já foi suficiente para intimidá-la. Mas Georgiana logo viu Thomas saindo pela porta, o sorriso largo, e todos os seus medos se dissiparam.

— Tenho a sensação de que poderia ter pedido que me carregassem para dentro de casa e teriam me erguido no ar e não me colocado novamente no chão até que eu chegasse à mesa de jantar — comentou Georgiana, quando ele pegou a mão dela e a ajudou a descer da carruagem.

— Tolice, eles só fazem isso para mim. *Você* eles deixariam cair.

O Sr. Hawksley sênior ficou emocionado ao vê-la e beijou sua mão com muita desenvoltura. Os três se acomodaram em um salão de jantar grande e arejado que abrigaria facilmente sessenta pessoas. Thomas observou, sorrindo, enquanto Georgiana retomava com facilidade uma conversa sobre literatura com o pai dele. Em determinado momento, depois do prato principal, houve uma pausa na conversa, e o Sr. James Hawksley pigarreou.

— Srta. Ellers, recebi recentemente uma carta da sua tia, expondo fatos chocantes sobre o nosso amigo, o Sr. Russell.

— Ele não é mais nosso amigo — disse Thomas enfaticamente. — Só me arrependo de ter demorado tanto para me dar conta.

— Ah, Thomas. Você é muito duro consigo mesmo — disse o pai. — Você não é o responsável por todos os males do mundo.

Thomas suspirou e balançou a cabeça, como se se recusasse a acreditar.

— Lamento dizer que *também* já recebi uma carta da Sra. Elizabeth Russell, que já foi uma grande amiga minha, assim como Jeremiah foi amigo do nosso Thomas. Ela está determinada a espalhar a informação de que Jeremiah é um bom homem, de uma família boa e honrada, e que qualquer acusação que indique o contrário é de natureza obscena. Ela não pintou um quadro particularmente bonito sobre a senhorita, é preciso dizer, embora não tenha usado seu nome. Gostaria que eu lhe passasse a carta?

— Não, não. Está tudo bem — apressou-se a dizer Georgiana.

Nada de bom poderia vir da leitura daquela carta. Georgiana sabia, claro, que aquilo poderia acontecer, mas talvez tivesse sido ingênua o bastante para achar que os Russell talvez se sentissem envergonhados demais para abordar diretamente os rumores.

— Sei que pode não parecer, mas acredito que esta resposta seja um bom sinal, Georgiana — disse Thomas, muito sério, e pegou a mão dela. — Se o assunto não tivesse sido abordado muitas vezes com eles, por meio de muitos canais respeitados, eles teriam simplesmente ignorado. O fato de acharem que devem escrever para defender Jeremiah significa que algumas pessoas devem acreditar em você. E pessoas cujas opiniões eles respeitam.

— Imagino que isso seja verdade. Mas não tenho certeza de que me faz sentir muito melhor saber que estou sendo caluniada por todo o condado. — Georgiana se sentia quente demais e tomou um gole tranquilizador de vinho. — Às vezes tenho a sensação de que estou fazendo uma confusão grande demais em relação a tudo e que muitas pessoas devem pensar da mesma forma.

— Não. Está absolutamente certa no que está fazendo, minha cara — declarou o Sr. Hawksley com firmeza. — Sempre haverá quem não acredite na senhorita, ou quem *acredite*, mas considere que todo o caso não passou de uma diversão inofensiva e infantil. Porém, duvido que haja uma única pessoa entre eles que gostaria de sofrer o mal que a senhorita sofreu. E aí está a verdade da situação: a senhorita *sofreu* um mal.

A mão de Georgiana se moveu reflexivamente para os hematomas na base do seu pescoço, que já clareavam e começavam a desaparecer, embora o dano real que Jeremiah causara não houvesse deixado nenhuma marca visível. De repente, ela se sentiu prestes a chorar e cravou as unhas firmemente na palma da mão para tentar se conter. O Sr. Hawksley pareceu notar.

— Thomas, você poderia, por favor, pedir para que tragam o vinho do porto? Na verdade, pegue o meu, que está no gabinete. Você sabe onde está guardada a chave do armário.

Thomas lançou um olhar para Georgiana, mas se levantou obedientemente e saiu da sala.

— Srta. Ellers, não posso fingir que imagino o que deve estar sentindo no momento — continuou o Sr. Hawksley —, mas lhe asseguro que tem o apoio dos homens Hawksley. Por outro lado, e tenho certeza de que não preciso lhe dizer isso, Thomas parece bastante encantado pela senhorita.

Ele disse aquilo com um brilho tão travesso nos olhos que Georgiana riu, apesar de tudo. O Sr. Hawksley voltou a ficar sério.

— Sei que coloquei um peso excessivo nos ombros do meu filho. Pode parecer um *prazer* estar comigo agora, mas lhe garanto que tenho dias sombrios. Dias muito sombrios. Thomas resistiu a todos, apesar de as mesmas perdas pesarem sobre ele. Tenho certeza de que o meu filho lhe contou sobre... ah, sobre o infortúnio que se abateu sobre nossa família. Faz muito tempo que não o vejo ter prazer na companhia de outros. Thomas não recebeu nenhum amigo aqui em Highbourne ultimamente. Quando Rashmi, minha falecida esposa, estava viva, esta casa era sempre cheia de alegria... Ela estava acostumada a ter a família por perto. Sei que ela se sentiu muito isolada quando se mudou para cá, por isso tentou ser tudo e todos para os filhos. Rashmi não queria que eles perdessem nada. Celebrávamos o Diwali, o festival das luzes indiano, em outubro ou novembro, e já começávamos os preparativos para o Natal logo em seguida. Isso sempre confundia os criados, mas, por Deus, Edward e Thomas adoravam. — Ele suspirou. — Aquele menino risonho ficou ausente por muito tempo. Thomas passou a vagar pela casa, a sair em longas cavalgadas, sempre falando muito pouco. Só frequentava qualquer evento social para servir como meu acompanhante, para evitar que eu apodrecesse no meu gabinete.

O Sr. Hawksley sorriu tristemente.

— Não foi justo com ele. Thomas cuidou de mim como um pai, quando deveria ter sido o contrário. Não estou lhe contando isso para que sinta pena dele, ou para colocar uma pressão indevida nos seus ombros. Mas é *maravilhoso*, Srta. Ellers, ver os olhos do meu filho cintilando de novo. A senhorita lhe deu a chance de ser feliz, fez com que Thomas acreditasse que isso ainda pode ser uma possibilidade para ele. E lhe sou extremamente grato por isso...

— Eu me preocupo... — disse Georgiana baixinho. — Às vezes me preocupo se não represento mais problema do que solução. Não me comportei muito bem neste verão, Sr. Hawksley. Tento não me culpar pelo que aconteceu com o Sr. Russell, mas às vezes me pergunto se não mereci passar por aquilo, depois de tudo que fiz de errado. E... e não desejo trazer mais problemas para Thomas, quando ele já passou por tanto.

— Ah, minha cara, não posso comentar sobre o que aconteceu antes, ou a forma chocante como talvez tenha agido, mas tenho a mais absoluta certeza de que a senhorita nunca poderia ser culpada pelas ações de Jeremiah Russell. E sei também que Thomas não é um homem que se esquiva de algo simplesmente pela dificuldade. A senhorita não é um problema, não é uma perturbação. É, sim, alguém de quem meu filho gosta. Também gosto bastante da senhorita, embora ouse dizer que *nem de longe* tanto quanto ele, e o que quer que a senhorita enfrente agora, se é certo que vocês dois estão juntos, enfrentarão juntos.

— Eu... Obrigada, Sr. Hawksley.

Georgiana sentia-se tão emocionada que mal sabia o que fazer, mas se contentou em se levantar e beijá-lo no rosto.

— Está bem, está bem — disse ele, enrubescendo e dispensando-a com um aceno, parecendo muito satisfeito.

— Thomas já está procurando o vinho do porto há um bom tempo, não é?

— Sim — falou o Sr. Hawksley, com tranquilidade. — Era de se esperar. Já se passaram quase quatro meses desde que perdi aquela chave.

Capítulo vinte e nove

O Sr. Burton continuava calado como sempre, mas para demonstrar seu apoio à sobrinha ele pegara o hábito de apertar o ombro dela de forma tranquilizadora sempre que passava, o que talvez dissesse mais do que palavras, de qualquer forma. Georgiana foi até a biblioteca certa manhã e encontrou uma pequena pilha de livros novos, bem amarrados com barbante, como se tivessem acabado de ser entregues. O Sr. Burton não quis confirmar ou negar que fora ele que os adquirira, mas como a Sra. Burton apenas suspirou e revirou os olhos quando a sobrinha a questionou a respeito, Georgiana soube que o tio pensara em outra maneira de melhorar seu ânimo — e fora muitíssimo bem-sucedido.

Embora a Sra. Burton tivesse perdoado Georgiana pelo seu comportamento durante o verão, ela não cedeu sobre a questão da igreja. Georgiana temia a ida até a St. Anne no domingo seguinte, e a possibilidade de ver Cecily ou Jane ou — que Deus não permitisse — a própria Frances. A Sra. Burton estava convencida de que a sobrinha precisava mostrar a cara e parecer respeitável, agora que a notícia do que acontecera entre ela e Jeremiah era de conhecimento geral. Georgiana, por sua vez, não achava que um decote discreto e fitas brancas extras no chapéu inclinariam a opinião pública a seu favor, mas se sujeitou às orientações da Sra. Burton, porque sabia que a tia era motivada pela bondade.

Thomas estaria na igreja para apoiá-la, e Georgiana sabia que Betty também. Com a Sra. Burton carrancuda ao seu lado e o Sr. Burton parecendo vagamente embaraçado com a coisa toda, mas mantendo-se firme ao lado das duas mesmo assim, ela teria um pequeno exército de soldados pouco convencionais prontos para defender sua honra.

Eles chegaram cedo. Estava um lindo dia, embora Georgiana mal tivesse notado. O sol já forte de agosto era compensado pela brisa suave da manhã, e os jardins da igreja explodiam com uma cacofonia de flores silvestres.

Georgiana manteve o olhar baixo quando eles entraram e encontraram seus assentos, e sentiu os olhares perfurando sua nuca. A tia insistiu para que se sentassem na frente, para demonstrar que não tinham nada do que se envergonhar, mas Georgiana implorou para que ela escolhesse um lugar menos visível e foi vitoriosa ao menos nesse ponto. Agora que estava sentada, pôde observar os outros frequentadores da igreja que chegavam e conversavam ao longo da nave e atrás dos bancos. Thomas ainda não havia aparecido, mas Betty já estava lá com a avó e acenou para ela com entusiasmo do outro lado da igreja.

Quando Cecily entrou, Georgiana sentiu a respiração presa na garganta. Ela se preparou para o impacto, mas não precisava ter se preocupado, porque Cecily passou como se não a tivesse visto, talvez realmente não tivesse, e se sentou mais na frente. Quando Jane entrou, lançou um rápido olhar de relance na direção de Georgiana e continuou andando. Christopher foi o único a demonstrar que a vira. Ele a pegou encarando e deu uma piscadela lasciva e hostil em clara tentativa de fazê-la se sentir intimidada... e teve sucesso.

A Sra. Burton tecia comentários em voz baixa sobre as pessoas para quem havia escrito e que haviam respondido, mas teve o bom senso de se dirigir ao marido, percebendo que a sobrinha não estava em estado de espírito para prestar atenção. Georgiana arriscou um olhar para a porta pouco antes de o culto começar, então ficou paralisada, sentindo o coração na boca. Frances Campbell estava parada na entrada, vestida com suas roupas de domingo, parecendo um pouco pálida e desconfortável.

O vigário já estava assumindo seu posto, folheando a Bíblia, mas Frances demorou a se sentar e ficou olhando para trás, como se estivesse esperando alguém. Quando alguns dos últimos retardatários começaram a entrar — Thomas não estava entre eles, percebeu Georgiana, com um tremor de preocupação —, ela viu o rosto de Frances se iluminar subitamente. Ela parecia falar com alguém parado do outro lado da porta. Georgiana esticou o pescoço de maneira deselegante e conseguiu distinguir a manga de um homem gesticulando na direção de Frances. O homem se adiantou e aproximou-se mais um passo dela. Naquele momento, Georgiana percebeu de quem se tratava.

Ela se levantou de repente, e a Sra. Burton fitou-a com curiosidade.

— Acabei de... Preciso tomar um pouco de ar, tia. Não vou me demorar.

A Sra. Burton deu uma palmadinha confortadora no braço da sobrinha, mas não tentou detê-la. Georgiana saiu do banco onde estavam e foi até a porta, grata pela igreja ainda estar barulhenta o suficiente para que ela passasse despercebida.

Jeremiah Russell estava agora parado junto de Frances, gesticulando com bastante insistência para que ela o seguisse. Georgiana não estava preparada para a onda de fúria, de ódio, que a invadiu ao vê-lo. Teve vontade de fugir. Não, teve vontade de bater nele, quis bater nele e *então* fugir, muito rápido, para nunca mais cruzar com Jeremiah. Frances parecia estar resistindo, e balançava a cabeça enquanto ele tentava fazer com que ela o acompanhasse. Então, de repente, Jeremiah pegou-a pelo braço com bastante força e puxou-a, levando-a para o outro lado do adro da igreja, onde era improvável que fossem perturbados.

Georgiana hesitou por um momento, mas logo os seguiu. Eles estavam falando em voz baixa, Frances sibilando suas respostas. Georgiana podia sentir a tensão palpável entre eles na carranca de Jeremiah e nos ombros curvados de Frances, mas não conseguia decifrar exatamente o que estava acontecendo. Talvez, pensou Georgiana, frenética, eles tivessem se reconciliado. Talvez Frances estivesse disposta a confirmar o lado *dele* da história, se aquilo significasse que Jeremiah voltaria a lhe dar atenção? Ela sabia que a maioria das famílias abastadas havia feito o possível para protegê-lo, mas certamente Frances não confirmaria uma mentira tão grande para ter um homem que a tratara de forma tão abominável, não é?

Conforme se aproximava, tentando permanecer fora de vista entre as árvores, Georgiana pôde ouvir o álcool na voz de Jeremiah. Estava rouca e arrastada, como se ele já estivesse bebendo havia horas. Talvez ele nem tivesse ido para a cama; de fato, não parecia particularmente descansado. Jeremiah falava cada vez mais alto, e Frances tentava se afastar.

— Isso está saindo de controle. Está começando a afetar... Há homens cancelando reuniões de negócios comigo. Meus próprios pais estão olhando para mim como se eu fosse alguma espécie de... alguma espécie de criminoso, Frances, e isso precisa parar. Eu recebi até uma carta de Annabelle, logo ela, de dentro daquele maldito convento, e dos pais dela também, fazendo todo tipo de acusações. Sei que fui indelicado com você, eu... reconheço que as coisas não saíram como esperávamos...

— *Não saíram como esperávamos*, Jeremiah? — A voz de Frances era carregada de incredulidade. — Acho que saiu *exatamente* como você esperava.

— Por favor, Frances. Eu estou em uma... em uma posição muito difícil. — A voz dele assumiu um tom de bajulação, e Georgiana torceu o nariz, enojada. — Não podemos simplesmente... apreciar o que tivemos, pelo que foi, e deixar isso no passado?

— Por algum motivo, Jeremiah, é difícil guardar boas recordações quando se sabe o que veio depois — retrucou Frances, furiosa.

— Ah, sim, *pobre* Srta. Campbell. Todo mundo sempre diz que você é a imagem da inocência, é claro. Se começar a falar de forma desfavorável a meu respeito, espero que saiba que tenho muito a dizer sobre o *seu* caráter em particular, e ninguém teria nenhum problema em acreditar no que eu dissesse...

— Fique quieto, Jeremiah — disse Frances friamente. — Você está se envergonhando. Não tem motivo para preocupação, não vou me envolver em nenhuma das suas confusões.

Georgiana viu um pouco da tensão deixar os ombros de Jeremiah. Ele estava tão bêbado que oscilava um pouco. Quando olhava para ele agora, não via um jovem rico e bonito, mas sim um bêbado detestável. Um rapaz egoísta e mimado que nunca enfrentara qualquer consequência por suas ações e que reagia como uma criança aos berros quando essas consequências surgiam. Frances olhava para ele como se finalmente estivesse vendo a mesma coisa.

— Eu sei que você é culpado — disse ela em voz baixa, encarando-o com uma expressão desafiadora. — Posso não estar gritando a respeito, mas quero que saiba que tenho plena noção de que tipo de homem você é. Eu sei... sei que George estava dizendo a verdade.

Os dedos de Georgiana se fecharam com força ao redor do galho da árvore que a escondia. Até aquele momento, não sabia como ainda era importante para ela ouvir Frances dizer aquelas palavras.

— Aquela... Aquela *cadela* nojenta — rosnou Jeremiah.

Ele agarrou o braço de Frances novamente. Ela tentou se livrar, mas Jeremiah não a soltou, e puxou-a para mais perto.

— Ela é uma mentirosa, Frances, é uma mentirosa e uma meretriz que me implorou para...

— Solte-me, Jeremiah. Meu Deus, você está me machucando!

Frances se debateu, tentando se soltar dos dedos dele, mas Jeremiah a encarava com um sorriso triunfante, claramente sentindo prazer ao vê-la lutar contra ele e perder. Georgiana não conseguiu mais se conter.

— Solte-a! — gritou.

Ela saiu de seu esconderijo, e Jeremiah olhou ao redor, assustado. Frances aproveitou a oportunidade para se desvencilhar e recuou. Os olhos de Jeremiah se fixaram em Georgiana e, assim que ele se deu conta de para quem estava olhando, estreitou-os.

— Você! Você está tentando *me arruinar*! — gritou ele.

Georgiana tentou sair do alcance de Jeremiah enquanto ele avançava sem jeito em direção a ela, mas não conseguiu. Ele a segurou pelos ombros e, de perto, ela viu como seus olhos estavam vermelhos e desfocados. Seu hálito, que fedia a bebida e fumaça, atingiu-a com força enquanto ela tentava se soltar e, de repente, Georgiana estava de volta à estufa das laranjeiras, com um grito preso na garganta. Jeremiah parecia terrivelmente fora de si, milhares de quilômetros além do ponto da razão. Não havia sentido em tentar refutar o que ele dissera. Era verdade e, de qualquer forma, ele não a ouviria. Em vez disso, Georgiana tentou em vão se desvencilhar dele.

— Frances! Peça ajuda! — gritou ela.

Jeremiah fez com que ela se desequilibrasse e caísse no chão, batendo a cabeça com força contra uma lápide. Georgiana se esforçou para se levantar enquanto uma dor intensa irradiava de suas têmporas. Com os olhos semicerrados, ela viu Frances tentando fugir, mas Jeremiah estava indo atrás dela. Georgiana estendeu a mão para tentar pegar algo que pudesse jogar no homem e seus dedos se fecharam ao redor de uma pedra de bom tamanho, que ela atirou com toda a força que conseguiu reunir. A pedra bateu na perna dele, e não lhe causou mal algum, mas desviou a atenção de Jeremiah, deixando Frances livre para correr.

Georgiana conseguiu se erguer usando a lápide em ruínas como apoio, mas àquela altura Jeremiah já a alcançara. Em um movimento rápido, ele torceu o braço dela atrás das costas com tanta força que ela teve certeza de que iria quebrá-lo. Jeremiah era muito forte, mesmo no estado em que estava. Georgiana *odiava* aquilo.

— Retire o que disse — sussurrou ele. — Admita que é uma mentirosa. Conte a todos o que realmente aconteceu. Que você estava pedindo.

— Não — respondeu Georgiana, a voz trêmula, se perguntando por que estava sendo tão estúpida.

Jeremiah respirou fundo, furioso, os olhos arregalados, e de repente torceu o braço dela com tanta violência que parecia que o havia arrancado. Dessa vez, Georgiana *realmente* ouviu o osso se quebrando, tão clara e distintamente quanto se ouviu gritar. Ela nunca emitira um som como aquele antes e ficou bastante impressionada ao descobrir que era capaz daquilo. Georgiana caiu de costas no chão, usando o braço bom para segurar o que fora inutilizado, sentindo uma dor excruciante, a visão se estreitando enquanto ela se perguntava se ia vomitar. Jeremiah parecia sinceramente atordoado com o que havia feito, parecia até estar prestes a pedir desculpas, enquanto dava alguns passos cambaleantes em direção a ela, com os braços estendidos. Naquele momento, como se surgisse do nada, Thomas se jogou em cima dele.

Thomas pulou em cima de Jeremiah com tanta força que fez os dois caírem no chão. Eles lutaram, então Jeremiah tentou empurrar o outro e falhou, e por um momento pareceu que tudo tinha acabado. Thomas tinha um braço pressionado contra a garganta de Jeremiah, prendendo-o no chão, mas então Georgiana viu o que Thomas não tinha.

— Cuidado! — gritou ela.

Thomas reparou na adaga que Jeremiah havia tirado de dentro do paletó um segundo depois dela e se desviou do caminho bem a tempo. Jeremiah apontou a arma para o antigo amigo com a mão trêmula.

— Você *enlouqueceu*? — gritou Thomas, levantando-se com dificuldade, o sangue escorrendo de um corte no rosto.

Jeremiah soltou uma risada sem humor.

— Eu? E *você*? Está jogando fora nossos anos de amizade, por *isso*? Depois de tudo que fiz por você.... Estão tentando tirar tudo de mim, Hawksley. Eu... eu o desafio! — rugiu ele, a saliva voando de sua boca.

Georgiana fitou-o horrorizada, enquanto tentava se concentrar em inspirar e expirar pausadamente para não desmaiar de dor.

— Não seja ridículo — disse Thomas, levantando as mãos lentamente.

Os dois homens se entreolharam por um momento, o peito arfando. Jeremiah levantou a mão que segurava a adaga mais uma vez, então, de repente, ouviu-se um *crack* alto. Jeremiah cambaleou, seu corpo se inclinou para o lado, e ele caiu frouxamente no chão.

Betty Walters estava parada no lugar onde Jeremiah estivera até então, erguendo um galho grosso como se fosse uma espada, a expressão indo de profunda concentração para um horror abjeto em uma fração de segundos.

— Ah, *Deus* — sussurrou ela. — Ah, Deus, ah, Deus. Eu o matei?

— Acho que não — disse uma Frances sem fôlego, que acabara de chegar da direção da igreja com toda a congregação a reboque, todos fazendo ruídos dolorosamente altos de consternação.

Frances parou por um momento para recuperar o fôlego, dobrou-se com o esforço, então caminhou até onde Jeremiah estava deitado de bruços na terra e cutucou-o com a ponta da bota.

— Ele ainda está respirando, o que é uma pena. Só foi nocauteado.

Agora que o perigo havia passado, Georgiana, que em vez de estar respirando profundamente como antes parecia hiperventilar, finalmente se deu permissão para desmaiar. Enquanto manchas pretas dançavam e explodiam em sua visão, ela ouviu a Sra. Burton gritar. Então, assim que sentiu os braços de Thomas se fecharem ao seu redor, o mundo desapareceu na escuridão.

Capítulo trinta

Quando Georgiana voltou a si, se viu deitada em um banco de madeira dura com uma trouxa de tecido sob a cabeça. Parecia ser o paletó de verão do Sr. Burton, a julgar pela aparência do tio, que estava de pé, pairando sobre ela com uma expressão preocupada. Um estranho estava enrolando seu braço em uma tala feita com um pedaço de madeira e algumas tiras de tecido, e fora a dor provocada por aquele movimento que a trouxera de volta à consciência.

— Ai — exclamou Georgiana, desnecessariamente.

Thomas, que só então Georgiana se deu conta de que estava sentado atrás dela, pegou sua mão boa.

— Aperte até quebrar — disse ele enquanto Georgiana erguia o rosto para olhá-lo.

Ele tinha um sorriso tenso no rosto, e não conseguia disfarçar a preocupação.

— Certamente isso anularia o propósito — retrucou Georgiana, estremecendo e respirando com dificuldade enquanto seu braço era preso ao suporte. — Se eu quebrar seus dedos, teríamos que fazer cinco talas minúsculas, e você precisaria apertar minha mão, e começaríamos um interminável... um interminável ciclo de imobilização.

Ela arquejou quando a última tira foi amarrada, então agradeceu por entre dentes cerrados ao homem que a tratara.

— A senhorita precisa ser atendida por um cirurgião — explicou ele. — Não imobilizei da forma correta, mas vai servir por enquanto. É uma fratura limpa, mas foi feia, senhorita.

— Ah — murmurou Georgiana, a cabeça ainda girando.

A Sra. Burton olhava para ela, os olhos vermelhos de tanto chorar.

— Eles o prenderam? — perguntou Georgiana à tia, enquanto o tio apertava a mão do médico improvisado.

A Sra. Burton balançou a cabeça, a preocupação se transformando em raiva.

— Mandaram chamar o policial, mas toda a preocupação era com você. Um homem estava atento a ele, mas o infeliz acordou e escapou. Já estava muito longe quando a ajuda chegou.

— Imagino que Jeremiah voltará para a casa da família em Manchester — disse Thomas, o tom soturno —, onde eles ficarão trancados por algum tempo, enquanto esperam que tudo seja esquecido.

Georgiana suspirou e se sentou com cuidado, ignorando os protestos da Sra. Burton. Sua cabeça latejava dolorosamente e, quando a tocou, descobriu que seu cabelo estava rígido com sangue seco, mas que o ferimento parecia já ter estancado. Ela olhou ao redor, para a multidão ainda reunida na igreja — provavelmente ninguém sairia dali tão cedo, para não perder a oportunidade de passar adiante cada detalhe daquela história mais tarde —, até encontrar Frances sentada em um banco, o braço de Jane passado com firmeza ao redor dos seus ombros.

— Eu gostaria de falar com a Srta. Campbell, se ela quiser vir até aqui — disse Georgiana a Thomas.

Ele assentiu e foi buscar Frances e, quando retornou, afastou educadamente os Burton dali para que as duas moças pudessem ficar a sós.

Frances parecia abalada, mas furiosa, e, depois de tê-la chamado, Georgiana não soube muito bem o que dizer.

Por sorte, Frances falou primeiro.

— Betty Walters, a heroína do dia — comentou ela, incrédula. Georgiana riu, mas parou abruptamente quando a dor aumentou.

— Ela reparou que você havia saído, sabe. Estava indo procurar você quando esbarrei nela. Fui buscar os outros, mas a Srta. Walters seguiu na frente. Quem diria que ela seria tão hábil no manejo de um objeto contundente?

— Ela é maravilhosa — disse Georgiana enfaticamente.

Frances deu de ombros.

— Gostaria que ela o tivesse matado. Se ao menos Ces tivesse trazido seu arco.. Parecia que *você* tinha morrido, desmaiada ali, com a cabeça coberta de sangue.

— Corri o risco.

— Aliás — continuou Frances —, foi *extremamente* tolo de sua parte nos seguir. — Ela estava mexendo sem parar nos dedos das luvas, como se estivesse mesmo nervosa. — Sinceramente, não era da sua conta.

— Bem, acho que todos nós fizemos algumas escolhas questionáveis ultimamente — retrucou Georgiana com um sorriso irônico.

Frances enrijeceu, como se estivesse prestes a se ofender, mas apenas revirou os olhos e se levantou.

— Fale por você.

Georgiana tentou endireitar o corpo no banco e descobriu que doía demais para ser viável.

— Escute, sei que não somos mais amigas. Não irei mais à sua casa. Mas se você quiser conversar, sobre qualquer coisa em relação a isso... ainda pode me procurar.

— Você está horrível — comentou Frances, a voz tensa, ignorando o que Georgiana dissera. — Deveria queimar esse vestido.

— Tudo bem, Frances — falou Georgiana, suspirando e fechando os olhos. — Eu desisto.

Estava cansada demais para continuar; provavelmente tinha sido tolice até tentar.

Quando abriu os olhos de novo, imaginou que Frances tivesse ido embora, mas ela ainda estava no mesmo lugar, o maxilar rígido.

— Eu me arrependo... suponho, de um modo geral... — disse Frances com certo esforço. — Me arrependo de que tudo aconteceu dessa forma. Ele certamente não era o homem que eu pensava, e existem algumas coisas que eu poderia ter... Bem, de qualquer forma. Estou feliz. Por você não ter morrido, quero dizer.

Ela assentiu uma última vez, em despedida, piscando rapidamente para disfarçar o que Georgiana suspeitava serem lágrimas de verdade, então se afastou.

Georgiana a viu chegar ao banco onde estavam seus antigos amigos, viu Jane estender a mão para ela — e, para sua surpresa, viu Frances estender a mão de volta. Ela se sentou e se inclinou na para Jane, permitindo que a outra passasse mais uma vez um braço protetor ao seu redor, e pressionasse um beijo rápido e casto em seu cabelo.

Talvez, pensou Georgiana, houvesse esperança de algum tipo de felicidade para Frances Campbell, afinal. Era certamente fora do comum, mas quase túdo em relação a ela também era.

Thomas se sentou ao lado de Georgiana.

— Você está bem?

— Estou — respondeu ela. Ajeitou o corpo no banco e fez outra careta quando pontadas agudas de dor subiram pelo seu braço. — Frances disse que estava feliz por eu não ter morrido. Acho que isso é o mais próximo de um pedido de desculpas que vou conseguir dela.

— Acho que você é muito perspicaz para alguém com um ferimento na cabeça — brincou Thomas, e ela deu um sorriso fraco.

— Ainda não lhe agradeci por ter brigado com um homem armado, não é?

— Ora, quando formos contar essa história, eu não me importaria se você se esquecesse de mencionar que eu não tinha a menor noção de que ele estava armado — disse Thomas, pegando a mão boa dela.

— Ele vai escapar impune, não vai?

Havia um tremor na voz de Georgiana ao dizer aquilo. Odiava pensar que Jeremiah ainda tinha algum tipo de poder sobre ela, mas a assustava imaginar que um dia poderia encontrá-lo novamente, avistá-lo do outro lado da sala em alguma festa ou casamento, ou naquela mesma igreja em que estavam, e não poder fazer nada a respeito.

— Não acho que ele será preso — disse Thomas gentilmente —, mas agora todos sabemos quem ele realmente é. Jeremiah não terá nenhuma pressa em voltar. E a Sra. Burton não é a única determinada a escrever cartas furiosas. O meu pai, por exemplo, está muito entusiasmado com a perspectiva de se juntar à campanha dela.

Georgiana suspirou, então olhou bem para ele, reparando nas mãos dos dois unidas, na afeição sincera em sua expressão, e no corte na têmpora, resultado de quando ele literalmente se jogara de cabeça em sua defesa.

— Você está lindo com sangue por todo o rosto — comentou Georgiana.

Thomas riu, inclinou-se e beijou-a gentilmente na testa.

— Você tem gostos muito esquisitos e perturbadores para uma jovem dama tão simpática. Venha, vamos levá-la para casa.

Capítulo trinta e um

O Sr. e a Sra. Gadforth estavam oferecendo o que talvez fosse o jantar mais extravagante deles até então. O casal havia adquirido uma peça realmente horrível para a sua coleção: um urso polar de verdade, capturado no exterior e empalhado por um conhecido do Sr. Gadforth, que parecia ter apenas uma vaga ideia de como era um urso — ou qualquer animal, na verdade. O bicho parecia estar olhando de soslaio ao redor do salão e perturbava todos que o viam. Todos menos os Gadforth, que o tratavam como se fosse um filho perdido havia muito tempo, voltando da guerra. Depois de alguns drinques, a Sra. Gadforth foi vista dando goles de seu copo de vinho ao urso, até que o Sr. Gadforth gritou para que parasse, ou "destruiria a integridade do conservante". Em reação, ela bateu com o leque no rosto do marido e continuou como se não tivesse ouvido uma palavra.

Por causa do urso, eles anunciaram que a noite teria como tema "o Ártico". No verdadeiro espírito da imaginação inglesa, eles simplesmente inventaram como deveria ser o Ártico com base em seus próprios caprichos, em vez de perguntar a uma pessoa que já tivesse viajado mais ao norte e, quem sabe, pudesse lhes passar uma imagem mais realista. Para fazer jus ao tema da festa, estavam servindo um "ponche polar" estranhamente azul, que parecia ser feito principalmente de cidra, o quarteto tocava apenas jigas irlandesas alegres e os criados usavam chapéus de pele um tanto roídos pelas traças.

A Sra. Burton achou tudo absolutamente encantador e não parava de repetir aquilo ao marido e a Georgiana, que apenas segurava com força o copo e sorria encorajadoramente quando necessário. Seu braço não estava totalmente curado, e ela estava muito consciente daquilo. Tinha a sensação de que, embora não estivesse mais usando uma tipoia, precisava de algum tipo de apoio o tempo todo. Ainda doía de vez em quando, mas ela não tinha certeza se era uma dor residual da fratura ou simplesmente a lembrança do que acontecera que retornava a sua mente. Sempre que pensava naquilo, seu estômago parecia afundar e ela experimentava a estranha sensação de que, se não segurasse com muita força, o braço poderia cair completamente.

Georgiana não ficava perigosamente bêbada havia quase dois meses, desde o dia da festa na Casa Haverton. Aventurara-se um pouco pelo universo dos opioides quando o cirurgião precisou ajustar seu braço corretamente, mas tinha absoluta certeza de que aquilo não deveria contar pontos contra ela. No momento, estava muito satisfeita em saborear o ponche repugnante da Sra. Gadforth, sabendo que realmente não precisava de outro, embora talvez não parecesse uma grande façanha de autocontrole para qualquer um que tivesse provado a bebida terrível.

— Você está se sentindo bem o bastante para dançar, Georgiana? — perguntou a Sra. Burton, preocupada, enquanto a orquestra começava outro número espirituoso e dançarinos se enfileiravam para começar a dança.

— Acho que vou... hum... ficar de fora dessa e me sentar — respondeu Georgiana, gesticulando vagamente para o outro lado do salão.

A Sra. Burton deu de ombros, pegou a mão do Sr. Burton e arrastou-o para a pista de dança.

Georgiana não comparecia a uma reunião social tão grande havia um bom tempo e estava achando tudo francamente exaustivo. Ela não podia mais se esconder no anonimato, ficar no fundo da sala, bebendo, enquanto os outros se divertiam. Desde os incidentes com Jeremiah, se tornara objeto de intermináveis boatos e intrigas, e sua mera entrada no salão já fora suficiente para desencadear uma onda de sussurros e murmúrios tão discretos quanto o urso da Sra. Gadforth. Mesmo naquele momento, quando as danças já começavam, Georgiana conseguia identificar facilmente onde estavam acontecendo as conversas nas quais era o assunto principal. Pessoas se juntavam para falar sobre ela em sussurros altos, desviando o olhar quando encontravam os olhos dela. Parecia impossível para Georgiana que já tivesse estado naquele mesmo salão e se sentido entediada; agora, sentia-se tão tensa que ansiava por silêncio.

Ela pousou o copo em uma mesa de canto e saiu rapidamente do salão. A casa estava tão escura quanto na visita anterior — "Ora, o Ártico é bastante escuro, não é?", comentara a Sra. Burton em defesa dos Gadforth —, mas Georgiana mal conseguia distinguir a geografia do corredor. Ela foi direto para um pilar grego conhecido, que se destacava, pálido, na escuridão.

Depois de tudo o que havia acontecido, lhe pareceu ridículo estar mais uma vez escondida em uma alcova naquela casa terrível, ouvindo o murmúrio de vozes e acordes fracos da música enquanto esperava fervorosamente permanecer incógnita. Em vez da inquietação intolerável que experimentara da última vez, Georgiana agora se sentia aliviada pela sensação sólida da parede contra suas costas e pela promessa de que absolutamente nada de ruim aconteceria naquela festa. Ninguém esperaria nada dela além de um comportamento educado, e talvez que experimentasse uma das "tortas de pinguim" da Sra. Gadforth. O Sr. Burton provara uma e lhe garantira que era de frango, de alguma forma pintado de azul.

Georgiana ouviu passos no corredor, se arriscou a espiar de seu refúgio — e abriu um sorriso largo quando viu quem estava se aproximando.

— Betty! — chamou em um sussurro. — *Betty!* Venha aqui!

— O quê? Por que você está *aí?* — respondeu Betty em voz alta, e Georgiana riu.

— Pelo amor de Deus, fale baixo! Estamos nos *escondendo* — sussurrou ela o mais alto que conseguiu.

Betty seguiu obedientemente o som da voz da amiga e se juntou a ela na alcova, levantando as saias de forma bastante desajeitada enquanto se esforçava para subir na saliência que havia ali e se acomodar ao lado de Georgiana.

— Por que está se escondendo? Ah Deus, ainda estão falando de você? As pessoas não param de me fazer perguntas, mas já contei tudo tantas vezes a essa altura, e sempre fico um pouco perdida no meio da história... E, honestamente, não gosto de relembrar a parte em que a cabeça dele estalou daquele jeito terrível — disse Betty, estremecendo.

Ela ofereceu a Georgiana um copo fresco de ponche do Ártico, que foi rapidamente recusado.

— Sim. Ainda estão falando. Para ser justa, acho que provavelmente foi a coisa mais interessante que aconteceu por aqui em alguns séculos.

— Isso não é muito justo da sua parte — repreendeu Betty, e Georgiana suspirou.

— Você está certa, é claro. Estou rabugenta e mal-humorada, e deveria deixar essa pobre gente aproveitar a festa do urso morto.

Betty assentiu, obviamente satisfeita com o progresso moral da amiga.

— Ainda dói? — Ela tocou o braço de Georgiana suavemente. — Só quebrei o tornozelo quando era criança, e aparentemente arrastei a perna por meses, talvez até um ano... a vovó diz que era tudo parte de uma estratégia, sabe, para eu conseguir mais biscoitos, já que toda vez que eu chorava essa era a única coisa que me acalmava. Ela disse que assim que percebi que conseguia doces por causa da dor, planejei acumular o máximo possível deles... meus pais chamaram médicos para me examinar, falou-se na necessidade de uma tala. Acho que em determinado momento, eles consideraram até chamar um padre para o caso de ser uma doença de natureza espiritual! O mais engraçado é que aconteceu a mesma coisa com o cachorro da vovó. Não a parte do padre, acho que eles não chegaram a temer pela alma da Fifi, mas ela fingia mancar para, você sabe, ter algum ganho pessoal. Biscoitos.

— Você realmente é a criatura mais fascinante — comentou Georgiana.

— Ah! Isso é uma coisa boa ou ruim? Fascinante não parece tão bom quanto "encantadora", ou "eloquente", ou... ou...

— É uma coisa maravilhosa — assegurou Georgiana. — Betty Walters, é uma delícia estar perto de você. Uma fonte infinita de diversão. Posso dizer, sinceramente, que nunca tenho ideia do que você pode vir a dizer em seguida.

— Para ser honesta, nem eu — confessou Betty, e parecia tão genuinamente horrorizada que Georgiana riu e lhe deu um abraço espontâneo. — Ah! Tenha cuidado com seu braço — continuou, enrubescendo quando Georgiana a soltou. — Thomas já chegou?

— Ainda não.

Georgiana não pôde deixar de sorrir e cerrou os lábios para tentar se controlar.

— Você acha que ele vai... que vai fazer *o pedido*? Ele faria isso aqui? Ah, espero que ele a peça em casamento, Georgiana. Já passou da hora. Está claro para todos que veem vocês dois juntos que foram feitos um para o outro. Já consigo até imaginar você como a noiva mais radiante, embora talvez fosse melhor escolher outra igreja, mais distante... acho que a sua cabeça deixou manchas de sangue nos bancos da St. Anne, e você não gostaria de ver seu próprio sangue no dia do seu casamento. Ah! E quando você se estabelecer na Casa Highbourne, precisa me convidar para me hospedar lá. Eu gostaria particularmente de um quarto virado para o sul. A vovó já esteve na casa e diz que são os melhores, os quartos mais encantadores de todos os quartos que eles têm...

— Betty, Thomas não me pediu em casamento e, se me pedisse aqui, entre os amigos estranhos e os criados fantasiados de exploradores excêntricos do Sr. e da Sra. Gadforth, eu recusaria veementemente — disse Georgiana, rindo.

Thomas ainda não fizera um pedido formal de casamento, mas ela não estava nem um pouco preocupada. O homem simplesmente não lhe dava motivos para duvidar dele. Os dois eram quase inseparáveis desde o dia em que Georgiana quebrara o braço; ela desfrutara de muitos jantares com os Hawksley, e Thomas suportara o mesmo tanto na mesa da Sra. Burton. Eles haviam se juntado ao Sr. Burton em sua caminhada matinal, em algumas ocasiões, e saído para cavalgadas tranquilas nos cavalos de Thomas, voltando para casa felizes e cansados. Thomas havia tocado para ela em seu amado piano, e Georgiana assistira, arrebatada, enquanto ele se perdia inteiramente na música e voltava para ela sorrindo.

Muitas partes da casa de Thomas estavam fechadas havia muito tempo, mas toda vez que ela visitava o lugar, uma nova porta parecia se abrir, os quartos ganhando vida novamente enquanto Thomas lhe contava as histórias de cada cômodo.

Ele a levara pelos jardins até a casa na árvore que construíra para o irmão, e a todos os lugares secretos que os dois meninos tinham compartilhado antes de se esquecerem de como ser crianças. Thomas havia mostrado a ela o retrato da mãe, um quadro espartano e sério em tons de marrom e azul, que ficava acima da lareira no cômodo que fora a sala íntima dela, mas logo a levara para ver um quadro diferente. Era um retrato que o pai dele havia encomendado quando eles se casaram na Índia, os dois envoltos em sedas brilhantes, enfeitados com joias de ouro e flores.

Naquele, a mãe de Thomas estava sorrindo.

Na semana anterior, Thomas havia orientado os criados a abrirem um cômodo em que, por algum motivo, Georgiana ainda não havia entrado na enorme extensão que era a Casa Highbourne: a biblioteca. Ele a perdera na mesma hora. Georgiana se dedicara a explorar cada estante com os olhos e com as mãos, pegando antigos favoritos, passando os dedos com reverência nas lombadas de belas edições que temia arruinar com um mero toque. Metade dos livros tinha sido da mãe de Thomas, e deixavam escapar pequenas nuvens de poeira ao serem recuperados das estantes, como se não fossem abertos há muito tempo. Georgiana acabara de contar a ele os detalhes de um livro favorito em particular — um romance gótico tão cativante que ela certa vez passara a noite inteira lendo diante da escrivaninha do pai, só se dando conta do que fizera quando a luz do amanhecer começou a invadir a janela — quando Thomas fechara o livro com delicadeza, tirara-o de suas mãos e a beijara. Não com a paixão dos beijos clandestinos do passado, mas com ternura, com a promessa do que estava por vir.

— Instalaremos um divã aqui — dissera Thomas, rindo. — Ler a noite toda debruçada sobre uma escrivaninha tende a causar um torcicolo terrível.

Era impossível dissuadir Betty do assunto do casamento, e Georgiana a deixou falar sobre vestidos para damas de honra, arranjos florais e sobre quais seriam as sinfonias mais românticas para dançar, até que ouviu mais passos no corredor e, de repente, o próprio Thomas estava diante delas.

— Ah! Não estávamos falando do senhor — apressou-se a dizer Betty, de forma nada convincente, e Georgiana ergueu as sobrancelhas para ele.

— Fico feliz em ouvir isso — falou Thomas. — A Sra. Burton disse que você desapareceu e que eu provavelmente a encontraria escondida em algum lugar inadequado.

— Não é inadequado, Sr. Hawksley, é uma alcova — informou Betty, prestativa. — Vou deixar vocês conversarem.

Ela piscou exageradamente para Georgiana enquanto deslizava para descer da saliência na parede e saía apressada em direção à festa.

— Eu quero saber do que se trata? — perguntou Thomas, e ofereceu o braço para que Georgiana pudesse descer com alguma graciosidade, mesmo usando apenas uma das mãos.

Ela alisou o vestido quando ficou de pé.

— *Eu* não queria saber do que se tratava e tive que ouvir tudo, mas vou poupá-lo por pura bondade do meu coração.

— Tenho certeza de que devo agradecer por isso. Está tendo uma noite agradável?

— Não exatamente — respondeu Georgiana. — No entanto, há poucos minutos ela se tornou muito melhor.

— Excelente notícia — disse Thomas.

Georgiana não precisou virar a cabeça para saber exatamente como ele estava olhando para ela.

— Escute, preciso lhe pedir um favor, espero que não a aborreça demais.

— Do que se trata? — perguntou Georgiana com cautela, enquanto eles se aproximavam do salão. — Eu não vou beber o seu ponche por você, se é isso que está querendo. Mas, se colocar seu copo na mão da Sra. Gadforth, ela dará de beber ao urso.

— Graças a Deus — disse Thomas. — Já deixei um copo atrás de uma escultura e na mesma hora tentaram me empurrar outro.

— Pare de desconversar... qual é o favor?

— Ah. Sim. Sei que isso será uma terrível inconveniência para você, já que ainda não está completamente recuperada fisicamente, e estou ciente de que vem achando a vida pública bastante cansativa nos últimos tempos, mas estou me sentindo inclinado, de forma egoísta, a dançar com você esta noite. O que me diz?

Ele beijou a mão de Georgiana, que revirou os olhos e suspirou com benevolência.

— Vamos, então. Você é insuportável por me convidar, mas suponho que possa lhe conceder uma dança, muito breve.

Cara Srta. Ellers,

Recebi suas muitas cartas — tenha certeza de que não há absolutamente nenhuma necessidade de enviar mais. Sua caligrafia é tão lamentável que deve ser uma tarefa muito árdua, e não desejo que arrisque a se machucar. Como tenho certeza de que já está ciente a essa altura, também escrevi para a Srta. Betty Walters, portanto também pode desistir dessa missão. Certamente não pretendo fazer disso um hábito.

Em resposta a sua última carta — sim, a Srta. Woodley e eu vamos comparecer ao seu casamento em março. A minha mãe e o meu pai não irão. Meu pai está no exterior e a minha mãe está em Bath, hospedada com amigos, e ambos pretendem ficar fora indefinidamente.

Frances Campbell

P.S. A propósito, gostaria de observar que foi muito impertinente e presunçoso da sua parte dirigir o convite a Jane para a minha residência. Não importa os rumores que possa ter ouvido, ela certamente não mora aqui.

P.P.S. Jane me pediu para incluir uma recomendação de que você não use fita verde, pois lhe deixa com aparência doentia. Nos veremos no dia oito.

E nada de verde, Georgiana.

Estou falando sério.

Agradecimentos

Tenho muitas pessoas a agradecer, mas, primeiro, um comentário sobre o contexto histórico desse livro.

No momento da publicação, o governo do Reino Unido e grandes setores da mídia estão tentando encobrir erros históricos da Grã-Bretanha. Estão prejudicando ativamente o progresso que fizemos — e precisamos continuar a fazer — no sentido de entender o passado do Reino Unido, incluindo seu imperialismo e o papel de destaque que teve no comércio transatlântico de povos escravizados. Essa história moldou, e continua a moldar, as estruturas de poder da atual Grã-Bretanha.

A história desse livro retrata uma Grã-Bretanha multicultural no período da Regência, em uma tentativa de reverter a tendência a encobrirmos os erros do país nas histórias que contamos. Embora *Reputação* seja uma obra de ficção, havia muitos negros e indianos ocupando posições diversas na sociedade, vivendo na Grã-Bretanha durante o Período Regencial e ao longo da história das ilhas, e era importante para mim que essas comunidades tivessem um lugar nessa narrativa.

Agora é hora de arregaçar as mangas e dar todo o reconhecimento necessário a algumas pessoas.

Infinitos agradecimentos à minha brilhante agente Chloe Seager por compreender Georgiana imediatamente, por sempre defender meus interesses e por ser, na maior parte das vezes, uma pessoa boa e divertida. Esse livro é a realização de um sonho de vida e não teria acontecido sem toda a sua ajuda. Agradeço também a toda a equipe da Madeleine Milburn por seu apoio e por organizar uma festa de Natal fantástica.

Obrigada às minhas editoras Sarah Bauer e Katie Lumsden por tornarem essa experiência tão maravilhosa, e a Blake, Grace, Jenna, Eleanor, Louise e todos os outros da Bonnier Books que ajudaram a dar à luz esse livro. Agradeço à minha designer de capa Sophie McDonnell e à ilustradora Louisa Cannell por dar vida a Georgiana e seus amigos. E, também, a Sarah Cantin, da St Martin's Press, por levar Georgiana em sua grande viagem através do Atlântico até os Estados Unidos.

Esse livro não existiria sem meu parceiro, Nick, que me ouviu falar sem parar a respeito e colocou as refeições na minha frente quando eu era mais um arquivo do Word do que um ser humano; ou sem a minha irmã, Hannah, que foi a primeira pessoa a me convencer de que talvez o hábito da leitura realmente valesse a pena, se utilizando de um leve bullying. Agradeço todos os dias à minha companheira mais especial e amada, Rosianna, que me tranquilizou tantas vezes durante o processo de publicação e me escreveu — usando papel e caneta — para me falar de suas partes favoritas.

Também agradeço aos meus pais, por todo o amor e por todos os livros; a Kez, que pulou páginas para ver se Thomas estaria no baile; a Anna e Photine, pelo apoio e entusiasmo quando eu estava perdendo o fôlego; e a Venessa, Jeska, Rose e Bhavna por sua linda arte.

Os leitores beta com quem trabalhei fizeram muito para dar forma a esse livro, e serei eternamente grata a Helen, Caolinn (que foi muito além), Sapan, Chloe, Iori, Lynn e Georgina por sua orientação. Hannah e Liberty, obrigada por me emprestarem seus olhos. Jazza, obrigado por me deixar roubar um de seus sobrenomes (embora, francamente, você tenha um sobrando, então era o mínimo que podia fazer).

Meu agradecimento especial às comunidades que encontrei enquanto escrevia, incluindo meu grupo de escrita online (vejo todos vocês no inferno) e aos amigos que fiz através dos livros que amo. Se estiver procurando pessoas que trabalham incansavelmente para criar coisas apenas por prazer, apoiando e estimulando uns aos outros de várias formas todos os dias, sempre as encontrará em um fandom.

Impressão e Acabamento:
EDITORA JPA LTDA.